HEYNE BÜCHER

W0346799

SCIENCE FICTION

Herausgegeben
von Wolfgang Jeschke

Vom **BATTLETECH™-Zyklus** erschienen in der Reihe
SCIENCE FICTION & FANTASY:

Die Gray Death-Trilogie:
William H. Keith jr.: Entscheidung am Thunder Rift · 06/4628
William H. Keith jr.: Der Söldnerstern · 06/4629
William H. Keith jr.: Der Preis des Ruhms · 06/4630
Ardath Mayhar: Das Schwert und der Dolch · 06/4686

Die Warrior-Trilogie:
Michael A. Stackpole: En Garde · 06/4687
Michael A. Stackpole: Riposte · 06/4688
Michael A. Stackpole: Coupé · 06/4689
Robert N. Charrette: Wölfe an der Grenze · 06/4794
Robert N. Charrette: Ein Erbe für den Drachen · 06/4829

Das Blut der Kerensky – Trilogie:
Michael A. Stackpole: Tödliches Erbe · 06/4870
Michael A. Stackpole: Blutiges Vermächtnis · 06/4871
Michael A. Stackpole: Dunkles Schicksal · 06/4872

Die Legende vom Jadephönix – Trilogie:
Robert Thurstone: Clankrieger · 06/4931
Robert Thurstone: Blutrecht · 06/4932
Robert Thurstone: Falkenwacht · 06/4933

Robert N. Charrette: Wolfsrudel · 06/5058
Michael A. Stackpole: Natürliche Auslese · 06/5078
Chris Kubasik: Das Antlitz des Krieges · 06/5097
James D. Long: Stahlgladiatoren · 06/5116
J. Andrew Keith: Die Stunde der Helden · 06/5128
Michael A. Stackpole: Kalkuliertes Risiko · 06/5148
Peter Rice: Fernes Land · 06/5168
Michael A. Stackpole: Die Kriegerkaste · 06/5195
Victor Milan: Auge um Auge · 06/5272
James D. Long: Black Thorn Blues · 06/5290
Robert Thurston: Ich bin Jadefalke · 06/5314
Blaine Pardoe: Highlander Gambit · 06/5335 (in Vorb.)
Don Philips: Ritter ohne Furcht und Tadel · 06/5358 (in Vorb.)

Robert Thurston

Ich bin Jadefalke

Sechsundzwanzigster Roman
im BATTLETECH™-Zyklus

Deutsche Erstausgabe

WILHELM HEYNE VERLAG
MÜNCHEN

HEYNE SCIENCE FICTION & FANTASY
Band 06/5314

Titel der Originalausgabe
I AM JADE FALCON
Übersetzung aus dem Amerikanischen von
Reinhold H. Mai
Das Umschlagbild malte Peter Peebles
Die Konstruktionszeichnungen
sind von Steve Venters und Dwayne Loose

Umwelthinweis:
Dieses Buch wurde auf
chlor- und säurefreiem Papier gedruckt.

4. Auflage

Redaktion: Ulrich Fröschle

Printed in Germany 2000
Umschlaggestaltung: Atelier Ingrid Schütz, München
Satz: Schaber Satz- und Datentechnik, Wels
Druck und Bindung: Elsnerdruck, Berlin

ISBN 3-453-08568-X

Für meine Geschwister,
Dona und Alan Thurston

*

Mit Dank an Eugene McCrohan
für alle BattleTech-Gespräche, die er
über sich hat ergehen lassen,
und die zahlreichen Einsichten in das
BattleTech-Universum,
die er mir dabei lieferte.

Karte der Inneren Sphäre, Randwärtiger Sektor

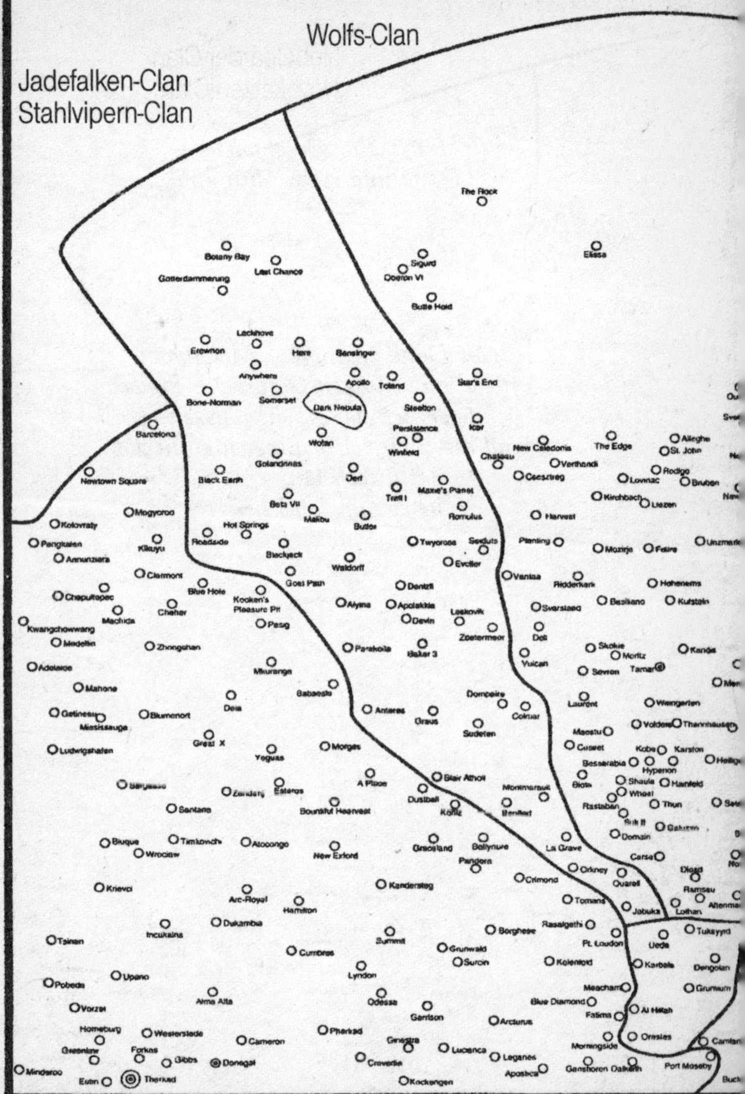

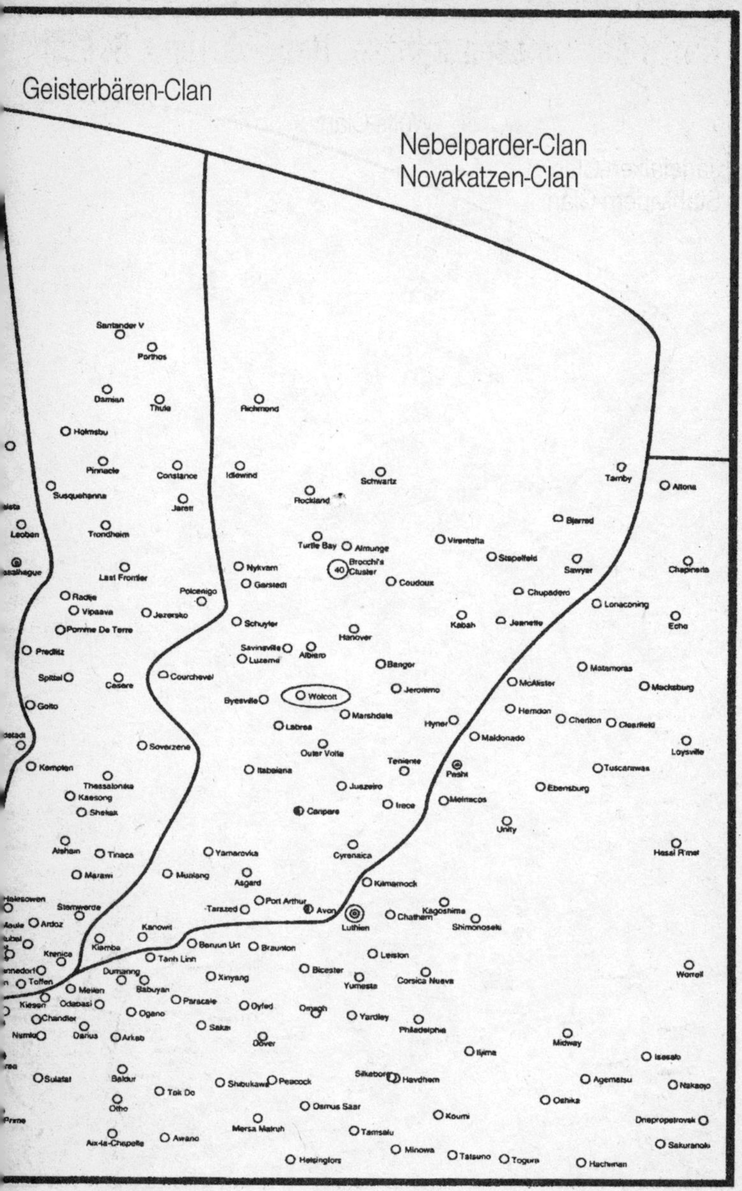

Geisterbären-Clan
Nebelparder-Clan
Novakatzen-Clan
Santander V
Porthos
Damian
Thule
Richmond
Holmsbu
Pinnacle
Constance
Idlewind
Schwartz
Tamby
Altona
Susquehanna
Jarett
Rockland
Bjarred
Leoben
Trondheim
Turtle Bay
Almunge
Virentofta
Stapelfeld
Sawyer
Chapineria
Last Frontier
Nykvarn
Brocchi's Cluster
40
Coudoux
Garstedt
Chupadero
Lonaconing
Polcenigo
Radije
Vipaava
Jezersko
Schuyler
Kabah
Jeanette
Echo
Pomme De Terre
Hanover
Predlitz
Savinsville
Albiero
Luzerne
Bangor
Matamoras
Spittal
Courchevel
Cesare
Jeronimo
McAlister
Mackeburg
Byesville
Wolcott
Golto
Marshdale
Herndon
Hyner
Cherlton
Clearfield
Labrea
Maldonado
Loysville
Soverzene
Outer Volta
Kempten
Teniente
Pasht
Tuscarawas
Itabaiana
Thessalonica
Juazeiro
Ebensburg
Kaesong
Ireca
Melmacos
Shebak
Canpere
Unity
Alshain
Tinaca
Yamarovka
Cyrenaica
Hasal R'mel
Marawi
Muzlang
Asgard
Kilmarnock
Halesowen
Stemwerde
Port Arthur
Tarazed
Avon
Luthien
Chatham
Kagoshima
Shimonoseki
Ardoz
Kanowit
Kiamba
Benjun Uri
Braunton
Krenice
Tanh Linh
Leiston
Worrell
Toffen
Dumanng
Babuyan
Xinyang
Bicester
Yumesta
Corsica Nueva
Meilen
Kiesen
Odabasi
Paracale
Oyfed
Omagh
Yardley
Chandler
Ogano
Philadelphia
Darius
Arkab
Sakai
Dover
Midway
Iijima
Isesaki
Sulafat
Baldur
Shibukawa
Peacock
Silkeborg
Havdhem
Agematsu
Nakaojo
Tok Do
Otho
Osmus Saar
Oshika
Koumi
Dnepropetrovsk
Mersa Matruh
Aix-la-Chapelle
Awano
Tamsalu
Sakuranoki
Minowa
Tatsuno
Togura
Helsingfors
Hachiman

PROLOG

Jahrelang war sich Joanna ihrer Träume kaum bewußt gewesen, gelegentlich hatte sie sich sogar gefragt, ob sie überhaupt träumte. Aber all das war vorüber. Seit dem Tag, an dem die Clans den Waffenstillstand mit der Inneren Sphäre geschlossen hatten, hatte sie sich an ihre Träume nicht nur erinnert, sie schienen sie bis in ihre wachen Stunden zu verfolgen, teilweise noch tagelang.

In einem Traum, der mit nur gelegentlichen Variationen immer wiederkehrte, schleppte Joanna sich durch das dichte Unterholz eines Waldes. Ihre Beine fühlten sich an wie die eines Mechs, aus Endostahl gemacht mit vielen zusätzlichen Schichten Ferrofibritpanzerung …

Während sie sich durch die Dornenbüsche kämpft, erinnert sie sich daran, in einem Wald wie diesem ausgebildet worden zu sein. Vor Jahren. Vor viel zu vielen Jahren.

Von ihrer Geschko getrennt, war sie damals vom leitenden Falkner verfolgt worden, einem starken, stämmigen Mann namens Barnak, der anderen gerne Schmerz zufügte. An jenem Tag war sie mit ihren hohen Stiefeln durch Unterholz wie dieses gestapft.

Als sie den Waldrand erreicht hatte, sprang Barnak sie an. Mit jener besonderen Eleganz, die kräftige Männer gelegentlich zustande bringen, stürzte er sich von einem dicken Ast, packte sie an der Kehle und stieß sie hart gegen den Stamm des Baumes, in dessen Krone er sich versteckt gehalten hatte.

Auf Falknerart knurrend und fluchend hatte er sie den schlechtesten Kadetten geschimpft, den auszubilden je seine miserable Pflicht gewesen sei. Sie würde versagen, erklärte er mit deutlichem Vergnügen. Sie würde versagen, noch bevor sie sich dafür qualifiziert hätte, in die Kanzel eines Mechs zu klettern. Sie würde in einem einfachen Test versagen oder emotional zusammenbrechen, wie es nur die allerschwächsten Jadefalken-Kadetten taten, diejenigen, die in die niedersten Clankasten abgestuft wurden, nachdem sie aus dem Kriegertraining ausgesiebt worden waren.

»Du hast keine Chance deinen Positionstest zu schaffen, du widerliche, miserable Kreatur. Du wirst es nicht einmal bis dahin schaffen, so widerlich bist du. Du bist so widerlich, du frißt den Dreck und die Käfer vom Waldboden und Vogelscheiße obendrein.«

Während er sie beschimpfte, rammte Barnak ihren Körper weiter gegen den harten, rauhen Baumstamm, der blutige Kratzer auf ihrem Rücken hinterließ. Ihr Freund – sie hatte einen Freund gehabt, damals, einen echten *Freund.* Wie hatte er geheißen? Was ist aus ihm geworden? Joanna kann sich sein Bild nicht mehr vergegenwärtigen, aber an jenem Abend hatte er ihre Wunden mit Kräutersalbe bestrichen.

»Gib auf, Widerling«, flüsterte Barnak heiser. »Du wirst versagen, Widerling! Du wirst so sicher versagen, wie Vögel in der Mauser ihre Federn verlieren.«

Wütend schaffte sie es, sich loszureißen und ihn zwei Schritte nach hinten zu drücken. Er stolperte, aber obwohl Joanna wußte, daß er es nur vortäuschte, um ihren Angriff herauszufordern, stürzte sie sich schreiend auf ihn. Ihre wirkungslosen Schläge prasselten auf sein Gesicht und seinen Körper, und gleichzeitig haßte sie sich dafür, ihn mit ihren Fäusten nicht verletzen, das ruhige Lächeln nicht aus seinem Gesicht wischen, seine verfluchte Arroganz nicht brechen zu können. Plötzlich sprang sie auf und biß ihn ins Gesicht, genoß den Geschmack seines Blutes auf der Zunge.

Barnak schrie auf vor Schmerz, ein Erlebnis, das zu

genießen ihr wenig Zeit blieb, denn er verabreichte ihr anschließend eine der schlimmsten Trachten Prügel ihres Lebens.

Später, als sie im Gebüsch lag, Hunderte von kleinen Schnittwunden auf ihrem Rücken vor Schmerz pulsierten und ihr Körper von seinen Schlägen an tausend Stellen schmerzte, sah Joanna durch geschwollene Lider zu Barnak hoch und lächelte ihn arrogant an. Sie war glücklich, das Blut aus der Bißwunde knapp unter dem Wangenkochen rinnen zu sehen.

Am Ende der Ausbildung, nachdem sie als einzige ihrer Geschko den Abschlußtest bestanden hatte, war Barnak mit jenem Trotz konfrontiert worden, den er Joanna beigebracht hatte.

»Du wolltest mich sprechen, Nestling?«

»Gib zu, daß du unrecht hattest, Falkner Barnak.«

»Unrecht, womit?«

»Als du gesagt hast, ich würde es nicht schaffen.«

»Ja, das *habe* ich dir gesagt.«

»Und jetzt gib zu, daß du unrecht hattest. Oder stelle dich mir im Kreis der Gleichen.«

Er lachte. »Nein, ich werde jetzt nicht mit dir kämpfen. Was ich im Wald getan habe, habe ich zu deinem Besten getan.«

»Zu meinem *Besten?* Wie könnte das zu meinem Besten gewesen sein?«

»Du haßtest alle. Dein Haß zog Fehler nach sich. Also habe ich ihn auf mich allein gezogen. Nach jenem Tag hast du die anderen kaum noch bemerkt. Du hast verbissen trainiert, und mit einer wilden Wut, mit Feuer. Mit einem Feuer, das gegen mich und gegen das Leben raste, aber nicht mehr gegen deine Kogeschwister. Alles, was du in der Ausbildung danach getan hast, hast du gut gemacht.«

»Du *bist* ein arroganter Bastard!«

»Das will ich doch schwer hoffen. Und ich hoffe auch, dich nie wieder sehen zu müssen.«

Und abgesehen von der Schlußzeremonie hatten sie sich nie mehr gesehen.

Aber jetzt wird Joanna klar, daß sie Barnak nie losgeworden ist. Als ihre eigene Zeit als Falkerin für eine Geschko junger Kadetten kam, hat sie ihre Schüler mit derselben Brutalität behandelt, die sie von Barnak gelernt hatte. Sie hat sie beleidigt, erniedrigt, getrieben. Und einige der besten Krieger produziert, die je zu Jadefalken wurden.

In ihrem Traum fürchtet sie Barnak noch immer. Die Zweige mögen ihn verstecken, aber sie weiß, er kann sich wieder elegant herabstürzen. Sie weiß auch, daß es närrisch ist, sich Sorgen wegen eines uralten Falkners zu machen, der ohne Zweifel schon längst tot ist oder in eine niedrigere Kaste abgestuft wurde. Ringsumher scheinen schlimmere Kreaturen zu lauern – kalte, starre Augen in der Waldfinsternis.

Sie tritt auf eine Lichtung. Plötzlich werden ihre Beine leichter. Sie kann laufen, und sie läuft. Sie kann fliegen, und sie fliegt. Sie gleitet über das hohe Gras einer seltsam gefärbten Wiese. Jeder Schritt bringt sie höher, macht sie leichter.

Voraus, in ein paar Kilometern Entfernung, sieht sie eine Gruppe MechKrieger und BattleMechs in heftigem Kampf. Ein *Bluthund* bricht auseinander, seine Einzelteile hängen eine unmöglich lange Zeit über der Szenerie, bevor sie zu Boden fallen. Ein Elementar reitet auf der Schulter einer *Nemesis* und bearbeitet deren Panzerung mit einem Beil.

Plötzlich will sie Teil der Schlacht sein, und sie segelt darauf zu. Sie jagt über die Wiese wie ein Falke über die Savanne.

Sie begreift, daß sie in ein Blutnamengestampfe eingreift. Sie hat schon genug Kämpfe dieser Art gesehen. Bei ihrem letzten Versuch, einen Blutnamen zu erringen, mußte Joanna in einem Gestampfe antreten, weil kein Jadefalken-Krieger eine Kandidatin ihres Alters nominieren wollte. Sie hatte das Gestampfe gewonnen und es bis zur letzten Runde geschafft, bevor sie schließlich verlor. Die Niederlage hatte das Feuer in ihren Eingeweiden nur weiter genährt. Sie verdiente einen Blutnamen. Ungeachtet ihres Alters.

Obwohl sie keinen Mech und keine Waffen hat, stürzt sich Joanna furchtlos in das Gestampfe. Ihre Arme peitschen, ihre Beine schlagen aus. Sie kann noch immer fliegen, und sie segelt zwischen den mächtigen BattleMechs umher, schaltet sie aus, richtet deren eigene Feuerkraft gegeneinander, sorgt für ein Feuerwerk geschmückt mit umherfliegenden Panzerplatten. Einen BattleMech tritt sie vor die Brustpartie, und er stürzt um. Er kracht gegen einen zweiten Mech, der einen dritten umwirft, bis eine ganze Serie der gewaltigen Maschinen verbogen und zerbrochen in einer hohen Halde am Boden liegt. Sie klettert auf deren Spitze.

Auf dem letzten gefallenen Mech, dessen heißes Metall ihr noch durch die Stiefelsohlen die Füße verbrennt, betrachtet Joanna die Verwüstung, die sie angerichtet hat.

Die riesigen, wuchtigen Körper der Elementare sind in Einzelteile zerbrochen, und MechKrieger hängen in verdrehter, lebloser Haltung aus ihren Cockpits. Rauch, Panzerspäne und Funken werden vom Wind über das Schlachtfeld getragen.

Sie fühlt sich großartig. Der Blutname gehört ihr. Sie hebt triumphierend die Arme.

»Noch hast du nicht gewonnen«, sagt eine Stimme von irgendwo im Qualm.

»Aidan? Bist du das?«

Er tritt aus dem Rauch, festen Schritts, selbstsicher, mit widerlich fröhlichem Grinsen. »So trifft man sich wieder, Joanna.«

»Was machst du hier?«

»Du mußt gegen mich kämpfen, um das Gestampfe zu gewinnen.«

»Gegen dich kämpfen, warum?«
»Wir sind die beiden einzigen überlebenden MechKrieger.«
»Was willst du hier?«
»Ich kämpfe um den Blutnamen.«
»Du hast deinen Blutnamen schon.«
»Jetzt will ich deinen, denselben, den du dir verdienen willst.«
»Das ist nicht fair. Ich verdiene meine Chance.«
»Nichts ist fair. Das ist das Wesen der Clans, frapos, Joanna?«
Es fällt ihr schwer, die Wahrheit zu leugnen.
»Aber du bist tot, Aidan. Du bist bei den Kämpfen auf Tukayyid gefallen.«
»Das ist korrekt. Und jetzt mußt du gegen mich kämpfen.«
»Ich weigere mich.«
»Dann hast du versagt. Wieder einmal. Du verlierst, Widerling.«
»Du hast mich nie Widerling genannt. Das war Barnak.«
Einen Augenblick sieht Aidan wie Barnak aus, dann ist er wieder Aidan.
»Dann kämpfe ich gegen dich«, erklärt sie.
Ein Sturmgewehr steigt von unten herauf, und sie packt es. Sie springt von der Mechhalde und marschiert auf Aidan zu. Als sie sich ihm nähert, verändert er sich. Seine Haut wird grau und metallisch. Seine Augen verlieren ihre Freundlichkeit und werden hart, metallisch. Sein Gesicht wird kantig, metallisch. Er wächst in die Höhe und in die Breite. Schnell ragt er hoch über sie auf, ein BattleMech, voll bewaffnet. Er ist zu dem *Waldwolf* geworden, in dem er starb. Alle seine Geschütze sind auf sie gerichtet.
»Das ist nicht fair. Ich habe nur dieses Gewehr.«
»Das ist ein Gestampfe, Joanna. Nichts ist fair.«
»Ich weiß – das ist das Wesen der Clans. Und bin

ich etwa nicht diejenige, die dir das alles eingedrillt hat?«

Sie hebt das Gewehr und feuert. Tief aus dem Innern des *Waldwolf*, der Aidan ist, hört sie ihn sagen: »Es tut mir leid, Joanna.« Dann feuert er seine Waffen in voller Breitseite auf sie ab. Jeder direkte Treffer treibt sie weiter nach hinten. Er hebt einen der enormen Füße seines Mechs. Der Fuß wird zu einer dunklen Wolke, die den Himmel über ihr verschluckt, bis Joanna nichts mehr sieht außer dem gewaltigen Fuß, der sich direkt auf sie senkt, um sie wie ein Insekt zu zertreten, um …

Joanna wachte auf, in Schweiß gebadet. Einen Augenblick konnte sie nicht zwischen Schlaf und Wachsein unterscheiden. Ein riesiger BattleMech, der Aidan ähnelte, schien wie eine dunkle Nebelgestalt im sie umgebenden Dunst.

Sie war außerhalb ihres Quartiers, hatte ohne Decke auf dem Boden geschlafen, den Kopf auf einem Tornister. Wie war sie hierher gekommen? Hatte sie Stunden verloren oder nur zuviel getrunken und war eingeschlafen, wie es Betrunkene tun, abrupt und schamlos?

Übermäßiger Alkoholgenuß war unter ClanKriegern eher ungewöhnlich. Ihr Leben war extrem kontrolliert, und sie benutzten nur selten Stimulanzien. Immerhin hatten sie gelernt, daß es stimulierend genug war, ein Krieger zu sein. Trotzdem hatte Joanna im Laufe der Jahre eine Neigung für starken Wein und einen speziellen Clannerdrink namens Fusionsbrenner entwickelt. Trotz des Hämmerns in ihrem Schädel hätte sie jetzt einen davon gebrauchen können.

Als sie mühsam auf ihre Beine kam, die so steif waren, als hätte sie sich tatsächlich durch dichtes Unterholz gekämpft, dachte sie an die neuen MechKrieger, die endlich als Ersatz für die tapferen Krieger eingetroffen waren, die sie auf Tukayyid verloren hatten. Ihr glichen sie nicht, aber wer tat das schon? Viel ernster war: Sie glichen auch keinem anderen MechKrieger. Sie waren eine neue Art, unzufrieden mit dem Waffenstillstand, blutrünstig bei willkürlichen Überfällen, eigen in ihrem Verhalten.

Sie sahen schon aus wie ClanKrieger, aber sie waren anders, obgleich Joanna nicht exakt sagen konnte, worin sie sich denn nun unterschieden.

Ich hasse sie, dachte sie.

Aidan schien in ihre Gedanken einzudringen. Sie hörte seine Stimme. »Aber du haßt jeden, Joanna.«

Und beinahe hätte sie ihm laut geantwortet. »Fast jeden, ja.«

1

Trainingszone West, Pattersen
Sudeten, Jadefalken-Besatzungszone

1. Juli 3057

»Was soll das heißen, sie woll'n nich' mit uns dienen?« fragte Joanna.

Als sie die Frage stellte, weiteten sich ihre Augen, und ihre konstant verärgerte Miene wurde noch wilder. Ihre Augen waren beinahe farblos. Je nach Lichteinfall erschienen sie in einem extrem hellen Grau, einem Grau, das Vergleiche mit Artilleriegeschossen nahelegte.

»Das soll heißen, daß sie nicht mit uns dienen wollen«, erwiderte Sterncommander Hengst lakonisch. »Außerdem, Sterncaptain Joanna, habe ich mich sprachlich einwandfrei ausgedrückt.« Sein angedeutetes Lächeln irritierte Joanna. Es trat in letzter Zeit immer öfter auf seine Lippen, da die Umstände seine skeptisch-amüsierte Weltsicht zu bestätigen schienen.

»Das stimmt. *Ich* habe mich vulgär ausgedrückt. Ich brauchte das. Manchmal braucht man das.«

»He, du kennst mich. Ich werd' dir nich' widersprechen.«

»Du – oh, ich verstehe. Hengst, dein Hang zum Sarkasmus ist maßlos übertrieben.«

»Tut mir leid, Sterncaptain.«

Hengst strich sich mit dem Handrücken übers Kinn, als suche er nach dem Bart, den er sich vor kurzem abrasiert hatte. In den Wochen seit seiner Rasur hatte Joanna ihm schon mindestens hundertmal gesagt, daß er um Jahre gealtert schien. Die meisten Krieger hätten diese Sticheleien gehaßt, denn bei den Clans waren Bemerkungen über das Altern beleidigend, aber Hengst lachte nur darüber.

Bei ihnen war MechKriegerin Diana, ein weiteres Mitglied von Joannas Stern. Die drei Jadefalken-Veteranen saßen auf einem Berghang und genossen einen der seltenen angenehmen Tage in diesen Breitengraden des Planeten. Die meisten Tage auf Sudeten waren winterlich und ausgesprochen windig, aber heute ging nur eine milde Brise, und die Temperaturen waren zwar kühl, aber nicht so kalt, daß man eine Wintermontur benötigt hätte. Die drei Krieger trugen zerknitterte Gefechtskluft ohne Rangabzeichen. In den Waffenstillstandszonen wurde der Rang nicht betont.

Auf die Ellbogen gestützt, lagen Joanna und Hengst im kurzen Stoppelgras des Hangs. Diana saß an einen Baum gelehnt. Die Baumrinde war hart und rauh, aber sie bemerkte es kaum.

Etwa einen halben Kilometer vom Fuß des Berges entfernt lagen die Überreste eines in einen Schrottplatz verwandelten BattleMechwerks und Nachschubdepots. Gebäude und Lager waren durch Mechgefechte zerstört worden. Die Fabrikmauern standen noch, aber sie waren rußgeschwärzt und verschrammt. Der größte Teil des Daches war auch noch vorhanden, aber übersät mit unregelmäßigen Einschlagslöchern. Selbst aus dieser Entfernung war zu erkennen, daß die Fabrik nur noch eine Ruine war. Die Fenster waren zerbrochen, und Trümmer ragten durch die zerborstenen Scheiben.

Die Szene erinnerte an einen Friedhof voller geschändeter Grabstätten, deren Inhalt blindlings über das Gelände verstreut worden war. Die Leichen waren in diesem Fall natürlich aus Metall. BattleMechbauteile lagen übereinander wie Knochen auf einem Schlachtfeld. Nicht ein Rumpf hatte noch intakte Gliedmaßen. Stählerne Arme und Beine lagen unnatürlich verheddert und verschlungen umher. Zwischen den Torsohaufen oder auch einzeln auf dem Boden lagen Mechköpfe herum, umgedreht, auf der Seite oder auch richtig herum, als wäre der Rest der Maschine unter ihnen eingegraben – ein archäologisches Fragment eines gewaltigen Standbildes. Hengst hatte kurz zuvor ein uraltes Gedicht über das Monument eines Königs aus grauer Vorzeit gelesen, einen riesigen Kopf inmitten einer öden Wüste, und hatte den Vergleich den anderen vorgeschlagen, die jedoch keinen Schimmer hatten, wovon er sprach. Auch zermalmte Fahrzeugüberreste fanden sich zuhauf in den Halden des Mechfriedhofs.

Der Wind rüttelte an den Mechfragmenten. An manchen Tagen, wenn er stärker war als jetzt, trieb er leichtere Bruchstücke vor sich her, warf sie gegen die Mechgliedmaßen und die Fabrikmauern.

Joanna schien es, als ob die Ruinen zu ihnen heraufbrüllten, daß ihre Leben diesem Schutt glichen, verstreut über eine trostlose Einöde. Es hatte eine Zeit gegeben, als sie Krieger gewesen waren, ganz und gar dem Krieg verschrieben, der Clan-Invasion und ihren zahllosen Schlachten. Jadefalken-Krieger, mutig und stark. Nun aber, im ungeliebten fünfzehnjährigen Waffenstillstand zwischen den Clans und der Inneren Sphäre, blieben sie untätig, nichts als Garnisonstruppen mit uninteressanten Aufgaben auf unbedeutenden Welten. Wie die meisten anderen Clan-Krieger auch, waren sie unruhig, lechzten nach Aufgaben, die ihrer harten Militärausbildung gerecht wurden.

Joanna starrte Hengst an und atmete tief durch, um ruhiger zu werden. »Noch einmal, haben sie gesagt, warum sie nicht, *nicht* mit uns dienen wollen?« Mit der Wiederholung versuchte sie ihre exakte Aussprache zu betonen.

»Sie haben mehr Gründe als du schlechte Angewohnheiten hast, Sterncaptain.«

Joanna fand keine Worte. Momentan machte sie *alles* wütend, was jemand sagte. Als Verzögerungstaktik strich sie sich mit der Hand durch das lange Haar. Es war struppig und zerzaust, ein Opfer der Stürme Sudetens. Die Berührung erinnerte sie an die grauen Strähnen, die sich inzwischen durch die schwarzen Haare zogen. Vor der Invasion und dem Waffenstillstand hatten sie ihre grauen Haare nicht gekümmert. Jetzt wünschte sie sich, das Grau mit schwarzer Tönung überdecken zu können wie irgendein Kastenweib. Obwohl Joanna der Ansicht war, kosmetische Täuschungsmanöver paßten nicht zu Kriegerinnen, gab es Momente, in denen sie es vorgezogen hätte, ihr graues Haar nicht ganz so deutlich zu zeigen. *Was soll das,* dachte sie, *ich bin nun mal verbraucht. So verbraucht, wie man als Kriegerin nur sein kann.*

»Hengst«, meinte Diana, und löste sich von ihrem Baum, »du wirst mit jedem Tag ein größerer Mechschädel. Rede nicht um den heißen Reaktor herum. Ich will auch hören, was die Kanisterbabys reden, besonders, wenn sie uns mit billigen Beleidigungen kommen.«

Der Blick, den Hengst Diana zuwarf, war voller Zuneigung. Nicht die Art Zuneigung, die man einer Geliebten entgegenbrachte, denn die beiden hatten sich nie gepaart, obwohl sie reichlich Gelegenheit dazu gehabt hatten. Es war die Zuneigung eines Freunds der Familie, was er schließlich auch war. Diana war freigeboren, so wie er, eine Schande, die ihnen beiden ihr ganzes Leben lang anhängen würde. Wenn ein Streit bis zum Stadium des Ehrenduells eskalierte, gewannen sie in der Regel, aber trotzdem wußten sie, daß sie – ungeachtet ihrer Fähigkeiten und ihres Mutes – selbst von aufgeschlossenen Wahrgeborenen niemals wirklich akzeptiert würden. Wahrgeborene glaubten daran, ihr genetischer Ursprung als Ergebnis der gesteuerten Vereinigung sorgfältig ausgewählter genetischer Materialien in den Labors der Clans mache sie den auf die alte Weise gezeugten und geborenen Freien überlegen. Dadurch hielten sie sich immer zurück, selbst wenn sie sich mit Freigeborenen anfreundeten. Eine der Redewendungen der Wahrgeborenen lautete: Wahre tun Dinge, Freie sind Dinge.

Wenn Hengst Diana ansah, dann sah er seinen wahrgeborenen Freund, den Jadefalken-Helden Aidan Pryde. Für einen Freigeborenen wie Hengst war die große Ähnlichkeit nicht überraschend. Schließlich gab es bei freigeborener Genetik gewisse Konstanten. Wahrgeborene aus einer Geschko sahen sich alle mehr oder weniger ähnlich, aber die körperlichen Eigenheiten eines Freigeborenen waren von seinen Eltern vererbt. Hengst hatte Dianas Mutter Peri nicht gekannt, aber Aidan hatte er besser gekannt als irgendein anderer Jadefalke. Wenn das Licht sie im richtigen Winkel traf, erinnerte Diana ihn ungeheuer an ihren Vater. Wahrscheinlich war die Ähnlichkeit mit ihrer Mutter nicht minder groß, denn Peri stammte aus derselben Geschko wie Aidan.

Dessen ausgeprägteste Merkmale waren bei Diana nicht minder deutlich, aber filigraner ausgeformt. *Sie ist eine echte Schönheit,* dachte Hengst. Wie eine der blauäugigen Prinzessinnen in den Zeichnungen und Gemälden in einigen von Aidans Büchern. Bücher waren unter Kriegern nicht gerade populär, nicht, daß sie es beim einfachen Volk gewesen wären, aber Hengst hatte eine Neigung für sie entwickelt. Er hatte von Aidan die Freuden des nicht arbeitsbezogenen Lesens gelernt, und jetzt liebte er die Sammlung ebensosehr, wie Aidan es getan hatte. Wie dieser hielt er die kleine Bücherei versteckt, aber er verschwand häufig, um in einem der Bände zu schmökern. »Diese Neuzugänge sind anders, Diana. Es ist, als habe man sie zu früh aus dem Nest gestoßen, bevor sie bereit waren, Falken zu werden.«

»Du schmeichelst ihnen, indem du sie überhaupt Falken nennst, Hengst. Aber ich gebe dir recht. Ich habe noch nie Krieger wie sie gesehen.«

Joanna knurrte. Es war das Knurren eines eingepferchten Raubtiers. »Es sind Esel«, erklärte sie. »Freigeburten.«

Diana stockte der Atem. Sie würde sich nie daran gewöhnen, wie der Begriff *Freigeburt* als obszöne Beschimpfung ihrer Art verwendet wurde. Aber sie wußte, daß Joanna sie als Kriegerin respektierte und den Begriff nicht benutzte, um sie zu beleidigen. »Sterncaptain Joanna«, meinte sie, »diese Esel haben ihre Qualifikation zum Krieger bewiesen. Sie haben ihre Positionstests bestanden. Sie sind Krieger. *Wahrgeborene* Krieger.«

Dianas Ironie war an Joanna verschwendet. »Ich erkenne eine Freigeburt, wenn ich eine sehe. Welche Geschkos diese Volltrottel auch immer ausgebrütet haben mögen, sie müssen irgendwo ein paar Gendefekte besitzen.«

Hengst lachte. »Du beleidigst die Clan-Wissenschaft. Die neuen Krieger kommen aus so vielen verschiedenen Geschkos. Willst du behaupten, das ganze Programm sei durch minderwertige DNS sabotiert worden?«

»Das ist sarkastisch gemeint, frapos?«

»Pos. Mir gefällt der Gedanke minderwertiger DNS im Zuchtprogramm.«

»Ich könnte dich für diese Aussage melden, Hengst.«

»Könntest du, aber du wirst es nicht tun.«

»Verlaß dich besser nicht darauf. Ich bin eine wahrgeborene Jadefalken-Kriegerin und stolz darauf. Heil dem Clan.«

»Heil dem Clan«, erwiderte Hengst. Dann setzte er mit einem Funkeln in den Augen hinzu: »Und Heil Aidan Pryde.«

Hengsts Verspottung der Schwurformel irritierte Joanna, aber der Sarkasmus in seiner Stimme war so verhalten, daß man ihn nicht festnageln konnte. »Heil Aidan Pryde, das verbreiten die Neuen auch dauernd, diese Kretins. Sie behandeln Aidan wie eine Art Gott.«

»Ich finde, das ist eine der wenigen guten Eigenschaften, die sie haben.«

»Nichts an ihnen ist gut. Aidan hätte diese Katzbuckelei gehaßt.«

Joanna erinnerte sich noch gut an die Zeremonie, in der Aidans Erbmasse im Genfundus des Clans Jadefalke akzeptiert worden war. Es war eine erhebende Feier gewesen, ganz besonders, weil sie Aidans Jahre als Ausgestoßener wiedergutgemacht hatte. Wäre er vor der Claninvasion der Inneren Sphäre und seinen Heldentaten auf Tukayyid gestorben, würde er jetzt als Staub über irgendeinen unwichtigen Planeten geweht, und sein Genmaterial wäre mit ihm zerfallen. Natürlich bestanden seine grundlegenden Gene weiter, in Diana, aber nur sehr wenige Menschen wußten, daß sie Aidans natürliche Tochter war. Vielleicht würde Diana eines Tages selbst Kinder haben, und dann – die Möglichkeiten sprengten ihre Vorstellungskraft.

Seltsam, wie sich die Dinge entwickelt haben. Zeit und Gelegenheit lenken das Schicksal eines Kriegers. Aidan war einer der wenigen Menschen gewesen, die sie bewunderte, aber trotzdem war sich Joanna klar bewußt, daß sein Wert niemals bekannt geworden wäre, hätte das Schicksal ihn nicht in die Schlacht um Tukayyid geworfen. Und schon vor Tukayyid schien das Schicksal eine Rolle bei der Erlangung seines Blutnamens gespielt zu haben. Aidan war nicht einmal nominiert gewesen. Er hatte sich im Gestampfe qualifizieren müssen, einem Kampf jeder gegen jeden zwischen den unnominierten Bewerbern. Nach diesem Kampf hatte er sich mit dem Mut und dem Können, das man von einem gutausgebildeten Jadefalken-Krieger erwartete, im Blutrecht bewiesen. *Natürlich war er gut ausgebildet. Ich war seine Falknerin.*

Im Gegensatz zu ihrem Schüler war es Joanna trotz mehrerer angestrengter und hartumkämpfter Versuche nicht gelungen, einen Blutnamen zu erringen. Bei jedem ihrer Versuche war sie im letzten Duell unterlegen. *Schicksal. Es hat keinen Sinn, dagegen anzukämpfen. Ich hasse es, ja, aber warum läßt es mich nicht los? Ich werde ohne Blutnamen sterben, so simpel ist es.*

2

Trainingszone West, Pattersen
Sudeten, Jadefalken-Besatzungszone

1. Juli 3057

Diana sah, daß Joanna über ihr Leben nachdachte. Der Blick ihrer metallischen Augen verlor sich in der Ferne, und sie kniff den Mund verbittert zu einem Strich zusammen, wie immer, wenn sich ihre Gedanken um ihr Leben, ihr Schicksal, drehten.

Vom Blick in Joanas Augen verunsichert, wandte Diana ihre Aufmerksamkeit den Fabrikruinen und dem daran angrenzenden Depot zu. Einer der körperlosen Mechköpfe gehörte zu einem *Waldwolf,* dem OmniMechtyp, in dem ihr Vater den Tod gefunden hatte. Sie hatte mitgehört, wie Joanna Aidan gesagt hatte, daß Diana seine freigeborene Tochter war, nicht aber seine Rektion. Daß ihr Vater sie beschützt hatte, während Elementarsterncommander Selima sie rettete, ließ Diana glauben, daß er von dieser Offenbarung möglicherweise bewegt worden war. Diese Verteidigung Dianas und seine mutigen Anstrengungen, anderen Kriegergruppen die Flucht in das Landungsschiff zu ermöglichen, hatten ihm in Verbindung mit seinen übrigen Heldentaten auf Tukayyid seinen Ruhm und den verdienten Platz im Genfundus eingetragen.

Das Auftauchen von fünf Kriegern am Fuß des Hanges riß Diana aus den Erinnerungen an ihren Vater. Sie war so tief in Gedanken versunken gewesen, daß sie die Neuankömmlinge erst jetzt bemerkte.

Einer von ihnen sagte etwas, das bei den anderen schallendes Gelächter auslöste, als er zu den drei Veteranen heraufdeutete. Das Gelächter war begleitet von heftigen Schlägen auf die Schultern und

Knüffen an die Arme. Vielleicht hatte Joanna ja recht, wenn sie diese neuen Krieger als Narren und Esel bezeichnete. Sie schienen der Ehre nicht würdig, die tapferen Jadefalken zu ersetzen, die während der Invasion gefallen waren. Sie waren etwas zu arrogant, zu sehr von sich eingenommen. Sie hatten noch nichts geleistet, aber sie stolzierten herum, als wäre ihr Erbmaterial bereits für den Genfundus ausgewählt worden.

Die fünf kamen den Berg herauf, mit langen, beinahe synchronen Schritten. Diana schienen sie der verkörperte Hochmut, der mit übertriebenem Gehabe marschierte. Sie trugen alle Freizeitmonturen, im Grunde nichts anderes als Kampfsportanzüge in Gefechtsfarben. Der Stoff war sauber und gestärkt, und die Sachen lagen eng an. Quer über der Brust trugen sie Schärpen, deren Farben ihre Geschkos symbolisierte. Sie hatten die Schärpen ebenso sorgfältig arrangiert wie den Rest ihrer Kleidung.

Es war alles andere als üblich, Geschkofarben auf der Uniform zu tragen. Ein Krieger zog Abzeichen seiner Leistungen Symbolen seiner Herkunft vor. In Schulterhöhe trugen die fünf einen Jadefalken-Aufnäher auf den Schärpen, der einen mächtigen Jadefalken im Flug zeigte. Der ganze Putz wirkte auf Diana nur lächerlich.

»Was wollen denn diese Idioten?« murmelte Joanna.

»Es kann nichts sein, was uns Sorgen machen sollte, frapos?« Hengsts Stimme war lakonisch wie üblich.

»Steck dir dein frapos sonstwo hin. Wir sollten ihnen einen Tritt in ihre wertlosen Hinterteile versetzen, der sie zurück auf ihre Heimatwelten befördert.«

»Ruhig, Joanna, ruhig.«

»Ich habe einen Rang, du aufmüpfige Freigeburt.«

Hengst lachte. »Bitte alleruntertänigst um Verzeihung, Sterncaptain Joanna.«

»Ach, halt die Klappe, Hengst. Reiche ein Versetzungsgesuch ein. Ich werde es genehmigen, noch bevor die Diskette auf meinem Schreibtisch liegt.«

»Kaum, Sterncaptain, kaum.«

»Ich hasse dich, Hengst.«

»Auch nicht mehr als jeden anderen.«

Sie grunzte. »Wie heißt der vorderste Idiot?«

»Cholas«, antwortete Diana. »Er soll ein guter Kämpfer sein.«

»Und die anderen?«

»Der Große heißt Ronan.« Die Bezeichnung grenzte an eine Schmeichelei, denn der Muskelmann war beinahe fett. Er hatte seltsame, geheimnisvolle Augen, ein Eindruck, der durch die maskenähnliche Tätowierung seines Neuroimplantats noch verstärkt wurde. »Die Hochgeschossene ist Castilla.« Sie hatte eine schlanke Figur, bis auf die breiten Hüften, die ihr im Nahkampf wahrscheinlich einen Vorteil verschafften. Castilla hätte hübsch sein können, wäre ihr Mund nicht zu einem Strich verkniffen gewesen. »Die Dunkle heißt Haline.« Haline war eine ziemlich breitgebaute Frau und beinahe so muskulös wie Ronan, aber kleiner. »Ach ja, der andere ist Fredrich.« Er war weder groß noch klein, weder breit noch schlank, weder hübsch noch häßlich. Diana fand ihn ganz und gar durchschnittlich.

Als sie Cholas vor den anderen den Hang heraufmarschieren sah, mußte sie zugeben, daß er einen eindrucksvollen Anblick bot. Er war groß, muskulös und von einer gewissen Eleganz in seinen Bewegungen. Sie hatten sich einmal, kurz nach seiner Ankunft, gepaart, aber er hatte sich so unbeteiligt benommen und einen derart fernen Blick in den Augen gehabt, daß Diana sich gefragt hatte, ob er sich langweilte. Sie hatten die Paarung nicht wiederholt, und es tat ihr keineswegs leid.

»Sterncaptain Joanna«, rief Cholas, als er näher kam. »Wir haben dich gesucht.«

Die Farben seiner Geschko waren besonders grell, orange auf gelb, durchschossen von rot. Ein wütendes Schlangenknäuel.

Joanna knurrte ihre Antwort. »Wozu, MechKrieger?«

»Es scheint, daß du in Kürze im Stützpunkt gebraucht wirst. Ein Neuankömmling hat die Absetzzone erreicht und wird in Kürze hier sein. Du solltest dich auf die Begegnung freuen.«

Joanna blickte sich zu Hengst und Diana um, und die Verachtung für die Neuen stand ihr ins Gesicht geschrieben. »Ich sollte mich auf die Begegnung mit ihm freuen? Ich sollte mich auf etwas freuen? Und warum das, MechKrieger Cholas?«

»Er ist für uns alle von besonderem Interesse. Er ist eines der Wunder des Jadefalken-Kriegertums.«

Hengst grölte. »Jadefalken-*Kriegertum?*«

Cholas ging zu Hengst hinüber. »Du lachst. Warum?«

»Es ist nichts, mein Freund. Nur der Ausdruck. Ich finde ihn ... beredt.«

Cholas schien den Sarkasmus nicht zu verstehen. »Das freut mich, Freigeburt.«

Cholas drehte sich um. Dadurch entging ihm der abrupte Stimmungsumschwung in Hengsts Gesicht. Der junge Jadefalke konzentrierte sich wieder auf Joanna. »Der Neuankömmling ist unser neuer Sternhaufenkommandeur, und ein hochangesehener Offizier. Sein Sieg über alle drei Gegner in seinem Positionstest war so beeindruckend, daß er im Rang eines Sterncaptains den Dienst antrat. Danach bewarb er sich augenblicklich um seinen Blutnamen und ...«

»Blutnamen?« fragte Joanna. »Augenblicklich? Wie, zur Hölle, konnte er sich um einen Blutnamen bewerben, bevor er noch einen echten Kampf gesehen hatte?«

»Ich habe nicht wirklich augenblicklich gemeint.«

»Warum hast du es dann gesagt, Nestling?«

Der Begriff Nestling war eine schwere Beleidigung für jeden Krieger, der seinen Positionstest bestanden hatte. Cholas setzte zu einer Antwort an, aber Castilla kam ihm zuvor und erklärte kühl: »Es war natürlich nicht augenblicklich in realen Zeitbegriffen. Aber relativ gesehen schien es so. Der Sterncolonel hat ...«

»Sterncolonel? Dieser Grünschnabel ist auch noch Sterncolonel.«

»Natürlich. Um unseren Sternhaufen zu befehligen, muß er diesen Rang besitzen, frapos?«

»Oh, pos. Ich bin nicht an solche schnellen Beförderungen gewöhnt.«

»Es ist der neue Traum«, unterbrach Cholas. »Ihr Krieger, die uns in der Invasion der Inneren Sphäre vorangegangen seid, habt den Weg geebnet, und diese Ehre gestehen wir euch zu, aber jetzt – wenn dieser verfluchte Waffenstillstand endet – wird es unser Krieg, und wir werden uns den Weg geradewegs bis nach Terra freikämpfen. Ihr werdet sehen.«

»Ich werde darauf verzichten, erwartungsvoll den Atem anzuhalten. Ist dir klar, daß du selbst schon alt sein wirst, wenn der Waffenstillstand endet?«

»Nur, wenn er nicht gebrochen wird. Aber das bezweifeln wir.«

»Deine Sicherheit freut mich für dich. Was sagtest du gerade, Castilla?«

»Ich wollte gerade bestätigen, daß der Sterncolonel seine Feuerprobe bestanden hatte, bevor er den Blutnamen errang.«

»In unserer Invasion? Ich habe von keinem Kometensterncolonel gehört, der ...«

»Nein, nicht als Teil der Invasion, obwohl ich sicher bin, du hättest von ihm gehört, wäre er beteiligt gewesen. Er hat seinen Ruhm mit der Auslöschung von Banditen in den Heimatwelten errungen. Er hat besonders niedrig geboten und die Schlacht anschließend fast allein gewonnen, viele Gegner getötet und ...«

»Verzeihung, aber preist du diesen Heroen hier für ein Scharmützel? Ein *Scharmützel?* Reicht das heutzutage schon aus, um sich für einen Blutnamen zu qualifizieren? Da hat doch tatsächlich jemand auf ihn geschossen, während er dabei war, Ungeziefer auszumerzen oder sich mit ein paar unzufriedenen Arbeitern oder Techs ...«

»Sterncaptain Joanna«, unterbrach Castilla. Sie hatte deutlich Schwierigkeiten, ihre Stimme unter Kontrolle zu halten. »Die Rebellen waren keineswegs fast unbewaffnete Dorfbewohner. Sie hatten moderne Waffen gestohlen und besaßen sogar eigene BattleMechs.«

»Mechs, die sie wahrscheinlich auch mit dem Können ausgebildeter Krieger geführt haben?«

Castilla wirkte etwas unsicher. »Nun ja, ich nehme nicht an, daß diese dreckigen Freigeburten eine nennenswerte Ausbildung hatten, aber ihr Anführer war ein Freigeborener von außergewöhnlichen Fähigkeiten, ein würdiger Gegner, der eine Ausbildung bei ...«

»Ich bin nicht überzeugt. Ich werde diesen ... diesen Helden noch früh genug kennenlernen, Sternhaufenkommandeur oder nicht. Weggetreten.«

Cholas machte einen wütenden Schritt auf Joanna zu, aber Castilla hielt ihn mit graziler, reich beringter Hand auf. »Wir waren noch nicht fertig, dir von ihm zu erzählen. Sein Name ist Sterncolonel ...«

»Ich habe genug über diese neue Art Held gehört. Sein Name interessiert mich nicht.«

»... Sterncolonel Ravill Pryde.« Castilla sprach den Namen mit erkennbarer Befriedigung aus. Ihr schiefer Mund schien mehr denn je ein Schnitt, eine Narbe.

Einen Moment lang waren alle drei Veteranen sprachlos.

»Pryde«, meinte Joanna schließlich leise. »Sein Blutname ist Pryde.«

»Ja.« Cholas' Arroganz war in voller Blüte zurückgekehrt. »Ravill Pryde. Er besitzt das Blutrecht Aidan Prydes, des Helden von Tukayyid.« Er genoß das ungläubige Starren der drei Veteranen, bevor er weitersprach. »Ich hätte gedacht, daß ihr als Überlebende dieser Schlacht alle jemanden kennenlernen möchtet, der dieses bemerkenswerte Generbe besitzt.«

»Heil Aidan Pryde«, rief Ronan in einer Stimme, die für seinen massigen Leib zu hoch schien. Die anderen stimmten ein.

Joanna schauderte. Es war eine ungewohnte Reaktion, aber wie sollte sie es vermeiden, wenn sie gezwungen war, sich die Dummheiten dieser neuen Krieger anzuhören? Obwohl sie Aidans Mut bewundert hatte, haßte sie es, wie diese Hohlköpfe seinen Namen beschworen.

»Du hast mit Sterncolonel Aidan Pryde gedient, Sterncaptain Joanna, frapos?«

»Pos. Natürlich habe ich das!«

»Und du verachtest unsere Verehrung für ihn.«

»Nein. Oder, ja, das tue ich.«

Ronan schob Haline beiseite und trat vor. »Sieh dich vor, was du sagst, frapos?« erklärte er drohend, und Haline nickte zustimmend. Castillas Mund war vor Zorn verkrümmt, und Fredrich starrte Joanna in stummer Wut an. Nur Cholas schien gelassen.

»Mich vorsehen soll ich?« Joanna ging zu Ronan hinüber. Obwohl sie hochgewachsen war, ragte Ronan über sie auf. »Warum sollte ich mich vorsehen? Da ich ihn kannte und ihr fünf nicht, kann ich besser beurteilen, was an ihm Verehrung verdiente und was nicht. Er war ein Held, das gestehe ich ein. *Ich war dabei, auf Tukayyid und bei seinem letzten Gefecht und ihr nicht!*«

»Das gibt dir keinen Grund, ihn oder uns zu verspotten«, meinte Castilla.

Ihre Bemerkung brachte ein Lächeln auf Cholas' Lippen. Hengst ließ ihn nicht aus den Augen. Soweit es ihn betraf, war dem Mann nicht zu trauen. Eine der hervorstechendsten Tugenden der Jadefalken war der Glaube an Offenheit und der Haß für jede Art von Täuschung. Wenn diese Werte in einer Schlacht gefährdet waren, lag eine Niederlage in der Luft. Davon war Hengst überzeugt.

»Ich verspotte nur euch«, stellte Joanna mit leiser Stimme fest. Alle fünf Krieger erstarrten. Joanna blickte die fünf einen nach dem anderen an. »Aidan Pryde war ein Mensch. Er war der Held, als den ihr ihn verherrlicht, aber er war keine – *keine* Legende, kein übermenschlicher Mythenclown.« Ronan und Castilla zitterten vor Wut bei dem Wort *Clown*. »Meine lieben Nestlinge, es gab eine Schlacht, und wie bei allen Schlachten herrschte große Verwirrung. An ihrem Ende befanden wir uns auf dem Rückzug. Auf dem Rückzug. Die meisten von uns wären gefallen, hätte Aidan Pryde nicht sein Leben geopfert, um anderen die Flucht zu ermöglichen.«

Während ich geflohen bin, dachte Diana.

»Ja, es war eine Heldentat«, fuhr Joanna fort, »aber sollten wir sie nicht als ein Beispiel für einen Jadefalken-Krieger betrachten, der seine Pflicht erfüllt – statt als hehren Akt eines Gottes, der sich für einen kurzen Moment aus verklärten Sphären zu uns herabläßt? Wieviel ...«

»Sein Genmaterial wurde früher in das Jadefalken-Eugenikprogramm integriert als das irgendeines anderen Kriegers in der Geschichte«, stellte Cholas ruhig fest.

Joanna wirbelte herum. »Und ...?«

»Und ich glaube, das beweist, daß auch andere im Clan Jadefalke Aidan Pryde ebenso sehen wie wir. Heil Aidan Pryde.«

»Heil Aidan Pryde«, antworteten die anderen.

Einen langen Augenblick starrte Joanna Cholas an. Dann sagte sie mit ruhiger Stimme: »Die Diskussion ist beendet. Ihr schuldet mir Respekt. Weggetreten.« Keiner der jungen Krieger bewegte sich. »Ich sagte: Weggetreten.«

Cholas hob die Hand. »Es reicht. Wir gehen.« Er drehte sich um und ging. Dann warf er ein paar letzte Worte über die Schulter zurück. »Wir werden deinen Rang respektieren. Das müssen wir, Sterncaptain. Selbst wenn du diesen Rang schon häufig verloren hast.« Joanna sah wütend zu Hengst hinüber. Er versuchte sie mit einer Geste zu beruhigen. »Aber deine Person respektieren? Das wohl kaum. Nicht, wenn ein Sterncaptain seine Zeit mit Freigeburten verschwendet.«

Bevor er zwei weitere Schritte tun konnte, hatte Joanna ihn angesprungen. Der Aufprall warf sie beide zu Boden. Als Cholas aufzustehen versuchte, packte Joanna ihn an den Schultern und hielt ihn am Boden. Er schrie vor Schmerz. Ein Aufschrei war alles andere als die normale Reaktion eines Jadefalken auf einen Angriff, und Joanna war überrascht.

Cholas' Begleiter erholten sich von ihrem Schreck und rückten näher. Diana und Hengst rannten vor und schoben sich zwischen die beiden Kämpfenden und Cholas' Kameraden.

Cholas, der seine Beherrschung inzwischen wiedergefunden hatte, murmelte: »Was ist los, Sterncaptain? Streitest du ab, daß deine Freunde dreckige Freigeburten sind? Oder streitest du ab, daß sie deine Freunde sind?«

Sie verstärkte den Druck, und Cholas verzog das Gesicht. »Du, mein liebes Küken, bist die wahre Freigeburt hier.«

»Beleidige uns nicht durch einen Vergleich mit *denen!*« brüllte Ronan. »Das ist ehrlos. Wir haben den Ruhm, das Ergebnis ...«

»Ach, halt's Maul«, unterbrach Hengst. Ronan stürmte auf ihn los, aber Hengst brachte ihn mit einem Schlag in die Magengrube schnell zum Stehen. Ronan ging röchelnd zu Boden. Haline packte seinen Arm und bemühte sich, ihm aufzuhelfen, aber fürs erste konnte er sich nicht bewegen.

»Wir wollen hier keine Gruppenrauferei veranstalten.« Joanna stand auf. »Ihr könnt gehen.«

»Nein«, meinte Cholas leise, als er aufstand. »Nein, wir werden nicht gehen.«

»Oh?«

»Ich habe die Ehre, dich zu einem Duell im Kreis der Gleichen herauszufordern.«

Joanna weitete amüsiert die Augen. »Meinst du das ernst?«

Hengst trat neben sie. Diana zog die metallbesetzten Handschuhe aus dem Gürtel, die Joanna ihr einmal geschenkt hatte, und zog sie über. Lässig wanderte sie auf die andere Seite ihrer Sternführerin. Cholas' vier Gefährten nahmen entsprechende Positionen neben ihm ein.

»Ich meine es ernst.«

»*Wir* meinen es ernst«, erkläre Castilla und hakte sich bei Cholas unter.

»Genau«, meinte Haline, und die anderen nickten. Alle fünf hakten sich ein.

Joanna betrachtete sie eine Weile, bevor sie reagierte. »Sehr hübsch, euer ritualistisches Schauspiel der Verbundenheit. Ich habe die Bedeutung von Ritualen immer respektiert, aber nur, wenn sie im Dienste einer würdigen Sache stehen.«

»Fangen wir an.« Cholas löste sich von den anderen und trat einen Schritt auf Joanna zu.

»Heißt das, du möchtest zuerst bieten?«

»Das ist dein Recht, denke ich.«

»Vergiß die Förmlichkeiten. Fang an.«

»Es gibt wenig zu bieten. Ich will im Kreis der Gleichen gegen dich antreten. Du darfst die Waffen wählen. Ich überlasse dir sogar die Wahl des Ortes.«

»Was sind wir doch großzügig und höflich. Aber

warum wollen wir das zu einer Privatsache machen? Da du uns beleidigt hast, werde ich …«

»Augenblick. Meine Herausforderung ist die Antwort auf deine Beleidigung.«

»Was immer. Ich biete, daß meine … meine freigeborenen Freunde hier, der ehrbare *Sterncommander* Hengst und *MechKriegerin* Diana, mit mir zusammen gegen die drei besten Krieger unter euch antreten. Bist du einverstanden, Hengst? Diana?«

»Diese Frage ist überflüssig«, antwortete Diana. Hengst nickte nur.

»Gut. Wir drei gegen die besten drei von – nein, das wäre euch gegenüber nicht fair. Wir drei gegen *euch fünf,* und da auf Sudeten kein formeller Kreis der Gleichen existiert, werden wir den Kreis hier auf dem Hang definieren. Wie sieht es aus?«

Cholas' senkte die Stimme, und seine Worte troffen von Haß. »Das ist kein annehmbares Gebot. Es ist nicht einmal ein faires Gebot. Es ist eine Beleidigung.«

»Ach? Wie das?«

»Du erwartest von uns fünfen, allesamt Wahrgeborene, unsere Waffen gegen ein Trio von Gegnern zu entehren, das zu zwei Dritteln aus Freigeburtsabschaum besteht. Das werden wir nicht zulassen. Dieses Batchall muß für ungültig erklärt werden, es muß …«

»Na schön, Cholas. Machen wir es auf deine Art.«

Cholas war zufrieden und starrte Hengst und Diana verächtlich an. Seine vier Begleiter taten es ihm nach.

»Ich biete meine beiden freigeborenen Freunde fort«, meinte Joanna gelassen.

»Nein!« rief Diana. »Das ist nicht fair. Es spielt ihnen in die Hände. Im Kreis der Gleichen sind wir alle gleich. Wir müssen kämpfen.«

»Nein, Diana. Wenn du fortgeboten wirst, mußt du es akzeptieren. Das ist das Gesetz der Clans.«

»Ich weiß, aber …«

»Schweig, MechKriegerin Diana.« Joanna drehte sich

wieder zu Cholas um. »Ich biete sie fort. Ich allein werde gegen euch alle fünf antreten.«

Cholas öffnete den Mund, um zu protestieren, aber Joanna gab ihm keine Gelegenheit dazu.

»Du wirst schweigen, bis mein Gebot abgeschlossen ist. Ich kämpfe gegen euch fünf Küken. Der Kreis wird gezogen, und nur wir sechs werden ihn betreten. Wir werden keine Waffen in den Kreis bringen. Aber es wird kein waffenloser Kampf werden. Ich ziehe den Kreis um den Schrottplatz dort unten. Wir werden dort kämpfen. Alles, was sich innerhalb des Kreises befindet, kann als Waffe benutzt werden. Das ist mein Gebot. Wie lautet deine Antwort?«

»Ich werde allein gegen dich kämpfen«, erwiderte Cholas.

»Nicht akzeptabel. Das kann mein letztes Gebot nicht schlagen. Ich gewinne. Mein letztes legitimes Gebot gilt. Du kannst deine Kameraden nur fortbieten, wenn du mit einem Gebot kommen kannst, das unter meinem liegt. Und das Gebot eben war ein Eingeständnis von Feigheit.«

»Aber …«

»Das Bieten ist zu Ende. Dies ist ein Ehrenduell, und ihr seid verpflichtet, ehrenhaft zu kämpfen. Wie lautet deine Antwort?«

Cholas ließ die Schultern sacken. »Gut gehandelt und akzeptiert.«

»Gut gehandelt und akzeptiert. Also dann – Hengst?«

»Sterncaptain Joanna?«

»Ein Ehrenduell dieser Art erfordert die Dienste eines Ritenmeisters, frapos?«

Hengst zog leicht die Augenbrauen hoch, aber Cholas stellte die Frage zuerst. »Diesen Begriff habe ich noch nie gehört. Ritenmeister?«

Joanna lachte verächtlich. »Ihr kommt *tatsächlich* frisch aus dem Kanister. Spielt ihr noch mit Plastikmechs? Ein Ritenmeister wird benötigt, sobald bei einem Ehrenduell ein Kräfteverhältnis von vier zu eins übertroffen wird. So große Kräfteunterschiede machen einen Ausgleich notwendig, daher legt der Ritenmeister die Regeln des Kampfes für alle Krieger im Innern des Kreises fest. Er legt die Grenzen des Kampfes fest, wann die einzelnen Krieger in den Kreis treten dürfen, und wo sie dies tun. Hengst ist ein erfahrener Ritenmeister, und er wird ...«

»Wir protestieren!« schrie Castilla. »In unserer Ausbildung gab es keine derartige Rolle, in ...«

»Ihr seid nicht mehr in der Ausbildung, zumindest habe ich das so verstanden. Jetzt spielt ihr nach den Regeln *echter* Krieger.«

»Selbst wenn wir deine Regel akzeptieren, kann MechKrieger Hengst nicht Ritenmeister werden!« rief Cholas mit winselndem Unterton. »Er ist eine Freigeburt, und wir können nicht den Anweisungen eines solchen Abschaums folgen.«

»Diana könnte die Rolle ebenso übernehmen.«

»Das ist ein Trick, nicht wahr? Ein Freigeborener darf nicht als Ritenmeister fungieren, dessen bin ich mir sicher. Nur ein Wahrgeborener kann Ritenmeister sein!«

»Aber ihr Wahrgeborenen seid alle schon an diesem Ehrenduell beteiligt. Es wäre nicht annehmbar, daß ein Teilnehmer des Duells zugleich Ritenmeister wird.«

»Wie können wir einer ... einer Freigeburt wie diesem stinkenden Stück Dreck vertrauen?«

Joanna hielt den wutschäumenden Hengst zurück. »Diese Freigeburt, wie du ihn bezeichnest, ist ein tapferer und kampferprobter Jadefalken-Krieger.«

»Aber ...«

»Willst du dich drücken, MechKrieger Cholas? Das Duell absagen? Diese Möglichkeit steht dir natürlich frei. Meine Erlaubnis hast du. Es wird uns Vergnügen bereiten, davon im Stützpunkt zu erzählen. Also, Nestling?«

Cholas sah zu den anderen. Sie nickten. »Na schön. Wir akzeptieren Hengst als Ritenmeister.«

»Sehr gut. Dann laßt uns hinunter zum Duellplatz gehen.«

Die fünf jungen Krieger marschierten mit schnellem, entschlossenem Schritt den Berghang hinab. Die drei Veteranen folgten ihnen, langsamer, aber nicht weniger entschieden.

»Ich habe noch nie erlebt, daß ein Ritenmeister einen Kreis der Gleichen reguliert«, bemerkte Hengst. »Und ich bin ein *erfahrener* Ritenmeister? Ich habe noch nie etwas von Ritenmeistern gehört.«

»Ich auch nicht«, gab Joanna zu. »Ich bin vielleicht mutig, aber ich bin keine Idiotin. Ich stelle mich nicht ohne irgendeinen Vorteil gegen fünf junge und frische Krieger. Der Ritenmeister könnte dieser Vorteil sein.«

»Was immer du meinst. Ich werde tun, was nötig ist, damit diese arroganten Bastarde auf die Schnauze fliegen.«

Joanna grinste. In Hengsts freigeborenen Kreisen war Bastard eine ebensolche Beleidigung wie der Begriff Freigeburt. Wahrgeborene mochten die Implikationen der Bezeichnung Bastard ganz und gar nicht.

»Ich wußte gar nicht, daß du so hinterhältig sein kannst, Joanna.«

»Ein gutes Gebot ist immer mehr als nur das, was ausgesprochen wird. Es geht darum, was hinter den Worten liegt.«

»Aus welchem Bietritual hast du das denn?«

»Aus meinem.«

»Manchmal, Joanna, könnte ich fast denken, du hast Humor.«

»Ich denke, du bist eine Freigeburt, Hengst. Das ist nicht lustig.«

»Aber du kämpfst gegen sie, weil sie mich so genannt haben.«

»Bist du sicher?«

»Bei dir bin ich mir nie sicher.«

»Mach es ihnen schwer, Ritenmeister. Aber sie müssen es überleben. Wir sind zu weit von den Heimatwelten entfernt, um auch nur so erbärmliche Verstärkungen zu verschwenden.«

Diana folgte den beiden, während sie hastig die Rolle des Ritenmeisters ausgestalteten. Das Täuschungsmanöver behagte ihr nicht. Gerade zu Joanna paßte es überhaupt nicht. Jadefalken-Krieger hielten von solchen Taktiken eigentlich nichts. Direktes, zielgerichtetes Zuschlagen, das war die Art des ehrbaren Kriegers. *Andererseits,* dachte sie, *kann man bei dermaßen arroganten Idioten die Traditionen schon mal ignorieren.* Zu gerne hätte sie ihnen persönlich den Hals umgedreht.

Das erinnerte sie an ihre metallbesetzten Handschuhe. Es schien ihr nur gerecht, diese Handschuhe, die ursprünglich ein Geschenk Joannas an sie gewesen waren, in deren Gürtel zu schieben, bevor sie den Kreis betrat. Also tat sie es.

3

Schrottplatz 3, Pattersen
Sudeten, Jadefalken-Besatzungszone

1. Juli 3057

Joanna kauerte auf der flachen Frontpartie eines umgekippten Gabelstaplers und sah zwischen den beiden Metallstäben der Hubgabel hindurch. Sie hatte ein paar Meter entfernt ein Geräusch gehört, hinter der Torsoruine eines nicht mehr zu identifizierenden BattleMechs der Inneren Sphäre. Die Maschinen hier waren zu zerschlagen, um noch Hinweise auf die Herkunft der verschiedenen Einzelteile zu liefern. Der in einer ausmodellierten Faust endende rechte Arm des Mechs ragte leicht nach hinten, als wolle er Bodentruppen vorwinken.

Ein menschlicher Kopf, der fast wie der eines Mechs geformt war, lugte kurz aus einem Gewirr ausgebrannter Verdrahtungen. *Ronan,* dachte sie, *nach Form und Größe zu urteilen. Logisch, der größte wird zuerst vorgeschickt, Cholas, dieser blasierte Pfau, wird als letzter kommen. Wahrscheinlich spekuliert er darauf, mich fertigmachen zu können, nachdem mich die anderen müde gehetzt haben. Wahres Offiziersmaterial.*

Auf dem Weg zum Fabrikgelände hatte sie das Ehrenduell zusammen mit Hengst gründlich durchgeplant. Hengst war mit Leichtigkeit in die Rolle des Ritenmeisters geschlüpft und hatte festgelegt, daß die fünf Krieger in zehnminütigem Abstand den Kreis betreten und in seinem Innern getrennt voneinander operieren mußten. »Ehrenduelle basieren auf dem Konzept des Einzelkampfes«, hatte er frohgemut improvisiert. »Daher sind Gruppentaktiken nicht gestattet.« Diana, die ein gutes Stück hinter Hengst stand, hatte einige Male ein Grinsen unterdrücken müssen, als er eine Regel nach der anderen erfand.

Hengst hatte die fünf Krieger auf verschiedene Positionen rund um den Kreis verteilt. Sie hatten ihm nur zögerlich gehorcht. Es war nicht zu übersehen, wie sehr es sie wurmte, einem Freigeborenen gehorchen zu müssen. Aber wann immer einer von ihnen auch nur mürrisch blickte, wurde er von Hengst mit einem Blick gemaßregelt, der einem Laserstrahl an Hitzeentwicklung kaum nachstand.

Joanna hatte den Kreis fünf Minuten vor ihrem ersten Gegner betreten. Dabei hatte sie gehört, wie Hengst ihre Gegenspieler daran erinnerte, daß Galaxiscommander Marthe Pryde, die Kommandeurin der Gamma-Galaxis, erst vor kurzem Ehrenduelle bis zum Tod verboten hatte. Die Reihen der Jadefalken waren bei der Invasion so gelichtet worden, daß die Clanführung es sich nicht erlauben konnte, weitere Krieger durch interne Streitereien zu verlieren. Die wilden, gewalttätigen Falkenkrieger haßten diesen Befehl, aber sie wußten, daß er zum Wohl des Clans nötig gewesen war.

Joanna würde sich nur mit Mühe zurückhalten können. Nachdem sie auf dem Gabelstapler saß, hatte sie ein paar Spekulationen über den neuen Kommandeur der Falkengarde angestellt. Die bevorstehende Begegnung mit ihm bereitete ihr Unbehagen, weil er aus Aidans Blutlinie stammte. Wie wohl Marthe Pryde, die kühle, distanzierte und verschlossene Galaxiskommandeurin, auf den jungen Selbstdarsteller mit ihrem Blutnamen reagieren würde? Würde sie der überzogene Ruf ärgern, der diesem Mann vorauseilte, einem Krieger, der schon zur Legende geworden war, ohne jemals einen echten Kampf erlebt zu haben? Eines war jedenfalls sicher: Joanna würde niemals einen Sterncolonel akzeptieren, der von Rechts wegen noch im Kanister liegen und Nährstoffe aus den Schläuchen saugen müßte.

Ronan, dieser Hohlkopf, machte auf der anderen Seite der Mechtrümmer Krach, offensichtlich in dem Versuch, Joanna anzulocken. *Warum nicht.* Joanna drückte sich vor keinem Kampf, schon gar nicht mit einem ausgewiesenen Dummkopf.

Sie kletterte von ihrem Gabelstapler und schlich vorwärts. Vorsichtig trat sie um die Bruchstücke von Mechs und anderem Kriegsgerät herum. Als sie sich dem umgestürzten BattleMech näherte, bemerkte sie, daß die beschädigte Oberfläche seines ausgestreckten Arms jede Menge Möglichkeiten bot, sich festzuhalten.

Aus der Nähe war der beißende Gestank der zähflüssigen Ölschmiere und durchgebrannten Drähte schlimm genug, um selbst einem harten Krieger zu schaffen zu machen. Aber Joanna hatte schon auf so vielen Schlachtfeldern gekämpft und war schon über so viele Mechfriedhöfe gewandert, daß sie ihn kaum wahrnahm.

Sie kletterte langsam hoch, ohne sich darum zu kümmern, ob Ronan sie bemerkte, und hielt an jedem neuen Halt an, den ihr die zahlreichen Krater auf der Metalloberfläche boten. Auf diese Weise arbeitete sie sich bis zur Spitze des Arms vor und schob sich in die Beuge zwischen Daumen und Fingern. Als sie hochsah, bemerkte sie schwere Sturmwolken, die aus der Ferne näher kamen. Auf Sudeten brachen Gewitter plötzlich und ohne Vorwarnung los.

Sie sah nach unten und suchte das Gelände nach Ronan ab, der noch immer seine grellfarbige Geschkoschärpe trug. *Der Trottel hätte sich nicht auffälliger ausstaffieren können, wenn er in einen Kübel mit Neonleuchtfarbe gehüpft wäre.* Joanna warf einen Blick auf die Armbanduhr und stellte fest, daß sie noch etwa vier Minuten Zeit hatte, mit Ronan fertigzuwerden, bevor ihr nächster Gegner den Kreis betrat. Sie durfte keine Zeit damit vertrödeln, einen BattleMechdaumen festzuhalten. Ronan mußte so schnell wie möglich erledigt werden. Eine kleine Überraschung und ein kurzer, schmutziger Kampf.

Obwohl ihr nur wenig Zeit blieb, wartete sie auf eine günstige Gelegenheit. Es dauerte nicht lange, bis Ronan vorbeikam und ohne größere Vorsicht unter Joanna durch die Trümmer schlenderte. Sie packte die Oberseite des Mechdaumens und arbeitete sich nach vorne, bis sie frei herabhing. Als der Daumen leise unter ihrem Gewicht knirschte, blieb Ronan stehen und sah nach oben. Der Anblick Joannas, die gute sechs Meter über ihm in der Luft hing, überraschte ihn sichtlich.

Im selben Augenblick ließ Joanna sich fallen und erwischte ihn mit ihren schweren Stiefeln mitten im Gesicht. Ronan schrie vor Schmerz, als der Aufprall ihn nach hinten zwischen die Metalltrümmer warf. Joanna rollte zur Seite und arbeitete sich krabbengleich herum, bis ihre Beine neben dem Kopf des jüngeren Kriegers lagen. Ronan kroch seitwärts davon. Sie setzte sich auf und rutschte ihm auf dem Hintern nach, wie ein Kind, das sich noch nicht so recht zu gehen traut.

Aus verkniffenen, blutunterlaufenen Augen stierend, hob Ronan den Kopf, um sie zu suchen. Das gab Joanna eine Gelegenheit, seinen dicken Hals in eine Beinschere zu nehmen. Sie preßte die kräftigen Schenkel zusammen und hielt Ronans Kopf fest eingeklemmt. Er wedelte mit den Armen, aber Joanna war außer Reichweite. Er konnte sich nur ergebnislos in ihrem Beingriff winden und nach Luft japsen. Als Joanna den Druck weiter verstärkte, grunzte Ronan schließlich leise und schloß die Augen. Sie lockerte den Druck sofort, gerade genug, um ihn am Leben zu lassen. Als kein Zweifel an seiner Bewußtlosigkeit mehr bestand, gab sie ihn frei und starrte auf ihn hinab. Es wäre so einfach gewesen, ihn zu erdrosseln, aber die Regeln gestatteten es nicht.

Ein Blick auf die Uhr. Ihr zweiter Gegner hatte vor

etwa zwei Minuten den Kreis betreten. Sie hatte sich mit Ronan zuviel Zeit gelassen.

Aus dem Augenwinkel nahm Joanna eine entfernte Bewegung wahr und schaute nach rechts, zur Fabrik. In der Nähe eines Fensters hatte sich jemand bewegt. Sie sprang auf und rannte auf das Gebäude zu. Vor ihr lockte eine offene, halb aus den Angeln gerissene Tür. Aber das schien ihr eine zu gute Möglichkeit für einen Hinterhalt. Zwei Fenster links von der Tür sah sie eine Bewegung. Vielleicht nur ein optische Täuschung, aber vielleicht auch ihr nächster Gegner, der sich in Richtung Tür aufgemacht hatte, um sie zu überraschen.

Sie entschied sich, durch das zweite Fenster rechts der Türöffnung ins Haus einzudringen. Unangenehmerweise war dessen Scheibe noch ganz.

Joanna rannte, immer schneller werdend, auf das Fenster zu. Im Sprung nahm sie den Kopf nach unten und fing den größten Teil des Aufpralls mit Schultern und Rücken ab. Durch einen Sprühregen von Glassplittern flog sie ins Gebäude, kam nach einem schnellen Salto auf die Füße und wirbelte zur halboffenen Tür herum. Dort stand Haline, die sich gerade zu ihr umdrehte.

Der Muskelmann hat versagt, und sie schicken die Muskelfrau. Geschickte Strategen sind diese Trottel nicht, soviel steht fest.

Haline ging in die Hocke, als sie Joanna auf sich einstürmen sah. In der Hand hielt sie ein langes Metallstück. Zweifelsohne hatte sie es aus irgendeinem Abfalleimer gefischt. Großartige taktische Überlegungen waren hier verschwendet. Joanna rannte geradewegs auf Haline zu, die ihre improvisierte Waffe ruhig hielt. Sie wirkte durchaus nicht abgeneigt zu töten, Regeln hin, Regeln her. Joanna konnte ihre Entschuldigung förmlich hören: »Ich wollte sie nicht umbringen, aber in der Hitze des Gefechts, und als Joanna auf mich zustürzte …«

Im letzten Moment knickte Joanna ein und sprang nach vorne. Unter dem Stahlrohr hindurchtauchend, knallte sie gegen Halines beachtlichen Leib und warf sie hart gegen die Mauer. Es gelang ihrer Gegnerin, mit der Waffe ihren Rücken zu treffen, aber Joannas Manöver nahm dem Schlag die Kraft, erst recht gegen einen abgehärteten und vernarbten Rücken wie den ihren.

Sie stieß noch härter nach, und Haline schnappte nach Luft. Dann schlug Joanna das Stahlrohr beiseite und deckte ihre wuchtige Gegnerin mit Fausthieben ein. Einen Zweikampf konnte man es nicht nennen. Innerhalb von dreißig Sekunden hatte Joanna Haline bewußtlos geschlagen. Deren Gesicht war blutüberströmt, als sie zu Boden glitt.

Mit diesem schnellen Sieg hatte Joanna kostbare Zeit gewonnen, etwa vier Minuten. Ronan oder Haline würden eine Weile keine Schwierigkeiten mehr machen, was ihr Gelegenheit zum Nachdenken gab.

Sie sah sich im Innern der Fabrik um. Dieses Stockwerk bestand in der Hauptsache aus einer einzigen riesigen Halle, an deren entferntem Ende mehrere kleinere Räume zu sehen waren. Möglicherweise schlossen sich weitere daran an.

Es lag auf der Hand, wie Haline so schnell an eine Waffe gekommen war. Überall lagen Metalltrümmer herum, zum Teil in Tonnen, zum Teil auf dem Boden verstreut. Auch Bänke und Tische, Maschinen und Laufbänder, Drillichanzüge und Werkzeug lagen ähnlich ungeordnet herum.

An einem Ende war die Decke eingestürzt und hatte die Schutthaufen um zusätzliches Holz und Metall bereichert. Was von der Decke noch übrig war, hing in der Mitte der Halle durch. Sie schien jeden Moment einstürzen zu können – das nächste Gewitter, ein leichtes Erzittern des Bodens, ein vorbeikommender BattleMech mit seinem schweren Schritt konnten genügen.

In der hinteren Wand sah sie eine Tür zum Treppenhaus. Joanna entschloß sich, in den ersten Stock zu steigen. Möglicherweise konnte es sich als nützlich erweisen, das Gelände von einem der oberen Fenster aus zu untersuchen. Ob es sicher war, nach oben zu gehen, wußte sie zwar nicht, aber was war das Leben schon ohne ein gewisses Risiko?

Die Treppe war brüchig wie die Stufen, die in einem Traum in ein Geheimnis führten. Joanna nahm zwei oder drei Stufen auf einmal, immer bereit, sich am Geländer abzustützen, das entlang der linken Treppenseite verlief und sich an mehreren Stellen aus der Halterung gelöst hatte. Trotz des lauten Krachens einer der Stufen kam sie die Treppe sicher hinauf. Ihr blieben noch immer zwei Minuten, bis ihr nächster Gegner den Kreis betrat. Wenn sie mit ihrer Vermutung richtig lag, würde es der stille Fredrich sein. Danach würde Cholas die gefährlich aussehende Castilla losschicken.

Der durchlöcherte Fußboden erstreckte sich wie eine Holzversion der Landschaft außerhalb des Geländes vor ihr, durchzogen von Hügeln und Tälern. Hie und da waren noch Reste von Büromöbeln zu sehen. Ein paar Trennwände standen auch noch. Holz- und Metallsplitter bedeckten den Boden, und angekohlte Papierfetzen waren alles, was von irgendeinem vergessenen bürokratischen Ritual geblieben war. Die Innere Sphäre war wohl ziemlich dem Papierkrieg verfallen, soweit sie gehört hatte. Bei den Clans waren die einzigen wichtigen Unterlagen die Kodaxe der Wahrgeborenen, die persönlichen Akten der Krieger, die alles von den Besonderheiten ihrer DNS über sämtliche Leistungen ihrer Laufbahn bis zu den Namen der Krieger enthielt, von denen sie abstammten.

Joanna machte sich auf den Weg zum nächsten Fenster. Als ein Teil des Fußbodens unter ihren Füßen nachgab, konnte sie sich gerade noch abfangen. Ihr Weg wurde vom Ächzen und Stöhnen des Bodens begleitet.

Sie blickte hinaus und sah den Berg, auf dessen Hang Cholas sie herausgefordert hatte. An seinem Fuß saß Diana. Sie rutschte nervös herum und starrte vergeblich in den Kreis. Hengst stand näher am Kreis, aber weiter rechts. Ein, zwei Schritte weiter, und Joanna hätte ihn nicht mehr gesehen. Seine Hand war erhoben, und er blickte auf die Uhr. Joanna dachte, sie hätte noch Zeit, aber das erwies sich als Irrtum. Hengst senkte die Hand. Ihr nächster Gegner, wer immer das sein mochte, betrat auf der anderen Seite einer Mechhalde das Gelände. Wenn sie es nur schaffte, aufs Dach zu kommen, würde sie ihn sehen können. Allerdings sah Joanna keine Treppe zum Dach. Die einzige Möglichkeit, dort hinaufzukommen, war durch eines der Löcher in der Decke.

Gefangen zwischen einem Fußboden, der jeden Moment einstürzen kann, und einer Decke, die in kaum besserer Verfassung ist. Die Geschichte meines Lebens.

Joanna ging zu einem umgedrehten Schreibtisch, der gegen die Wand gelehnt stand. Sie ignorierte die unheilsschwangeren Geräusche, die ihre Schritte über den unsicheren Fußboden hervorriefen, ebenso wie das klaffende Loch unmittelbar vor dem Schreibtisch. An ihrem Ziel angekommen, schaute sie hinüber zu einem hoch in der Wand gelegenen Fenster. Es lag knapp unter einer schmalen Bresche im Dach, die sich bis zur Wand hinzog. Ihr Plan, der so naheliegend gewesen war, als sie ihn auf der anderen Seite des Raumes gefaßt hatte, erschien ihr plötzlich ausgesprochen zweifelhaft. Andererseits hatte sie kein Bedürfnis, über den brüchigen Boden zurück zu schleichen, aus dem Fenster zu springen oder sich durch das Loch im Boden fallen zu lassen, und unten machte ein Krieger Jagd auf sie. Joanna entschloß sich, ihre wahrscheinlich recht eingerosteten akrobatischen Fähigkeiten in Anspruch zu nehmen.

Sie überprüfte vorsichtig den Schreibtisch und den

Boden ringsum. Letzterer schien unter ihrer Stiefelspitze nachzugeben, aber darauf konnte sie keine Rücksicht nehmen. Sie kletterte auf die Oberkante des Schreibtischs, wobei sie sich an einer herabhängenden Lampe festhielt.

Oben angekommen, faßte sie eine zweite, weiter links befindliche Lampe, und streckte vorsichtig einen Fuß in Richtung Fensterbank. Das Fensterglas war herausgefallen, aber der Rahmen war noch intakt. Als sie den linken Fuß auf der Fensterbank hatte, packte Joanna mit beiden Händen die Lampe und verlagerte ihr Körpergewicht zum Fenster hin. Durch die Bewegung verschob sich der Schreibtisch früher als beabsichtigt unter ihr. Unter dem Schreibtisch gab der Fußboden mit lautem Krachen nach. Langsam rutschte der Schreibtisch auf das Loch im Boden zu, hing einen Augenblick an dessen Rand und kippte dann weg. Bei seinem Sturz nahm er ein großes Stück Fußboden mit.

Es schien ewig zu dauern, bis der Schreibtisch unten aufschlug. Als er es tat, geschah dies mit einem donnernden Knall, der eine Serie von Echos auslöste, ein Signal, das ihr Gegner gar nicht überhören konnte. Sie verdrehte schmerzhaft den Hals und schaffte es, den Kopf ans Fenster zu bringen, während sie sich mit einer Hand weiter an der Lampe festhielt und mit der anderen einen unsicheren Halt am seitlichen Fensterrahmen fand. Sie mußte um ihren Oberarm herumsehen, um aus dem Fenster blicken zu können. Draußen sah sie Fredrich stehen und mit einem rätselhaften Lächeln zu ihr hochschauen. Hätte er eine Waffe gehabt, hätte er sie in diesem Moment mit Leichtigkeit abschießen können. Er sah eine Weile zu ihr hoch, dann machte er sich gemütlich in Richtung Fabrikeingang auf den Weg.

Da hänge ich also, dachte Joanna. *Mit einer Hand an einer Lampe und der anderen an einem Fensterrahmen, der wohl gleich abbrechen wird. Der Boden unter mir ist einge-*

stürzt, und der Schreibtisch, auf den ich geklettert bin, ist mit nach unten gefallen. Zurück kann ich nicht mehr. Ein Bein ist auf dem Fensterbrett, das andere hängt in der Luft. Was jetzt?

»Bleibt noch das Dach«, meinte sie laut.

Sie zog das rechte Bein ebenfalls aufs Fensterbrett. Damit befand sie sich in einer besonders unbequemen Position – zur Seite geneigt, mit den Händen an Lampe und Fensterrahmen. Aber Joanna hatte keine Zeit, sich über ihren nächsten Zug Gedanken zu machen: die Lampe gab allmählich nach.

Sie brachte auch die rechte Hand ans Fenster und schwang gleichzeitig die linke nach außen, so daß sie den Rahmen nach Abschluß des Manövers mit einer Hand von innen und mit der anderen von außen umklammerte. Zumindest gestattete ihr das, ihren Körper wenigstens vorübergehend ins Gleichgewicht zu bringen.

Unter sich hörte sie Fredrichs Schritte.

Das Loch im Dach befand sich nur wenige Zentimeter von der Oberkante des Fensters entfernt. Ein Doppel-T-Dachträger lag teilweise frei. Joanna löste die Hände vom Rahmen und verließ sich ganz auf ihr Gleichgewichtsgefühl. Sie ließ sich nach hinten fallen, griff nach oben und packte die Fensterkante. Beinahe wären ihre Füße abgerutscht, aber es gelang ihr gerade noch, das zu verhindern. Sie stützte die Füße am Fensterrahmen ab und schaffte es, sich nach oben zu ziehen, bis ihr Kinn über der Fensterkante war. Sie schwang ihren Körper ins Leere, ließ die Kante mit der linken Hand los und packte die untere Querstrebe des Dachträgers. Erstaunlicherweise hielt er.

Jetzt hatte sie eine Hand am Träger, die andere weiter am Fenster, und ihre Beine baumelten unbeholfen in der Luft. In einem athletischen Manöver, das selbst für einen jungen Krieger beachtlich gewesen wäre und in ihrem Alter als phänomenale Leistung betrachtet werden mußte, stützte sie die Füße an der Wand neben dem Fenster ab, während sie gleichzeitig die zweite Hand von der Fensterkante auf den Dachträger verlagerte, allerdings auf die obere Querstrebe.

In dieser Position blickte sie nach unten. Da stand Fredrich, stumm wie immer, und schaute interessiert zu ihr hoch. Sie war erstaunt, daß er nicht laut auflachte. Sie mußte einen bemerkenswerten Anblick bieten, wie sie da zwischen Fenster und Dach hing, als hätte sie jemand zum Trocknen aufgehängt.

So gut es ging zog sie sich hoch und faßte hastig die Oberkante des Trägers. Mit den Beinen stieß sie sich von der Mauer ab. Ihre Hände umklammerten den Träger. Den Schwung des Abstoßes ausnutzend, zwang sie ein Bein gegen die unregelmäßige Kante des Loches und schaffte es, indem sie ihren Körper verdrehte, das andere Bein darüber aufs Dach zu legen.

Joanna fragte sich, ob Fredrich sich angesichts ihrer ungeschickten Gymnastikdarbietung gut unterhielt, besonders jetzt, wo sie die Hände auf dem Träger und ihre gekreuzten Beine an verschiedenen Stellen der Lochkante hatte. *Und nun?*

Sie arbeitete sich mit den Händen am Träger entlang. Hand über Hand, Hand unter Hand... Langsam beugte sie immer weiter die Knie, bis sie die obere Hand auf das Dach bringen konnte. Als sie sich bereit fühlte, löste sie das andere Bein und schwang es ebenfalls aufs Dach. Jetzt war ihr Körper verdreht und in einem sehr labilen Gleichgewicht. *Und nun mein nächster Trick...*

Mit beiden Beinen auf dem Dach zog sie sich rücklings über den Träger. Jede Bewegung zog etwas mehr von ihrem Körper auf das Dach. Endlich konnte sie sich mit einem Stoß und Abrollen ganz aufs Dach retten.

Einen Augenblick blieb sie auf dem Rücken liegen, sah in den zugezogenen Himmel empor und atmete tief durch. Jeder einzelne Muskel ihres Körpers schien ausgelaugt. Das war kein gutes Zeichen. Ihr standen noch Kämpfe bevor. Vielleicht fehlten ihr die nötigen Reserven. Vielleicht hatten die Clans in ihrem Glauben recht, daß ältere Krieger ausgesiebt werden mußten.

Vielleicht war sie tatsächlich zu alt.

Vielleicht.

Mit überraschender Behendigkeit sprang Joanna auf.

Aber ich glaube es nicht, dachte sie.

4

Schrottplatz 3, Pattersen
Sudeten, Jadefalken-Besatzungszone

1. Juli 3057

Joanna ignorierte die Schmerzen und versuchte, ihre Atmung unter Kontrolle zu bringen. Auch ihr Puls war zu schnell. Sie blickte durch das Loch nach unten und suchte nach Fredrich. Er war fort. Das war keine Überraschung.

Sie ging zum Nordrand des Daches und sah keine Bewegung auf dem Schrottplatzareal. Im Osten, jenseits des Gebäudeeingangs, sah Hengst wieder auf die Uhr. Dann gab er dem vierten der jungen Krieger das Signal, in den Kreis zu treten. Hinter ihm rollten dichte schwarze Wolkenbänke heran.

Im Westen sah Joanna nichts als Einöde, und der Blick nach Süden war kaum anders.

Fredrich mußte sich noch irgendwo im Gebäudeinneren aufhalten. Aber wo, und wie konnte sie ihn aufspüren?

Wie als Antwort auf ihre Fragen ertönte plötzlich ein leises Rumoren, bevor sich etwa in der Mitte des Daches zwei Klapptüren öffneten. Ein kleiner Aufbau schob sich durch die Öffnung. Von der Joanna abgewandten Seite erklang ein Knirschen.

Als sie näher trat, schlenderte Fredrich um eine Ecke. Er lächelte, wahrscheinlich ein seltenes Ereignis in seinem Leben. Mit einer Geste über die Schulter sprach der schweigsame Krieger sie mit ruhiger, fast melodischer Stimme an. »Der Aufzug funktioniert noch.« Mit einem Schrei, der einen Vogelschwarm aufgeschreckt hätte, stürzte sich Joanna auf Fredrich. Er ging in die Hocke, dann konterte er ihren Angriff mit einem Salto. In der Rolle streckte er die Beine und rammte sie Joanna gegen die Brust. Der Tritt raubte ihr den Atem.

Als sie nach hinten taumelte, machte Joanna sich klar, daß ein derart simples Manöver sie früher niemals hätte überraschen können. Als Fredrich auf die Füße sprang, gewann sie ihre Balance zurück und winkte ihn spöttisch näher. »Na komm, Freddiejungchen, fechten wir es aus. Ohne Mätzchen, ohne akrobatische Einlagen.«

Sie hoffte, Fredrich in einen Kampf zu ihren Bedingungen zu locken, aber als er darauf einging, hatte sie Grund, diese Wahl zu bedauern. Er blockte jeden ihrer Schläge erfolgreich ab und schaffte es seinerseits, eine ganze Reihe schmerzhafter Treffer zu landen.

Als Joanna erneut nach hinten taumelte, setzte Fredrich nach, sprang in die Höhe und traf sie mit einem so harten Tritt an der Schulter, daß sie für einen Moment benommen war. Alles schien sich um sie zu drehen, einschließlich eines halben Dutzends Fredrichs.

Sie schüttelte den Kopf, um wieder klar zu sehen. Fredrich war ein paar Schritte zurückgetreten, um die Situation abzuschätzen, und rückte erneut vor. Zu Joannas Glück machte sie nur einen zögernden Schritt zurück, denn er ging ins Leere. Hastig warf sie sich wieder vor und konnte einen Absturz aus zwei Etagen Höhe vermeiden.

Fredrich wich zur Seite aus. Nicht einmal ein junger Krieger wie er war dumm genug, sich auf sie zu stürzen, während sie am Rand des Daches stand.

Jetzt standen sie sich an der Dachkante gegenüber.

»Wenn einer von uns auch nur andeutungsweise das Gleichgewicht verliert, besorgt der andere den Rest. Also, Fredrich, laß uns spielen.«

Joanna wußte, wenn Fredrich auch nur einen seiner harten Treffer landen konnte, würde sie es sein, die vom Dach flog, also mußte sie angreifen. Ohne Vorwarnung stürzte sie sich auf ihn. Auf dem Weg war sie sich jedes einzelnen Schrittes entlang der Dachkante bewußt.

Mit verschränkten Händen schlug sie ihn mit einem seitlichen Schwinger, weg vom Dachrand. Der Schlag war unter den Umständen ihres Kampfes so unlogisch, daß er Erfolg hatte. Fredrich stolperte und fiel flach aufs Gesicht. Joanna sprang hinterher. Ihre weitgehend ineffektiven Schläge trommelten auf seinen Rücken. Als es ihr endlich gelang, einen guten Treffer an seiner Schläfe zu landen, wurde sein Körper plötzlich schlaff.

Joanna erhob sich von ihrem scheinbar bewußtlosen Opfer – zu früh. In einem abrupten Herumwirbeln, bei dem er seinen Körper zum Teil vom Boden hob, trat Fredrich nach ihren Knien. Durch die furchtbaren Schmerzen des Tritts halb benommen, fiel Joanna auf den Hintern. Fredrich warf sich auf sie und stieß sie nach hinten auf die rauhe Oberfläche des Daches.

Dieser schweigsame junge Falke war stark. Sie fühlte die Kraft aus ihren Armen schwinden, als er sie zu Boden drückte. Mit aller Kraft, die sie aufbringen konnte, kämpfte sie gegen ihn an. Das Ganze ähnelte einem Wettbewerb im Armdrücken. Langsam, nach und nach, bemerkte sie, daß sie trotz ihres Alters ein klein wenig stärker war als ihr Gegenspieler. Bei ihnen beiden standen die Adern des Halses wie knotige Zweige hervor. Langsam, mit wachsender Selbstsicherheit, schob Joanna Fredrich von sich herunter. Vor Anstrengung keuchend rollte sie sich zur Seite und ging in die Hocke, bereit für Fredrichs nächsten Angriff.

Endlich zeigte sich eine Emotion auf dessen Gesicht. Wut. Offensichtlich war er nicht bereit, eine Niederlage in einer Kraftprobe mit einer älteren Jadefalken-Kriegerin zuzulassen. Immer noch stumm sprang er mit rudernden Armen auf sie zu. Sie schlug zurück, aber ihre Schläge schienen keinerlei Wirkung zu zeigen. Sie erkannte warum. Er war in einem Zustand, den man manchmal als ›Jadefalkenzorn‹ bezeichnete, einem Zustand blinder, irrationaler Kampfeswut, in dem es keine Rolle spielte, wie gedankenlos der oder die Betroffene kämpfte, weil es funktionierte.

Er rammte Joanna. Sie widersetzte sich nur zaghaft, und mit einem massiven Stoß schleuderte er sie bis unmittelbar an den Rand des Daches. Eine Sekunde konnte sie mit wedelnden Armen das Gleichgewicht halten. Dann schlug er noch einmal zu – eigentlich war es nur eine Berührung – und sie fühlte, wie sie den Boden unter den Füßen verlor. Im Sturz griff sie mit beiden Händen nach der Dachkante. Der reißende Schmerz in den Armen raubte ihr fast das Bewußtsein.

Die grobverputzte Mauer bot ihren Stiefeln guten Halt, und sie kletterte wieder hoch. Als sie einen Arm wieder auf der Dachoberfläche hatte, starrte sie hoch in Fredrichs unbewegte Augen. Die Schmerzen loderten wie weißglühendes Feuer von ihren Fingerspitzen bis zum Schultergelenk, als sie mit dem anderen Arm nach oben griff und seinen Arm packte, dessen Faust zum Gnadenstoß geballt war. Sie riß ihn mit solcher Gewalt zu sich herunter, daß Fredrichs eigener Schwung ihm den Rest gab und er vom Dach ins Leere segelte. Beinahe hätte er sie mitgerissen, aber Joanna klammerte sich fest.

Einen Augenblick hielt sie ihn noch fest. Ein gebeugter Arm auf dem Dach und ihre sicher auf die Seitenwand plazierten Füße hielten sie an Ort und Stelle. Sie starrte zu ihm hinab. Sein Blick war ruhig, aber es schienen Tränen in seinen Augen zu stehen. Nein, das waren keine Tränen. Die Feuchtigkeit stammte von den Regentropfen, die zu fallen begonnen hatten.

»Meinst du, ich kann uns beide wieder aufs Dach ziehen? Ich bezweifle es.«

Joanna ließ los. Sein Sturz war relativ kurz. Als er aufschlug, hörte sie das unverkennbare Krachen eines Knochenbruchs.

Zurück auf dem Dach blieb Joanna eine Weile auf dem Rücken liegen. Sie war zu erschöpft, um sich zu bewegen. Sie wünschte sich, Schluß machen zu können. Aber da waren noch zwei Schwachköpfe, denen sie sich stellen mußte. Mit einiger Mühe hebelte sie sich hoch. Wenigstens in einem Punkt war sie Fredrich dankbar. Er hatte den Aufzug gefunden.

Als die Aufzugtüren im Erdgeschoß aufglitten, war sie angespannt und kampfbereit. Doch da war niemand. Nicht, daß sie überrascht war. Castilla lauerte irgendwo da draußen, und von den fünf jungen Kriegern schien sie die schlaueste. Deshalb würde sie sich hüten, Joanna in dieser mit Schutt vollgestopften Falle eines Gebäudes zu stellen. Immerhin war Joanna eine alte Jadefalkin, und alte Falken waren besonders gefährlich, wenn sie in einem Käfig steckten.

Castilla saß auf einem verbogenen Propellerblatt neben einem Schrotthaufen aus weiteren Überresten eines verwüsteten Helikopters. Schwere Regentropfen spielten eine erratische Melodie auf den ringsum verstreuten Metallteilen.

»Ich habe einen Teil davon mitbekommen, was auf dem Dach passiert ist. Ich wäre so dicht am Rand nicht so dumm gewesen wie Fredrich, und ich würde jetzt auch nicht so viel stöhnen.«

Sein Stöhnen war leise, aber hörbar. Mit ähnlichen Verletzungen hätte Joanna möglicherweise ebenfalls gestöhnt, aber sie war sicher, daß die stolze und grausame Castilla es unterdrückt hätte.

»Möchtest du dich eine Weile ausruhen, alte Frau?«

»Warum sollte ich?«

»Zum einen siehst du aus wie das schmutzige Ende einer Sprungdüse. Zum anderen könnte ich kaum stolz darauf sein, dich zu besiegen, wenn du ausgelaugt bist.«

»Wie kommst du darauf, daß ich ausgelaugt bin?«

»Wenn du es nicht bist, bist du ein Übermensch.«

»Ich bin eine Jadefalken-Kriegerin.«

»Das bin ich auch.«

»Nicht wirklich. Noch nicht.«

»Eine clevere Antwort, Sterncaptain Joanna, aber hier trennt uns eine philosophische Differenz.«

»Eine philosophische Differenz? Reden Krieger heutzutage so? Was für Zuchtkriterien legen die Wissenschaftler neuerdings an?«

Möglicherweise hätte man das, was Castillas schiefer Mund als Antwort zeigte, ein Lächeln nennen können. Der Regen war stärker geworden, und Wasser strömte über Gesichter und Haar beider Frauen. »Nun, wir haben Zeit und genügend Gelegenheit, es auszudiskutieren. Was ich sagen wollte, um es ins *Vokabular* einer Veteranin zu übersetzen, ist, daß wir *alle* Krieger sind, sobald wir unseren Positionstest bestanden haben. Es spielt keine Rolle, ob unsere Feuerprobe noch bevorsteht oder wir bereits zahllose Kämpfe überstanden haben. Es spielt keine …« Joannas abfälliges Grunzen ließ sie verstummen. »Du bist anderer Ansicht?«

»Es interessiert mich nicht einmal! Ich sehe nur, daß ihr Küken zusätzlich zu euren anderen Defekten auch noch langweilig seid. Philosophie! Bist du sicher, daß du nicht zu lange in Freigeburtsdörfern herumgehangen bist?«

Wut zuckte durch Castillas Augen. »Ich weiß nichts über Freigeburten. Du bist die Freigeburtsexpertin.«

Joanna machte einen drohenden Schritt auf sie zu. »Paß auf, in welchem Ton du mit mir redest! Du hast noch Kanisterflüssigkeit hinter den Ohren.«

»Ich bin vielleicht noch unerfahren, aber das läßt sich ändern. Du hingegen, mein lieber Sterncaptain, wirst immer eine Freigeburtenfreundin bleiben!«

Castilla stand auf. Joanna war bereit zu kämpfen,

aber eine andere Stimme unterbrach sie. »Gut gesprochen, MechKriegerin Castilla.«

Cholas trat aus den Schatten unter einem zerschossenen, leicht gebeugten Mechknie. Sein Kopf war trocken, bis jetzt vom schweren Regen unberührt. Wie Ronan trug auch Cholas noch immer seine groteske Schärpe. Die seine bestand aus Glanzstoff und war zu rotlastig. »Gut gemacht, Sterncaptain Joanna. Drei Siege. Castilla und ich hatten nicht damit gerechnet, überhaupt in den Kreis treten zu müssen. Danke, Castilla, daß du unsere Freigeburtsliebhaberin so lange aufgehalten hast, daß ich ebenfalls mitmischen kann.«

»Ich hätte sie auch alleine fertiggemacht«, erwiderte Castilla bedrohlich.

»Sei dir da nicht zu sicher«, stellte Joanna fest. »Eure Strategie, falls man ihr diese Bezeichnung überhaupt geben kann, ist von bemerkenswerter Dummheit. Ich werde die Tatsache ignorieren, daß ihr dabei seid, die Regeln dieses Ehrenduells zu brechen. Offensichtlich habt ihr Neulinge keine Ader für Tradition. Egal. Mit deiner kostbaren Verzögerungstaktik hast du mir Gelegenheit gegeben, mich auszuruhen. Ich werde euch mit Freuden beide gleichzeitig erledigen und die Sache beenden.«

Was rede ich da eigentlich? Ich kann kaum stehen – und jetzt mache ich dumme Herausforderungen. Wenn die Schmerzen in meinem Rücken noch schlimmer werden, wird mir nichts anderes übrigbleiben, als hier raus zu humpeln.

Als sie den schmerzenden Punkt an ihrem Rückgrat berührte, streifte Joanna die Handschuhe, die Diana ihr in den Gürtel gesteckt hatte. Sie erkannte sofort, was dort steckte, und zupfte beiläufig an den Handschuhen, um deren festen Sitz zu überprüfen.

»Wir haben kein Verlangen, irgendeine kostbare Tradition zu verletzen«, bemerkte Cholas, während er neben Castilla trat. »Wir werden dich einzeln stellen. Frapos, Castilla?«

»Was immer es braucht, um das hier zu Ende zu bringen«, meinte Castilla und stützte sich auf Cholas' angebotenen Arm. »Um so früher können wir uns paaren.«

Joannas Lachen war noch verächtlicher als üblich. »Paaren? An so etwas denkt ihr mitten im Kampf?«

»Es ist… besser nach einem Kampf. Cholas und ich…«

»Ihr zwei seid *wirklich* eine neue Zucht. Was für ein Krieger belastet sich mitten in einem Gefecht mit Gedanken an Pritschenakrobatik?«

Castillas Miene war nicht weniger verächtlich als die Joannas. »Du tust mir leid, Alte. Dir entgeht so viel.«

Die Dummheit ihrer Worte brachte Joanna zum Kochen. Sie stürmte los, ignorierte den peitschenden Regen in ihrem Gesicht. Cholas und Castilla ließen sich in Kampfhaltung fallen. Beide hätten sie Joanna zurückwerfen können – bei einem direkten Angriff. Aber die Veteranin stürmte zwischen den beiden hindurch, stieß Cholas zur Seite und landete einen bösartigen Tritt auf Castillas Hüfte. Beide jungen Krieger taumelten und rutschten über den nassen Boden.

Joanna suchte nach einer günstigen Position. *Ich werde diesen Nestlingen den Wert eines strategischen Rückzugs beweisen,* dachte sie, während sie unter das Mechknie rannte, hinter dem Cholas aufgetaucht war.

Sie erreichte einen offenen Platz. Ein Stück voraus lag ein Mechkopf etwas schräg auf dem Boden. Das war genau das, was sie brauchte, eine eng begrenzte Stellung, die ihr einen taktischen Vorteil gewährte. Sie rannte darauf zu, wurde schneller, als sie hinter sich platschende Schritte hörte. Sie entschied sich, nicht zurückzublicken. Möglicherweise rannten die jungen Krieger schneller als sie es konnte – wozu sich mit diesem Wissen belasten.

Die Luke ins Cockpit des Mechkopfes stand offen. Vom Boden aus war sie eine Öffnung knapp über

Joannas Kopf. Wenn ihre vom Hängen an Fenstern und Dächern matten Arme sie nicht im Stich ließen, konnte sie es schaffen.

Ohne den Laufrhythmus zu unterbrechen, sprang sie hoch, packte den unteren Lukenrand und zog sich hinein. Die Verfolgergeräusche brachen abrupt ab. Nur der Regen trommelte laut gegen die Außenhaut des Mechs. Es klang, als habe inzwischen Hagel eingesetzt.

Sie drehte sich um und sah aus der Luke. Unter ihr standen Castilla und Cholas, die Fäuste in die Seiten gestützt und die Beine gespreizt. Ihre Kleidung klebte durchnäßt an den Körpern, und die Haare hingen ihnen in nassen Strähnen ins Gesicht. Sie waren offensichtlich wütend.

»Du versteckst dich?« brüllte Cholas.

»In einem *Ehren*duell?« schrie Castilla.

»Genauso ehrenhaft wie eure Teamkampfstrategie.«

»Jetzt bist du trotzig«, meinte Cholas. Seine Diktion war so präzise und seine Art so geziert, daß er ganz und gar nicht wie ein Jadefalken-Krieger klang. *Dieser Bengel sollte besser schnell Karriere machen,* dachte Joanna, *sonst wird er von den Mitgliedern seines eigenen Sterns abgemurkst.*

»Jetzt bleibt euch nichts anderes übrig, als einzeln gegen mich anzutreten«, stellte Joanna leise fest. »Seht ihr? Es gibt solche Strategien und solche. Aber wieso muß ich hier eure Grundausbildung nachholen? Mir hat man erzählt, ihr hättet eure Tests hinter euch.«

Die Beleidigung saß. Castilla sprang vor, aber Cholas legte die Hand auf ihren Arm und zog sie zurück. Sie flüsterten. Joanna konnte kein Wort verstehen.

Verdammt! Jetzt beraten sie sich. Ich wünschte, ich hätte eine Waffe. Dann könnte ich sie einfach alle beide abknallen, und die Sache wäre erledigt. Das Innere der Pilotenkanzel war offenkundig leergeräumt. Die Arbeit mußten Clanner erledigt haben, denn sie waren noch gründlicher gewesen als Sphärier. Eigentlich hätte sie das mit

Clanstolz erfüllen müssen, aber in diesem Augenblick war es nur ärgerlich, denn dadurch blieb ihr nichts als wertloser Schrott, der sich nicht als Waffe eignete. Es war ein kleines Cockpit. Sie konnte nur darin stehen, wenn sie sich nicht ganz aufrichtete, und um beide Seitenwände zu berühren, brauchte sie die Arme nicht großartig zu strecken.

Cholas und Castilla hatten ihre Beratung abgeschlossen, und Castilla näherte sich dem Mechkopf. Mit dem Handrücken strich sich Joanna hastig Regen und Schweiß aus dem Gesicht. Dann suchte sie den Kanzelboden ab. Nicht viel zu finden, abgesehen von Bolzen, Muttern und Draht. Wenn sie nur hätte töten dürfen, wäre der Draht ein Gottesgeschenk gewesen.

Auf einer Seite des Cockpits lag eine geborstene Konsole. Die schwarzen Streifen auf der Oberfläche zeigten deutlich, daß die ursprünglich darin untergebrachte Ortungsapparatur verglüht war. Joanna riß die Konsole von der geschwächten Halterung. Ein paar kurze Drähte baumelten unter dem scharfkantigen Riß.

Der Mechkopf schwankte, als Castilla in vollem Lauf auftraf. Augenblicklich tauchten ihre Hände am unteren Rand der Lukenöffnung auf. So gut sie es in der Enge des Cockpits fertigbrachte, rammte Joanna die Konsole mit der scharfen Rißkante voraus auf Castillas Finger. Ihre Gegnerin schrie vor Schmerz auf, aber es gelang ihr, eine blutige Hand unter der Konsole hervorzuziehen. Sie packte die Konsole und stieß sie mit solcher Gewalt hoch, daß die Oberseite Joannas Gesicht traf. Jetzt war es an Joanna, aufzuschreien, als der plötzliche Schmerz ihr die Sicht nahm. Blinzelnd stieß sie nach der Konsole, um sie erneut auf Castillas Finger zu schmettern, aber die jüngere Frau hatte einen Arm ins Innere der Abdeckung gebracht. Mit einem Rückhandschlag riß sie die Konsole aus Joannas Händen und schleuderte sie ins Freie. Sie prallte krachend von der Luke ab und taumelte nach unten davon. Mit einem Grunzen, das durch das Kanzelinnere hallte, stemmte Castilla sich hoch und ins Cockpit. Sie hielt den Kopf gesenkt und schlug ihn gegen Joannas vor Schmerz pulsierende Nase.

Joanna stieß nach Castillas Schultern, aber die junge Kriegerin bewies beeindruckende Stärke. Während sie Joanna Widerstand leistete, brachte sie langsam die Beine an den unteren Lukenrand und verschaffte sich Hebelwirkung. Viel nützte ihr das nicht, denn die Mechkanzel war zu eng für einen erfolgreichen Zweikampf. Castilla stieß Joanna mit dem Rücken gegen die Wand. Joanna reagierte mit einem Gegenstoß, der Castilla an die gegenüberliegende Wand prallen ließ.

In der Enge des Cockpits war der Geruch ihrer nassen Uniformen überwältigend. Mit jedem Griff rann Wasser aus dem klatschnassen Stoff.

Castilla riß den Ellbogen hoch und schlug ihn gegen Joanna Kehle. Es gelang ihr, der Veteranin für eine Sekunde die Luft abzuschnüren, aber der drohende Erstickungstod aktivierte deren Kraftreserven. Mit einer überwältigenden Anstrengung gelang es Joanna, Castillas Manöver zu begegnen, indem sie den Kopf zur Seite drehte. Dann stieß sie Castilla weg.

Ihre Beine waren verschränkt wie bei Liebenden, aber ihre leidenschaftslosen Anstrengungen blieben ohne Erfolg. Sie stürzten unbeholfen zu Boden, aneinander festgeklammert. Keine von beiden konnte der anderen effektiv schaden. Es gelang ihnen nur, sich umeinander zu winden und in immer neuen verqueren Positionen zu enden.

»Castilla.«

»Mein Name klingt häßlich aus deinem Mund.«

»Dein Mund ist häßlich.«

Die wütende Castilla konnte nicht mehr tun als sich zu winden und zu knurren: »Dein Atem stinkt.«

»Es reicht«, meinte Joanna. »Beleidigungen austauschen können wir später immer noch. Aber warum sollen wir länger hier drinnen kämpfen? Das ist kein Kampf, das ist Abnutzung. Unsere Kraft schwindet mit jeder Sekunde. Wir müssen hier raus.«

Die Hitze im Innern des Cockpits war erdrückend und machte den Gestank doppelt so schlimm. Joanna war schweißgebadet. Ein Atmen war kaum noch möglich.

»Gut gehandelt und akzeptiert«, erwiderte Castilla. »Da ich näher am Ausgang bin, gehe ich zuerst. Dann kommst du nach.«

»Wie du willst.«

Castilla wand und drehte sich in Richtung der Lukenöffnung, während Joanna auf dem Boden saß und ihr zusah. Als Castilla aufstand, den Kopf durch die Öffnung schob und sich drehte, um hinabzusteigen, hob Joanna beide Beine und trat zu. Der plötzliche Schlag ließ die jüngere Frau abrupt nach draußen stürzen. Joanna grinste, als sie den unterdrückten Aufschrei ihrer Gegnerin hörte. Hastig kam sie auf die Füße und schob den Kopf ins Freie. Die junge Kriegerin lag in einer riesigen Pfütze unter dem Mechkopf. Eine Seite ihres Gesichts war blutig, und danach zu urteilen, wie sie den linken Arm hielt, war er verletzt.

Castilla verzerrte den Mund in eine noch groteskere Position und schrie: »Das war unfair!«

»Ich kann mich nicht entsinnen, ein Wort von Fairness gesagt zu haben.«

»Freigeburt!«

Joanna sprang aus der Luke und landete zielsicher mit beiden Stiefeln auf Castillas unverletztem Arm. Das Tümpelwasser spritzte hoch auf.

»*Das,* mein lieber junger Nestling, war auch unfair.« Sie trat der jungen Kriegerin so hart sie konnte in die Rippen. »Und das ebenfalls.« Zufrieden, daß Castilla kampfunfähig war, ging sie davon. »Aber was ich getan habe – alles, was ich getan habe – entsprach voll und ganz dem Wesen der Clans, MechKriegerin Castilla.«

Der Regen und Hagel peitschte wie ein Vorhang zu Boden. Von Cholas war nichts zu sehen. Ein plötzliches Zucken rechts von ihr, wo eine Reihe zerbeulter Servomotoren aufgestapelt waren, konnte ein Wetterphänomen sein – aber auch Cholas. Joanna wanderte in diese Richtung.

»Jetzt liegt es bei dir, Cholas«, rief Castilla. »Laß uns nicht im Stich!«

Joannas Reaktion war lautes, verächtliches Gelächter.

Sie stapfte weiter über den nassen Boden, der sich rapide in einen Morast verwandelte.

5

Schrottplatz 3, Pattersen
Sudeten, Jadefalken-Besatzungszone

1. Juli 3057

Cholas trat aus seinem Versteck hinter dem Stapel Servomotoren. Die Laserpistole in seiner Hand war auf einen Punkt etwas links von Joanna gerichtet. *Wahrscheinlich will er sie kunstvoll herumreißen und mich besonders gekonnt abknallen,* dachte sie.

Trotz des immer stärker werdenden Wolkenbruchs schien Cholas, abgesehen von nassen Streifen auf seiner Uniform, relativ trocken.

»Wo hast du die her?« fragte Joanna und deutete kühl auf die Waffe.

»Was, die hier? Gefunden.«

»Unmöglich.«

»Wie das, Sterncaptain Joanna?«

»Der ganze Schrott ist von ClanTechs abgegrast worden.«

»Eine wirklich ehrbare Beschäftigung, diese Suche nach Bergungsgut. Beugt jedenfalls der Verschwendung vor.«

»Du darfst diese Waffe nicht benutzen. Wir haben unsere Waffen weggeboten, das weißt du.«

»Allerdings, und ich habe meine Waffe bei Hengst gelassen. Ich weiß nicht, wie diese hier an den Ort kam, an dem ich sie gefunden habe.«

Wie bequem, dachte Joanna. »Egal, wie diese Pistole dorthin kam, du darfst sie nicht benutzen.«

»Aber sicher darf ich das. Wir sind übereingekommen, daß wir alles benutzen dürfen, was wir hier finden. Nun, ich habe *diese Waffe* gefunden. Ich benutze sie nicht gerne, aber ich werde mich nicht erniedrigen lassen. Bis jetzt hast du uns erniedrigt, und das gefällt mir nicht. Man wird im Lager darüber reden, und wir werden zum Gespött des ganzen ...«

»Daran hättest du denken sollen, bevor du mich herausgefordert hast.«

»Und was für eine Art ClanKrieger wären wir gewesen, wenn wir vor einem Kampf zurückgeschreckt wären?«

»Ungefähr dieselbe Art, die ihr so schon seid.«

»Du benutzt Worte auf dieselbe Weise wie du kämpfst, Sterncaptain.«

»Ein Jadefalken-Krieger, der sich durch Worte verletzen läßt? Jetzt einmal ehrlich, Cholas, bist du wirklich ein ClanKrieger oder ist das hier eine Art Schauspiel?«

Cholas feuerte einen Laserstrahl in den Boden vor Joannas Füßen. Die Strahlbahn ließ eine dünne Rauchfahne aufsteigen, als sie eine schmale Rinne hinterließ, die auf die Stiefelspitze der Jadefalkin zulief. Die Rinne füllte sich augenblicklich mit Regenwasser.

Joanna seufzte. Die Pistole arbeitete mit voller Leistung.

Aber die Gefahr störte sie nicht. An diese Möglichkeit hatte der Narr nicht gedacht. Er ahnte nicht, wie gleichgültig es ihr war, ob sie lebte oder starb. »Hast du vor, mich umzubringen, Cholas?«

»Die Regeln gestatten es nicht.«

»Du scheinst keine Probleme damit zu haben, die Regeln zu brechen.«

»Ich bin Clan!«

»Ach, ja, hatte ich vergessen.«

Als Joanna auf ihn zuging, schlurfte sie mit den Stiefeln durch eine tiefe Pfütze. »Na, dann schieße, Cholas. Du weißt doch, wie man schießt, frapos? Du mußt das kleine Metallstück unter dem Lauf nach hinten drücken. Wir erfahrenen Krieger nennen es Abzug. Aber das wirst du auch noch lernen.«

»Verspotte mich nicht! Ich habe das Recht, Krieger genannt zu werden, verdient. Ich habe meinen Test bestanden – und ich habe ihn überzeugend gemeistert, möchte ich hinzufügen.«

»Ich habe keinen Zweifel daran. Ich habe meinen Test auch bestanden, und danach kam ich mir sehr stark vor. Aber Tests sind keine Scharmützel, und Scharmützel sind keine Schlachten, und Schlachten sind keine Kriege. All das wirst auch du noch lernen – wenn du dir nicht vorher selbst in den Fuß schießt.«

Cholas hob die Pistole. Joanna behielt seine Hand im Auge. Trotz ihres Alters hatte sie einen schärferen Blick als die meisten Krieger. Der Witz ging um, sie könne einen Schweißtropfen aus der Pore steigen sehen. Das war vielleicht übertrieben, aber es reichte, um trotz des Wolkenbruchs zu sehen, wie die Haut an Cholas' Abzugsfinger sich leicht ausbeulte, als er den Abzug bewegte. Es verschaffte ihr den Sekundenbruchteil, den sie brauchte, um dem blauen Laserstrahl auszuweichen.

Sie rannte nach links und hechtete hinter ein einzelnes Mechbein. Das am Kniegelenk leicht eingeknickte Bein formte einen beeindruckenden Turm. Von seiner Oberkante strömte das Regenwasser auf ihren Kopf.

Es war Nebel aufgekommen. Joanna konnte Cholas nicht mehr sehen, aber sie konnte ihn fluchen hören. Ein fluchender Krieger war selten, aber es kam vor, wenn eine Taktik fehlschlug.

»Das war schnell, Sterncaptain Joanna«, hörte sie Cholas rufen.

Er versuchte eine Antwort zu provozieren, um sie lokalisieren zu können. Joanna blieb stumm. Sie sah sich das Bein näher an und stellte fest, daß an einer Stelle knapp unter dem Kniegelenk mehrere Metallplatten fehlten. Darunter war das Bein hohl.

Auf der anderen Seite des Mechbeins fand sie in Bodenhöhe ein kleines dreieckiges Wartungsluk, das ihr den Zugang ins Innere ermöglichte. Sie kroch hindurch und kniete bald darauf unbequem im Innern des hohlen Unterschenkels. *Wenigstens ist es hier trocken. Ein weiterer Punkt für die Clan-Technologie.*

Der Weg hinauf zum Kniegelenk war leicht genug. Als sie den Rand der Öffnung erreichte, schaute Joanna hinaus. Unter sich konnte sie ihre Fußabdrücke sehen. Der Regen ließ sie wie fußförmige Pfützen aussehen.

Durch das Rauschen des Regens hörte sie Cholas' platschende Schritte näher kommen. Er ging langsam und machte keinen Versuch, leise zu sein. Obwohl sie ihn noch nicht sehen konnte, fühlte Joanna, wie er sich langsam und vorsichtig am unteren Teil des Beins entlangschob. Als sein linker Fuß in Sicht kam, stemmte sich Joanna etwas hoch und machte sich bereit zum Sprung.

»Cholas!« Es war Castilla. Sie zog ein Bein nach.

»Bleib zurück, Castilla.«

»Aber zusammen können wir ...«

»Laß mich das alleine erledigen. Ich brauche deine Hilfe nicht, Castilla.«

»Wir tun alles ...«

»Sei still. Ich kann das allein.«

»Ich liebe dich, Cholas.«

»Still. Nicht hier.«

Beinahe wäre Joanna gefallen. Hatte sie richtig gehört? Eine Romanze zwischen ClanKriegern? Das war Dörflergeschwätz, Gerede für die niederen Kasten, um ihre Enttäuschung darüber zu stillen, daß sie nicht wahrgeboren, keine Krieger waren.

Cholas trat weiter in ihr Blickfeld, die Pistole erhoben. Er stand jetzt da, wo Joanna noch Sekunden zuvor gewartet hatte. Castilla humpelte näher.

Zur Planung blieb keine Zeit mehr. Joanna konnte nicht bleiben, wo sie war. Sie packte hastig zwei Handgriffe, zog die Beine hoch und schwang sich ins Freie. Dann ließ sie los und stürzte auf Cholas hinab. Unmittelbar bevor ihre Füße auftrafen, einer auf seinen Kopf, der andere auf der Schulter, schrie Castilla eine Warnung. Zu spät.

Cholas fiel mit dem Gesicht geradewegs in Joannas schlammige Fußspuren. Sie warf sich zur Seite und sprang auf die Füße, als Cholas sich drehte. Sein Gesicht war schlammverschmiert. Seine Pistolenhand war noch frei, und er zielte auf Joanna. Sie sprang ihn an, packte den Arm mit der Waffe und rammte ihn in den Morast. Die Waffe flog wirbelnd davon. Joanna wollte ihr nachsetzen, aber Cholas entglitt ihren Händen, rollte davon und kam auf die Knie. Er stieß sich mit den Armen vom Boden ab und rammte den Kopf vor Joannas Brust. Der Stoß war nicht allzu kräftig, aber er reichte, um Joanna nach hinten zu werfen. Als sie wieder hochkam, wurde ihr plötzlich klar, wie erschöpft sie war.

Einen Augenblick starrten die beiden Duellanten einander an, Cholas auf den Knien, Joanna wankend auf den Beinen. Cholas' Schärpe war eingerissen und an mehreren Stellen verdreckt. *Was für ein Pech, Cholas. Hoffentlich hast du noch eine zweite für Paraden.*

Castilla humpelte in Sicht. Ein schiefes Lächeln verzerrte ihren schiefen Mund, als sie sich bückte und die Pistole aufhob.

Joanna ließ die Schultern hängen. »Du auch? Gibt es in eurer Gruppe keinen, der ohne Hilfsmittel kämpfen kann?«

»Ich weiß nicht, was du meinst. Wir haben gelernt, daß man vor allem gewinnen muß. Wir werden gewinnen.«

Cholas stand auf. »Schieß nicht, Castilla. Ich will sie selbst erledigen.«

Castilla steckte die Pistole in den Gürtel. »Wir werden sie zusammen erledigen.«

Joanna lächelte. »Es macht euch keine Schwierigkeiten, Zellbriggen zu verletzen?«

»Um zu gewinnen, nein«, erwiderte Castilla.

»Ganz und gar nicht«, bekräftigte Cholas und kam mit erhobenen Fäusten auf Joanna zu.

Als sie in Defensivhaltung ging, fühlte Joanna sich leer und kraftlos. Cholas' erste Schläge machten ihr klar, daß es ihrem Gegner nicht so ging. Trotzdem, sie fand die Kraft für eine harte Rechte, die ihn nach hinten taumeln ließ.

Castilla humpelte an Cholas vorbei. Ihren ersten Schwinger konnte Joanna abblocken, aber dann gelang Castilla ein Rückhandschlag, der Joanna zurückwarf.

Sie wischte sich mit dem Handrücken das Blut aus dem Gesicht und erkannte, daß sie im Nachteil war. Selbst verletzt waren diese zwei zu stark.

Aber die beiden schenkten ihr einen Augenblick, in dem sie untätig dastanden und den bevorstehenden Sieg zu genießen schienen.

Als sie die Siegessicherheit ihrer Gegner sah, täuschte Joanna einen Schwächeanfall vor. Sie ließ die Arme kraftlos herabfallen und erhöhte die dramatische Wirkung, indem sie ihren Blick verschleierte. Das Pärchen sollte lange genug stehenbleiben, um ihr die wenigen Sekunden zu liefern, die sie dazu benötigte, nach den metallbesetzten Handschuhen zu greifen, die Diana ihr in den Gürtel gesteckt hatte. Es war lange her, daß Joanna in einem Kampf Handschuhe getragen hatte.

Sie taumelte weiter, drehte sich auf ganz besonders dramatische Weise und ließ ihre Beine wackeln, als müßten diese jeden Augenblick nachgeben – alles, um die Handschuhe außer Sicht ihrer Gegner zu halten. Joanna blickte kurz auf sie hinab. Die harten, spitz zulaufenden Metallbuckel waren sternförmig angeordnet.

Sie zog die Handschuhe über und drehte sich um. Ihre Gegner kamen zum Gnadenstoß heran. Sie ließ die Arme schlapp herabhängen, um keine Aufmerksamkeit auf die Handschuhe zu ziehen, und stierte Cholas und Castilla unter herabhängenden Lidern an. Je mehr sie sich in ihr Täuschungsmanöver hineinsteigerte, desto leichter fiel es ihr, neue Effekte zu erfinden. Durch die herabhängenden nassen Haarsträhnen gesehen, täuschte ihr Blick ohne Zweifel Erschöpfung vor.

Der Wolkenbruch wurde immer stärker.

»Das erinnert mich an unseren Test, Castilla.« In Cholas' Stimme lag so etwas wie Zuneigung. »Als wir so gut zusammengearbeitet haben, um …«

»Ihr beide habt euch zusammen qualifiziert«, unterbrach Joanna mit Schwäche vortäuschender Stimme. Na ja, wenigstens ein Teil der Schwäche war vorgetäuscht.

»Ja. Castilla hat mich gerettet, als sie …«

»Erspar mir die Einzelheiten.« Joannas Stimme wurde stärker, als sie sich wieder aufrichtete. »Ich habe gewußt, daß du dich nicht aus eigener Kraft hättest qualifizieren können, Cholas.« Mit lautem Kampfschrei stürmte sie überraschend auf die beiden ein. Cholas zuckte zusammen, als er sie kommen sah, aber sie brach nach rechts aus, um zuerst den schwächeren Gegner zu stellen.

Sie stieß Castilla nach hinten gegen den Mechfuß, bevor sie zuschlug. Mit dem ersten Hieb riß der metallbesetzte Handschuh das Gesicht der jungen Kriegerin auf. Der zweite Hieb ging in ihre Magengrube. Sie kippte würgend nach vorne. Ein harter Tritt gegen Castillas verletztes Bein, und die Gegnerin stürzte in den Morast.

Cholas sprang auf Joannas Rücken und versuchte sie mit dem Arm zu würgen. Die Taktik hätte Erfolg haben können, aber die Kleider beider Krieger waren zu glitschig vom Regen. Außerdem war Joanna inzwischen so wütend, daß sie Cholas einfach über die Schulter gegen das Mechbein schleuderte, das unter seinem Aufprall erbebte. Als Cholas sich davon abstieß, geriet es über ihnen ins Wanken.

Joanna ließ nicht locker. Jeder ihrer Schläge traf ihn hart an Kopf oder Körper. Jeder Schlag hinterließ entweder eine blutende Wunde oder war zumindest so schmerzhaft, daß Cholas das Gesicht verzerrte. Die letzten Hiebe warfen ihn krachend gegen das Mechbein, sein Kopf prallte mit lautem Knall gegen das Metall. Das Bein wankte immer stärker, mit jenem seltsamen metallischen Kreischen, das so typisch für BattleMechs war.

Mit benommenem Blick rannte Cholas unter dem Bein hindurch und stürzte auf der anderen Seite zu Boden. Seine Schulter schlug so hart in eine Pfütze, daß der größte Teil des Wassers wegspritzte. Joanna wollte hinterher, aber ein plötzlicher Sturzbach auf ihren Kopf ließ sie hochsehen. Das schwankende Mechbein hatte einen Punkt erreicht, an dem sein Sturz nicht mehr aufzuhalten war.

Castilla, die sich neben dem Mechfuß auf die Knie erhoben hatte, war noch groggy. Sie schien von den heftigen Bewegungen des Beines, das sie zu erschlagen drohte, nichts zu bemerken.

Joanna rannte zu ihr hinüber, packte sie an den Beinen und zerrte sie weg. Der Mechfuß krachte nur Zentimeter neben Castillas Kopf zu Boden.

Joanna ließ Castillas Beine los und fiel erschöpft zurück. Sie blickte auf das Sternenmuster ihrer Handschuhe. Auf einzelnen Beschlägen waren noch Blutspuren zu sehen, aber der Regen wusch sie sauber, noch während sie hinsah.

Sie konnte nicht mehr kämpfen. Wenn irgendeines dieser Küken noch Kraft hatte, konnte es sie jetzt besiegen. Sie war wie das Mechbein. Die leichteste Berührung genügte, um sie umzuwerfen.

Sie zog die Handschuhe aus und starrte auf Castilla hinab, die sie mit offenen Augen anstarrte. Die junge

MechKriegerin zuckte mehrmals unter dem peitschenden Regen zusammen, drehte den Kopf jedoch nicht beiseite.

»Du hättest mich dort lassen sollen. Ich will dir nichts schulden.«

»Du schuldest mir nichts, Castilla. Frapos?«

»Aber ...«

»Frapos?«

»Pos.«

»Das war zu schwach, zu geheuchelt. *Frapos?«*

»POS!«

Joanna schlug die Handschuhe militärisch gegen den Oberschenkel und trat hinüber zu dem am Boden liegenden Cholas. Er war bei Bewußtsein. Als er sie sah, versuchte er, Kampfhaltung einzunehmen, aber er konnte sich kaum bewegen.

»Erspar dir die Mühe, Cholas. Dieses Ehrenduell ist zu Ende. Ich habe gewonnen, frapos?«

»Also ...«

Diese Idioten sind wirklich schwer von Begriff. »FRAPOS?«

»Pos.«

Joanna trat zwei Schritte zurück. Der Regen ließ nach. Genau wie sie selbst hatte sich auch das Gewitter verausgabt.

»Diese Handschuhe, das ist keine faire Waffe«, murmelte Cholas.

»Wer hat gesagt, daß sie eine Waffe sind?«

»Aber du ...«

»Hör auf zu winseln, Cholas. Ich hatte die Handschuhe, du hattest die Pistole. Das gleicht sich aus, frapos? Außerdem, welches Kriegerhandbuch führt Handschuhe als Waffe?«

»An deinen Händen sind sie ...«

»Mach dich nicht lächerlich. Diese Handschuhe gehören zur normalen Kriegerbekleidung für kaltes Wetter.«

»Aber die Beschläge …«

»Die Beschläge sind eine Kriegerverzierung, genau wie eure idiotischen Geschkoschärpen. Nur eine Mode, Cholas, nur eine Mode.« Joanna schlug die Handschuhe hart gegen ihren Oberschenkel, dann marschierte sie mit überraschender Energie aus dem improvisierten Kreis der Gleichen.

6

**Falkengarde-Hauptquartier, Pattersen
Sudeten, Jadefalken-Besatzungszone**

1. Juli 3057

Irgend etwas stimmte nicht mit Sterncolonel Ravill Prydes Gesicht, dachte Joanna. Es wirkte nicht wie das Gesicht eines realen Menschen, sondern erinnerte sie an eine hastige Skizze.

Die Wangenknochen. Es müssen diese verdammten Wangenknochen sein. Sie sind zu hoch im Gesicht, zu spitz. Wie steile Klippen. Sie stehen zu weit vor. Als müsse man Angst haben, sich zu schneiden, wenn man sie berührt. Sie lassen seine Augen zu schmal aussehen, wie Höhlen hinter Klippen. Geschlitzt, mit weit herabhängenden Lidern. Aber sie verdecken die Augen nicht völlig. Sie starren wie Laserkanonen heraus, Angreifer, die in den Höhlen auf Hinterhalt liegen. Es sind gemeine Augen. Ich sollte gemeine Augen mögen – es sind harte Augen, Kriegeraugen. Aber diese Augen machen mir Angst. Es scheinen die Augen eines Dämons. Und die hohe Stirn läßt sie noch kleiner, noch schmaler aussehen. Das Haar ist so kurz geschoren, daß er fast kahl ist. Sein Mund ist zu freundlich. Zu lächelnd, zu viele Zähne. Weiße Zähne. Aber das Lächeln dient nur dazu, die Aufmerksamkeit von den Geheimnissen dieser Augen abzulenken.

Was sie wirklich überraschte, war der Körper des Sterncolonels. Er war nicht nur kleiner als die meisten Krieger, sondern dazu noch erschreckend mager. Die standardmäßige kurzärmelige Kriegeruniform legte knochige Arme frei, unter deren Haut sich die Adern zählen ließen. Der herabstürzende Jadefalke auf seinem Einheitsabzeichen wirkte größer als normal, obwohl er ohne Zweifel exakt die gleichen Ausmaße hatte wie bei allen anderen Falkengardisten im Raum.

Aus dem offenen Hemdkragen ragten abnormal dichte Haarbüschel. Wenn es etwas gab, das Joanna an einem Krieger besonders verabscheute, dann war es eine dichte Brustbehaarung. Diese sah schlecht aus, und manchmal roch sie nicht weniger unangenehm. Ravill Prydes Stiefel waren so auf Hochglanz poliert, daß sie das Licht nicht zu reflektieren sondern auszustrahlen schienen.

Während er zu den im spartanisch eingerichteten Bereitschaftsraum versammelten Kriegern sprach, bewegte er sich elegant zwischen ihnen umher. An Ravill Pryde war vieles elegant. Sein Gang, seine Gesten, die Art, wie er den Kopf leicht zur Seite neigte, wenn er jemandem zuhörte. Allerdings übernahm er den *größten* Teil der Unterhaltung, und die Krieger, Neulinge und Veteranen gleichermaßen, schienen an seinen Lippen zu hängen.

Joanna, die an einem der Tische lehnte, rutschte unangenehm berührt umher und fragte sich, ob sie etwa die einzige in diesem Raum war, die Ravill Pryde durchschaute. Und wenn ja, hieß das möglicherweise, daß sie sich irrte? Hatte sie sich so in ihre Menschenfeindlichkeit hineingesteigert, daß niemand sie mehr beeindrucken konnte?

Aber vielleicht war sie auch die einzige, die noch klar denken konnte.

In ihren Augen war Ravill Pryde ein großkotziger, betrügerischer Wichtigtuer. Und soweit es Joanna betraf, war im stolzen, wilden Clan der Jadefalken kein Platz für Wichtigtuer. Das Universum schien plötzlich kleiner geworden zu sein.

Ravill Pryde blieb vor den jungen Kriegern stehen. Es waren vier der fünf, gegen die Joanna gekämpft hatte, sowie acht andere. Zwei von ihnen gehörten zu ihrem Stern. Obwohl sie zu heimlichem Kichern neigten, hatten sie die ihnen übertragenen Aufgaben annehmbar erledigt. Und was Joanna als annehmbar betrachtete, lag weit über dem, was andere Sternführer verlangten.

In der vordersten Reihe der Gruppe waren Cholas und Castilla, die nicht zu übersehende Spuren des Ehrenduells trugen. Ronan und Haline hielten sich im Hintergrund und verbargen ihre blauen Flecken. Fredrich lag mit gebrochenen Beinen auf der Krankenstation.

Zusätzlich zu den Schnittwunden, die Joanna ihnen beigebracht hatte, waren Castillas und Cholas' Gesichter von Prellungen entstellt. Castillas linkes Auge war zugeschwollen. Beide bemühten sich, gerade zu stehen, aber es war offensichtlich, daß die Haltung ihnen Schmerzen bereitete.

Ravill Pryde legte die Hand auf beider Schultern. »Ich sehe, wir haben ein Paar echte Krieger hier, deren Mut in ihren Verletzungen Ausdruck findet.«

Cholas und Castilla lächelten, und der verzerrte Mund Castillas machte ihre Schmerzen deutlich.

»Ich bin über euer Ehrenduell unterrichtet. Ihr hättet gewinnen müssen, frapos?«

»Pos«, antwortete Cholas und starrte haßerfüllt an Ravill Pryde vorbei auf Joanna.

»Nun, eine Lektion, die man in einem Ehrenduell lernt, selbst wenn man verliert, kann die spätere Kühnheit fördern. Zeigt auch weiter den Mut und die Entschlossenheit wahrer Jadefalken. Nun, da ich hier bin, erwarte ich, eure Fähigkeiten und die aller Falkengardisten auf höhere Stufen steigen zu sehen, frapos?«

»Pos«, erklärten Cholas und Castilla im Chor. Andere der jungen Krieger nickten zustimmend.

Joanna grunzte abfällig und wandte sich ab. Sie war etwas zu laut, und ihr Grunzen erregte Ravill Prydes Aufmerksamkeit. Er sah über die Schulter in ihre Richtung.

»Du willst etwas sagen, Sterncaptain Joanna?«

»Keineswegs.«

»Du hast dich nur geräuspert?«

»Pos.«

Ravill Pryde, der wohl etwas in ihrer Stimme las, runzelte kurz die Stirn, bevor er sich wieder den jungen Kriegern zuwandte. »Nun, ich bin der Neuling in diesem Raum. Wie alle Jadefalken-Krieger muß auch ich mich vor euch beweisen, nicht ihr euch vor mir.«

Was soll das denn heißen? In einem Bereitschaftsraum braucht niemand irgendwem etwas zu beweisen! Joanna neigte sich zu Hengst und flüsterte: »Kannst du fassen, wie aufgeblasen dieser Stravag ist?«

Hengst zuckte die Achseln. »Irgendwo kneift es bei ihm.«

Wie auf Stichwort ergriff Cholas das Wort: »Wir sind alle begierig, von deinem Positionstest zu hören, Sterncolonel Pryde.«

Ravill Pryde war sichtlich erfreut über die Frage. Bevor er weitersprach, ließ er seinen Blick über sämtliche Anwesenden schweifen. Joanna ließ er aus. »Wieviel Zeit haben wir? Wollt ihr es wirklich hören?«

Alle jungen Krieger nickten eifrig. Die Veteranen zeigten, wie es sich für alte Kämpen gehörte, weniger Emotion, aber die meisten von ihnen ließen Interesse erkennen. Joanna sah übertrieben deutlich auf die Uhr. Ihre überzogene Geste amüsierte Diana und Hengst enorm.

Ravill Pryde entging Joannas Einlage, nicht aber die Reaktion ihrer Begleiter. Er trat zu Hengst und Diana. »Ich mag Witze. Wie wäre es, wenn ihr mich mitlachen laßt?«

»Es gibt keinen Witz«, improvisierte Diana hastig. »Wir sind … nur zwei fröhliche und gutgelaunte Krieger.« Ihr Lächen hätte jeden bezaubert. Fast jeden. Ravill Pryde runzelte die Stirn.

»Ihr seid beide Freigeborene. Um zu leisten, was ihr geschafft habt – besonders du, Sterncommander

Hengst, als Krieger und als Aidan Prydes wichtigster Verbündeter –, müßt ihr recht tapfer sein. Ich freue mich, mit euch zu dienen. Aber vergeßt nicht, daß ihr *Freigeborene* seid und den Regeln und Gebräuchen der Kasten unterworfen. Ich werde nicht zulassen, daß irgendein Wahrgeborener von irgendeinem Freigeborenen auf welche Weise auch immer beleidigt wird, frapos?«

Joanna wollte Ravill Pryde durch den Bereitschaftsraum treten, aber statt dessen fragte sie nur gelassen: »Wer hat dich zum Khan gemacht, Sterncolonel?«

Er wirbelte zu ihr herum. In seinen Augen stand Wut, aber seine Stimme hatte er unter Kontrolle. »Ich bin kein Khan, aber ich bin ein wahrgeborener Krieger und daher ...«

»Ich bin ebenfalls wahrgeboren, doch das gibt mir nicht das Recht, Jadefalken-Krieger nach Belieben zu beleidigen.«

»Wen habe ich beleidigt? Die beiden? Wie habe ich sie beleidigt? Ich habe nur darauf hingewiesen, daß sie freigeboren sind und ...« Sein Gesicht hatte Farbe bekommen, aber die Kanten seiner Wangenknochen waren weiß und blutleer, beinahe, als wären sie frisch geschliffen.

»Das hier ist keine sichere kleine Heimatwelt«, unterbrach Joanna, »auf der *Regeln* und *Gebräuche* einfach gesetzt und ausgelegt sind. Wir hier sind Krieger, und wir haben zusammen bei der Invasion gekämpft, im Krieg, und wir wissen, daß es von allen Regeln und Gebräuchen Ausnahmen gibt. Das wirst auch du noch lernen, Ravill Pryde. Momentan sollte es dir reichen, daß wir uns bewiesen haben.«

Die jungen Krieger begannen lauthals zu protestieren, und Cholas trat erregt vor. »Sterncolonel Pryde hat sich bei seinem Test bewiesen und seinen Dienst als ClanKrieger im vollen Range eines Sterncaptains angetreten.«

Joanna ignorierte Cholas. »Ich gestehe dir deine Leistung zu, Ravill Pryde. Aber das heißt noch nicht ...«

»Und er hat einen Blutnamen«, brüllte Castilla. »Wie sieht es denn da bei dir aus, Sterncaptain Joanna?«

Joanna machte Anstalten, die verletzte Castilla gleich wieder anzugehen, aber Hengst hielt sie zurück. Möglicherweise war er in diesem Augenblick der einzige im Bereitschaftsraum, der das konnte.

»Ich verzichte darauf, die Sache weiterzuverfolgen«, erklärte Ravill Pryde. »Wir werden später noch genügend Gelegenheit haben, die – diese Sache zu klären. Ich entschuldige mich, falls ich irgendeinen Krieger in diesem Raum beleidigt haben sollte, selbst einen Freigeborenen. Es ist nicht meine Absicht, Wunden aufzureißen. Noch nicht.« Er starrte einen Moment in Joannas Augen. Keiner von beiden blinzelte. Als Pryde sich wieder seinen Zuhörern zuwandte, winkte Hengst Joanna zu einem Stuhl, auf dem sie sich zögernd niederließ.

»Ihr wolltet von meinem Test hören«, sagte Ravill Pryde, und wieder drängten ihn die jungen Krieger enthusiastisch, zu erzählen. Selbst die Veteranen kamen näher, um nichts von seinem Bericht zu versäumen.

Ravill Pryde stellte ein Bein auf einen Stuhl. Nachdem er sorgfältig die Bügelfalte glattgezogen hatte, begann er. »Ich glaube, niemand hegte irgendwelche Zweifel daran, daß ich meinen Positionstest erfolgreich abschließen würde.«

Es ist ziemlich offensichtlich, daß du keine Zweifel daran hattest, dachte Joanna.

»Aber ich wußte auch, daß es eine Verschwendung meines Könnens gewesen wäre, mich nur als MechKrieger zu qualifizieren. Nehmt das nicht als Kritik an euren Leistungen, meine Mitkrieger. Es ist nur so, daß ich, nun, ein Gefühl der Vorbestimmung hatte, so ungewöhnlich dies für einen Kadetten sein mag. Die meisten meiner Kogeschwister konzentrierten sich, wie ich erkannte, nur darauf, den Test zu gewinnen. Ich blickte weiter. In dieser Hinsicht war ich vermutlich – bitte glaubt mir, daß ich diesen Vergleich mit der gebotenen Bescheidenheit anstelle – wie der verehrte Aidan Pryde.«

»Heil Aidan Pryde«, riefen mehrere der jungen Krieger. Einige der Veteranen hingegen tauschten fragende Blicke aus.

Was glaubt dieser Kerl, wer er ist? Er hat noch nicht eine echte Schlacht hinter sich und vergleicht sich mit Aidan? Und er hat den Namen nur benutzt, um diese rituelle Antwort herauszukitzeln, der Stravag!

»Ich stelle diesen Vergleich mit dem verehrten Aidan Pryde nicht beiläufig an, liebe Gefährten. Ich denke... ich denke, auf gewisse Weise wurde ich während des Tests von seinem Geiste erfüllt. Ihr wirkt verwirrt. Wie kann das sein? Ihr habt im Geiste nachgerechnet und erkannt, daß ich ihm unmöglich nachgeeifert haben konnte, da er seinen Heldenmut noch nicht auf Tukayyid unter Beweis gestellt hatte und sein Name auf den Heimatwelten noch unbekannt war. Ebenso ereignete sich all das lange bevor sein genetisches Erbe für den Genfundus akzeptiert wurde. Wie, so fragt ihr guten Grundes, konnte der Geist eines noch lebenden Kriegers mich so inspirieren? Aber erinnert euch, daß ich vom *jungen* Aidan Pryde sprach. Es ist wahr, ich hatte den Namen des Helden noch nie gehört, als ich zu meinem Test antrat. Aber er war der Protagonist einer etablierten Legende in meinem Ausbildungslager. Erst später, nachdem Aidan Prydes Tapferkeit offensichtlich wurde, haben wir entdeckt, daß er der mutige junge Mann aus jener Erzählung war. In seinem ersten Positionstest riskierte Aidan Pryde ein waghalsiges Manöver, indem er mit seinem Mech über seine drei Gegner sprang und sie alle zu besiegen versuchte. Beinahe wäre es ihm gelungen, aber er wurde durch den Verrat seiner Testgefährtin besiegt, die in das durch seine einzigartige Strategie ausgelöste Gestampfe einbrach und ihn abschoß, um ihren Test zu gewinnen. Soweit ich weiß, erzielte sie zwei Abschüsse und wurde Sterncommander.«

So ist es. Und es war ein absolut legitimes Manöver von Seiten Marthe Prydes. Ich war immer der Ansicht, daß Aidan es verdient hatte, und möglicherweise dadurch ein besserer Krieger wurde. Er hat gelitten, ja, und mußte sich lange Jahre als Freigeborener ausgeben – aber das ist wahrscheinlich Teil der verfluchten »Legende« dieses Stravags. Ich hoffe, Marthe Pryde findet heraus, daß er sie eine Verräterin schimpft.

»Die Aidan-Pryde-Strategie war natürlich nur eine von vielen Falknergeschichten. Die Falkner benutzten sie als Warnung, sich nicht zu übernehmen, aber manche von uns sahen es anders. Und es dürfte kaum jemand überraschen, ich bin schließlich ein *Jadefalken*-Krieger, mich inspirierte diese Erzählung. Ich wußte tief in meinem Innern, daß ich eine ähnliche Strategie versuchen mußte.«

»Aber damit hast du riskiert, im Test zu versagen, so wie Aidan Pryde«, warf MechKrieger Ronan ein. Einen Augenblick verzerrte sich Ravill Prydes Gesicht. Offenbar ließ er sich nicht gerne unterbrechen.

»Ja, das habe ich. Ich habe alles riskiert. Meine Risikobereitschaft ist nur ein Charakteristikum, das ich mit dem verehrten Aidan Pryde teile.«

»Heil Aidan Pryde.«

Joanna wurde schlecht. Sie konnte nicht anders, als daran zu denken, wie sehr Aidan diese blinde Heldenverehrung gehaßt hätte.

»Am Tage des Tests wußte ich, was ich zu tun hatte. Es war notwendig, die legendäre Strategie zu korrigieren, damit sie funktionierte.« Je mehr er den Test beschrieb, desto ausdrucksvoller wurden Ravill Prydes dünne Arme. Er schien ständig mit dem einen oder anderen Arm zu wedeln, um jedes Detail zu unterstreichen. Auf Joanna wirkte er wie ein Signalmaat.

Er verwendete einige Zeit darauf, seine Version des Tests aufzubauen, indem er seinem gefesselten Publikum das öde, zerklüftete Terrain beschrieb, die Angriffe einiger freigeborener Kadetten, die den Test schwieriger machen sollten (natürlich besiegte er jeden Gegner, der sich ihm in den Weg stellte), die Kletterpartie ins Cockpit seines *Waldwolf*. Bald darauf erschienen seine Gegner, in enger Formation, kurz hinter einer tiefen, aber schmalen Schlucht.

»Nun, diese Schlucht stellte mich vor ein Problem. Sie war schmal, aber zu breit, um sie mit einem Schritt zu überqueren. Ich wünschte mir, mein Mech hätte mit Sprungdüsen konfiguriert werden können, so daß ich auf Aidan Prydes ursprüngliche Strategie hätte umschalten können. Auch die Gegner meiner Testgefährtin befanden sich auf der anderen Seite der Schlucht, aber sie befand sich an einer Brücke. Während sie leicht hinüber konnte, hätte das für mich eine Zeitverschwendung bedeutet und mich in eine zusätzliche Konfrontation mit ihren Testgegnern gezwungen. Nein, ich mußte mit der Situation fertigwerden, die sich mir stellte. Erinnert euch, daß ich Feuerkraft aufgegeben hatte, um die zwei Blitz-KSR installieren zu können. Aber das war schon in Ordnung. Ich plante nur mit meinen PPKs und den KSR zu gewinnen. Sofort als mein erster Gegner, ein bedrohlicher *Gargoyle*, vortrat, erkannte ich, was zu tun war. Ich war sicher, daß die Aidan-Pryde-Strategie funktionieren würde, zumindest so, wie ich sie abzuwandeln plante.«

Ravill Pryde nahm den Fuß vom Stuhl und stand mit ausgestreckten Händen vor ihnen. Seine Haltung ähnelte der Gefechtsposition eines Piloten, und seine kleine Statur ließ ihn reichlich lächerlich wirken – zumindest in Joannas Augen.

»Ich wußte, es war von größter Bedeutung, meinen

ersten Gegner schnell auszuschalten. Ich rückte langsam vor, bewußt schwerfällig, mit dem Ziel, auf meine Gegner unsicher zu wirken, als habe mich ihr unerwartetes Erscheinen auf der anderen Seite der Schlucht erheblich verwirrt. Nahe des Schluchtrandes feuerte ich die erste meiner PPK-Salven ab. Mein Timing war ausgezeichnet, und ich sprengte eine beachtliche Menge Panzerung vom rechten Torso des *Gargoyle*. Der Gegner wankte leicht. Er stand so dicht am Rande der Schlucht, daß ein Regen von Panzerbruchstücken in die Tiefe fiel. Ich hämmerte weiter mit meiner PPK auf ihn ein, während seine KSR bei mir einigen Schaden anrichteten. Ich will euch nicht mit Einzelheiten langweilen, da der *Gargoyle* sich als sehr leichter Gegner erwies. Seine nächste Salve ging weit am Ziel vorbei, und ich erkannte, daß mit dem Piloten etwas nicht in Ordnung war. Vielleicht hatte ein Glückstreffer das Cockpit durchschlagen und ihn verwundet. Ich wußte, was ich zu tun hatte. Wenn ich mich weiter darauf konzentriert hätte, Panzerung vom Rumpf zu sprengen, hätte ich ein lebenswichtiges System treffen können, den Fusionsreaktor oder das Gyroskop, aber nur unter Verschwendung enormer Mengen an Munition. Ich zog mich vier oder fünf Schritte von der Schlucht zurück. Dann beugte ich den Rumpf meines Mechs, eine Finte, die mir erlaubte, meine PPKs auf die Unterschenkel des *Gargoyle* zu richten. Ich gab eine gnadenlose Breitseite ab, mit der ich die Beine nach hinten und den Rumpf nach vorne zwang. Weitere Schüsse auf die Unterschenkel ließen den *Gargoyle* stürzen. Wie ich erwartet hatte, kippte er nach vorne über die Schlucht. Sein Kopf und seine Schultern lagen auf meiner Seite der Schlucht. Und wißt ihr, was ich dann tat?«

Ravill Pryde ließ seinen Blick über die erstaunten Gesichter der Zuhörer schweifen, bevor er selbstzufrieden erklärte: »Als der *Gargoyle* so unsicher über der neun Meter breiten Schlucht hing, bildete er für kurze

Zeit die provisorische Brücke, die ich in ihm gesehen hatte. Da mein *Waldwolf* ein ausgezeichneter Läufer war, rannte ich mit ihm über den Rücken des *Gargoyle* und war nach drei, vier Schritten auf der anderen Seite. Dort angekommen, wurde ich nicht langsamer, sondern lief geradewegs auf die beiden anderen Mechs zu, einen *Kriegsfalken* und eine *Nemesis*. Für den gekippten *Gargoyle* war mein Gewicht zuviel gewesen, und ich hörte ihn hinter mir in die Tiefe stürzen.«

Mehrere der Anwesenden kommentierten Ravill Prydes enthusiastische Beschreibung seines Wagemuts mit lautem Aufkeuchen.

»Diese Strategie«, stieß Castilla ergriffen aus. »Genau wie Aidan Prydes Einsatz von Mechs als Trittsteine in der Mitte des Prezno auf Tukayyid, um unseren Streitkräften die Flußüberquerung und Einnahme der Brücken zu ermöglichen.«

Ravill Pryde lächelte. »Vermutlich hast du recht. Natürlich war das damals noch nicht geschehen. Ich bezweifle, daß Aidan Pryde irgend etwas von meiner Leistung wußte, obwohl … Jedenfalls kommt jetzt der entscheidende Punkt. Ich lief geradewegs auf die *Nemesis* zu, so daß deren Pilot glauben mußte, mein nächster Gegner zu sein. Zu diesem Zeitpunkt fühlte ich mich hervorragend. Ich war bereits zum MechKrieger qualifiziert, nicht wahr? Egal, was ich jetzt auch tat, diesen entscheidenden Sieg konnte es nicht mehr schmälern. Aber mehr als alles andere wollte ich in meinem Test glänzen, ihn zu einem Test machen, an den man sich erinnern würde. Ich feuerte konstant meine PPK ab, und die *Nemesis* landete einige schwere Treffer bei mir. Meine Panzerung war nur noch hauchdünn. Ich rückte weiter vor. Auf kurze Distanz war die *Nemesis* tödlich. Jeden Augenblick mußte sie mich erledigen. Aber ihr dürft nicht vergessen, daß ich bis zu diesem Zeitpunkt meine Blitz-KSR noch nicht eingesetzt hatte. Als ich dicht genug an der *Nemesis* heran war, warf ich mich plötzlich nach rechts, wurde schneller und rannte zwischen die beiden Maschinen. Natürlich stieg meine Innentemperatur rapide, aber ich war mir sicher, daß der *Waldwolf* alles einstecken konnte, was die anderen Mechs aufzubieten hatten, und das Gefecht beenden konnte, bevor die Abwärme den Gefahrenpunkt erreichte. Der *Nemesis*-Pilot erkannte, daß ich ein Gestampfe initiierte und feuerte seinen schweren Impulslaser. Meine Panzerung flog in großen Brocken und so schnell davon, daß sie stellenweise völlig verschwunden war. Ich war extrem verwundbar. Aber das spielte keine Rolle. Sobald ich knapp über die Linie getreten war und das Gestampfe ausgelöst hatte, nutzte ich die überlegene Beweglichkeit meines *Waldwolf* dazu, abrupt anzuhalten und mich zurückzubewegen, bis ich direkt zwischen der *Nemesis* und dem *Kriegsfalken* stand. Ohne zu warten, bis die Füße meines *Waldwolf* zur Ruhe gekommen waren, drehte ich seinen Rumpf nach rechts, feuerte meine Blitz-KSR, drehte mich, noch bevor sie einschlagen konnten, nach links, und griff mit der PPK den *Kriegsfalken* an. Der *Kriegsfalke* flog auseinander. Wieder drehte ich den Torso und senkte das Fadenkreuz auf die *Nemesis*. Ich brachte sie schnell zur Strecke. Auch ich war ziemlich erledigt. Meine Innentemperatur war sehr hoch, und nur mein eiserner Wille hielt mich vom Aussteigen ab. Aber ich hatte gewonnen. Es dauerte ein paar Sekunden, bis mich die Freude über meinen Sterncaptainrang erfaßte.«

Die jungen Krieger waren von der Erzählung offensichtlich hingerissen und sahen Ravill Pryde bewundernd an.

»Und so ist es keineswegs übertrieben, wenn ich meinen Erfolg auf Aidan Pryde zurückführe, dessen Namen ich erst sehr viel später erfuhr, aber dessen spätere Heldentaten noch legendärer wurden als seine wagemutigen Strategien als Kadett.«

Mehrere junge Krieger stimmten leise in die rituelle Lobpreisung ein.

»Sterncolonel Ravill Pryde?«

»Ja, Sterncaptain Joanna?«

»Als Sie den Test in ein Gestampfe verwandelten, um auf die anderen Mechs feuern zu können…«

»Ja?«

»Was geschah mit dem zweiten Kandidaten, ihrer Testgefährtin?«

Ravill Prydes Gesicht verdüsterte sich. »Ich befürchte, sie hat verloren.«

»Und hatte ihre Niederlage etwas mit dem Gestampfe zu tun, das Sie ausgelöst hatten?«

Ravill Pryde wirkte unangenehm berührt. »Es war ein unglückseliger Begleiteffekt. Sie wurde von ihren drei Gegnern gemeinsam besiegt, nachdem das Gestampfe eröffnet war. Aber meine Taktik war erlaubt, und meine Testgefährtin hat mich dafür gelobt.«

»Das bezweifle ich nicht. Wo ist sie jetzt?«

»Ich bin mir nicht sicher.«

»Sie haben keine Ahnung?«

»Sie arbeitet irgendwo als Technikerin.«

»Ist sie wohl zufrieden?«

»Woher soll ich das wissen?«

»Ach, es war nur eine Frage – obwohl die Antwort mir offensichtlich scheint. Welcher Kadett, der es beinahe zum Jadefalkenkrieger gebracht hätte und nur durch die Umstände besiegt wurde, könnte zufrieden damit sein, als Tech zu enden? Ich bitte um Verzeihung für die Unterbrechung.«

»Du äußerst recht vorschnell halbgare Meinungen, Sterncaptain Joanna, besonders für – aber lassen wir das für später. Ich werde deine Bemerkung als die normale Inititation, den normalen Begrüßungstest, wenn man es so nennen will, für einen Neuankömmling in der Garnison werten. Das war es doch, frapos?«

»Oh, pos. Ganz sicher pos.« Joanna fragte sich,

warum sie überhaupt etwas gesagt hatte. Das Schicksal einer namenlosen Kadettin im Positionstest war für sie ohne Bedeutung. In einem Test ging jeder das Risiko ein, den wahrscheinlichen Sieg durch Umstände außerhalb seiner Kontrolle aus der Hand geschlagen zu bekommen. Genau darum ging es im Test. In dieser Hinsicht glich er dem Krieg. Auch Helden wurden Opfer ungezielter Schüsse, und manche Schlachten wurden vom Gelände beherrscht. Aber sie hatte das Gefühl, Ravill Prydes selbstgefälliger Erzählung eine beunruhigende Fußnote verpaßt zu haben.

»Erzähle uns davon, wie du deinen Blutnamen errungen hast, Sterncolonel«, bat Haline mit großen Augen. »Es ist unglaublich, diese Ehrung so kurz nach einem Positionstest zu gewinnen.«

Ravill Pryde schien die Frage zu schmeicheln, aber er wehrte ab. »Eine Geschichte sollte erst einmal genügen. Diese Erzählung werde ich mir für einen anderen ruhigen Abend aufheben, wenn ich auch hoffe, daß wir davon nicht allzuviele erleben werden.«

Bei diesen Worten stießen die übrigen Krieger, auch die Veteranen, ein leises Jubeln aus. Jadefalken-Krieger hatten keine Ader für Entspannung. Für sie war der Waffenstillstand mit der Inneren Sphäre ein Krebsgeschwür, das an einem für sie lebenswichtigen Organ fraß: dem Bedürfnis nach Krieg. Immerhin waren sie dafür gezüchtet worden.

Ravill Pryde schwenkte die Arme in einer Geste, mit der er sämtliche anwesenden Krieger zu umfassen schien. »Ich danke euch, meine Mit-Jadefalken, daß ihr mich so freundlich in eurer Mitte aufgenommen habt. Ich weiß, es ist nicht immer leicht, einen Kommandeur zu empfangen, besonders nach all dem, was ihr zusammen durchgemacht habt. Ich fühle mich geehrt.«

Die eine solche Höflichkeit ganz und gar nicht gewöhnten Veteranen tauschten verwirrte Blicke aus. Die jungen Krieger jedoch genossen Auftreten und Worte des neuen Offiziers. Joanna wurde bei ihrer unübersehbaren Bewunderung übel.

»Ich würde mich jetzt gerne der Arbeit widmen. Ich weiß, es ist Abend, und wir sind außer Dienst. Aber das Wesen des Clans verabscheut Verschwendung, und ich versuche, meine gesamte Zeit zum Wohl des Clans zu nutzen. Ich werde jetzt mein Büro aufbauen. Sterncommander Hengst, ich erwarte dich in exakt einer halben Stunde in meinem Büro, frapos?«

»Pos.«

»Und Sterncaptain Joanna, dich erwarte ich in einer Stunde, frapos?«

»Wozu?«

»Das werden wir dann besprechen, frapos? Frapos?«

»Schon gut, pos.«

Die neuen Krieger starrten Joanna an und ließen keinen Zweifel an ihrer Verachtung für die Veteranin. Das störte sie nicht weiter. Sie hatte schon immer den Haß anderer auf sich gezogen. Trotzdem, seit ihrer Zeit als Falknerin auf Ironhold hatte sie sich keiner so offenen Feindseligkeit mehr gegenübergesehen. Dort war sie selbst Kadetten aus ihr nicht unterstellten Geschkos durch und durch verhaßt gewesen. Egal. Haß hatte sie immer in gleicher Münze zurückgezahlt und war dabei nichts schuldig geblieben.

Ravill Pryde marschierte zackig aus dem Zimmer. Joanna bat Hengst und Diana, sie nach draußen auf den Exerzierplatz zu begleiten.

Der Planet Sudeten schenkte dem Lager einen warmen, aber windigen Abend. Noch in der Nacht zuvor hatte Graupelregen so heftig an die Kasernenmauern getrommelt, daß Joanna nicht einschlafen konnte.

Kaum standen die drei Krieger beisammen, da nahm die Windgeschwindigkeit zu. Joanna fühlte die Böen auf ihren Rücken schlagen, und das Wetter verlieh ihren Worten zusätzliche Heftigkeit. »Was haltet ihr von diesem ... diesem Ravill Pryde?« fragte sie ihre beiden einzigen Freunde. Es *muchte* ihr zu schaffen, daß beide freigeboren waren. Sie hatte sich nicht so an Freigeborene gewöhnt wie es Aidan gelungen war, aber der war auch eine Ausnahmeerscheinung unter den Jadefalken-Kriegern gewesen.

»Ravill Pryde ist ungewöhnlich.«

»Wieso meinst du das, Diana?«

»Es ist selten genug, daß ein Jadefalken-Krieger mit seinen Leistungen prahlt, aber an der Art, wie er es macht, ist etwas Besonderes. Er erzählt nicht einfach von seinen Erfolgen, es scheint eher, daß er versucht, einen Mythos um seine Person aufzubauen, lange bevor er genug geleistet hat, um mit seiner Erbmasse in den Genfundus aufgenommen zu werden.«

Hengst sah amüsiert aus.

»Was meinst du, Hengst?«

»Ich bin mir nicht sicher. Er scheint sich als Held hinzustellen, ja, aber an ihm ist etwas, das ich bewundere, vielleicht eine Spur von Aidan Pry ...«

»Also wirklich, Hengst«, stieß Joanna wütend aus. »Aidan und du, ihr wart Kameraden. Wie kannst du ihn auch nur annähernd mit diesem ...«

»Gut, sagen wir einfach, Ravill Pryde hat Potential. Wir werden sehen.«

»Und wir beide sind im Irrtum, wenn wir ihn nach so kurzer Zeit bereits so hart beurteilen?«

»Auf gewisse Weise schon, Joanna. Vergeßt nicht, daß er seinen Test und Blutnamen auf recht überzeugende Art und Weise gewonnen und es zum Sterncolonel gebracht hat, so jung und kriegsunerfahren er auch ist. Das sind Leistungen.«

»Siehst du das denn nicht? Er hat kein Feuer. Ein ClanKrieger braucht Feuer. Zumindest unter der Oberfläche, bereit auszubrechen, wenn es benötigt wird. Ravill Pryde zeigt nicht einmal einen Funken.«

Hengst grinste. »Woher weißt du, ob sein Feuer sich nicht nur auf andere Weise äußert?«

»Ich weiß es. Glaube mir, ich weiß es.« Joanna war frustriert. Sie suchte Hengsts Zustimmung, und er drückte sich um eine klare Stellungnahme herum. Das paßte nicht zu Hengst. Dieser Ravill Pryde zeigte bereits Wirkung. »Geht, beide. Ich muß nachdenken.«

Diana und Hengst kannten diese Stimmung. Es hatte keinen Wert, mit Joanna reden zu wollen, wenn sie eine solche Phase hatte. Sie ließen den Sterncaptain allein.

Sie wanderte über den Platz. *Ravill Pryde verdient so jung keinen Blutnamen, besonders, wenn ich keinen bekommen habe. Und seine Jugend garantiert, daß er den Blutnamen lange Jahre tragen wird. Auch wenn ich jetzt zu alt bin, würde ich alles dafür geben, einen Blutnamen zu gewinnen, und wäre es am letzten Tag meines Lebens.*

Der Gedanke an ihr Alter bereitete ihr extremes Unbehagen. Joanna war nicht gewohnt, Schmerzen wahrzunehmen, nicht einmal Verwundungen. Jetzt wurde sie von Bauch- und Kopfschmerzen verfolgt.

Beinahe wäre sie über einen am Boden liegenden Ast gestolpert, der im immer stärker werdenden Sturm von einem nahen Baum gerissen worden war. Der Wind peitschte auf ihre Haut und machte es schwer, aufrecht zu stehen. Sie hob den Ast auf, der doppelt so lang wie ihr Arm war. Wie alle Äste, überhaupt alle Bäume auf dieser Welt, war er schwer und wuchtig. Hätte er Blätter getragen, wäre er zu schwer für sie gewesen. Seine Rinde war zu zahlreichen dornenartigen Spitzen verwachsen, die ihre Haut zerkratzten.

Sie hielt den Ast mit einiger Anstrengung in die Höhe und fühlte, wie der Sturm ihn beugte und sie mitriß. Sie rannte ein paar Schritte, faßte den Ast fester und hielt an.

Wie alt mag der Baum sein, von dem er stammt? Könnte ich den Baum umsägen und seine Ringe zählen? Wäre er älter als ich? Wäre dieser Ast älter als ich? Sie ging zum nächsten Baum und schlug mit dem Ast gegen seinen Stamm.

So alt kann ich nicht sein. Ich kann mich nicht mit Leibschmerzen herumplagen, mit Kopfschmerzen. Ich hätte niemals so alt werden dürfen. Ich sollte schon viele Jahre tot sein. In der Schlacht habe ich mich immer gut gehalten. Ich habe immer alles riskiert. Ich hätte tausend Tode sterben müssen. Wie konnte es soweit kommen? Bin ich wie dieser Ast, vom Baum gerissen, aber noch intakt? Werde ich mein Leben in irgendeiner niederen Kaste beschließen, in einer Galaxis vergreister Krieger, oder im Bett sterben, verrunzelt und ausgemergelt? Das kann nicht sein. Es darf nicht sein. Ich werde es nicht zulassen. Es darf nicht sein. Ich werde es nicht zulassen. *Es darf nicht sein. Nein!*

Immer wieder knallte Joanna den Ast gegen den Baumstamm. Die Schläge hallten laut über den Platz. Irgendwann bemerkte sie, daß die Schmerzen in ihrem Rücken kein Anzeichen des Alters waren, sondern von einem plötzlichen Hagelschauer stammten. Sie warf den Ast so weit sie konnte und überließ ihn dem Sturm, der ihn emporriß und davonwirbelte.

»Das, mein lieber Hengst, ist Feuer«, flüsterte sie.

Jetzt fühlte sie sich besser.

8

Falkengarde-Hauptquartier, Pattersen
Sudeten, Jadefalken-Besatzungszone

1. Juli 3057

Joanna traf Hengst wenige Schritte vor der Tür zu Ravill Prydes Quartier. »Dieser Blender übernimmt also die Falkengarde«, sagte sie abrupt, »und tritt an die Stelle Aidan Prydes?«

»So ist es.«

»Aber er ist nicht kampferprobt.«

»Er hat eine größere Anzahl Gefechte kommandiert – um genetisches Erbe, um ...«

»Alles in den Heimatwelten, frapos?«

»Pos.«

»Das ist keine Kampferfahrung. Das ist Spielerei.«

Hengst war ungewöhnlich ernst. Er tat einen tiefen Atemzug. »So läuft es nun einmal bei den Clans, Joanna. Das weißt du doch. Rang ist alles.«

»Aber der Befehl sollte an einen erfahrenen Veteranen wie Sterncaptain Alejandro gehen.«

»Er ist erst vor kurzem befördert worden, hat seinen Rang noch nicht so lange wie Ravill Pryde. Alejandro ist noch kein Blutnamensträger, Ravill Pryde schon. Überhaupt, Joanna, sieh dich einmal in unseren Einheiten um. Wie viele Blutnamen zählst du?«

Als Aidan Pryde den Befehl über die Falkengarde erhalten hatte, waren die Truppen, die er zum Wiederaufbau der Einheit erhalten hatte, Krieger gewesen, die entweder zu alt waren oder deren Kodax nicht einwandfrei war. Dadurch war die neue Falkengarde auffällig arm an Blutnamensträgern.

»Mag sein, Hengst. Aber es wird keine Freude machen, Ravill Pryde in die Schlacht zu folgen.«

»Wann hast du dich jemals über etwas gefreut,

Joanna? Du bist ebenso verbittert wie ich, aber ich verberge es, und du stellst es zur Schau. Natürlich wirst du Ravill Pryde in die Schlacht folgen. Du bist eine Jadefalken-Offizierin, eine BattleMechpilotin – eine der besten, die ich je gesehen habe – und eine Clannerin. Du wirst tun, was getan werden muß.«

Er wartete auf ihre Antwort. Es war ironisch, daß gerade Hengst ihr das sagte. Immerhin hatte es eine Zeit gegeben, in der Joanna Hengst gehaßt hatte. Aber im Laufe ihrer gemeinsamen Dienstjahre, in denen sie seine Leistungen und seine Loyalität Aidan Pryde gegenüber gesehen und auch miterlebt hatte, wie er Diana beschützte, hatte sie irgendwann aufgehört ihn zu hassen. Sie fühlte keine Zuneigung für ihn, aber sie haßte ihn auch nicht.

Diana haßte sie auch nicht. Schon bei ihrer ersten Begegnung, als Joanna der neuen Rekrutin im Kreis der Gleichen eine Lektion erteilt hatte, waren ihr der Kampfgeist und das Können der jungen Frau aufgefallen, ebenso wie ihre Ähnlichkeit mit Aidan. Diana war so ganz und gar eine Jadefalken-Kriegerin, daß es schwerfiel, sie als bloße Freigeborene zu sehen.

Irgendwas kann mit meinem Leben nicht stimmen, wenn ich nach all dieser Zeit nicht mehr vorweisen kann – keinen Ruhm, keinen Blutnamen, keinen ehrenvollen Tod – nur die Freundschaft von zwei stravag Freigeburten.

»Joanna?«

»Du hast recht, Hengst. Ich werde tun, was ich tun muß, das weißt du. Aber wenn du noch einmal Worte schlampst, reiße ich dir das Herz heraus, du dreckige Freigeburt.«

Er grinste. »Schon besser. Das hört sich mehr nach Joanna an.«

»Woher willst du das wissen, Stravag?«

Er lachte. »Hast du nicht eine Verabredung mit unserem neuen Anführer?«

Joanna ging weiter, dann blieb sie noch einmal stehen und sah sich zu Hengst um. »Was wollte er von dir?«

Hengst zögerte, was überhaupt nicht zu ihm paßte. »Ich wollte es dir erst später sagen«, meinte er langsam. »Ich soll meine alte Position im Befehlsstern übernehmen.«

»Er holt dich aus meinem Stern?«

»Ja.«

»Der Bastard.«

Hengst zuckte zusammen. Bastard war wegen seiner freigeborenen Bedeutungen ein besonders hartes Schimpfwort für Jadefalken.

»Du mußt die Versetzung annehmen?«

»Ja.«

»Es ist Diebstahl, Hengst. Er will dich nicht in meiner Einheit haben. Der Widerwillen ...«

»Nein, es ist kein Diebstahl. Warum sollte ein wahrgeborener Offizier einem anderen wahrgeborenen Offizier einen Freigeborenen stehlen wollen? Es ist wegen Aidan Pryde. Ich war Aidans engster Freund. Der Gedanke, mich in seiner Einheit zu haben, scheint Ravill Pryde eine Art, nun, Zufriedenheit zu verschaffen. Natürlich bliebe ich lieber in deinem Stern, aber irgendwie fühl ich mich auch gebauchpinselt.«

Joanna wollte um sich schlagen. »Du magst Ravill Pryde beinahe, was, Hengst?«

»Nein, aber ich respektiere ihn ...«

»Verschwinde«, knurrte Joanna.

Hengst ging fort, ohne sich noch einmal umzusehen.

»Der Bastard«, murmelte sie, und hätte selbst nicht sagen können, ob sie damit Hengst oder Ravill Pryde meinte.

Ravill Pryde redete nicht um den heißen Brei herum. »Ich muß dich daran erinnern, daß dein Rang auf deinem Kodax basiert. Nach der üblichen Prüfung bin ich zu dem Schluß gekommen, daß dein Platz unter den

Sterncommandern ist. Du bist ab sofort auf diesen Rang zurückgestuft und wirst die entsprechenden Rangabzeichen tragen.«

»Sterncolonel Ravill Pryde, ich beantrage, was mir zusteht – einen Positionstest, um meinen Rang zurückzugewinnen.«

Ravill Pryde saß an seinem Schreibtisch, einem Möbelstück, wie es auf Sudeten kein anderer Offizier besaß. Er mußte es den ganzen Weg auf diesen unwirtlichen Planeten mitgeschleppt haben. Der wuchtige Schreibtisch aus dunklem, poliertem Holz war entlang der gesamten Oberkante mit Jadefalken-Insignien verziert.

Ravill Pryde stand auf und kam um den Schreibtisch herum. Er war um soviel kleiner als Joanna, daß sie ein Gefühl körperlicher Überlegenheit nicht unterdrücken konnte.

»Negativ, Sterncommander Joanna. Eine Anfechtung dieser Entscheidung ist nicht möglich.«

»Bei allem Respekt glaube ich, daß eine derartige Entscheidung deine Autorität übersteigt.«

»Keineswegs. In den fünf Jahren seit dem Waffenstillstand von Tukayyid ist die Falkengarde schwach und möglicherweise etwas langweilig geworden. Ich habe den Auftrag, diese Einheit zu ihrer alten Wildheit und Kampfstärke zurückzuführen. Die Leistungen der Falkengarde haben abgenommen, möglicherweise durch die ungewöhnlich hohe Anzahl freigeborener Krieger, und es ist meine Pflicht ...«

»Du sprichst abwertend von Freigeborenen, aber du holst dir einen davon in deinen Stern.«

»Wie ich sehe, hast du mit Sterncommander Hengst gesprochen.«

»Wir haben lange zusammen gedient.«

Ravill Pryde lehnte sich gegen den Schreibtisch und starrte Joanna an. Sie ließ ihren Blick wandern und bemerkte zum erstenmal die Bilder an den Wänden.

ClanKrieger dekorierten ihre Räume nur selten, und wenn, dann meist mit Kriegsszenen oder Falkenbildern, gelegentlich auch mit Szenen dörflichen Lebens. Diese Drucke waren offensichtlich während der Invasion auf Welten der Inneren Sphäre erbeutet worden. Sie fragte sich, wie Ravill Pryde sie in seinen Besitz gebracht hatte – und warum.

»Sterncommander Joanna, du scheinst steif und unbehaglich. Möchtest du dich setzen?« Seine Stimme hatte etwas Öliges, ebenso wie die übertriebene Art, mit der er auf einen wuchtigen Polstersessel deutete, ohne Zweifel ein weiteres Möbelstück, das er mit in die Wildnis von Sudeten gebracht hatte. Der Bezug zeigte ein kompliziertes Muster aus verschränkten Balken und Bogenlinien.

»Ich ziehe es vor zu stehen, Sterncolonel.«

»Wie du willst.« Seine Pause schien bewußt dramatisch. »Sterncommander Joanna, du hast der Falkengarde – und natürlich Clan Jadefalke – gut gedient, und das seit vielen Jahren.«

Die letzte Bemerkung ärgerte Joanna. Generell war jede Bemerkung, die auf das Alter eines Kriegers anspielte, eine Beleidigung. »Heißt das, die Schande von Twycross ist nicht mehr Teil meines Kodaxes?«

Joanna hatte sich schon oft gefragt, ob sie dieser Erniedrigung je entkommen würde. Obwohl sie damals erst vierundzwanzig Stunden Mitglied der Falkengarde gewesen war, hing ihr als einer der wenigen Überlebenden die Schande dieser Niederlage an. An jenem unrühmlichen Tag hatte ein einzelner Krieger der Inneren Sphäre, indem er versteckte Minen zur Explosion brachte, in einem Große Schneise genannten Gebirgspaß eine Felslawine ausgelöst und die Falkengarde darunter begraben. Kaum ein Krieger der Einheit hatte es überlebt. Die Schande dieser Niederlage hatte in allen Clans ihre Spuren hinterlassen. Joanna selbst war vom Rang des Sterncaptains zum Sterncommander degradiert worden. Und selbst diesen Rang hatte sie nur durch den Sieg über zwei BattleMechs in ihrem Widerspruchstest behalten. Ansonsten wäre sie einfache MechKriegerin geblieben.

»Natürlich bleibt Twycross in deinem Kodax, wie du ohne Zweifel selbst weißt. Ich werde deine Bemerkung als sarkastischen Ausrutscher werten, aber ich schlage vor, daß du für den Rest dieser Besprechung deinen Zorn bändigst.«

»Sind wir beide ClanKrieger?«

»Warum fragst du das?«

»Ich bin höfliche Konversation nicht gewohnt.«

»Sterncommander Joanna, ich hatte gehofft, diese Besprechung könnte freundschaftlich ablaufen. Offensichtlich entspricht das jedoch nicht deinem Wesen.«

»Oder dem Wesen der Clans.«

Der schmächtige Offizier schien verunsichert, als er sich vom Schreibtisch abstieß und näher kam. Aber er war nicht wütend, wie Joanna mit perverser Befriedigung feststellte. Wie zuvor sah sie kein Feuer in ihm.

»Ich werde es kurz machen, Sterncommander Joanna. Du wirst versetzt.« Er sah zu ihr hoch und ließ die Worte wirken. Joanna war völlig überrascht. Ihr stockte der Atem.

»Versetzt? Ich will bei keiner anderen Jadefalken-Einheit dienen.«

»Du wirst in keine Gefechtszone versetzt. Deine Tage als Kriegerin sind vorbei. Ich weiß, es wird schwer sein, das zu akzeptieren, aber der Khan will alle Krieger aussieben, die ihre beste Zeit hinter sich haben. Krieger wie dich, Joanna.«

»Aber … ich meine, was soll das heißen?«

»Das soll heißen, daß du in einem Monat vom Kommando über deinen Stern entbunden und zurück in die Heimatwelten geschickt wirst – nach Ironhold, um genau zu sein.«

»Ich habe bereits als Ausbildungsoffizierin gearbeitet. Ich habe kein Verlangen danach ...«

»Du wirst nicht als Falknerin dienen.«

»Welchen Fluch legst du mir *dann* auf?«

»Du bist eine Clan-Offizierin, Sterncommander Joanna. Du akzeptierst jede Pflicht, die der Clan dir zuweist, frapos?«

»Pos, aber ich war immer eine Kriegerin, und ich muß mein Leben als Kriegerin beschließen!«

»Ich kann diesen Wunsch sehr gut verstehen. Dein Unglück ist es, daß du überlebt hast – mit Können und Mut, möchte ich hinzufügen.«

»Ich melde mich freiwillig für die Versetzung in eine Einheit alter Krieger, unter denen ich in mein letztes Gefecht ziehen kann.«

»Eine Solahma-Einheit? Wahrscheinlich wurde diese Möglichkeit ebenfalls erwogen, aber in seiner Weisheit hat der Khan diese einfache Lösung verworfen. Dein Können hat Anerkennung verdient. Angesichts deines herausragenden Kodaxes hat er entschieden, daß du bestens zur Leiterin einer Geschko-Inkubations- und -Aufzuchtanlage geeignet bist ...«

»Eine Kanisteramme? Soll das heißen, ich eigne mich zur Kanisteramme, zur Betreuung von Brutkästen und Kindergärten, zur ...«

»Joanna, dieser Dienst ist eine Ehre. Du wirst keine simplen Techaufgaben erfüllen. Du wirst die gesamte Anlage leiten. Du wirst Auge und Ohr der Kriegerkaste in der Anlage sein, unsere Verbindungsoffizierin, unsere Repräsentantin, unser Falke. Diese Versetzung ist tatsächlich eine große Ehre!«

»Es ist eine Gefängnisstrafe! Lebenslänglich! Eine Strafe für Twycross, habe ich recht? Eine späte Strafe, aber nichtsdestoweniger eine Strafe!«

»Wie kannst du das sagen? Die Anweisung kommt vom Khan persönlich. Er hat dich auserwählt.«

»Hättest *du* gerne eine solche Stelle, Ravill Pryde?«

»Ich bin Blutnamensträger. Es ist keine Arbeit für einen Krieger mit Blutnamen. Aber sehr wohl für einen Krieger ohne Blutnamen, der sich im Kampf ausgezeichnet hat. Es ist eine Belohnung, keine Strafe. Und es ist nicht alles. Die Position ist mit einer großen posthumen Belohnung verbunden – deine Asche wird mit der Nährlösung einer neuen Geschko vermischt werden.«

Das ließ Joanna stocken. Nachdem das Erlangen eines Blutnamens für sie in unerreichbare Ferne gerückt war, war der Wunsch, mit ihrer Asche eine Jadefalken-Geschko nähren zu können, ihr größter Traum geworden. Aber – war das die Schande wert, eine Kanisteramme zu werden?

»Nun, Joanna? Verstehst du es jetzt besser?«

»Habe ich ein Recht auf Widerspruch?«

»Nein. Es ist für das Wohl des Clans. Im Laufe der Zeit wirst du das erkennen und akzeptieren.«

»Niemals.«

Ravill Pryde seufzte. Auf Joanna wirkte sein Seufzer besonders unkriegerisch. Es war das Seufzen eines Bürokraten, nicht das eines Kriegers. »Es überrascht mich, daß du dich dermaßen sperrst. Ich würde gerne einen Moment privat mit dir reden, frapos?«

»Pos. Wieviel schlimmer kann es schon werden.«

»Ich bin ausführlich über das Ehrenduell informiert, das du gestern ausgetragen hast, Sterncommander Joanna. Deine Leistung war bewundernswert, aber du warst eine Närrin, dich überhaupt darauf einzulassen. Der Kreis der Gleichen ist ein Ort für die Resolution schwerer Beleidigungen, nicht für Raufereien um solche Belanglosigkeiten wie ...«

»Belanglosigkeiten? Sie haben mich und meine Freunde beleidigt.«

»Diese Freunde sind Freigeborene und daher belanglos.«

»Du hattest keine Probleme damit, einen von ihnen für deinen Befehlsstern zu stehlen.«

»Stimmt. Aber das basiert auf Leistung. Ich würde wegen Sterncommander Hengst kein Ehrenduell anstrengen.« Er richtete sich auf. In kerzengerader militärischer Haltung und seiner gestärkten Uniform wirkte Ravill Pryde trotz seiner kleinen Statur wie ein Führer. »Du warst zu lange im Feld, Joanna. Zuviel Kampf zehrt an den Nerven. Ich denke, das ist dein Problem. Alles wird zu einem Krieg, zu einer Angelegenheit auf Leben und Tod. In diesem Fall hast du unvernünftig reagiert. Du hast dich selbst in Gefahr gebracht und anderen Schaden zugefügt. Das ist Verschwendung, und der Clan haßt Verschwendung. Wenn ein Krieger so alt wird, daß seine Urteilsfähigkeit nachläßt, ist eine Versetzung dringend angesagt. Ich gratuliere dir zu der Ehre, die der Khan dir zukommen läßt. Und jetzt will ich nichts mehr davon hören. Weggetreten.«

Er drehte sich in militärischer Manier auf dem Absatz herum, kehrte hinter seinen eleganten Schreibtisch zurück und setzte sich. Trotz der hohen Rückenlehne seines Sessels wirkte Ravill Pryde dort wieder zu klein für einen Krieger.

Joanna bewegte sich nicht.

»Weggetreten, Sterncommander.«

»Ravill Pryde ...«

»Darf ich dich daran erinnern, daß ich mit meinem Dienstgrad anzusprechen bin.«

»Sterncolonel Ravill Pryde, bist du dir nicht bewußt, daß zahlreiche ältere Krieger hier in der Inneren Sphäre weiter in der Kriegerkaste dienen?«

»Nenne mir einen.«

»Kael Pershaw.«

»Er ist ein Berater des Khans.«

»Natascha Kerensky vom Wolfsclan.«

»Du wagst es, dich mit einer Blutnamensträgerin zu

vergleichen? Obwohl ihr beide alt seid, bist du keine Natascha Kerensky, Joanna. Sie hat sich ihre Position bei den Wölfen *verdient*, und im Gegensatz zu dir ist sie auf der Rangleiter kontinuierlich höhergestiegen. Sehr hoch sogar, bis zur Position einer Khanin der Wölfe. Wenn sie jedoch zu alt ist, um als Khanin zu dienen, wird sie sterben oder abgesetzt werden, um ihrem Clan an anderer Stelle zu dienen. Es ist arrogant und hochmütig von dir, einen solchen Vergleich auch nur vorzuschlagen. Die Entscheidung ist gefallen. Weggetreten.«

»Ravill Pryde, ich werde im Kreis der Gleichen gegen dich antreten. Ich fordere dich förmlich heraus.«

»Neg, du darfst mich nicht herausfordern. Nicht in dieser Frage. Ich habe nur Befehle von weiter oben an dich weitergeleitet. Schließlich sind es nicht *meine* Befehle. Man duelliert sich nicht mit dem Boten, Sterncommander.«

»Ich werde gegen dich antreten, weil du arrogant und anmaßend bist.«

»Es wird kein Ehrenduell geben, nur weil ich dich behandle, wie es mir als deinem Vorgesetzten zusteht.«

»Ich werde gegen dich antreten, weil du eine Freigeburt der abstoßendsten Sorte bist, Ravill Pryde.«

Er hob die Mundwinkel zu einem angedeuteten, kalten Lächeln. »Nicht schlecht, Joanna, nicht schlecht. Aber solche Beleidigungen sind belanglos und ein Ehrenduell nicht wert. Du mußt dir etwas Besseres einfallen lassen.«

»Ich werde ...«

»Weggetreten! Jetzt!«

Sie drehte zackig um und marschierte zur Tür.

»Sterncommander Joanna!«

Er erinnert mich ständig an meine Degradierung, der Stravag. Ich werde eine Herausforderung finden, die unter seine verdammten Regeln fällt. Ich werde eine finden!

»Ich möchte dich daran erinnern, daß ich mein

kämpferisches Können in meinem Test und beim Blutrecht bewiesen habe. Ich bin kein einfacher Krieger wie Cholas, Castilla und die anderen. Mit deinen beträchtlichen Fähigkeiten hast du es geschafft, alle fünf zu besiegen. Aber mich würdest du nicht bezwingen. Wenn du darauf bestehst, mich herauszufordern, werde ich dich abschlachten. So einfach ist das. Es wird eine Wiederholung von Twycross für dich werden. Das ist ein Versprechen. Akzeptiere deine Versetzung, und wir werden einen angenehmen Monat miteinander verbringen. Ich kann von dir lernen, und ich würde lieber von dir lernen als gegen dich zu kämpfen.«

Joanna antwortete nicht. Sie verließ wortlos Ravill Prydes Quartier. Irgend etwas im Innern des Zimmers fiel zu Boden, als sie die Tür hinter sich zuknallte. Sie hoffte, es war einer dieser Stravag-Drucke aus der Inneren Sphäre.

Draußen fand sie den Ast, mit dem sie gegen den Baumstamm geschlagen hatte. Es schien fast, als hätte er sie gesucht. Sie hob ihn auf und brach ihn mit einem lauten, hallenden Krachen über dem Bein entzwei. Joanna hoffte, daß das Krachen vom Ast stammte und nicht von ihrem Bein, aber sonderlich wichtig war ihr der Unterschied nicht.

8

Befehlszentrale der Clanwache,
Zentrales Jadefalken-Hauptquartier Wotan,
Jadefalken-Besatzungszone

7. Juli 3057

Kael Pershaw starrte auf das Datenblatt, das sein Coregn ihm gegeben hatte. Im trüben Licht der Befehlszentrale waren die Zahlen kaum zu lesen, besonders, wenn man nur ein funktionierendes Auge hatte. Und das war auch nicht mehr hundertprozentig.

Da er keinen Bedarf hatte, diese Schwierigkeiten vor seinen Untergebenen zu zeigen, setzte er sich gelassen an eine Computerkonsole und legte das Blatt auf die Tastatur. Das Licht des Monitors half ihm, die Schrift zu erkennen.

Die Informationen stammten aus abgefangenen Nachrichten des Wolfsclans. Als Chef des Jadefalken-Arms der Clanwache, des Geheimdienstes der Clans, erhielt Pershaw augenblicklich jede abgefangene Meldung, die von der alltäglichen Routine abwich.

»Was hältst du davon, Kael Pershaw?« fragte sein Coregn, Sterncommander Deval Huddock. Huddock sprach seinen Vorgesetzten immer mit ausgesucht unterwürfiger Stimme an, verzichtete jedoch sorgfältig darauf, dessen Rang zu erwähnen. Obwohl Kael Pershaw noch immer die Insignien eines Sterncolonels trug, war allgemein bekannt, daß seine aktive Zeit vorbei war.

»Laß mir noch eine Minute, Huddock«, knurrte Pershaw, der nicht gerade für Höflichkeit seinen Untergebenen gegenüber bekannt war.

Er nahm das Blatt auf, um es sich näher anzusehen. Dadurch ging das zusätzliche Licht verloren, und er legte es mit einer heftigen Bewegung zurück. Dadurch drückte er mehrere Tasten, und ein Buchstabensalat erschien auf dem Bildschirm. Als er das Papier etwas anhob, blieb nur eine Taste gedrückt und produzierte zeilenweise ‹, bis er die Hand ganz von der Tastatur hob und den Bildschirm löschte. »Nun, Huddock«, erklärte er schließlich. »Die einzige Folgerung, die ich daraus ziehen kann, ist, daß Clan Wolf irgendwie Spione in Jadefalken-Einheiten eingeschleust hat.«

»Genauso interpretiere ich es auch, Kael Pershaw. Der Schlüsselbegriff hier scheint Wahlbürger zu sein.«

»Und wieso das?«

Pershaw hatte großen Respekt vor Huddocks Urteil. Nur deshalb hatte er ihm trotz einer reichlich mittelmäßigen Laufbahn solche Autorität zugestanden. Huddock war es zwar gelungen, einen Blutnamen zu erringen, aber er litt unter einer Abweichung, die ihn daran hinderte, einen Mech kompetent über den Neurohelm zu steuern – Techs nannten diese Behinderung gelegentlich Hirnweiche. Huddocks Glück war es gewesen, daß er Pershaws Aufmerksamkeit erregt hatte, und Pershaw hatte den Krieger als seinen Coregn – seinen Adjutanten – in den Stab der Jadefalken-Wache geholt, eine Entscheidung, die er bisher nicht bereut hatte.

Huddock wirkte ebenso durchschnittlich wie seine militärische Karriere. Sein Gesicht war rundlich, und seine Augen zeigten einen konstanten Ausdruck tiefer Konzentration. »Wahlbürger ist eine Übersetzung von Burgess, und Burgess war vor etwa tausend Jahren ein berühmter terranischer Spion.«

»Er muß ein *sehr* guter Spion gewesen sein, wenn sein Name bis heute überdauert hat.«

»Da bin ich mir nicht so sicher. Die Namen von Verrätern überdauern häufig, selbst wenn ihre Taten längst vergessen sind. Jedenfalls weiß ich, daß Burgess Engländer war.«

»Engländer waren, glaube ich, für ihre Verschlagenheit bekannt.«

»Davon weiß ich nichts.«

Kael Pershaw studierte den Bericht. »Wie können wir herausfinden, welche Einheiten auf diese Weise unterwandert wurden?«

»Das wird schwer, ist aber nicht unmöglich. Durch den Waffenstillstand gibt es derzeit zwei Arten von Truppenbewegungen. Die meisten Einheiten sind in festen Stellungen und bewegen sich nur, wenn ihre Kommandeure eine andere Clan-Einheit herausfordern oder einen Überfall starten wollen. Agenten könnten auf zweierlei Art zu einer Einheit stoßen. Wenn er jung genug ist, könnte ein Spion sich als neuer freigeborener Krieger tarnen, der soeben seine Ausbildung abgeschlossen hat.«

Kael Pershaw nickte nachdenklich. Der Ausdruck seines vernarbten Gesichts war nicht zu lesen. »Sehr gut, Huddock. Es wäre nicht weiter schwierig, den Kodax eines jungen Kriegers so zu verändern, daß er mit dem eines anderen übereinstimmt. Ein frisch erstellter Kodax ist nicht annähernd so umfangreich wie der eines Veteranen.«

»Genau. Sobald die Fälschung abgeschlossen ist, springt der Spion an Bord des nächsten Sprungschiffs in unsere Besatzungszone und meldet sich bei einer Einheit.«

Pershaw konnte seine Wut nicht unterdrücken. »Wenn irgendeine dreckige Freigeburt einen frisch qualifizierten Jadefalken-Krieger umgebracht hat, um dessen Platz einzunehmen, werde ich persönlich dafür sorgen, daß ihr bei lebendem Leib die Haut abgezogen wird.«

»Die Spione sind keine echten Freigeborenen, Kael Pershaw.«

Der Einwand war so typisch für Huddocks Denkweise, daß sie Pershaw zum Lachen brachte. »Ich habe

Freigeburt in der obszönen Bedeutung benutzt, nicht der faktischen, Huddock.«

»Oh, ich verstehe.«

»Was ist die andere Möglichkeit der Infiltration?«

»Nu, ähm, wir sind seit einer Weile dabei, zahlreiche ältere Krieger zu ersetzen, und ...«

»Krieger meines Alters?«

Deval Huddock, der auch für Ironie keinerlei Ader hatte, wirkte peinlich berührt. »Ich würde Alter nicht in Jahren messen, Sterncolonel Kael Pershaw. Es sollte eine Funktion der Leistung sein. Alte ClanKrieger sind solche, deren Gefechtsleistung fragwürdig geworden ist, und deren Versetzungen nicht vom Nützlichkeitsprinzip diktiert werden.«

Pershaw lachte. »Du bist ein Diplomat, Huddock. Vielleicht sollten wir einen Botschafter aus dir machen.«

»Ich würde den Auftrag als Ehre betrachten.«

»Wenn du mir weiter gute Dienste leistest, sollte ich mir vielleicht überlegen, ob ich dich nicht in den diplomatischen Dienst versetzen lasse, Huddock, frapos?«

Wie üblich bekam Huddock den Sarkasmus der Frage nicht mit. »Ich wünsche nur, der Wache zu dienen, solange ich hier gebraucht werde, Kael Pershaw.«

»Eine diplomatische Antwort, wenn auch vielleicht keine weise. Die Wache muß sich erst noch den Respekt der Jadefalken-Krieger verdienen. Die meisten von ihnen betrachten alles außer Schlachtfeldabschüssen als unter ihrer Würde.«

Huddocks fand es besonders diplomatisch, auf Kael Pershaws verbitterten Kommentar nicht zu antworten. Nach einer kurzen Stille nahm er den Faden des vorhergegangenen Gesprächs wieder auf. »Viele unserer alten Krieger werden zu Solahma-Einheiten versetzt. Da wir zur Zeit wenig Bedarf an Einheiten dieser Art für Selbstmordmissionen haben, werden sie hauptsächlich für weniger wichtige Wachaufgaben und gelegentlich für Überfälle eingesetzt, die für reguläre Jadefalken-Krieger, sagen wir, etwas unehrenhaft wären. Die Versetzung von Solahma-Personal wird nicht allzu genau kontrolliert. Niemand interessiert sich groß für die Kodaxe von Solahma-Kriegern. Sie sterben ohnehin bald.«

»Ja, das stimmt. Für einige von uns, selbst auf der Kommandoebene, rangieren die alten, verbrauchten Krieger kaum höher als Freigeborene. Ich kann mir vorstellen, daß Kommandeure ihre Versetzungen beschleunigen, nur um sie los zu werden.«

»Einige ältere freigeborene Krieger werden auch zu Solahmas versetzt.«

»Logisch, logisch. Und ich sehe, worauf du hinaus willst, Huddock. Es ist recht einfach, in eine solche Einheit einen Spion einzuschleusen, insbesondere, da Truppen und Offiziere von minderer Qualität sind und die Moral in der Regel dermaßen schlecht ist, daß es kaum zu engeren Beziehungen unter den Mitgliedern kommt. Ich frage mich allerdings, was es für einen Sinn hätte, Solahmas für die Geheimdienstarbeit einzusetzen?«

»Nun, wie bei jeder Geheimdienstarbeit besteht die Aufgabe auch hier vor allem im Sammeln von Informationen. Einen aufmerksamen Agenten kann man überallhin setzen, und er wird etwas mitbekommen, was sich als nützlich erweisen kann. Und wir wissen, daß sich die Wölfe weitaus stärker auf Agenten und Informanten stützen als wir.«

»Bis jetzt.«

»Verzeihung?«

»Ich denke, wir sollten einen eigenen Agenten in eine dieser Senioreneinheiten einschleusen, Huddock. Was dem einen recht ist …«

»Dem einen recht, Kael Pershaw?«

»Du überraschst mich, Huddock. Du kennst einen englischen Spion des vorigen Jahrtausends, aber ein simples Sprichwort kennst du nicht?«

»Wenn es eine Datei darüber gibt, kann ich es lernen.«

»Laß es, Huddock. Ich habe andere, wichtigere Aufgaben für dich. Und, danke. Deine Einsichten waren nützlich. Ab jetzt werde ich mich um das Projekt kümmern.«

Nachdem Huddock gegangen war, lehnte Kael Pershaw sich zurück und überdachte sein Dilemma. Der Jadefalken-Arm der Clanwache besaß kein aktives Spionagenetz. Nahezu seine gesamten Aktivitäten waren darauf gerichtet, Informationen abzufangen und zu interpretieren. Das lag daran, daß die Clans, und die Jadefalken ganz besonders, verdeckte Operationen als eines Kriegers unwürdig ansahen. Das Sammeln von Informationen war eine andere Sache – Informationen waren Munition. Er würde seinen Stab daransetzen, die Dokumente aller Neuankömmlinge in Jadefalken-Einheiten zu überprüfen. Vielleicht gab es Diskrepanzen. Jedenfalls würde das Aussieben solcher Eindringlinge nach akzeptierten Prozeduren erfolgen.

Aber die Senioreneinheiten – das war eine andere Sache. Hier spielte Ehre keine Rolle. Er brauchte eigene Agenten. Es war eine radikale Idee, eigene verdeckte Ermittler der Wache einzusetzen, aber sie konnte funktionieren.

Und beinahe augenblicklich wußte Kael Pershaw eine alte Kriegerin, die für einen solchen Auftrag perfekt geeignet war. Niemand, weder im Wolfsclan noch irgendwo anders, würde jemals eine derart übelgelaunte, verbitterte und generell unsympathische Kriegerin verdächtigen, eine Spionin zu sein.

9

Falkengarde-Hauptquartier, Pattersen
Sudeten, Jadefalken-Besatzungszone

7. Juli 3057

Die Clan-Mythologie kannte kaum Götter, nur die generelle Vorstellung einer möglichen höheren Intelligenz, die über das Chaos regierte. Je mehr Systeme entdeckt wurden, um so unwahrscheinlicher schien die Existenz einer höheren Macht. Oder vielleicht auch um so wahrscheinlicher – da die gewaltige Ausdehnung des Universums eine Erklärung dafür bot, warum die Götter beschäftigt waren und sich nicht um alles kümmern konnten.

Krieger hielten besonders wenig von der Vorstellung einer oder mehrerer Gottheiten mit besonderem Interesse an den Menschen. In den Dörfern wurde eine Art Religion praktiziert, vor allem bei den Handwerker-Subkasten. Die Berufskasten wie die Wissenschaftler neigten ebenfalls dazu, sich öffentlich zu bestimmten Philosophien zu bekennen, die Ähnlichkeit mit alten terranischen Religionen hatten, aber weiter ging das auch nicht.

Krieger hatten keine Verwendung für Götter. Wenn überhaupt, dann waren sie ihre eigenen Götter. Alle ClanKrieger waren bereit, für ihren Clan das Leben zu geben, aber wie Joanna wollten sie keinen sinnlosen Tod sterben. Mut hatte Sinn, Opfer hatte Sinn, aber Verschwendung nicht. Jeder ClanKrieger, dessen Tod Verschwendung war, nahm diese Schande mit in die Ewigkeit. Auch wenn kaum einer von ihnen an die Ewigkeit glaubte. Es gab keine Teufel oder Dämonen in der Clan-Mythologie. Jedes Lebewesen konnte ein Teufel oder Dämon sein, und die meisten Jadefalken-Krieger wären stolz gewesen, so gesehen zu werden.

Nach ein paar Tagen unter dem Befehl Sterncolonel Ravill Prydes war der frisch degradierte Sterncommander Joanna bereit, ihn als den schlimmsten aller Teufel zu sehen. Als sie Hengst davon erzählte, erwiderte der lakonisch: »In der alten terranischen Literatur gab es so einen Teufel. Er lebte in den Tiefen der Hölle und fraß Verräter.«

»Woher weißt du soviel über terranische Literatur?«

Hengst erkannte, daß er unvorsichtig gewesen war. »Man schnappt jede Menge Müll auf als Freigeborener.«

»Ohne Zweifel.«

Hengst hatte schon vor langer Zeit erkannt, daß er sich aus jeder Gesprächszwickmühle stehlen konnte, indem er seiner Freigeborenenherkunft die Schuld gab.

Am ersten Tag hatte Ravill Pryde eine Besprechung aller Offiziere anberaumt, in deren Verlauf er erklärt hatte, die Einheit sei auf dem Weg, ihre Effizienz einzubüßen. »Krieger, die nicht ständig im Kampf stehen, werden stumpf und träge«, hatte er festgestellt und eingeräumt, daß es schwieriger war als sonst, in einer Periode des Waffenstillstands die Gefechtsbereitschaft zu gewährleisten. »Wie der Falke müssen wir ständig unsere Krallen schärfen. Wenn wir untätig herumsitzen, verlieren wir unsere Schärfe. Wir werden streitsüchtig.« Dabei hatte er Joanna direkt angesehen, die natürlich wütend zurückgestarrt hatte, sich die offensichtliche Erwiderung jedoch verkniffen hatte – seit wann war Streitsucht für einen Krieger etwas Negatives? »Die Überfälle, mit denen andere Clans und sogar andere Jadefalken-Einheiten sich abgeben, sind bloße Übungen in Verschwendung. Es macht wenig Sinn, unsere Kräfte bei unbedeutenden Scharmützeln zu schwächen, wenn wir uns darauf vorbereiten sollten, die Invasion der Inneren Sphäre wieder aufzunehmen, sobald der Waffenstillstand aufgehoben wird – und glaubt mir, meine Krieger, das wird geschehen. Die Innere Sphäre wird von verschlagenen Herrschern regiert. Der Waffenstillstand ist nur eine Täuschung.«

Die neuen Krieger genossen Ravill Prydes Interpretation der Politik und Geschichte. Sie paßte zu ihren Ansichten. In ihren Augen waren Jadefalken ehrbar, und niemand sonst – einschließlich aller anderen Clans und ganz besonders der Bevölkerung der Inneren Sphäre. Im bizarren Labyrinth der Politik in der Inneren Sphäre mit ihren wechselnden Allianzen und unbeständigen Grenzen konnte man niemand vertrauen. Wenn ihnen jemand erklärte, daß die Innere Sphäre nichts als Banditen, Verräter und – am allerschlimmsten – Freigeburten beherbergte, war ihm begeisterte Zustimmung sicher. Was die anderen Clans anging, so war die simple Wahrheit die, daß keiner von ihnen so edel oder wild war wie Clan Jadefalke.

Joanna hatte die Augen schließen müssen, um die selbstgefälligen Fratzen der jungen Krieger nicht sehen zu müssen, als sie Ravill Pryde zujubelten. Sie hatte sich gefragt, ob man in den Lagern der Inneren Sphäre ebenso endlos über die Clans herzog. Vielleicht verfluchte man die bösartigen Clans, verdammte sie wegen ihres Barbarismus in Kampf und Politik, fand ihre Lebensart unpassend für den dort als elegant geltenden Geschmack.

Wie sich herausgestellt hatte, war Ravill Prydes Programm zur Schärfung der Krallen der Falkengarde nicht minder bösartig als seine Persönlichkeit. Er ließ alle, Offiziere ebenso wie MechKrieger und MechKrieger ebenso wie Techs, noch vor Sonnenaufgang zur Gruppengymnastik antreten. Er behauptete, die Gymnastik mache einen Krieger im Cockpit wacher und einen Tech bei Feldreparaturen effektiver. Es war schwer, zu widersprechen, da er die Übungen mit dem größten Schwierigkeitsgrad ausführte und länger durchhielt als alle anderen.

Obwohl Joanna als Falknerin für solche Taktiken bekannt gewesen war, fühlte sie sich nach einer Woche Gruppengymnastik weder gesünder noch wacher. Wenn überhaupt, dann fühlte sie sich schlechter. Sie hatte Schmerzen an Stellen, von denen sie bis dahin nicht einmal gewußt hatte, daß sie existierten.

Trotz ihres Muskelkaters stieß sie sich wieder vom Boden ab. Sie hielt viel von Leibesertüchtigung. Sie hatte immer trainiert, aber auf ihre Weise und in ihrer Freizeit. In ihren Augen waren Gruppenübungen ein gutes Mittel, um Kriegerkadetten Gehorsam einzutrichtern, aber für das Training der Aufmerksamkeit im Cockpit waren sie praktisch wertlos. Die normale Routine eines Kriegers hielt ihn fit – und wach. Die zusätzliche *Leibesertüchtigung* eines Kriegers war dessen persönliche Sache. Jedenfalls war das Joannas Grundsatz. Und so zog sie die Energie für ihre Übungen, das Gesicht zum Boden und die Armmuskeln für eine weitere Liegestütze angespannt, mehr aus ihrem wütenden Fluchen denn aus ihren Kraftreserven.

»Du kannst jetzt aufhören, Sterncommander Joanna«, erklärte Ravill Pryde. Obwohl er die gesamte Routine zusammen mit den Kriegern absolviert hatte, wirkte er widerlich frisch. »Es besteht keine Notwendigkeit, über das vorgegebene Maß hinauszugehen.« Er lächelte freundlich, und seine Augen schienen tatsächlich zu lachen. Joanna haßte die Vorstellung eines Jadefalken-Kriegers mit *lachenden* Augen. »Für dich erst recht nicht, Sterncommander. Die Leitung deiner Aufzuchtanlage wird dir keine allzu großen körperlichen Anstrengungen abverlangen.«

Viele der anderen Krieger, die sie umringten, lachten leise. Ravill Pryde schien von ihrer Reaktion auf seinen kleinen Witz erfreut. »Rührt euch, Krieger.« Die Clanner entspannten sich. »Ihr habt gute Arbeit geleistet. Innerhalb nur einer Woche habt ihr erhebliche Fortschritte gemacht.«

Joanna, die noch immer außer Atem war, kämpfte

mit sich, um es nicht zu zeigen. Ihre Augen fingen den Blick Castillas auf, in dem die Verachtung für Joanna konstant anwesend schien.

Ravill Pryde breitete die Arme aus. »Ich muß euch gestehen, meine Mitkrieger, daß ich mich heute sehr wohl fühle. Diese Welt scheint vollkommen.« Am Himmel hinter ihm türmten sich die üblichen Gewitterwolken auf. Die Luft war eisig. Die Landschaft öd und leer. *Und so was nennt der vollkommen,* dachte Joanna. »Ich glaube, wir als Jadefalken und damit als das Beste, was die Clans aufzubieten haben, können alles erreichen.«

Viele Krieger jubelten, Veteranen ebenso wie junge Krieger. Jeden Morgen hielt Ravill Pryde eine aufmunternde Ansprache, und jeden Morgen brachen sie in Hurrarufe aus.

»Krieger«, fuhr er vergnügter fort, als es Joanna für nötig hielt. »Bald werden wir Gelegenheit haben, unsere individuelle Leistung zu beweisen. Ich plane eine Serie von Wettbewerben, in denen wir die Fähigkeiten, die Kraft und den Kampfgeist trainieren werden, die wir hier erworben haben. Es wird – nun, das einzig passende Wort dafür ist glorreich. Es wird glorreich werden.«

Erbarmen, dachte Joanna.

Ravill Pryde verlangte von allen Offizieren, daß sie Berichte und andere Dokumente vor dem Mittagessen anfertigten. Joanna hätte diese Verpflichtung umgehen können, weil ihre Versetzung bevorstand, aber ihr tiefer Rachedurst spornte sie im Gegenteil zu besonders harter Arbeit an. Diana, die ein Talent für Zahlen und Worte hatte, erhielt Joannas mißgelaunte Erlaubnis, ihr zu helfen.

»Soweit ich weiß, dankt man Assistenten in der Inneren Sphäre für ihre Hilfe«, bemerkte Diana eines Morgens, während sie Ausdrucke des Frühberichts zusammenstellte – Ravill Prydes neuester bürokratischer Geistesblitz.

»In der Inneren Sphäre verhätschelt man auch Haustiere. Ein Jadefalken-Krieger erwartet keine Dankbarkeit für die Ausübung seiner Pflicht.«

Diana reagierte trotz Amusement mit gespielter Wut. »Pflicht? Ich habe mich freiwillig für diese Arbeit gemeldet, damit du …« Plötzlich wurde ihr klar, daß sie zu weit gegangen war.

»Damit ich was?«

»Nicht so wichtig.«

»Du entwickelst schlechte Angewohnheiten, Diana. Antworte!«

»Nun, ich wollte sagen, damit du deine Zeit nicht mit solcher Arbeit verschwenden mußt.«

Joanna lachte traurig. »Du wolltest sagen, damit ich mich nicht übernehme. Noch eine Lüge. Wenn du so falsch bist, warum desertierst du nicht zu Clan Wolf, oder – noch besser – zu dieser neuen Gattung von Kriegern? Einige der anderen haben es getan.«

»Du mißverstehst das, Joanna.« Solange keine anderen Offiziere dabei waren, durfte Diana sie ohne Dienstrang anreden. »Sie schließen sich den Neuankömmlingen nicht an. Sie reagieren nur auf deren Enthusiasmus.«

»Stehst du auch schon auf ihrer Seite? Genau wie Hengst, diese Bastard-Freigeburt.«

Die doppelte Beleidigung ließ Diana vor Wut beben, aber sie war gewohnt, im Umgang mit Joanna diplomatisch zu sein, und sagte nur gelassen: »Ich stehe nicht auf ihrer Seite. Das weißt du genau. Ich halte Ravill Pryde und seine Prydelinge für die arrogantesten, übereifrigstes …«

»Übereifrig? Definitiv ein Wort aus der Inneren Sphäre. Und wie nennst du sie? Prydelinge?«

»Nun, ich …«

»Nein, es gefällt mir. Es gefällt mir.«

»Und Hengst ist kein Verräter. Er tut nur seine Pflicht.«

»Der Bastard.«

»Nein, Joanna, nein. Bleib fair. Hengst hat sich als Krieger bewiesen. Unter Freigeborenen und den meisten Wahren ist er schon so etwas wie eine Legende. Als wichtiges Mitglied des Befehlssterns hat er eine Ehre empfangen, die seinen Leistungen entspricht. Ich wünschte auch, er wäre noch in unserem Stern, aber …«

»Nichts aber. Du bist mit Innerer-Sphären-Logik infiziert, Diana. Das kommt wohl von der Leserei.«

»Du weißt von den Büchern?«

»Ja, ich weiß von Aidan Prydes kleiner Bibliothek. Seiner großen Bibliothek. Und ich weiß auch, daß du und Hengst ständig darin herumschmökert. Du siehst ja, was es euch gebracht hat. Du mit deinen verqueren Ideen; Hengst als Ravill Prydes Schoßkrieger. Bücher! Ich bin froh, daß ich nie ein anderes Buch als die vom Clan genehmigten Handbücher gelesen habe.«

»Joanna …«

»Weggetreten, MechKriegerin Diana. Für heute habe ich genug von dir.«

Diana wirbelte herum und stapfte durch das übliche Chaos zur Tür von Joannas Quartier. Seit Ravill Prydes Ankunft war der Raum noch unordentlicher geworden.

»Diana?«

»Ja«, antwortete diese steif.

»Du kommst morgen früh wieder, um mir bei den Berichten zu helfen?«

»Ich werde kommen.«

»Na gut, dann. Danke für deine Hilfe«, knurrte Joanna.

Diana schien zufrieden, als sie ging. Joanna warf angewidert die Arme in die Höhe. *Dieser verdammte Innere-Sphären-Virus ist überall. Vielleicht wäre es besser, wenn wir uns völlig aus der Inneren Sphäre zurückziehen, wie es die Bewahrer propagieren.* Die Bewahrer, eine der beiden politischen Fraktionen der Clans, hatte sich der anderen Fraktion, die den weit romantischeren Namen Kreuzritter trug, im Hinblick auf die Invasion von Anfang an entgegengestellt. Joanna schauderte, als ihr klar wurde, daß sie für einen Augenblick wie eine Bewahrerin gedacht hatte. Nichts haßte sie mehr als die unkriegerische Politik der Bewahrer.

10

Falkengarde-Hauptquartier, Pattersen
Sudeten, Jadefalken-Besatzungszone

7. Juli 3057

Seit Ravill Pryde den Befehl über die Falkengarde übernommen hatte, staute sich in der normalerweise so ruhigen MechKriegerin Diana zunehmende Verärgerung auf. Die Neuankömmlinge, diese neue Art Krieger, waren selbst für sie schwer zu ertragen. Ihre Beleidigungen über Dianas freie Geburt waren zu häufig und zudem grausamer als alles, was sie zuvor in dieser Hinsicht gehört hatte. Sie schienen geradezu nach Gelegenheiten zu suchen, clevere Beleidigungen abzufeuern. Und ganz besonders mißfiel ihr, wie diese neue Stufe der Herabsetzung mit Ravill Prydes aufmunternden Reden über Freude und Zufriedenheit einherging. Wenn man dem neuen Kommandeur glaubte, war in der Falkengarde alles eitel Wonne und Sonnenschein. Jeder Tag auf diesem häßlichen Planeten mit seinem gefährlichen Sturmwetter war vollkommen. Jedes erreichte Ziel war ein Sieg, der sich mit einem Schlachterfolg messen konnte. Er lächelte zuviel; seine Stimme war zu konstant freundlich. Wenn er zwischen seinen Kriegern herumstolzierte, schien er wie ein aufgeblasener Gockel auf dem Hühnerhof, der unumstrittene Herrscher über Hennen und Küken.

Obwohl es eigentlich nicht zu ihr paßte, haßte sie ihn. Normalerweise konnte sie die abfälligen Bemerkungen über ihre Geburt ignorieren. Sie hatte sich schon früh im Leben an ihren Status gewöhnt. Das war das Wesen der Clans, und sie akzeptierte das. Außerdem hatte das Wissen, die Tochter Aidan Prydes zu sein, ihr geholfen, die Beleidigungen der Wahrgeborenen zu ignorieren. Sie hatte ihr Leben dem Ziel gewidmet, eine Kriegerin zu werden, auf die ihr Vater stolz gewesen wäre. Aber diese neue Sorte Krieger brachte ihr Blut zum Kochen. Jedesmal, wenn einer von ihnen eine selbstgefällige Bemerkung über ihre Geburt machte, hätte sie ihm am liebsten die Zunge aus dem Mund gerissen.

Als sie Joannas Quartier verließ, waren ihre Gedanken auf den Wunsch konzentriert, Ravill Pryde seine überzogene »vollkommener Tag«-Manier aus dem Hirn zu prügeln, so daß die Einheit zurück zu ihrem üblichen mißmutigen und streitbaren Alltag fand. Dadurch bemerkte sie nicht, wie Cholas näher kam.

»MechKriegerin Diana.«

Er lächelte, aber sein Lächeln war falsch. Ein paar Schritte hinter ihm stand Castilla, ernst, den Mund zu einem schiefen Strich verkniffen, wie es niemand anderem gelungen wäre.

»Ja, MechKrieger Cholas?«

»Seit meiner Ankunft hier haben wir uns nicht mehr gepaart.«

Diana erschien die Erinnerung daran grotesk. Natürlich hatte sie Cholas damals noch nicht gekannt.

»So ist es, Cholas.«

»Paaren wir uns heute nacht. Ich habe Lust darauf.«

»Nein.«

»Nein? Was für eine Jadefalken-Kriegerin bist du, daß du dich so schnell und so heftig weigerst?«

»Und ihr beiden, was für Krieger seid ihr?« fragte Diana herausfordernd. Castilla trat näher. Sie hatte die Fäuste geballt. »Ihr beiden hängt zusammen, als wäret ihr mehr als Kogeschwister, als hättet ihr eine besondere Beziehung, als wäret ihr ein Liebespaar.«

Der Begriff *Liebespaar* war bei den Clans problematisch besetzt. In manchen Fällen konnte er schlichtweg als beschreibend gelten. In den Dörfern der Arbeiterkaste war Liebe eine verbreitete Krankheit, und Dörfler glaubten häufig, verliebt zu sein. Möglicherweise machte die Vorstellung ihre eintönige Existenz angenehmer.

Für Krieger war der Begriff in aller Regel beleidigend. Das Wort *Liebe* besaß für Krieger keinerlei romantische Bedeutung. Zwei Krieger, insbesondere Mitglieder derselben Geschko, als Liebespaar zu bezeichnen, war eine schwere Beleidigung, denn es implizierte, daß ihrer Zuneigung, bei Kriegern ohnehin selten, etwas Unnatürliches anhaftete, daß ihre Paarung mehr war als bloße Sexualgymnastik, daß die Krieger sich im Grunde wie Freigeborene verhielten. Jadefalken-Krieger *liebten* einander nicht. Der bloße Gedanke war zutiefst abstoßend.

»Nimm das zurück, Diana«, brüllte Cholas. »Das war unfair.«

Diana ging weiter. »Mach es dir selbst, Cholas.«

Er rannte hinter ihr her, packte sie an der Schulter und riß sie herum. »Beleidige mich nicht mit solchem Schmutz. Ich habe es nicht nötig …«

»Mach es dir selbst. Es wird befriedigender für dich sein als eine Paarung mit mir.«

»Ich … mache so etwas nicht. Es ist verboten.«

»Aber es geschieht trotzdem. Hier.« Sie zog die metallbesetzten Handschuhe aus dem Gürtel und hielt sie ihm entgegen. »Benutz die hier. Um das Vergnügen zu steigern.«

»DU BASTARD-FREIGEBURT!«

Er schlug ihr mit dem Handrücken ins Gesicht. Der Schlag kam so schnell, daß er Diana überraschte. Sie taumelte nach hinten. Cholas setzte ihr nach, überschüttete sie mit Beleidigungen und landete einen zweiten Schlag. Als sie sich schließlich soweit gefangen hatte, daß sie reagieren konnte, rammte Diana ihm von unten das Knie zwischen die Beine. Ihre Beinmuskulatur war gut entwickelt, und Cholas' Schmerzen mußten mörderisch sein. Er kippte nach Luft ringend um.

Castilla rannte heran und sprang über Cholas'

Rücken. Ihre Füße hatten kaum den Boden berührt, als sie sich schon abstieß und Diana den Kopf in den Brustkorb rammte, so daß diese zu Boden ging. Castilla warf sich auf die Freigeborene, und ihre Hiebe prasselten in Dianas Gesicht. Sie war stark, und sie nutzte den Vorteil ihrer Position voll aus. Diana verlor fast das Bewußtsein, aber dann packte Cholas Castillas Schultern und stieß sie beiseite. »Das erledige ich selbst«, erklärte er und gab Diana einen Tritt in die Seite. Diesmal hatte diese allerdings einen Augenblick Zeit gehabt sich vorzubereiten und rollte sich davon. Seine Stiefelspitze berührte sie kaum.

Als sie in geduckter Kampfhaltung aufsprang, fand sie sich als Ziel der Angriffe beider Gegner wieder. Zunächst war sie sich sicher, mit Cholas und Castilla gleichzeitig fertigwerden zu können, aber sie erkannte schnell, daß die beiden ausgezeichnet zusammenarbeiteten. Keine Sekunde, nachdem einer von ihnen einen Treffer gelandet hatte, schlug der andere von einer anderen Seite zu. Plötzlich erkannte Diana den Wert eines strategischen Rückzugs. Sie fing die Schläge so gut es ging ab und zog sich langsam zurück.

Gerade wollte sie aufgeben und Bewußtlosigkeit mimen, als sie Ravill Prydes Stimme hörte, die den Kampf beendete. Er stieß Castilla und Cholas mit einer für einen so kleinen und hageren Mann überraschenden Stärke beiseite. »Ah, MechKriegerin Diana. Das ist unannehmbar, eine Freigeburt, die Wahrgeborene zu verschwenderischer Streiterei provoziert. In mein Quartier.«

»Sie haben mich angegriffen.«

»Das ändert nichts. Vielleicht werde ich sie wegen Übereifers zurechtweisen. MechKrieger Cholas und Castilla, ihr könnt wegtreten. MechKriegerin Diana, du kommst mit.«

Keine fünf Minuten später hatten sie Ravill Prydes Büro im HQ-Gebäude erreicht. Diana war von der

Ordnung beindruckt. Nicht ein Blatt Papier war am falschen Platz. Er ließ sich in den reichverzierten Sessel hinter seinem reichverzierten Schreibtisch nieder und befahl Diana, auf einer harten Holzbank Platz zu nehmen, die an der gegenüberliegenden Wand stand. Hinter seinem Schreibtisch wirkte er größer. Der Sessel mußte nach Maß gebaut worden sein, um zu verhindern, daß er hinter der wuchtigen Schreibtischplatte wie ein Kind wirkte. Trotzdem fehlte ihm in Dianas Augen jede Ähnlichkeit mit einem Krieger. Seinen weichen Züge und eher eleganten Bewegungen fehlte die typische Jadefalken-Aura.

Er warf einen kurzen Blick auf ein paar Papiere auf dem Schreibtisch, dann legte er sie in verschiedene Körbe und senkrechte Fächer an der Seite des Schreibtischs ab. Mit der Manschette der gestärkten und gebügelten Uniformjacke polierte er eine Stelle auf der Schreibtischplatte, dann wandte er sich Diana zu. »Ich habe deinen Kodax studiert, MechKriegerin Diana, wie ich es bei allen Kriegern unter meinem Befehl getan habe. Ich habe auch die Dateien des vorherigen Einheitskommandeurs durchgesehen.«

Er sah sie kühl an, als erwarte er die Frage, was er dabei gefunden hatte. *Vergiß es,* dachte sie.

»Du bist eine höchst interessante Kriegerin, MechKriegerin Diana, besonders für eine Freigeborene. Die meisten Vorgesetzten haben wenig Interesse daran, näheres über Freigeborene zu wissen. Schließlich haben freigeborene Krieger nur wenig Gelegenheit, befördert zu werden, keine Chance, sich um einen Blutnamen zu bewerben, und kaum Ansehen in einer Einheit. Ihre Kodaxe werden selten gelesen und sind häufig auch nicht auf dem neuesten Stand.«

Wieder sah er sie erwartend an, und wieder blieb sie stumm. Er zog ein einzelnes Blatt aus einem der Aktenfächer und betrachtete es einen Augenblick. Plötzlich erkannte Diana, daß er die gesamte Unterhaltung geschickt durch geplante Pausen, Gesichtsausdruck, Betonung und Gestik strukturierte.

»Wie ich sehe, war deine Mutter eine Wissenschaftlerin namens Peri Watson. Es scheint demnach, daß dies der Nachname deines Vaters ist.«

Diesmal gelang es Diana nicht, eine Reaktion zu unterdrücken. »Meines Vaters?«

»Nun, ja. Dieser Watson ist als dein Vater aufgeführt. Das ist doch korrekt?«

»Nicht in einer ...« Diana unterbrach sich. Sie hatte das Gefühl, in eine Falle zu laufen. »Ja, er ist mein Vater.«

Ravill Pryde lächelte sie auf die widerlich leutselige Art an, die so typisch für ihn war. »Nein, ist er nicht. Die Zuteilung eines Nachnamens ist nichts als ein Dorfbrauch. Es ist so üblich, wenn ein Krieger ein Kind zeugt.«

Obwohl Diana freigeboren war und sich im Kastensystem auskannte, machten direkte Referenzen zu Zeugung und Geburt sie unbehaglich, besonders, wenn sie keine Beleidigung ausdrückten.

Ravill Pryde legte das Papier auf die Schreibtischoberfläche. Seine Hand lag flach auf dem Bogen und schob ihn so, daß seine Ränder parallel zu den Tischkanten lagen. »Ich gebe zu, ich habe versucht, dich zu provozieren, MechKriegerin Diana. Ich stelle fest, daß diese Taktik bei dir nicht funktioniert. Was ich sagen wollte, ist, daß dieser Watson nicht dein Vater ist. Ich studiere dich schon eine Weile, schon seit vor meiner Versetzung hierher.«

»Mich? Warum?«

»Weil ich so fasziniert von der Karriere des großen Helden Aidan Pryde war, habe ich ihn studiert. Ursprünglich plante ich, Informationen für eine Geschichte seiner Leistungen zu sammeln.«

Dieser Ravill Pryde steckte voller Überraschungen, dachte sie. War er zusätzlich zu seinen Taten als Jadefalken-Krieger noch ein Lehrmeister? Gelehrte waren im Clan so selten, daß Diana – die immerhin Respekt vor Büchern hatte – ein Gefühl der Anerkennung für Ravill Pryde nicht unterdrücken konnte. Sie verachtete ihn noch immer, aber nun war es ein etwas anderer Ravill Pryde, den sie verachtete.

»Ich fand Dokumente, trockene Dienstpläne, in denen ich einen Hinweis auf eine längere Abwesenheit Aidans von Ironhold während seiner Zeit als AsTech entdeckte. Als ich weitersuchte, fand ich Reiseunterlagen, die keine geringere als unsere streitsüchtige Sterncommanderin Joanna betrafen. Daraufhin setzte ich mich mit den Orten in Verbindung, die sie besucht hatte.«

»Moment«, unterbrach Diana, deren Interesse an dem, was sie da hörte, größer war als ihr Wunsch, unbeteiligt zu erscheinen. »Wozu war es notwendig, Joannas Reisen nachzuverfolgen?«

Vielleicht freute ihn ihr Interesse, jedenfalls fuhr Ravill Pryde mit noch größerem Enthusiasmus fort. Sein breites Lächeln erinnerte an ein Kind mit einem neuen Spielzeug. »Nun, ich hatte bereits herausgefunden, daß Joanna eine von Aidans Falknerinnen gewesen war, und ich sah, daß sie auch in Beziehung zu der Freigeboreneneinheit stand, in der er seine zweite Ausbildung absolvierte. Die mögliche Verbindung beider in dieser fehlenden Zeitperiode faszinierte mich.«

»Und was geschah?«

»Ich empfing eine Antwort von einer Welt namens Tokasha. Anscheinend enthielten die Dateien eines Gesetzeshüters an einem der Raumhäfen einen Eintrag über Joannas Ankunft in Begleitung eines Techs namens Nomad. Ich wußte bereits, daß Nomad auf Ironhold Aidans Tech gewesen war. Für den Rückflug war eine dritte Person aufgeführt, ein AsTech mit einem anderen Namen als Aidan. Natürlich war mir sofort klar, daß er das gewesen sein mußte. Wenn man sich mit Nachforschungen beschäftigt, entwickelt man ein Gespür für diese Dinge. Eine solche Jagd kann ebenso erregend sein wie die Verfolgung eines Mechs über das Schlachtfeld.«

Diana verzichtete darauf, diese absurde Vorstellung zu kommentieren. Wie konnte etwas derart Alltägliches so erregend wie ein Gefecht sein – zumindest für einen Krieger? Dieser Ravill Pryde war mehr als seltsam.

»Ich konnte einen kurzen Urlaub arrangieren und machte mich auf den Weg nach Tokasha, wo ich Joannas Bewegungen bis zu einer Wissenschaftsstation verfolgte, in der genetische Forschungsarbeiten durchgeführt werden. Die Computerdateien lieferten kaum Informationen, aber in dieser Station lebte ein Mann, dessen Nähe ich zunächst nicht ertragen konnte, weil er so alt war. Meine Erfahrungen mit extremem Alter waren äußerst begrenzt, und zu Anfang wurde mir schon vom Anblick einer so alten Person übel. Die Falten, das schüttere weiße Haar, das Muskelzittern, die braunen Flecken auf dem Handrücken – all das erschien mir ekelerregend. Wir kommen wohl bereits mit einem Ekelgefühl dem Alter gegenüber aus dem Kanister, frapos?«

»Darüber weiß ich nichts, Sterncolonel. Wie du sehr wohl weißt, entstamme ich keinem Kanister.«

Einen Augenblick schien er verwirrt. »Du hast völlig recht, mich zu korrigieren. Es wäre beschämend für mich, einen solchen Fehler in der Öffentlichkeit zu begehen, und einer Freigeborenen eine Wahrgeburt zuzugestehen. Ich entschuldige mich.«

»Bei einer Freigeborenen brauchst du dich nicht zu entschuldigen.«

»Vielleicht sollte ich bei dir eine Ausnahme machen. Laß es mich erklären. Dieser alte Mann, der meine Fragen an den Stationsvorsteher gehört hatte, besuchte mich in jener Nacht in meinem Quartier. Er stellte sich als Watson vor. Dein *angeblicher* Vater.«

»Angeblich, Sterncolonel? Deine Unterlagen bestätigen es, frapos?«

»Die Unterlagen bestätigen eine Lüge. Dieser Mann, Watson, hatte nicht mehr lange zu leben. Man konnte seinen nahenden Tod riechen. Ich erzählte ihm, daß ich die Reisen eines früheren Kriegers namens Aidan nachverfolgte. Er durchschaute meine Geschichte. ›Der Held von Tukayyid?‹ fragte er.« Ravill Pryde hob das Papier auf und reichte es Diana. »Hier steht, was Watson mir erzählt hat. Lies es.«

Sie nahm den Bogen, obwohl sie bereits wußte, was auf ihm stand. Es war eine detaillierte Beschreibung von Aidans Ankunft auf Tokasha, seiner Begegnung mit Peri – die aus seiner Geschko stammte – und der Zeit, in der er sich auf der Station versteckt hatte. Joanna und Nomad hatten ihn dort gefunden und mitgenommen. Neun Monate später war Diana geboren worden. Watson sagte aus, daß Diana die Tochter Peris und Aidans war. Die Unterlagen enthielten keine Einzelheiten der Geburt, da Aidan zur Unperson geworden war. Erst viele Jahre später sollte er wieder in Erscheinung treten, als er seine wahre Identität preisgab, nachdem er einen Plan entwickelt hatte, um die Wölfe bei Glory Station zu besiegen. Watson hatte sich ausschließlich zur Befriedigung der bürokratischen Anforderungen als Vater eintragen lassen.

Diana hatte Watson gekannt, allerdings nie als Vater. Sie hatte ihre frühe Jugend auf der Wissenschaftsstation verbracht. Er war ein Mann von immensem Leibesumfang gewesen, mit einer schludrigen, sarkastischen Art zu sprechen.

»Du siehst also, Diana, daß du zwar eine Freigeborene bist, aber gleichzeitig mehr als eine Freigeborene.«

»Ich verstehe nicht«, sagte sie, und legte den Bogen

bewußt schief zurück. Ravill Pryde antwortete erst, nachdem er das Papier wieder ausgerichtet hatte.

»Du existiert in einem Zustand zwischen Freigeburt und Wahrgeburt. Ja, du wurdest in der widerlichen Manier der Freigeborenen gezeugt und geboren, aber betrachten wir andererseits, wer deine Bluteltern waren. Für eine Freigeborene ist dein genetisches Erbe erstaunlich. Ich habe nie etwas ähnliches gesehen. Zunächst waren deine Eltern beide kanistergeboren. In der Regel haben Freigeborene nur ein wahrgeborenes Elternteil. Zwei sind definitiv eine Seltenheit. Zweitens waren Aidan und Peri nicht nur wahrgeboren, sie stammten aus *derselben* Geschko. Das sichert dir ein ausgezeichnetes Generbe. Technisch hat deine Erbmasse nahezu die Reinheit einer Wahrgeborenen. In meinen Augen macht dich das zu mehr als einer Freigeborenen.«

»Machst du mich zur Wahrgeborenen?«

»Diana, du weißt, daß ich das nicht kann. Jede Art der Befriedigung, die du aus dem Wissen ziehst, unter den Freigeborenen genetisch bevorzugt zu sein, muß rein persönlicher Natur bleiben. Natürlich bleibst du Wahrgeborenen untergeordnet.«

»Womit ich in einer Art Limbo hänge?«

»Woher kennst du den Ausdruck Limbo?«

Diana zuckte die Achseln. »Kann ich jetzt wegtreten?«

»Nein, du kannst nicht wegtreten. Ich verstehe dich nicht, MechKriegerin Diana. Ich erzähle dir etwas, das dich freuen sollte, und du machst dich darüber lustig.«

»Du hast mir nichts erzählt, was ich nicht schon wüßte, abgesehen davon, daß Watson sich für bürokratische Zwecke als mein Vater ausgegeben hat. Daß andere diesen widerlichen Kerl für meinen Vater halten, ist für mich nicht erfreulich.«

»Ziehst du nicht einmal eine gewisse Befriedigung daraus, daß dein kommandierender Offizier dich für mehr als eine bloße Freigeborene hält?«

»Soweit es mich betrifft, kannst du mich Freigeburt schimpfen, bis Sudetens Sonne explodiert, und ich werde nicht, wie du es ausdrückst, befriedigt sein. Du stufst mich doch nur halbwegs zwischen akzeptabel und nicht akzeptabel ein. Aber das ist im Grunde dasselbe wie nicht akzeptabel, weil es so etwas wie halben Respekt nicht gibt. Kann ich jetzt wegtreten? Sterncolonel?«

»Setz dich. Ich werde deine Herkunft nicht mehr erwähnen. Wenn du soweit bist, können wir noch einmal darüber reden. Ich entnehme deinem Kodax auch, daß du bei deiner Ausbildung hohe Lesewerte erzielt hast, und aus den Gerüchten, die im Lager die Runde machen, weiß ich, daß du den größten Teil der Berichte und Unterlagen Sterncommander Joannas für sie abfaßt. Mit so niedrigen Verwaltungsaufgaben bist du verschwendet.«

Ravill Pryde schien von Verschwendung besessen, stellte Diana fest.

»Als MechKriegerin hast du eigentlich nicht den richtigen Rang für deine neue Position, aber das gilt für den Rest der Einheit ebenso. Ich habe entschieden, dich zu meiner Coregn zu machen. Natürlich kannst du als Freigeborene keine vollwertige Coregn werden. Ich werde also spezifizieren, daß diese Ernennung auf Verwaltungsfragen begrenzt ist. Du wirst mich in bestimmten Situationen vertreten, hast aber keinerlei Befehlsgewalt. Und ich entbinde dich von der Verpflichtung, dich mit mir zu paaren, wie es von manchen Coregns erwartet wird. Ehrlich gesagt bezweifle ich, daß ich an der Erfahrung Freude hätte.«

»Weil ich freigeboren bin, frapos?«

»Pos.«

»Ich verstehe. Ich habe noch nie von einer freigeborenen Coregn gehört.«

»Mag sein. Wahrscheinlich gibt es keine. Aber wir befinden uns in einer Gefechtszone, und hier muß man

Kompromisse machen können. Wenn ein qualifizierter Wahrgeborener hierher versetzt wird, werde ich deine Ernennung möglicherweise überdenken. Bis dahin bist du Coregn. Wie du weißt, steht dir dagegen kein Widerspruch zu. Jetzt darfst du wegtreten.«

Nachdem sie gegangen war, verstand Diana nicht so recht, was sich gerade zugetragen hatte. Sie hatte Ravill Prydes Quartier in der Erwartung betreten, für den Kampf mit Cholas und Castilla gemaßregelt zu werden, und verlassen hatte sie es als Kriegerin im genetischen Limbo – und Coregn.

Es war schon schwer genug, das zu verdauen. Noch schwieriger war die Vorstellung, es Hengst zu erzählen.

Noch schlimmer, es Joanna zu erzählen.

11

**Falkengarde-Hauptquartier, Pattersen
Sudeten, Jadefalken-Besatzungszone**

13. Juli 3057

Joannas Träume wurden immer chaotischer, genau wie ihr Leben. In ihrem wiederkehrenden Alptraum verwandelte Aidan sich noch immer in einen BattleMech, jedesmal in ein anderes Modell, aber jetzt packte er sie mit der Mechhand und hob sie empor. Er hob sie zum Mechkopf hoch und hielt sie dicht an das Cockpit, und wenn sie hineinschaute, sah sie Ravill Pryde an den Kontrollen. Der Schock dieses Anblicks genügte jedesmal, sie aufschrecken zu lassen.

In etwas mehr als zwei Wochen sollte sie sich in Richtung Clan-Heimatwelten einschiffen. Wenn sie daran dachte, schien der Zorn die Kontrolle über ihren Körper zu übernehmen. Ihr Herz raste, ihre Glieder spannten sich zum Zerreißen an, und sie verspürte den unbändigen Drang, etwas zu zerschlagen. Sie haßte den Gedanken, eine Amme zu werden, selbst eine Chefamme.

Dieser Stravag hat selbst meine letzten Tage hier noch ruiniert. Erst holt er Hengst in seinen Befehlsstern, und jetzt macht er Diana zur Coregn. Er befördert einen Freigeborenen nach dem anderen und schürt gleichzeitig in den Rängen den Haß auf sie. Sie fragte Hengst, was der neue Kommandeur vorhatte. Das Gespräch fand eines Morgens in ihrem Quartier statt, nur eine Stunde, nachdem sie aus einem lebhaften Traum aufgewacht war.

»Was er vorhat?«

»Mit diesem ganzen zusätzlichen Training, den Versetzungen, deiner und Dianas, der Überkorrektheit, den Berichten und all den Regeln.«

»Was gefällt dir daran nicht?«

»Was könnte mir daran gefallen? Der Mann ist unclangemäß.«

»Willst du meine, wie soll ich sagen, Interpretation?«

Interpretation war kein Wort, das Joanna zusagte. Es ähnelte zu sehr der Entzifferung des Unentzifferbaren. »Sprich weiter, Hengst.«

»Ravill Pryde ist von Aidan besessen.«

»Besessen?«

»Überleg mal. Bei seinem Positionstest vollführt er einen legendären Kadettentrick und findet dann heraus, daß der Kadett, der die Legende begründete, Aidan Pryde war, der Held von Tukayyid. Er ist außerordentlich stolz darauf, denselben Blutnamen wie Aidan zu tragen, den er vergöttert. Er trifft hier auf Sudeten ein, wo er die Überreste von Aidans Einheit kommandieren soll. Dann holt er mich in den Befehlsstern. Wieso?«

»Du hast dich ebenfalls als Held ausgezeichnet. Du weißt es vielleicht nicht, aber es ranken sich Legenden um dich.«

»Nur Geschichten am Lagerfeuer. Meine Versetzung zum Befehlsstern hat nichts mit meiner Erfahrung zu tun. Es liegt ausschließlich daran, daß ich Aidans Freund war und an seiner Seite gekämpft habe. Darum will Ravill Pryde mich auch an seiner Seite haben.«

»Ich war auch auf Tukayyid. Ich habe Seite an Seite mit Aidan gekämpft. Und wie verächtlich behandelt Ravill Pryde mich?«

»Ich weiß auch nich' warum, Joanna. Vielleich', weil du bald verschwindest und für ihn keinen Wert hast. Oder vielleich', weil du nicht zu seiner fröhlichen Art paßt. Du bist die Nacht und er is' das Sonnenscheinchen der Einheit.«

»Läßt er dir in seiner Anwesenheit so eine Gossensprache durchgehen?«

»Nicht die kleinste Nachlässigkeit.«

»Und du gehorchst ihm?«

»Meistenteils.«

Joanna grunzte und wandte den Blick ab. Sie dachte an ihren Traum und an Ravill Pryde im Cockpit von Aidans Mech. Ravill Pryde, der vorgab Aidan zu sein. Vielleicht hatte Hengst recht, und sie sah es im Traum genauso. »Was ist mit Diana? Warum hat er sie zur Coregn gemacht?«

»Diana hat mir erzählt, daß Ravill Pryde ihre Vergangenheit kennt. Verstehst du die Implikation?«

»Halt es einfach.«

»Diana ist Aidans Tochter. Ravill Pryde ist besessen von Aidan. Er holt sie auf eine Position in seiner Nähe. Es ist, als wolle er Aidans Platz als ihr Vater einnehmen.«

»Du könntest recht haben. Gestern habe ich bemerkt, wie er sie ansieht. In dem Blick war etwas, das er nicht verbergen konnte. Ich möchte mich übergeben, wenn ich nur daran denke. Ein Jadefalken-Krieger, in einer Geschko aufgezogen, der sich für einen *Vater* hält? Das ist einfach widerlich.«

»Nur für einen Wahrgeborenen. Wir Freigeborenen verstehen das Wunder der Geburt.«

»Jetzt reizt du mich mit Obszönitäten. Verschwinde, Hengst.«

»Joanna ...«

»VERSCHWINDE!«

Mit einer enormen Anstrengung riß Joanna sich zusammen. Ihre Eingeweide beruhigten sich.

Ravill Pryde erschien ihr als eine Art Monster. Und doch erkannte sie, daß er in den Augen anderer ein energischer Führer war. Sicher, er stellte hohe Anforderungen, aber er war allen Kriegern willkommen. Er hob die Moral der Männer und Frauen, die durch den frustrierenden Waffenstillstand bedrückt waren. Er selbst war ein erstklassiger Krieger, der seinen Rang auf beeindruckende Weise erreicht hatte. Selbst Hengst schien ihn zu tolerieren.

Sie mußte ihn bekämpfen. Aber wie? Er hatte Möglichkeiten gefunden, jeder ihrer Herausforderungen auszuweichen. Offensichtlich betrachtete er es als Verschwendung, gegen eine Kriegerin anzutreten, die kurz vor der Ausschiffung stand. Er wollte nicht gegen sie kämpfen, aber es mußte sein. Irgendwie würde Joanna dafür sorgen.

Wie sich herausstellen sollte, war es Diana, nicht Joanna, die dafür sorgte.

12

Falkengarde-Hauptquartier, Pattersen
Sudeten, Jadefalken-Besatzungszone

20. Juli 3057

Diana war dicht daran, den gesamten riesigen Stapel Ausdrucke, den Ravill Pryde für sie zurückgelassen hatte, in Altpapier zu verwandeln. Sie wollte das Papier in Fetzen reißen und dann jemandem ins Maul stopfen, den sie haßte, Cholas vielleicht, oder Castilla. Vielleicht auch beiden. Ravill Pryde hatte behauptet, jemanden zu suchen, der effizient genug war, die Arbeit einer Coregn zu leisten; was er wirklich gesucht hatte, war eine Leibeigene.

Sie murrte verärgert, während sie rechnete, notierte, arrangierte, Dateien absuchte, Daten eingab und generell Arbeiten von äußerster Langweiligkeit absolvierte. Die Arbeit war schon schlimm genug, aber der in der Öffentlichkeit so muntere Ravill Pryde war auch keine Hilfe. Von seiner guten Laune war im Innern des Büros nichts zu bemerken. Hier war er angespannt, gelegentlich nervös und leicht zu verärgern. Sobald jemand anderes das Büro betrat, kehrte sein sonniges Gemüt abrupt zurück. Manchmal fragte sich Diana, ob er sie nur zur Coregn ernannt hatte, um jemanden zu haben, dem er seine wahre Natur offenbaren konnte. Da sie eine Freigeborene war, würde kein Wahrgeborener ihr glauben, wenn sie erklärte, daß Ravill Pryde auch eine abstoßende Seite hatte.

Selbst bei Hengst konnte sie sich nicht beschweren. Als sie ihre Schwierigkeiten mit Ravill Pryde erwähnte, stellte Hengst nur fest, er sei froh, daß der Sterncolonel auch eine dunkle Seite habe und er ebenfalls schon Anzeichen dafür gesehen hätte. Und mit Joanna war überhaupt nicht zu reden. Sie freute sich über jeden Charakterfehler Ravill Prydes, von dem sie erfuhr.

Ein großer Teil der Arbeiten, die Diana erledigte, schien bemerkenswert nutzlos, und es war definitiv zuviel. Jeder Idiot konnte das sehen, und sie wäre eine Idiotin, weil sie das weiter mitmachte.

Am Tag zuvor hatte sie noch etwas über Ravill Pryde gelernt. Er besaß eine Neigung zum Jähzorn, die jeden überrascht hätte, der sich von seiner freundlichen Maske täuschen ließ. Jedenfalls hatte sie Diana überrascht.

Bei der Durchsicht einiger Tagesberichte, die sie auf seine Anweisung hin ausgedruckt hatte, stieß er plötzlich einen gereizten Seufzer aus. »Diana, das ist falsch!«

Sie hatte von dem Bericht aufgesehen. »Was ist falsch, Sterncolonel?«

»Hier, eine Eintragung in dieser Spalte ist doppelt, und dadurch ist das Endergebnis um fünf zu hoch.«

Diana hatte die Zahlen studiert, auf die er zeigte. »Stimmt. Ich habe einen Fehler gemacht.«

»Ist das alles, was du dazu zu sagen hast? Du hast einen Fehler gemacht?«

»Es ist eine Tatsache. Was soll ich sonst sagen, Sterncolonel?«

»Du solltest dich entschuldigen.«

»Ich wüßte nicht, warum.«

Er hatte entgeistert gestottert. »Du... du weißt... weißt nicht...«

»Ich habe meine Arbeit getan, frapos? Aber ich habe einen Fehler gemacht, einen simplen Zahlenfehler, der sehr leicht zu beheben ist.«

»Und, wenn es mit diesem Fehler ans Galaxishauptquartier gegangen wäre?«

»Dann hätte man ihn dort entdeckt und korrigiert. Oder nicht.«

»Das ist eine unannehmbare Haltung. Unsere Zahlen *müssen* stimmen.«

»Warum? Besonders, wenn ein Fehler überhaupt nicht auffällt?«

»Entdeckt man ihn, wirft das ein entsprechendes Licht auf unsere Einheit.«

»Na und? Was kümmern Krieger Zahlen?«

Ravill Pryde hatte ein paar Sekunden gebraucht, um sich zu sammeln. Dann war er um den Schreibtisch herum an ihren Platz gekommen. »Gibst du mir nicht recht, Diana, daß eine Fehlberechnung im Kampf zu einem größeren Fehler führen könnte, aus dem ein schwerer Verlust an Material oder Personal entsteht?«

»Natürlich. Aber solche Fehlberechnungen werden *im Feld* gemacht und korrigiert – über den Daumen –, nicht Wochen oder Monate vorher irgendwo in einem Büro. Und wenn man von drei Seiten angegriffen wird, hat man wenig Zeit, Daten abzurufen.«

»Was soll dieses Gerede über die Umstände eines Gefechts? Du bist jetzt Coregn. Du mußt dich über die Sorgen eines Kriegers erheben.«

»Lieber nicht. Ich werde immer eine Kriegerin bleiben. Ich habe mich nicht um den Posten der Coregn beworben.«

»Niemand bewirbt sich um den Posten eines Coregn. Er wird als Ehre zuerkannt.«

»Erkenne ihn von mir aus wieder ab. Aber ich werde mich nicht entschuldigen.«

»Freigeburt!«

»Stimmt. Na und?«

Abrupt hatte er ihr eine Ohrfeige versetzt. Ihre Wange hatte unter der Wucht des unerwarteten Schlages gebrannt. Sie war aufgestanden.

»Möchtest du die Sache im Kreis der Gleichen austragen?« hatte sie ruhig gefragt.

»Ich habe Ehrenduelle verboten. Und du scheinst zu vergessen, daß ein Ehrenduell nicht über Konflikte in der Ausübung der Pflicht ausgetragen werden kann.«

»Du hast mich geschlagen.«

»Wie es mein Recht als Kommandeur ist. Krieger müssen jede Art der Bestrafung akzeptieren, das weißt du. Außerdem ist es Sitte, daß *freigeborene* Krieger Ehrenduelle grundsätzlich zu meiden haben, selbst innerhalb ihrer Kaste. Setz dich hin und mach deine Arbeit, Freigeburt.«

Von diesem Moment an hatte Diana Rache geschworen.

Ravill Pryde hatte das Büro bereits verlassen, um die Mannschaftsunterkünfte zu inspizieren, als sie mit der Eingabe der Munitionslisten fertig wurde. Diana schloß die Datei und betrachtete das Inhaltsverzeichnis auf dem Schirm. Es gab eine Reihe von Dateien, an denen sie noch nicht gearbeitet hatte, und sie entschloß sich einmal nachzusehen, was sie enthielten. In einer Datei nach der anderen entdeckte sie die gleichen langweiligen Datenaufstellungen, die im Herzen aller Bürokratien schlummerten.

»Als könne man mit Zahlen Schlachten gewinnen«, murmelte sie. »Peng, du dreckiger Stravag. Du bist abgelegt – auf drei Dezimalstellen gerundet.«

In einem Unterverzeichnis namens »Sieg« fand sie, versteckt in einem Ordner ein weiteres Unterverzeichnis, und darin wieder, in einem anderen verborgenen Ordner versteckt, einen weiteren Ordner mit der Bezeichnung »Persönlich«. *Persönlich?* dachte sie. *Ich frage mich, was Ravill Pryde für so privat hält, daß er es auf der sechsten Unterebene versteckt.*

Als sie den Ordner »Persönlich« zu öffnen versuchte, verlangte der Computer ein Kennwort. Zum erstenmal, seit sie Coregn geworden war, fühlte Diana Erregung. *Kennwort? Was für ein Kennwort würde ein arroganter Dummbeutel wie Ravill Pryde benutzen?* Der Möglichkeiten gab es viele, aber die Herausforderung dieses Rätsel zu lösen versprach, ihre Arbeit interessanter zu machen.

In den nächsten Stunden probierte Diana naheliegende Wörter wie Falke, Ironhold, Pryde, Ravill, Pflicht und zahlreiche andere aus. Als sie den Sterncolonel schließlich zurückkehren hörte, brach sie ihre Versuche hastig ab und huschte mit über die Tastatur tanzenden Fingern durch das Labyrinth der Ordner zurück zu der Datei, an der sie ursprünglich gearbeitet hatte.

»Noch immer an den Munitionsdaten?« fragte Ravill Pryde freundlich.

»Da war ein Fehler.«

»Es freut mich, daß du jetzt mehr Sorgfalt auf die Daten verwendest.«

»Das ist meine Pflicht, Sterncolonel.«

Während der beiden nächsten Arbeitssitzungen rief Diana immer wieder den Ordner ›Persönlich‹ auf, sobald Ravill Pryde das Büro verließ. Alle Versuche, das Kennwort zu erraten, schlugen fehl, aber das störte Diana nicht, denn die Aufgabe ließ die Zeit wie im Fluge vergehen. Was sie an regulärer Arbeit zu tun hatte, erledigte sie so schnell wie möglich, um sich anschließend diesem Ordner widmen zu können.

Am dritten Tag wollte sie schon aufgeben. Ihre Finger ruhten auf der Tastatur, und sie zermarterte sich das Hirn auf der Suche nach einem neuen Wort, das sie ausprobieren konnte. Möglicherweise war das Kennwort nur eine bedeutungslose Buchstabenkette, aber das hielt sie für unwahrscheinlich. Wenn es etwas gab, was man über Ravill Pryde sagen konnte, dann, daß er methodisch war. Er würde ein Wort benutzen, ein Wort, an das er sich leicht erinnern konnte. Der Schlüssel zum Kennwort mußte in der Persönlichkeit dieses Mannes liegen, seiner Psyche, seinen militärischen Grundsätzen.

Einen Augenblick fand sie kein einziges Wort. Dann erinnerte sie sich an Ravill Prydes Verehrung für ihren Vater, und sie tippte hastig den Namen Aidan ein. Der

Computer reagierte mit einem seltsamen Geräusch, wies das Kennwort aber nach einem Sekundenbruchteil Zögern zurück. Sie versuchte Aidan Pryde. Das funktionierte auch nicht.

Sie starrte lange auf den Namen in der Dialogbox. Wie so häufig kam ihr auch diesmal in den Sinn, wie ihre Mutter die Identität von Dianas Vater verschlüsselt hatte, indem sie ihr einen Namen gab, der durch Umstellung derselben Buchstaben entstanden war. Sie tippte Diana in die Dialogbox der Kennwortabfrage – hauptsächlich, um die Buchstabenumstellung zu sehen – und wartete auf die Ablehnung.

Statt dessen flackerte der Schirm, das Arbeitsgeräusch des Computers veränderte sich, und eine neue Dialogbox meldete den freien Zugang zum Inhalt des Ordners. Im Bildschirmfenster erschien eine lange Liste von Dateinamen.

Eine ganze Weile starrte Diana auf den Schirm, ohne ein Wort zu lesen. Das Kennwort war *ihr* Name. Warum? Der Gedanke ließ sie erschaudern. *Was für ein Wahnsinniger ist das? Er kennt meinen Hintergrund und benutzt meinen Namen als privates Kennwort, ernennt mich gegen alle Verfahrensrichtlinien zur Coregn, obwohl er ein absoluter Pedant ist, er haut mir wegen eines lächerlichen Flüchtigkeitsfehlers eine runter, er hängt um mich herum wie ein … wie ein Vater um seine freigeborene Tochter!*

Dadurch, daß sie in einem Dorf mit ganz und gar kastengebundener Bevölkerung aufgewachsen war, hatte Diana viele Väter gesehen, auch wenn sie ihren eigenen nicht gekannt hatte. Dadurch hatte sie eine Vorstellung von elterlichem Verhalten, die wahrgeborenen Kriegern völlig fremd war. Aber es ergab keinen Sinn, daß Ravill Pryde auch nur auf die Idee kommen könnte, sie so zu sehen – wie eine Tochter!

Andererseits ist der Mann so in seiner Heldenverehrung für Aidan Pryde gefangen und hat eine solche Betonung auf meine Abstammung von Aidan gelegt – möglicherweise ist er verrückt genug, sich als eine Art Ersatz für meinen echten Vater zu sehen. Nein, dachte sie, *das ist einfach absurd. Wie könnte das sein? Er kommt aus einer Geschko. Das bloße Konzept der Vaterschaft müßte ihn anwidern – oder nicht? Warum macht es mir so zu schaffen, daß er meinen Namen als Kennwort benutzt? Der Mann ist einfach clever. Wer würde jemals auf die Idee kommen, er könnte* Diana *als sein geheimes Kennwort verwenden? Niemand. Außer mir.*

Um sich von diesen beunruhigenden Gedankengängen abzulenken, sah sie sich den Inhalt des Ordners näher an. Die Dateinamen boten wenig Hinweise. Sie bestanden hauptsächlich aus Orten und Datumsangaben. Daraus, was sie über Ravill Prydes Kodax wußte, konnte sie schließen, daß es sich um Informationen zu seinen Dienstperioden handelte.

Sie öffnete eine Datei und fand eine eintönige tägliche Auflistung absolvierter Aufgaben. Das paßte zu Ravill Pryde, selbst seine unwichtigsten Leistungen festzuhalten und in einem als persönlich markierten Ordner zu computerisieren. Es paßte ganz ungemein zu Ravill Pryde, wenn auch nicht zu einem Krieger. Das Ganze erinnerte sie an die exakte Ordnung der Papiere auf seinem Schreibtisch.

Sie ging die Liste weiter durch und bemerkte eine Datei namens Kerensky. Es war ein berühmter Blutname, der exklusiv von Kriegern des Wolfsclan gehalten wurde. Ein äußerst angesehener Blutname, denn es war unter der Leitung des Generals Aleksandr Kerensky gewesen, daß die Vorfahren der Clans dreihundert Jahre zuvor aus der Inneren Sphäre ins Exil gezogen waren. *Was für eine seltsame Wahl für einen Dateinamen,* dachte sie und öffnete die Datei.

Die Information auf den ersten Seiten der Datei schockierte Diana so, daß ihr einen Augenblick der Atem stockte. Dann las sie sorgfältig den ersten Teil eines sehr langen Dokuments – und erkannte ihre Möglichkeit Rache zu nehmen.

Wie konnte sie das bewerkstelligen? fragte sie sich. Wenn sie Ravill Pryde mit diesen Informationen konfrontierte, würde er eine Möglichkeit finden, sie an einer Verwendung derselben zu hindern. Wahrscheinlich würde er es dabei nicht bei einem Verweis lassen, sondern für ihre Versetzung aus der Einheit sorgen, wenn er nicht sogar ihren Tod arrangierte. Vielleicht würde er sie sogar selbst umbringen.

Nein, sie konnte ihn nicht damit konfrontieren. Aber Joanna konnte es.

Ravill Pryde konnte jeden Moment zurückkehren, deshalb druckte sie nur die ersten vier Seiten des Dokuments aus. Das genügte. In derselben Nacht noch brachte sie die Seiten zu Joanna.

13

Südpol
Sudeten, Jadefalken-Besatzungszone

24. Juli 3057

Kühlwesten waren ausgesprochen nützlich, wenn es heiß wurde, aber wenn die Kälte ins Cockpit drang, waren sie nicht besser als jedes andere Kleidungsstück dieser Größe. Joannas Finger waren trotz der Handschuhe steif und durchgefroren.

Selbst der *Bluthund* spürte die Wirkung des Schneesturms, durch den er marschierte. Er reagierte schwerfälliger auf Joannas Befehle, und seine Gelenke froren schon fast ein. In dieser Hinsicht ging es dem Kampfkoloß nicht besser als seiner Pilotin. Es wurde Zeit, daß sie Ravill Pryde in dessen *Waldwolf* stellte, und durch das Abfeuern der Impulslaser und Langstreckenraketen etwas Abwärme erzeugte.

Achtundvierzig Stunden nachdem Ravill Pryde ihre Herausforderung akzeptiert hatte, waren er und Joanna mit ihren Mechs für einen kurzen Suborbitalflug ins Packeis der Südpolregion an Bord eines Landungsschiffes gegangen. Der Sterncolonel hatte es nicht für nötig gehalten, seine Entscheidung für diese Eiswüste als Austragungsort des Widerspruchtests zu erklären, ebensowenig wie die lange Zeit bis zu seiner Antwort. Aber von Diana wußte Joanna, daß Ravill Pryde nach der Annahme ihrer Herausforderung stundenlang über planetographischen Studien aus der Inneren Sphäre und den letzten meteorologischen Berichten gebrütet hatte. Warum diese Verzögerung? *Warum haben wir die Sache nicht sofort auf dem Manövergelände ausgetragen? Offensichtlich sucht er hier in dieser klirrenden Kälte nach einem Vorteil. Nach irgendeinem Trick oder Täuschungsmanöver.* Aber was das sein konnte, war Joanna schleierhaft.

Wie kann dieser Mann Freigeborene so ablehnen und sich gleichzeitig dermaßen auf Freigeburten-Betrug und Trickserei stützen? Oder tue ich den Freigeborenen damit Unrecht? Eigentlich ist so ein Täuschungsmanöver einer Wolfstaktik ähnlicher als allem, was sich ein Freigeborener ausdenken könnte.

All der Haß, der sich in den Jahren der Verbitterung in Joanna aufgestaut hatte, war jetzt auf Ravill Pryde konzentriert. Es würde ihr eine Genugtuung sein, ihn zu besiegen und zu töten. Und trotz des Duellverbots hatte er keine Bedenken gezeigt, sich auf ein Ehrenduell bis zum Tode einzulassen.

Außerhalb von Joannas Mech zeigte Sudeten, wozu der Planet fähig war. Der Schneesturm peitschte um ihren *Bluthund*. Im Vergleich zu diesem Unwetter war der Tag, an dem sie gegen die fünf neuen Krieger angetreten war, nachgerade idyllisch gewesen. Die Metallteile des Kampfkolosses ächzten, jaulten und drohten mit grausamer Rache für die Mißhandlung, die ihnen hier angedieh. Wie ein widerspenstiges Kavalleriepferd angesichts eines Gewitters schien der Mech versessen darauf, in den Stall zurückzukehren, um auf angenehmere Zeiten zu warten.

Unter diesen Bedingungen war auf die Sensordaten kein Verlaß. Zwischen der Frosthölle von minus sechzig Grad dort draußen und der Sonnenhitze des Fusionsreaktors im Rumpfinnern versagte die empfindliche Elektronik der Ortungssensoren. Verdrehte und verformte Verbindungen zwischen den Komponenten lösten sich und wurden durch die Erschütterungen des nächsten schweren Schritts wiederhergestellt. Während Joanna den Mech vorwärts bewegte, tauchte Ravill Prydes *Waldwolf* immer wieder für Sekundenbruchteile auf dem Sekundärschirm auf, um gleich wieder zu verschwinden. Aber sie erhielt genügend Informationen, um seinen Standort zu erraten. Er bewegte sich von ihr fort.

Ravill Pryde hatte den Kriegern unter seinem Befehl erzählt, die Idee für die bevorstehenden Wettbewerbe sei ihm erstmals vor zwei Jahren gekommen, als er einen Vorposten nahe der Peripherie befehligt hatte. Es war eine Aufgabe gewesen, die außer der Jagd auf Banditen kaum eine Herausforderung geboten hatte. Bis die Einheit in die Innere Sphäre geschickt worden war, um dort die Jadefalkentruppen zu verstärken, war das Leben zu leicht und zu ruhig gewesen. Als Mittel gegen die Langeweile hatte er den Plan für die Wettkämpfe erdacht – Wettbewerbe in körperlicher Kraft, Können und Ausdauer, nach dem Vorbild eines Blutrechts. Schließlich stählten sich Krieger durch gesunden Wettbewerb und Kampf.

Damals war es ein großer Erfolg geworden, und – so hatte er versprochen – diesmal würde es genauso werden. Mehr als alles andere würden sie den heutigen Kriegern in einer Zeit, die ihnen den Kampfesruhm vorenthielt, die Gelegenheit bieten, Ruhm zu ernten.

Obwohl Joanna den Gedanken der Wettbewerbe für närrisch hielt, hatte sie augenblicklich die Teilnahme beantragt.

»Diese Wettkämpfe sind für die Krieger gedacht, die hier bleiben«, hatte Ravill Pryde geantwortet. »Du fliegst bald ab. Deine Teilnahme wäre sinnlos.«

»Ich bin noch immer eine Kriegerin.«

»Mag sein. Aber deine Beteiligung an den Wettbewerben würde nichts beweisen. Antrag abgelehnt.«

Mit dieser Reaktion hatte Joanna gerechnet, und sie hatte eine Antwort parat gehabt. »Und das Gestampfe? Das kannst du mir nicht verbieten.«

Ravill Pryde war gezwungen gewesen, sich geschlagen zu geben. »Nein, das kann ich dir nicht verbieten.«

Joanna hatte Angst, ihr *Bluthund* würde in der Kälte einfrieren, deshalb hielt sie ihn in Bewegung. Ravill Pryde mußte irgendwo voraus sein, auch wenn sein

Bild auf dem Ortungsschirm unnatürlich hin- und hersprang. Weder der *Waldwolf* noch der *Bluthund* besaßen Sprungdüsen.

Trotz der unregelmäßigen Schirmbilder schien Ravill Pryde seinen Mech in eine bestimmte Richtung zu bewegen – auf eine relativ ebene und recht junge Eisfläche zu.

»Ein guter Tag für einen Wettkampf«, hatte Ravill Pryde zu Beginn der Wettbewerbe verkündet. »Was meint ihr, Krieger?«

Die neuen Krieger hatten natürlich begeistert gejubelt, während der Enthusiasmus der Veteranen gedämpfter ausgefallen war. Der Tag, den Pryde so gelobt hatte, war tatsächlich einer der besseren hier auf Sudeten gewesen: klar, eher kühl als kalt und frei von Niederschlägen. Für Sudeten ein selten schöner Tag.

Ravill Pryde hatte die Arme ausgebreitet und seine Zuhörer gezwungen, den Blick über das ebene Spielfeld schweifen zu lassen. Es war bearbeitet worden, bis es glatt und trocken war. Diese Arbeit hatten die Elementare übernommen, die wegen ihrer Überlegenheit in den meisten körperlichen Disziplinen nicht an den Wettbewerben teilnehmen würden.

Das von einer spektakulären Szenerie umrahmte Austragungsgelände endete am Ufer eines weiten Sees, den einige der Clanner Sudetensee nannten, weil sie keine Ahnung hatten, wie die Einwohner des Planeten ihn getauft hatten. Auf der anderen Seite des Sees erhoben sich hohe, zerklüftete Klippen. Einige Krieger hatten den Sudetensee überquert, um sie zu besteigen. Trotz des intensiven Überlebenstrainings, das alle Krieger durchmachten, hatten nur wenige von ihnen den Gipfel erreicht. Die anderen hatten erklärt, daß es nur wenig Halt gebe und der Fels auch auf höfliches Drängen hin keine Eisen akzeptiere. Der letzte Wetterumschwung hatte den See noch nicht erreicht gehabt, und so schienen tausend Eisschollen auf dem Wasser zu tanzen. Als das Wetter sich in jener Nacht erneut änderte, waren die Schollen zu einer bizarr zerklüfteten Eisschicht verschmolzen.

Joanna hatte sich mit einer selbst für Jadefalkenstandards ungewöhnlichen Mixtur aus Wildheit und herausforderndem Benehmen durch das Gestampfe geschlagen. Bei diesem Kampf waren keine Waffen gestattet gewesen. Überhaupt hatten die Wettbewerbe kaum einen Waffeneinsatz umfaßt. Joanna hatte alle Nahkampftechniken und Kampfsportmanöver aus ihrem Repertoire eingesetzt. Die neuen Krieger schienen von ihrem Können überrascht zu sein, während die alten, die Joannas bemerkenswerte Fähigkeiten bereits kannten, sich damit abgefunden hatten. Als sie sich siegreich zur Kommandeurstribüne umgedreht hatte, schien selbst Ravill Pryde beeindruckt gewesen zu sein.

Für den nächsten Wettkampf hatten sich die Teilnehmer in einer Reihe aufgestellt. Joanna hatte eine Position am linken Ende der Reihe eingenommen. Ravill Pryde hatte die normale Anzahl der Bewerber um ein Blutrecht, zweiunddreißig, für zu hoch erachtet, deshalb waren nur sechzehn Krieger und Kriegerinnen angetreten.

Unter einem ungewöhnlich klaren Himmel, der seine Gesten und Bewegungen besonders lebendig erscheinen ließ, hatte der Falkengardekommandeur ein komplexes Ritual eigener Erfindung vollführt, das immer wieder durch ›Seyla‹-Rufe der versammelten Krieger unterbrochen worden war, wobei die lautesten Schreie von den Wettbewerbsteilnehmern gekommen waren. Joanna hatte das Gefühl gehabt, ihre Trommelfelle müßten platzen, und sie hatte nicht mit eingestimmt. Sie war stumm an ihrem Platz geblieben und hatte ihre Kraft für die Wettkämpfe aufgespart.

Hengst hatte in seiner zeremoniellen Robe ein prächtiges Bild geboten, auch wenn er als Freigeborener nicht dazu berechtigt war, einen mit Falkenfedern geschmückten Umhang zu tragen wie die Wahrgeborenen. Ravill Pryde hatte die Krieger seines Sterns von den Wettbewerben ausgeschlossen, weil er den Stern allein vertreten wollte. Da Diana als seine Coregn ebenfalls dem Befehlsstern angegliedert war, hatte sie ebenfalls nicht teilgenommen. Joanna war froh darüber gewesen. Die Teilnahme Hengsts und Dianas hätte ihren Plan behindert. In der strengen Struktur der Wettkämpfe hatte sie es leichter gehabt, ihre Wut gegen verhaßte Gegner zu richten. Und wie das Leben so spielte, haßte sie praktisch jeden in der Einheit, ob sie ihn kannte oder nicht.

Nach dem letzten donnernden ›Seyla‹ war Ravill Pryde von der Tribüne gesprungen. Ohne Joanna eines Blickes zu würdigen, hatte er seine Position im Zentrum der Startreihe eingenommen. Diana hatte in ihrer Funktion als Coregn die Paarungen aus einer Schale mit speziellen münzenähnlichen Metallscheiben gezogen. Diese ›Münzen‹ waren als bewußte Anlehnung an jene gewählt worden, die bei einem Blutrecht zur Anwendung kamen. Auf jeder von ihnen stand der Name eines Teilnehmers, mit Ausnahme der Münze Joannas, auf der ›Sieger des Gestampfes‹ stand.

Joanna hatte zu ihrer Befriedigung als Gegnerin in der ersten Runde Sterncaptain Evlan von Trinärstern Echo Nova gezogen. Evlan war zurückhaltend, aber eine gute Offizierin, und hatte versprochen, Joannas Können ernsthaft auf die Probe zu stellen. Sie war nur vier oder fünf Jahre jünger als Joanna und beinahe selbst eine Oldtimerin. Die untersetzte, kompakte Kriegerin mit dem langen dunklen Haar und breiten Mund neigte zu konventionellen Gefechtstaktiken, in einem Mech ebenso wie beim Zweikampf.

Aus einer anderen Schale hatte Diana die Kategorien

für die Wettkämpfe der ersten Runde gezogen. Joanna und Evlan waren als erste angetreten. Diana hatte bekanntgegeben, daß es sich bei ihrem Wettstreit um eine nichtkämpferische Aufgabe handeln würde, ein simples Wettrennen zum Ufer des Sudetensees und zurück.

Ein Wettrennen? hatte Joanna gedacht. *Simpel?* Das war die einzige Kategorie, in der Evlan – ebenso wie die meisten anderen – ihr gegenüber einen klaren Vorteil besaß. Das ganze hatte sich verdächtig nach der Art von Savashtri-Strategie angehört, die sie von Ravill Pryde erwartete, aber sie wußte nicht, wie er die Ziehung hätte manipuliert haben können, nicht mit Diana als Schiedsrichterin. Es mußte wohl Schicksal gewesen sein.

Ravill Pryde war vorgetreten. »Ich möchte euch beide daran erinnern, daß bei diesem Wettrennen keine bestimmte Route vorgegeben ist. Ihr könnt einen beliebigen Weg wählen. Zudem gibt es für diesen Wettbewerb keine festen Regeln. Wie bei allen Jadefalken-Wettkämpfen – sei es nun ein Gefecht, ein Ehrenduell oder ein Sportereignis – liegt die Betonung auf dem Sieg. Wie es euch auch gelingen mag, zu siegen, es ist …«

Joanna hatte nicht gewartet, bis Ravill Pryde den Satz zu Ende brachte. Statt dessen hatte sie Sterncaptain Evlan den Ellbogen in den Bauch gerammt, ihr beide Fäuste in den Nacken geschlagen, als sie sich nach vorne gekrümmt hatte, und sie mit einem Tritt zu Boden geworfen. Noch bevor Evlan mit dem Gesicht voraus in den Staub gesunken war, hatte sich Joanna schon zum Ufer des Sudetensees aufgemacht.

Joanna grinste, als sie sich jetzt an das Rennen erinnerte, während sie die Eisblumen betrachtete, die sich auf dem Kanzeldach formten, schneller, als die Heizelemente sie schmelzen konnten. Als sie das Seeufer erreicht und als trotziges Zeichen für ihr Erreichen der Wendemarke die Stiefelspitze ins Wasser getaucht hatte, hörte sie Evlans näherkommende Schritte. Joanna war herumgewirbelt und auf ihre Gegnerin zugestürmt, deren Geschwindigkeit beachtlich gewesen war, insbesondere angesichts der Härte von Joannas Schlägen. Als die beiden einander in entgegengesetzter Richtung passierten und Evlan Joanna einen wütenden Blick zuwarf, war diese plötzlich seitlich ausgebrochen und hatte den Unterarm mit aller Kraft, zu der sie fähig gewesen war, ohne langsamer zu werden, Evlan an den Hals geschlagen. Die Kommandeurin des Trinärsterns Echo war nach Luft ringend auf den Rücken geknallt.

Selbst mit diesem Vorteil hatte Joanna noch einen kräftigen Endspurt einlegen müssen, um Evlan an der Ziellinie mit einer Nasenspitze Vorsprung zu schlagen.

Sie hatte sich hinter der Linie auf den Boden gesetzt, außer Atem, aber in Hochstimmung. »Gute Strategie, Joanna, du dreckige Stravag«, hatte Evlan geflüstert, als sie vorbeigekommen war. Joanna hatte nur gelächelt.

Wenige Sekunden später hatte Ravill Pryde seinen Gegner aus dem Trinärstern Bravo Auge, den starken und entschlossenen Krieger Bish mit Leichtigkeit zu Boden geworfen. In Nachahmung von Joannas Strategie, hatte er Bish das Knie in den Rücken gestoßen, um seinen Ringergriff effektiver zu machen. Joannas nächster Gegner war der erfahrene und schwer zu überlistende MechKrieger Boz aus Trinärstern Charlie Auge gewesen. Die gezogene Kategorie war ein Duell mit Kampfklingen gewesen, bei dem beide Beteiligten schützende Polster und Helme tragen mußten. Boz, ein Veteran, war Experte im Einsatz dieser dreißig Zentimeter langen Messer mit gezahnter Schneide. In diesem Augenblick hatte Joanna bedauert, die Kampfklinge so oft als minderwertige und dekadente Waffe abgetan zu haben. Die Medusapeitsche oder ihre mit Handschuhen bedeckten Hände, das waren ihre bevorzugten Nahkampfwaffen. Trotzdem hatte Boz' Erfahrung sie nicht wirklich berührt. Sie befand sich in einer Hochstimmung, und in einem derartigen Zustand waren triviale Details wie das überlegene Können eines Gegners ohne Bedeutung.

Boz hatte das Duell aggressiv begonnen, schnell und sicher zugestoßen und pariert. Nach einigen klirrenden Schlagwechseln und Boz' erstem Treffer an ihrer Schulter hatte Joanna sich klargemacht, daß sie keine Geduld für einen höflichen Zweikampf aufbringen konnte. Sie war unter dem nächsten Stoß ihres Gegners weggetaucht, hatte ihr eigenes Messer beiseite geworfen und ihn um die Beine gepackt, so daß er nach hinten gestolpert und umgefallen war. Dann hatte sie seinen Messerarm auf den Boden geschlagen und ihn gezwungen, die Waffe loszulassen.

Sie war hastig aufgestanden und hatte zugesehen, wie er in Richtung der Waffe krabbelte. Ein paar Schritte war sie neben ihm hergelaufen, dann hatte sie zugetreten. Boz hatte aufgeschrien, als sie sein Handgelenk traf, aber noch bevor er zu einer handfesteren Reaktion übergehen konnte, hatte Joanna ihren Stiefelabsatz ein zweitesmal nach unten gestoßen und zufrieden dem Krachen der Knochen gelauscht. Dann hatte sie ihn aufgefordert, das Messer aufzuheben und den Wettkampf zu Ende zu bringen.

Er war hochgekommen, eine Hand um das gebrochene Handgelenk gelegt, und hatte sie angewidert angesehen. Sie hatte erst ihre Kampfklinge aufgehoben, dann die seine und sie ihm mit einem Grinsen angeboten. Er hatte die Waffe mit der unverletzten Hand genommen und zu kämpfen versucht. Zunächst waren seine Bewegungen beinahe etwas komisch gewesen, aber dann war er vorgehechtet und hatte mit der Klingenspitze Joannas Helmvisier berührt. Zwei Treffer, beide für Boz.

Mit einem Knurren hatte Joanna Boz das Messer weggeschlagen und ihren ersten Treffer erzielt. Die beiden nächsten waren aus ähnlichen Manövern erwachsen. Nach ihrem dritten Treffer hatte Boz die Klinge wütend weggeworfen und mit einem abfälligen Nicken ihren Sieg anerkannt, während er langsam davonging, die Hand um das verletzte Handgelenk gelegt.

Ravill Pryde war über Joannas Taktik außer sich gewesen. »Wie du selbst gesagt hast«, war ihre lakonische Bemerkung gewesen, als sie an ihm vorbeigegangen war. »Alles ist erlaubt.«

Ravill Pryde und sein nächster Gegner hatten ein Wettschwimmen über fünfzig Meter hin und zurück im Sudetensee gezogen. Er war gegen MechKriegerin Castilla vom Trinärstern Alpha Schnabel Zwo angetreten. Angesichts dieser Gegnerin hatte Joanna unwillkürlich den Falkengardekommandeur angefeuert. Es war ihr eine Genugtuung gewesen zu sehen, wie Ravill Pryde an der Kehre auf eine Eisscholle geklettert und über Castillas Kopf hinweg zurück ins Wasser gesprungen war, um mit sauberen, gleichmäßigen Zügen zurück ans Ufer zu schwimmen. Als sie aus dem Wasser stiegen, waren beide Schwimmer vor Kälte blau angelaufen gewesen, aber die Knappheit des Ergebnisses hatte sie trotzdem in Hochstimmung versetzt. Castilla zeigte im Endspurt bemerkenswerte Kraft, doch ihre Leistung hatte Ravill Pryde erst recht zum Sieg getrieben.

Wie würde es dir jetzt gefallen schwimmen zu gehen, Ravill Pryde? Joanna steuerte ihren *Bluthund* durch den tosenden Schneesturm. *Allzu lange ist das Eis hier noch nicht gefroren. Ich brauche nur drei Meter Scholle zu durchschießen, und dann kannst du sehen, wieviel dir deine Tricks und Fähigkeiten in einem Mech nutzen, der auf den Boden dieses Polarmeers sinkt.*

Der Ortungsimpuls, der immer wieder auf ihrem Schirm aufflackerte, mußte sein *Waldwolf* sein. Sie peilte sich auf ihn ein, war bereit, eine Langstreckenrakete aus der Lafette im linken Rumpfteil ihres Kampfkolosses abzufeuern. Es wäre ein ungezielter Schuß, eine Aktion mit erheblichem Risiko, aber vielleicht konnte sie den Falkengardekommandeur damit zu einer Reaktion bewegen. Oder wollte er sich in dem Schneesturm verstecken und bei Anbruch der Nacht ein Unentschieden erklären? Das Wetter könnte es ihm ermöglichen, seine Feigheit vor den anderen zu verbergen.

Einen Augenblick sah sie den seltsamen Ausdruck auf Ravill Prydes Gesicht wieder vor sich, nachdem sie Boz besiegt gehabt hatte. Zu diesem Zeitpunkt waren nur noch vier Teilnehmer übrig gewesen. Er hatte eine äußerst kampfstarke Gegnerin gezogen, Sterncommander Rhayna vom Trinärstern Bravo Schnabel, und auch mit Joannas Gegner war nicht zu spaßen gewesen. Sie hatte gegen Sterncommander Zabet, den Anführer von Boz' Stern, kämpfen müssen. Ravill Pryde und Rhayna hatten auf gegenüberliegenden Seiten ohne Hilfsmittel einen stehenden Mech erklimmen müssen. Späteren Erklärungen zufolge hatte der Sterncolonel bei einem seiner früheren Aufträge mehrere Berggipfel bezwungen, so daß er ohne Zweifel zu erfahren für Rhayna gewesen war. Er hatte den Mechkopf mit deutlichem Vorsprung erreicht und seinen Abstieg mit einem eleganten Sprung vom Hüftgelenk der Maschine abgeschlossen.

Joanna hatte Zabet in einem Peitschenduell gegenübergestanden. Als ehemalige Falkerin besaß Joanna reichlich Erfahrung mit Peitschen, und so hatte sie Zabets Arm abfangen und ihn zu Boden werfen können, noch bevor es ihm gelungen war, einen Treffer zu landen. Sie hatte die Peitsche grob zurückgezogen und in sein Gesicht geschlagen, wo sie knapp unter Zabets linkem Auge die Haut aufriß. Der nächste Hieb hatte eine zweite rote Spur hinterlassen, diesmal neben seinem rechten Auge.

Sie hätte weiter mit Zabet spielen können, doch Ravill Pryde hatte eingegriffen und eine Fortsetzung des Duells verboten. Zabet hatte protestiert, aber der Gardekommandeur hatte sich nicht umstimmen lassen. Der Blick, mit dem Zabet vor Joanna kapituliert und sich zurückgezogen hatte, war haßerfüllt gewesen. *Was soll's,* hatte sie gedacht, *ich habe mir hier ohnehin nicht viele Freunde gemacht. Aber ich könnte mich bei ihm und bei meinen übrigen Gegnern für meine unorthodoxen Taktiken entschuldigen. Ich könnte mich entschuldigen. Doch, ich könnte es tun. Aber ich werde es nicht.*

Joanna war geradewegs zu Ravill Pryde gegangen. »Wir sind die Finalisten in deinem kleinen Wettbewerb, Sterncolonel, frapos?«

»Pos. Für eine alte Kriegerin hast du dich gut geschlagen, Sterncommander Joanna.«

»Warum erlaubst du mir dann nicht, hier weiter Dienst zu tun, statt mich in die Brutstation zu schicken?«

Er hatte das Gesicht verzogen. »Neg. So einfach lassen sich der Wille des Khans und des Clans nicht ignorieren. Dein Auftrag ist die beste Verwendung für deine Fähigkeiten.«

»Die beste Verwendung? Aber ich habe meine Leistungen als Kriegerin eben erst bewiesen. Wie kann das …«

»Die Tatsache, daß du den Endkampf dieses Wettbewerbs erreicht hast, bedeutet nicht, daß du eine Kriegerin bleiben solltest. Vielleicht bestätigt diese Vorführung deiner Fähigkeiten nur, wie wertvoll du für den Clan als Leiterin einer genetischen Station sein wirst.«

Joanna hatte diese Abweisung erwartet gehabt und dennoch Ravill Pryde eine faire Chance geben wollen.

Als er sich zur Tribüne umgedreht hatte, um von Diana die Art des letzten Wettbewerbs zu erfahren, berührte Joanna ihn an der Schulter. »Kann ich dich eben unter vier Augen sprechen, Sterncolonel?«

»Jetzt? Wenn der letzte Kampf ...«

»Was ich zu sagen habe, betrifft den letzten Kampf.«

Er hatte die Zuschauer beiseite gewunken, als er mit ihr an die Seite der Tribüne getreten war.

Während sie jetzt nach dem ruhmreichen Sterncolonel suchte und erkennen mußte, daß sie seinen Positionsimpuls wieder verloren hatte, ließ Joanna dieses Gespräch mit ihm genüßlich Revue passieren.

»Du führst uns unter Vorspiegelung falscher Tatsachen, Sterncolonel Ravill Pryde, frapos?«

»Ich weiß nicht, worauf du anspielst, Joanna.«

»Das werde ich dir sagen. Ich habe deine Personalakte gesehen. Ich muß sagen, sie ist reichlich seltsam. Besonders der Teil über dein genetisches Erbe war eine interessante Lektüre.«

Er hatte sie bestürzt angesehen. »Joanna ...«

»Nein, laß mich ausreden. Ich habe gelesen, wie deine Geschko im Rahmen eines Geheimexperiments entstanden ist, bei dem DNS aus der Pryde-Linie, einer Jadefalken-Linie, mit DNS einer anderen Linie vermischt wurde. Anscheinend hat es Experimente dieser Art schon einige Zeit gegeben, und ...«

»Joanna, ich rate dir, dieses Gespräch augenblicklich abzubrechen. Du mischst dich in eine streng geheime Operation ein. Es gibt ...«

»Ich bin sicher, daß ich davon nichts wissen soll. Es ist so widerwärtig, so abstoßend, so ...«

»Nein, warte. Ich meine, es ist gefährlich für dich, davon zu wissen. Du könntest mit diesem Wissen unermeßlichen Ärger hervorrufen. Wenn du glaubst, du bist auf dem Posten verschwendet, für den du jetzt vorgesehen bist, dann laß dir sagen, wenn du diese Sache über unser Gespräch hier hinaus verfolgst, wird man dich auf den entferntesten Posten versetzen, der möglich ist, an das absolute Ende des Universums.«

»Ich habe kein Interesse, es weiterzuverfolgen. Soweit es mich betrifft, ist das eine Sache zwischen uns beiden. Aber Jadefalken sind ehrenhaft und würden nicht auf extreme Maßnahmen zurückgreifen, selbst wenn ich rede.«

»Stimmt, wenn du mit Kriegern und den Führern von Kriegern zu tun hast, mit Khanen und ilKhanen, aber dieses Experiment, wie du es nennst, ist eine Angelegenheit der Wissenschaftlerkaste.«

»Das weiß ich. Ich weiß, daß sie beteiligt sind, aber ...«

»Nein, ich meine, niemand in der Kriegerkaste des Clans weiß davon. Weder die Khane noch die Lehrmeister oder irgendein Blutnamensträger. Niemand ahnt, daß ich meine Herkunft kenne. Es *muß* geheim bleiben. Die Wissenschaftlerkaste ist mächtiger als du ahnst. Sie besteht aus Freigeborenen, und die Regeln der Ehre, nach denen die Kriegerkaste lebt, sind ihnen fremd. Du siehst ...«

»Ich sehe gar nichts, und es ist auch nicht von Bedeutung. Mich interessierst nur du, Ravill Pryde, und die Lüge, in der du lebst. Hätte das, was ich gelesen habe, nicht *dich* betroffen, hätte ich diese Information als erregend und sogar als eine Quelle des Stolzes darüber empfunden, wie entschlossen unsere Wissenschaftler sind, uns zu den bestmöglichen Kriegern heranzuzüchten. Ich bin für genetischen Fortschritt. Wer wäre das nicht? Aber dir ist natürlich klar, daß der Schock in der Entdeckung lag, woher diese genetische Mixtur stammt.«

»Vergiß, daß du jemals etwas davon gehört hast, Joanna. Es gibt keinen Grund weiterzureden. Wir müssen den Wettbewerb zu Ende bringen, und dann werde ich versuchen, diese Sache mit dir zu diskutieren.«

»Nein, ich werde jetzt reden. Ich bin ungeduldig, das weißt du. Als ich erkannte, daß es sich bei der Mixtur nicht um die Verbindung einer Jadefalken-Linie mit einer anderen handelte, sondern um die ›Paarung‹, wenn du diese Obszönität gestattest, zwischen einer Jadefalken-Linie und der eines anderen Clans, wurde ich wütend. Wie könnte man unser Generbe in irgendeiner Weise mit Erbmaterial eines anderen Clans verbessern? Wir sind die beste aller Kriegerzuchten. Aber mir wurde übel, als ich sah, daß die Jadefalken-Gene für deine Geschko mit denen des *Wolfsclans* verbunden wurden. Das ist ein dermaßen widerliches Experiment, daß ich nicht glauben kann, unsere Wissenschaftlerkaste könnte auch nur auf diesen Gedanken kommen. Das ist keine Verbesserung unserer Gene, sondern eine Verwässerung. Es ist ...«

»Joanna, das geht über unsere Wissenschaftlerkaste hinaus. Ich bin mir nicht sicher, wie weit. Ich habe es nicht herausgefunden. Aber die Pläne stammen von anderen, und auch nicht aus der Jadefalken-Führung. Wir müssen diese Unterhaltung beenden, sie ist zu gefährlich. Ich schwöre dir ...«

»Deine Schwüre interessieren mich nicht. Ich benutze diese Information nur, um zu bekommen, was ich will, einen Widerruf der Brutstationsversetzung.«

»Aber ...«

»Ich will nicht nach Ironhold.«

»Willst du mich erpressen, daß ich dir erlaube hierzubleiben?«

»Neg, obwohl das verlockend wäre. Nein, ich will nur, was mir zusteht. Eine Chance. Eine Chance zu beweisen, daß ich bei der Falkengarde bleiben sollte. Ich will in unserem letzten Wettkampf in den Mechs gegen dich antreten. Wenn du es so nennen willst, ein Ehrenduell. Wenn ich dich besiege, mußt du meine Versetzung zurücknehmen. Gewinnst du, werde ich ohne weiteren Protest abreisen und diese Informationen über dich für mich behalten. Nein, nein, wir werden es anders machen. Laß uns die Sache einfach halten und sicherstellen, daß der Sieger angemessen belohnt wird. Laß uns bis zum Tod kämpfen. Du hinterlegst den Befehl über die Streichung meiner Versetzung und ich – ich werde tot sein, also kein Problem mehr für dich.«

»Ein Problem. Nein. Ein Dilemma vielleicht, aber kein Problem.«

»Was auch immer. Wie lautet deine Entscheidung?«

Ravill Pryde hatte gestockt und über die Schulter geblickt, auf die versammelten Krieger, die neugierig und fasziniert zu den beiden herübergeschaut hatten. »Gut gehandelt und akzeptiert. Wir werden das Ehrenduell als neues Finale der Wettkämpfe ausrufen.«

»Einverstanden.«

Er hatte sich umgedreht und war gegangen.

»Ravill Pryde!« hatte sie gerufen und bewußt seinen Rang unterschlagen.

Als er sich umwandte, war sie zu ihm getreten und hatte geflüstert: »Ich verachte jede Wolfseigenschaft in deinem genetischen Erbe.«

Dann hatte Joanna ihn stehenlassen. Diese letzte Beleidigung hatte sie aus psychologischer Erwägung ausgesprochen. Gegen einen Mann, der sich schon im Positionstest als Sterncaptain qualifiziert hatte, konnte etwas Psychologie nicht schaden.

Der Sturm ließ etwas nach. Einen Moment sah Joanna Ravill Prydes *Waldwolf* nur wenige hundert Meter entfernt. Im Schneegestöber war er nichts als eine sich entfernende Silhouette. Vielleicht wußte er nichts von ihrer Nähe. Vielleicht streikte auch seine Ortung, und er wußte nicht, wo sie war. Vielleicht war es ein guter Zeitpunkt für einen Hinterhalt. Hastig löste sie KSR-Salve aus und fand heraus, wie bewußt er sich ihrer Anwesenheit war. Das Raketenabwehrsystem des

Waldwolf verwandelte ihre Raketen in ein Feuerwerk – farbenprächtig, aber wirkungslos. Der Schnee fiel dichter. Ihr letzter Blick auf den *Waldwolf* zeigte ihn auf dem Weg weiter hinaus in die Eiswüste. Sie hatte keine andere Wahl, als ihm nachzusetzen, blind weiterzumarschieren, denn die Bilder auf ihren Schirmen hatten inzwischen eine enorme Ähnlichkeit mit dem Blick aus der Kanzel.

14

Südpol
Sudeten, Jadefalken-Besatzungszone

24. Juli 3057

Die nächsten Minuten waren wie im Traum vergangen. Die Schritte des *Bluthund* schienen extrem unsicher, als wäre der Mech zu leicht und könnte von jedem Windstoß umgeblasen werden. Joanna sagte sich immer wieder, daß das Gewicht der Maschine sie aufrecht halten würde. Je weiter jedoch der Koloß durch den Sturm marschierte, mit vom Wetter neutralisierten Sensoren, desto mehr verlor auch sie die Orientierung. Sie hatte schon häufig unter schlechten Sichtverhältnissen kämpfen müssen, doch sie war immer in der Lage gewesen, wenigstens ein paar Formen oder Reflexionen voraus zu erkennen. Ihre Zielerfassungs- und Ortungssysteme hatten in der Regel eine minimale Funktionstüchtigkeit behalten. Dies hier jedoch – das war, als schwämme sie in einem Meer aus Schaum. Kurioserweise schien die Anstrengung, die notwendig war, um den *Bluthund* durch den Schneesturm zu bewegen, eine zusätzliche Aufheizung der Betriebssysteme zu verursachen. Neben dem Heulen des Sturms hörte Joanna ein seltsames Zischen, wenn der Schnee das heiße Metall des Rumpfes traf.

Warum brauche ich diesen Kampf so? Was treibt mich, läßt mich nicht los? Vielleicht ist dieser Sturm eine Art Zeichen, daß ich die Erniedrigung der Versetzung akzeptieren und Geschkogören frisch aus den Kanistern Gutenachtgeschichten erzählen sollte. Vielleicht hat das Jadefalkenoberkommando in seiner Weisheit die richtige Entscheidung für mich getroffen. Ich weiß, das sollte ich glauben. Ich sollte mich nicht dagegen stellen, was man für mich beschließt. Meine Art des Widerstands ist in der Schlacht clanmäßig genug, aber abseits des Schlachtfelds wird sie – ja, wozu? – zu antisozialem Verhalten? Antisozial zu sein ist eigentlich eine Auszeichnung unter Jadefalken-Kriegern. Trotzdem, die meisten Krieger würden diese Befehle ohne Widerspruch akzeptieren, gleichgültig, wie wütend sie darüber sind. Niemand außer mir würde soweit gehen, seinen Vorgesetzten zum Duell um das Recht herausfordern, den Befehl abzuändern. Ich weiß das, und auf eine seltsame Weise bin ich stolz darauf. Wäre Aidan hier, würde er sagen, das ist typisch für dich, Joanna.

Aber ich fühle mich in keiner Weise unloyal. Ich weiß nicht, warum das so ist. Ich weiß nur, daß ich mich mein ganzes Leben, mein ganzes Kriegerleben, davor gefürchtet habe, alt genug für eine erniedrigende Versetzung wie diese zu werden. Ich dachte, das Schlimmste, was mir passieren könnte, wäre, als Kanonenfutter in einer Solahma-Abteilung zu enden, Teil einer kleinen Truppe greiser Krieger zu werden, die keinen Wert mehr für ihre Einheiten haben und dankbar ihre Pflicht erfüllen, indem sie sehenden Auges in den sicheren Tod marschieren, um den echten Kriegern Zeit zu erkaufen. Verflucht, ich bin eine echte Kriegerin, bin immer noch eine echte Kriegerin. In Flammen zu Boden gehen, in einer Schlacht fallen, die einen Sinn erfüllt – das ist ein Schicksal, wie ich es mir immer erhofft habe. Mit feuernden Kanonen untergehen wie Aidan Pryde. Freigeburt, all die Schlachten, in denen ich gekämpft habe – und immer habe ich gesiegt, oder wenigstens überlebt.

Ich könnte uralt werden. Es könnten Jahre im Kanistergarten vor mir liegen. Jahre! An so etwas kann ich nicht einmal denken. Es ist widerlich, so alt zu werden. Wie können die älteren Krieger, Kael Pershaw, Natascha Kerensky und die anderen, das ertragen? Sicher, sie haben ihre Pflichten, aber was nützen die, wenn die Knochen schmerzen und das Lenken eines Mechs nur noch eine Erinnerung ist? Pershaw ist ein Wrack, aber er macht weiter. Warum?

Vielleicht wäre es besser für mich, diese kleine Auseinandersetzung mit Ravill Pryde zu verlieren. Jeder weiß, er ist ein Komet, drei auf einen Schlag, ein geschenkter Blutname, Sternhaufenkommandeur noch bevor er eine echte Schlacht gesehen hat. Es wäre sogar ein heroischer und ehrenhafter Tod, in einem Ehrenduell mit einem zukünftigen Helden. Könnte ein wichtiger Teil seiner epischen Verse in der Erinnerung *werden. Ich kann es regelrecht vor mir sehen, wie er meinen Leichnam zurück zu seinen kleinen Prydelingen schleppt. Es paßt alles zusammen. Nur kann ich auch so nicht sterben. Irgend etwas zwingt mich, weiterzumachen. Irgend etwas zwingt mich, weiterzukämpfen. Ich bin Jadefalke. Vielleicht ist es das. Ich bin Jadefalke.*

Dieser Gedanke gefiel ihr. Jadefalke zu sein, war genug. Es hatte einen Helden aus Aidan Pryde gemacht – der schließlich auch kein normaler Krieger gewesen war. Auf seine Art war er ebenso widerspenstig gewesen wie sie.

Aber er hat es geschafft zu sterben, verdammt soll er sein!

Egal, solche unclanmäßigen Meditationen hatten keinen Sinn. Es war besser, nach Ravill Pryde und dessen *Waldwolf* zu suchen und sie beide zu Schrott zu schießen.

Aber wo, zur Hölle, steckte er?

Der nächste schwere Schritt brachte die Sensoren wieder in Gang. Ein Blick auf den Sekundärschirm zeigte Joanna einen massiven Kamm aus Eis und Schnee ein Stück voraus. Wenige Schritte reichten, dann konnte sie die Eisklippen hoch in den Himmel ragen sehen.

»Beeindruckend, nicht wahr, Sterncommander Joanna?« Zum ersten Mal, seit der Kampf begonnen hatte, brach Ravill Pryde die Funkstille.

Joanna fühlte sich verwundbar. Er konnte von hinten angreifen. Sie drehte den *Bluthund* augenblicklich um seine Achse, keine leichte Aufgabe auf dem Eis. Der Mech war zu schwer, um zu fallen, aber das hinderte ihn nicht daran, zu rutschen, während sie ihn schwerfällig durch die 180°-Drehung lenkte. Ihre Laser waren feuerbereit, aber der *Waldwolf* war nicht da, wo er hätte sein sollen. Laut ihrer Ortung hätte sie ihm direkt gegenüberstehen müssen, aber alles, was sie auf der Sichtscheibe erkennen konnte, war chaotisch umherwirbelnder Schnee.

»Der Sturm hat auch meine Systeme durcheinander gebracht, Joanna. Aber ich weiß, wo du bist. Mal sehen.«

Links von ihr trat der *Waldwolf* aus dem Schneevorhang. Von vorne betrachtet, wirkte der Mech weit weniger wild als sein Namenspatron. Mit dem niedrigen Kopf, den unter den Raketenlafetten scheinbar hängenden Schultern und zögernd gebeugten Armen machte er einen geradezu demütigen Eindruck.

Nachdem sie die erste Salve verschwendet hatte, entschied Joanna, auf eine gute Schußgelegenheit zu warten. Eine schnelle Systemüberprüfung, und sie erkannte eine ungewöhnlich hohe Innentemperatur ihres Mechs, möglicherweise als Ergebnis zu hoher Kraftanstrengungen, um sich den Weg durch den Sturm zu bahnen. Sie blickte aus der Kanzel und sah Nebel den *Bluthund* umgeben, wo seine Abwärme auf die eisige Außenluft traf. Der *Waldwolf* hatte keine entsprechende Nebelaura, also schien Ravill Pryde keine Abwärmeprobleme zu haben.

»Spar dir dein Feuer auf, Joanna. Ich will reden.«

»Reden. Du bist ein seltsamer Jadefalke, Ravill Pryde.«

»Vielleicht bin ich das. Jedenfalls von deiner Warte gesehen. Aber darüber wollte ich nicht mit dir reden. Ich bin bereit, dieses Duell für unentschieden zu erklären. Niemand kann uns sehen. Ich habe kein Verlangen, dich zu töten. Du bist für den Clan zu wertvoll. Ich wäre es zufrieden, die anderen glauben zu lassen, daß wir bis zu einer Pattsituation gekämpft haben. Für dich wäre das zudem eine große Ehre.«

»Kein Krieger plant jemals ein Unentschieden.«

»Mag sein. Aber ich bin dazu bereit, um einen im Grunde unnötigen Kampf zu vermeiden. Wenn ich dich töte, verliert der Clan eine wichtige Kriegerin. Tötest du mich, verliert die Falkengarde plötzlich ihren Kommandeur. Wer weiß, wann ein adäquater Ersatz geschickt wird?«

»Wie kommst du darauf, daß du adäquat bist?«

»Verschwende unsere Zeit nicht mit leerem Wortgeplänkel, Joanna.«

»Ich kenne nicht einmal das Wort.«

»Wie steht es mit dem Unentschieden?«

»Wie steht es mit meiner Versetzung zur Kanister-Brutstation?«

»Daran kann ich nichts ändern.«

»Dann nehme ich kein Unentschieden an. Krieger bieten vor dem Gefecht, nicht während es läuft. Du bist eine eigene Sorte Krieger, Ravill Pryde.«

»Damit hast du möglicherweise recht. Ich biete dir das Unentschieden noch einmal an.«

»Schlecht gehandelt und nicht akzeptiert, Sterncolonel.«

Die Geräusche, die über die Leitung drangen, waren seltsam. Konnte es sein, daß der Kommandeur der Falkengarde kicherte?

»Dann wollen wir den Kampf weiterführen. Ich lasse dir den ersten Schuß. Den ersten, sofern wir das sinn- und nutzlose Raketenfeuer vor ein paar Minuten nicht zählen.«

»Du willst, daß ich den Kampf eröffne? Das gefällt mir nicht.«

»Mag sein, mag nicht sein. Aber der Sturm wird immer heftiger, und wir sollten keine Zeit verschwenden. Du darfst feuern, wann immer es dir beliebt, Joanna.«

Sein herablassender Tonfall machte Joanna so wütend, daß sie genau das tat. Fluchend löste sie ein wildes Laserbombardement auf den *Waldwolf* aus, aber

Ravill Pryde war mit seiner Maschine seitwärts in das dichte Schneegestöber getaucht. Bevor er aus ihrer Sicht verschwand, sah Joanna große Brocken der Ferrofibritpanzerung davonfliegen. Sie war sicher, daß ihre Laser echten Schaden angerichtet hatten.

Aber warum hat der Stravag das Feuer nicht erwidert? Er hat überhaupt nichts getan. Ist nur weggelaufen wie ein Feigling.

Joanna hatte wenig Zeit, seine Aktion zu überdenken. Der *Waldwolf* war an einer anderen Stelle wieder aufgetaucht. Sie überzeugte sich mit einem kurzen Blick davon, daß es nicht die Stelle war, an der ihn die Ortung ihres *Bluthund* zeigte. Sie ignorierte die offensichtlich wertlosen Sensoren und feuerte die Laser nach Gefühl auf den *Waldwolf* ab. Ihre Schüsse sprengten weitere Panzerung ab, die augenblicklich im Schnee verschwand. Ravill Pryde schoß nicht zurück.

Sie entschied sich, es noch einmal mit Raketen zu versuchen. Ein Teil von ihnen ging, wahrscheinlich vom auffrischenden Sturm aus der Bahn geworfen, über den Kopf von Prydes Mech. Aber mindestens eine Rakete traf, und der *Waldwolf* schien in Schwierigkeiten zu stecken. Bevor sie sich sicher sein konnte, verschwand er wieder aus der Sicht. Der Sturm hatte ihn verschluckt.

Der Stravag hat seit Kampfbeginn noch nicht einmal gefeuert. Wie hat er es geschafft, mit solcher Taktik einen Test zu gewinnen, einen Blutnamen zu erringen?

»Sterncommander Joanna.« Ravill Prydes Stimme war beinahe ein Flüstern, als sie sanft über die Funkverbindung kam. Ein weiterer Versuch, sie zu verwirren?

Sie konnte den *Waldwolf* nirgends sehen, aber ihr Schirm zeigte ihn nur wenige Meter entfernt, praktisch unmittelbar voraus. Vielleicht waren diese Werte nicht das Ergebnis von Funktionsstörungen. Vielleicht konnte Ravill Pryde seinen Mech unsichtbar machen.

»Plapperst du in einer echten Schlacht auch so viel, Sterncolonel?«

»Ich finde nicht oft jemanden, mit dem zu reden sich lohnt. Aber diesmal will ich nur helfen.«

»Deiner Gegnerin helfen? Was für eine Art Krieger bist du?«

»Offensichtlich nicht deine Art. Aber das spielt keine Rolle. Ich sehe mir gerade das Gefechts-ROM unseres letzten Schußwechsels an, und ...«

»Du analysierst mitten in der Schlacht die Taktik deines Gegners?«

»Allerdings. Es hilft. Zum Beispiel sehe ich aus dieser Aufzeichnung, daß dein *Bluthund* überhitzt. Gefährlich überhitzt sogar, wie es aussieht.«

Joanna blickte auf ihre Wärmeskala, die, wie sie sehr wohl wußte, einen gefährlichen Anstieg der Betriebstemperatur meldete; aber wie konnte sie sich sicher sein, daß nicht auch diese Information mit dem Versagen der übrigen Sensoren in Verbindung stand? Sie sah aus dem Kanzeldach und versuchte, den *Waldwolf* zu entdecken, um ihn zu erledigen. Außer wild herumwirbelnden Schneeflocken war nichts zu erkennen. Aber das mit der Hitzeentwicklung ihres Mechs schien nicht übertrieben. Das Eis auf dem Kanzeldach war geschmolzen.

»Ich überhitze nicht, Ravill Pryde. Dafür haben wir noch nicht lange genug gekämpft.«

»Du überhitzt vielleicht nicht, aber dein Mech um so sicherer. Und wir haben lange genug gekämpft. Unter diesen Bedingungen wird die Maschine stärker belastet. Allein die Anstrengung, sich durch diesen Sturm ...«

»Verschluck es! Du redest zuviel. Du versucht nur irgendeine neue psychologische Taktik. Du bist genauso verschlagen wie Cholas und der Rest der Prydelinge.«

»Prydelinge? Nennst du sie so? Ich bin mir nicht sicher, ob das eine Beleidigung oder ein Kompliment ist.«

»Komm zurück in meine Sicht, und ich gebe dir eine endgültige Antwort.«

»Daran zweifle ich nicht. Aber ich würde vorschlagen, du tust etwas an deiner Abwärme. Der Hitzeausstoß der Wärmetauscher an den Beinen deines Mechs schmilzt das Eis, auf dem du stehst. Dein *Bluthund* sinkt langsam durch eine der dünnsten Sektionen der Eisschicht. Die Schicht, auf der du stehst, ist nur zwei Meter dick, und dein Mech ist bereits einen halben Meter eingesunken. Ach, und noch etwas ...«

Der *Waldwolf* stürmte feuernd aus dem Schneesturm auf sie zu, doch der *Bluthund* wurde von keinem Einschlag erschüttert.

»Daneben, du Drecksack!« brüllte sie begeistert, während sie einen weiteren Laserschuß auf den Mech ihres Gegners abfeuerte. Wieder flog ein Teil der Panzerung davon, bevor er außer Sicht war.

»Dich habe ich verfehlt, Joanna, das stimmt. Aber ich habe auch nicht auf dich gezielt. Ich habe meine Donner-LSR auf die Füße deines Mechs abgefeuert. Du stehst mitten in einem Minenfeld.«

Joanna starrte auf den Ortungsschirm. Tatsächlich zeigte er das Gebiet vor ihr ebenso wie zu beiden Seiten ihres Mechs übersät mit Donner-LSR-Minen. Alle Sprengköpfe waren scharf. Ein Versuch, dieses Minenfeld zu durchqueren, während Ravill Pryde jederzeit angreifen konnte, war praktisch unmöglich. Sie konnte es versuchen, aber ...

Plötzlich ruckte der *Bluthund* und schien wegkippen zu wollen. Eines seiner Beine war eingebrochen. Ravill Pryde hatte die Wahrheit gesagt. Das Eis unter der Maschine war im Schmelzen begriffen. Ihre Abwärme war zu hoch. Es war nur noch eine Frage der Zeit, bis ihr Mech durch das Eis sackte.

»Leg den Mech still, Joanna. Ich werde nicht angreifen. Du kannst dich geschlagen geben, wenn du willst, sonst setzen wir das Ehrenduell fort, wenn du soweit bist.«

»Ich will keine Geschenke von dir.«

»Trotzdem weigere ich mich, dich unter diesen Umständen zu erledigen. Leg deine Systeme still.«

»Mich zu erledigen? Komm raus, daß ich dich sehen kann, dann erledige ich *dich!*«

»Mein Mech ist nicht so schwer beschädigt wie du vielleicht glaubst. Akzeptiere es, Joanna, der Kampf ist vorbei – jedenfalls vorerst. Leg den Mech still.« Der *Bluthund* ruckte wieder, und Joannas Magen schien sich umzudrehen, als der Mech weiter durch das Eis sackte. Hektisch schaltete sie alle Systeme ab, die ihr einfielen. Sie legte die Wärmetauscher in den Beinen still und vermied alle unnötigen Bewegungen. Das Wanken ließ nach und hörte schließlich ganz auf.

Warum erklärt er einen Waffenstillstand? Er bräuchte nur ein paar Schritte näher zu kommen. Wegen des Minenfeldes kann ich nicht ausweichen. Er könnte mich pulverisieren. Was hat er vor? Warum weiß ich, daß hinter seinen Aktionen mehr steckt, als er sagt?

Während sie wartete, bis die Betriebstemperatur ihres OmniMechs weit genug gesunken war, um ihn wieder hochzufahren, studierte Joanna das Minenfeld. Es schloß sie nicht ganz ein, wie Ravill Pryde gesagt hatte. Die Minen lagen nur an drei Seiten. Aber mit der hohen Klippe im Rücken konnte sie nicht nach hinten treten und die Minen umgehen. Von der Wirkung her war sie tatsächlich eingeschlossen.

Der Stravag hat mich ganz bewußt hierher gelockt. Er hat es die ganze Zeit so geplant! Warum? Warum feuert er nicht einfach und macht ein Ende? Wenigstens wären damit alle meine Probleme gelöst. Ein Kriegertod – kein eleganter oder bewundernswerter, aber wenigstens ein Krieger*tod!*

Der einzige Ausweg führte durch das Minenfeld.

Zwei Explosionen konnte sie sich leisten, ohne daß die Beschädigungen zu schwer wurden, aber es würde Ravill Pryde eine ausgezeichnete Gelegenheit zu gezielten Treffern bieten, wenn er diesen Moment wählte, den Kampf wiederaufzunehmen. Trotzdem schien diese von allen potentiellen Strategien die beste. Vielleicht konnte sie es schaffen, wenn es ihr gelang, den *Bluthund* schräg nach rechts zu bewegen.

Genauso würde sie vorgehen, entschied Joanna, während sie die sinkende Anzeige auf der Wärmeskala verfolgte. Sie hatte den Punkt, an dem sie die Systeme ohne Gefahr wieder einschalten konnte, bereits ausgerechnet, und wartete nur noch, bis die Anzeige ihn erreichte. Sobald der Mech sich wieder bewegen konnte, und das würde der Fall sein, bevor ihre Waffen feuerbereit waren, wollte sie einen kurzen Sprint durch das Minenfeld wagen, bei dem sie Ravill Prydes eigene Täuschungsmanöver einsetzte. Damit würde sie diesen Kampf wieder offen gestalten.

Wahrscheinlich hatte Ravill Pryde geortet, daß Joanna ihre Maschine hochgefahren hatte, denn er meldete sich wieder. »Ich werde dir jetzt eine Lektion erteilen, Sterncommander Joanna. Es handelt sich um eine strategisch-taktische Lektion, etwas, das die Jadefalken ganz allgemein häufiger nötig hätten. Vielleicht sollten wir uns in dieser Hinsicht die Wölfe zum Vorbild nehmen.«

So etwas kann nur jemand mit Wolfsgenen zu einem Jadefalken-Krieger sagen.

»Versuch, deinen Mech zu bewegen.«

Genau das habe ich vor, Freigeburt. Aber irgend etwas war nicht in Ordnung. Der *Bluthund* reagierte nicht.

»Die Außentemperatur hier ist so niedrig, daß das Wasser augenblicklich wieder gefroren ist, als du die Wärmetauscher abgeschaltet hast. Die Beine deines Mechs sind im Eis gefangen. Du wirst noch einige Zeit keinen Schritt tun können. Eine Falle, frapos, und gar keine so schlechte, frapos?«

Jetzt lag die Arroganz in seiner Stimme, die zuvor gefehlt hatte. Joanna weigerte sich, zu antworten, und bearbeitete die Kontrollen in dem Versuch, ihren Kampfkoloß funktionstüchtig zu bekommen. Ein System nach dem anderen meldete mit blinkenden Lichtern Bereitschaft, aber es half ihr nichts.

Der *Waldwolf* trat vor und feuerte seinen schweren Laser auf den *Bluthund* ab. Ravill Pryde hielt seine Schüsse vom Torso ihres Mechs fern und beschränkte sich darauf, Joannas linke Schulterlafette zu zerstören. Dann feuerte er eine Rakete auf einen wuchtigen Vorsprung der Klippe ab, der auf die andere Raketenlafette stürzte und sie abbrach. Die Abschußrohre hingen nutzlos herab. Schließlich konzentrierte er das Feuer auf den linken Arm des *Bluthund* und schnitt ihn vom Rumpf ab. Als Joannas Waffensysteme endlich einsatzbereit waren, blieb ihr nur noch der rechte Armlaser. Sie feuerte ihn augenblicklich ab, aber ihre Schüsse gingen am Ziel vorbei.

»Das reicht, Sterncommander Joanna. Ich habe kein Verlangen danach, mit dir Katz und Maus zu spielen.«

»Dann mach ein Ende.«

»Nein. Das wünschst du dir zu sehr.«

»Dies ist ein Kampf bis zum Tod. Du hast zugestimmt.«

»Das ist wahr. Aber wenn du dich erinnerst: dies ist in Wirklichkeit der Finalkampf der Wettbewerbe. Ich habe gesiegt. Das genügt. Ich will dich nicht umbringen, und ich werde es auch nicht tun. Ich ziehe Erniedrigung dem Tod vor, und wir werden deine Schande genießen, wenn wir dich zu deiner neuen Aufgabe verabschieden. Ich habe gewonnen, Joanna. Akzeptier es einfach.«

Joanna konnte sich nicht erinnern, jemals so frustriert gewesen zu sein. Was für ein Wahnsinn trieb diesen Stravag?

»Falls du natürlich sterben *willst*, kannst du. Du hast noch eine Waffe. Benutze sie und bringe die Minen zur Detonation. Wenn sie dich nicht direkt umbringen, dürften sie ausreichen, das Eis zu brechen und ein Loch hineinzusprengen, durch das dein *Bluthund* geradewegs auf den Meeresboden sinkt. Sieh dich um. Wir stehen auf Packeis in einem eisigen Ozean. Das Meer ist hier über vierhundert Meter tief. In hundert Metern Tiefe wird der Wasserdruck die Versiegelung deines Mechs brechen, und der Reaktor wird geflutet werden. In dreihundert Metern Tiefe wird der Druck das Cockpit zerstören. Bis du unten ankommst, wirst du ebenso plattgedrückt sein wie der Mech. Aber ich schlage dir etwas anderes vor. Leg deinen Schutzanzug an und steig aus. Ich werde dich in meinem *Waldwolf* mit zurück zum Landungsschiff nehmen. Oder du kannst wie ein zahmes Äffchen auf der Schulter meines Mechs reiten. Auf jeden Fall werde ich dich zurück in die Wärme und Sicherheit des Landungsschiffs bringen.«

»Ich könnte ihnen von deinen Wolfsgenen erzählen, von unserer verräterischen Wissenschaftlerkaste. Das könnte deinem Sieg den Wert nehmen, Ravill Pryde.«

»Das bezweifle ich. Wie du bereits gesagt hast, bis du Jadefalke. Du hast Ehrgefühl. Du hast dich verpflichtet, nichts zu sagen, wenn ich diesem kleinen Schlagabtausch zustimme, und du wirst dein Wort halten. Außerdem würde dir kaum jemand glauben. Man würde nichts weiter sehen als eine verbitterte, erniedrigte Kriegerin. Selbst wenn die Spionin, deine freigeborene Helferin, deine Aussage unterstützen würde – nun, sie ist nichts als eine dreckige Freigeburt, und ihre Worte hätten noch weniger Gewicht als deine. Tu, was du willst, ich werde damit fertig. Jedenfalls ist dieser Sturm noch keineswegs vorüber, und wahrscheinlich wird er noch schlimmer werden. Verlasse deinen Mech. Ich werde einen Bergungstrupp nach ihm schicken. Schließlich können wir keinen guten Battle-

Mech verschwenden. Übrigens, hier in meinem Cockpit ist es hübsch warm.«

»Ich lasse mich nicht von dir mitnehmen.«

»Wie willst du dann zurückkommen?«

»Ich werde zu Fuß gehen. Ich brauche frische Luft.«

»Du wirst erfrieren.«

»Ich werde mich nicht von dir mitnehmen lassen!«

»Wie du willst. Wenn du es zurück zur Küste schaffst, werde ich dich mit deinem Marschbefehl erwarten. Adieu, Joanna.«

Der *Waldwolf* verschwand im Tosen des Schneesturms.

Wie kann dieser dreckige Stravag es wagen? Ich verdiene einen ehrenvollen Tod. Niemand verdient eine solche Erniedrigung. Von Anfang an ist es ihm darum gegangen, mich zu erniedrigen. Das war sein Schlachtplan. Ich könnte ihn umbringen. Ich werde *ihn umbringen. Aber nein, was ich auch tue, die Erniedrigung bleibt. Es ist nicht so schlimm wie Twycross, obwohl ich auf Twycross nur Teil einer Einheit war, die unrühmlich besiegt wurde. Aber hier auf Sudeten ist die Schande ganz allein die meine. Der Stravag! Der Bastard! Er weiß genau, wohin ich auch gehe, man wird davon erfahren. Möglicherweise werden mich die Geschkinder im Kanistergarten eines Tages damit aufziehen. Ravill Pryde ist die niedrigste Form eines ClanKriegers. Er muß mehr Wolfsclan in sich haben als das Genschema zeigt.*

Sie starrte aus der Kanzel auf den tobenden Wind und den heftigen Schneefall. Sie seufzte. Ravill Pryde hatte recht. Dort draußen konnte sie nicht überleben. Sie würde sterben. Joanna seufzte noch einmal.

Nein, soviel Glück würde sie nicht haben.

15

**Falkengarde-Hauptquartier, Pattersen
Sudeten, Jadefalken-Besatzungszone**

1. August 3057

»Du packst noch nicht?« fragte Diana in der Tür zu Joannas Quartier. Der Sterncommander stand in der Mitte des Zimmers und betrachtete das Chaos, das seit Beginn ihrer Kriegerinnenlaufbahn für ihr Quartier typisch gewesen war. Seit ihrer Niederlage gegen Ravill Pryde hatte Joanna noch mehr ihrer Besitztümer kreuz und quer umhergeworfen und eine noch chaotischere Umgebung produziert als je zuvor. Soweit das überhaupt möglich war.

»Ich packe überhaupt nicht. Was soll ich packen? Sieh dir diesen Müll an. Würdest du dir die Mühe machen, irgend etwas davon an einen anderen Punkt des Universums zu transportieren?«

Diana trat ins Zimmer und sah sich um. »Ich sehe, was du meinst.« Hengst, der draußen gewartet hatte, folgte ihr.

»Du siehst bedrückt aus, Hengst«, stellte Joanna fest. »Ungefähr so wie ein Krieger, der die Kontrolle über seinen Mech verloren hat.«

Hengst starrte zu Boden. »Ich ... ich wollte nur sagen ... daß, nun, es fällt mir schwer ...«

»Raus damit, Hengst«, knurrte Joanna ärgerlich.

»Ich wollte sagen ... ach, wahrscheinlich werde ich deine häßliche Fratze vermissen.«

»Ich dachte, du magst mich nicht.«

»Was hat das denn damit zu tun?«

»Ich weiß nicht, Hengst. Ich weiß es tatsächlich nicht und echt nich'.«

Diana grinste. »Ihr seid mir vielleicht zwei.«

»Zwei was?« fragte Joanna.

»Ihr seid so daran gewöhnt, euch zu ärgern und über Sprachverluderung zu streiten, daß ihr nicht einmal gemerkt habt, daß ihr Freunde geworden seid.«

»Freunde, mit Abschaum wie Hengst? Ihr dreckigen Freigeburten seid wahrhaftig blöde.«

»Ja, Joanna«, erwiderte Diana. »Das sind wir, *wahrhaftig*.«

Eine unbehagliche Stille breitete sich aus, die Jahre zu dauern schien.

»Das Landungsschiff ist angekommen«, sagte Hengst. »Und weißt du was?«

»Ich mache keine Ratespielchen«, knurrte Joanna.

»Es hat einen interessanten Passagier mitgebracht. Den ehrenwerten Sterncolonel Kael Pershaw.«

»Den wandelnden Leichnam?«

»Ebendiesen. Es heißt, er habe irgend eine Mission.«

»Vielleicht machen sie Ravill Pryde zum Khan«, meinte Diana sarkastisch. »Ich weiß immer noch nicht, warum er mich nicht entlassen hat. Ich könnte mich schwarz ärgern. Ich meine, nachdem ich ihn ausspioniert und ...«

»Das ist die Strafe«, erwiderte Hengst.

»Ich verstehe nicht.«

»Daß er dich behält. Gibt es eine schlimmere Folter?«

»Könnte sein. Aber es ist komplizierter als du denkst.«

»Das mußt du uns erklären.«

»Es hat mit seiner Besessenheit mit Aidan Pryde zu tun, aber ich ziehe es vor, nicht darüber zu reden.«

Hengst hatte noch nie sonderliche Neugierde auf die Geheimnisse anderer verspürt, und so zuckte er nur die Achseln. »Wie du meinst, Diana.«

Diana verspürte einen bizarren Impuls, ohne Lust, aber mit Zuneigung zu erklären: »Ich liebe dich, Hengst.« Sie war froh, daß sie diesen Impuls unterdrücken konnte. »Was will Kael Pershaw hier?« fragte sie.

»Ohne Zweifel gibt's dafür irgendwelche undurchsichtigen Gründe«, antwortete Hengst. »So undurchsichtig, daß niemand außer ihm selbst sie kennt – möglicherweise nicht einmal das.«

»So wird es wohl sein.«

Joanna sah sich ein letztesmal in ihrem Zimmer um. »Das war's dann. Ich will diesen Raum nicht mehr sehen. Ich werde draußen auf das Schiff warten, um dann an Bord zu gehen.«

Ohne einen weiteren Blick ging sie hinaus. Diana bemerkte, daß sich Joannas lange, schlanke Beine mit jugendlichem Schwung bewegten. *Seltsam,* dachte sie. *Ich würde schlurfen, als müßte ich durch einen Sumpf waten. Aber nein, nicht Joanna. Sie ist eine wahre Jadefalkin. Sie haßt ihr Schicksal, aber sie springt ihm geradewegs an die Kehle.*

Haline rief Joanna an, kaum als diese auf den Flur getreten war. Anscheinend hatte die junge Kriegerin auf sie gewartet.

»Was ist?« knurrte Joanna. »Falls dein Grund, mich aufzuhalten, nicht dienstlicher Natur ist, habe ich kein Verlangen, an meinem letzten Tag hier mit dir zu reden.«

»Als ob ich mit dir reden wollte«, erwiderte Haline abfällig. Seit ihrer Niederlage hatten alle Prydelinge bei Gesprächen mit ihr diesen Tonfall. »Aber man hat mich geschickt. Sterncolonel Ravill Pryde erwartet dich in seinem Büro. Das ist ein Befehl, Sterncommander.«

»Ich komme bald.«

Haline drehte sich um, dann blickte sie zurück. »Ich, an deiner Stelle, würde mich beeilen. Sterncolonel Kael Pershaw wartet ebenfalls dort auf dich.«

Diese Information überraschte Joanna. Als Haline außer Hörweite war, sah Joanna sich über die Schulter zu Hengst und Diana um. »Was könnte der alte mausernde Falke von mir wollen? Eine verspätete Beleidigung? Eine letzte Erniedrigung?«

Weder Hengst noch Diana hatten eine Erklärung parat. Joanna schloß die Tür und ließ sie allein. Dann machte sie sich auf den Weg zu Ravill Prydes Büro. Unterwegs grummelte sie verwirrt vor sich hin.

16

Falkengarde-Hauptquartier, Pattersen
Sudeten, Jadefalken-Besatzungszone

1. August 3057

Joanna traf der Anblick des Ersatzteillagers, das derzeit unter dem Namen Kael Pershaw fungierte, unvorbereitet. Der Mann war schon so oft auseinandergenommen und wieder zusammengesetzt worden, daß sich nicht mehr sagen ließ, was an ihm Prothese war und was noch Original. Das einzelne Auge, das unter einer dichten Braue hervorstarrte – das mußte Natur sein. Aber die Hälfte seines Gesichts war maskiert, und niemand vermochte zu erkennen, welche Entstellungen sich darunter verbargen. Sein Mund schien noch unverändert, zumindest wirkte die Hälfte, die sie unter der Maske vorkommen sah, echt. Eine der Hände. Vielleicht ein Ohr. Aber inwieweit der Rest seines Körpers noch etwas mit dem ursprünglichen Menschen zu tun hatte, war zumindest diskutabel.

Als er durch das Zimmer ging, tat er das nicht mehr mit dem alten Pershaw-Humpeln. Früher hatte er ein Bein leicht nachgezogen. Jetzt schien er beide nur noch unter großen Anstrengungen bewegen zu können. Er atmete weniger als daß er seine Brust auf und nieder zwang. Falls ihm einer seiner Arme verblieben war, konnte sie nicht ausmachen, welcher. Er schwang beide mit derselben bleiernen Schwerfälligkeit. Einer der Arme war ganz sicher künstlich, aber sie hatte vergessen, welcher.

Ravill Prydes Prothesen dagegen waren ganz und gar Natur – Wechsel in Gesichtsausdruck, Auftreten und Körperhaltung. Joanna genoß, was sie sah. In Anwesenheit Kael Pershaws wirkte der Kommandeur nervös und unterwürfig. Irgend etwas lag in der Luft.

Die einzige Person in diesem Raum, die sich nicht verändert hatte, war Galaxiscommander Marthe Pryde, eine Kriegerin, die ebensosehr für ihr Heldentum berühmt war wie für die Tatsache, daß sie aus derselben Geschko wie der gefeierte Aidan Pryde stammte – aus einer der Geschkos, die Joanna als Falknerin auf Ironhold ausgebildet hatte. Soweit Joanna es beurteilen konnte, wirkte Marthe genauso wie früher. Obwohl sie kurz vor Erreichen der oberen Altersgrenze einer Kriegerin stand, schien sie jung. Nur ihre wachsamen Augen verrieten ihr Alter. Auf Joanna wirkte Marthes Ähnlichkeit mit Aidan beunruhigend.

»Sterncommander Joanna«, ergriff Kael Pershaw das Wort. Seine Stimme war leise und klang mechanisch, als sei sie elektronisch verstärkt. »Es tut gut, dich wiederzusehen. Glory Station liegt lange zurück, frapos?«

»Pos. Sehr lange.« Joanna gab es nur ungern zu, da es gerade in Kael Pershaws Gegenwart ihr fortgeschrittenes Alter besonders offensichtlich machte.

»Auch ich habe Sterncommander Joanna lange nicht gesehen«, stellte Marthe Pryde fest.

Joanna starrte Marthes ausgestreckte Hand an wie ein giftiges Reptil. Aber es war nur ein Händedruck, fest und selbstsicher.

Was haben sie vor? Warum schleimen sie mich ein? Behandelt man so ein Kriegerin auf dem Weg zur Amme?

»Sterncolonel Pryde«, wandte Pershaw sich an Ravill. »Du kennst unsere Mission bereits. Deine weitere Gegenwart hier ist nicht vonnöten, frapos?«

»Aber ich ...«

»Deine Gegenwart ist nicht vonnöten, frapos?« Pershaws Stimme war hart. Schon zu seiner Zeit als Kommandeur auf Glory Station hatte er bei Bedarf beißend genug geklungen, aber inzwischen klang es mehr wie das Edikt einer Gottheit. Ravill Pryde verbeugte sich zackig vor seinem Vorgesetzten und marschierte wortlos aus dem Büro. Joanna grinste. Sie genoß die Erniedrigung des ihr verhaßten Offiziers.

Pershaw drehte sich zu ihr um. »Ich bin hier, um deine Versetzung aufzuheben oder zumindest für eine Weile auszusetzen.«

Joanna konnte weder ihre Freude noch ihre Überraschung verbergen. »Darf ich fragen warum, Sterncolonel?«

»Deine Talente wären auf einem Posten dieser Art verschwendet ...«

»Das finde ich auch.«

»... und außerdem habe ich eine andere Aufgabe für dich, die dir ausgesprochen entgegenkommt. Das stimmt doch, Galaxiscommander Marthe Pryde, frapos?«

»Pos.«

»Setz dich, Sterncommander Joanna.«

»Ich setze mich nur, wenn ich müde bin. Im Augenblick bin ich nicht müde.«

Die sichtbare Hälfte von Pershaws Mund schien zu lächeln. Joanna hätte nicht sagen können, woher der Eindruck stammte, aber sie fragte sich, ob die verdeckte Hälfte seines Gesichts die Bewegungen der sichtbaren Hälfte widerspiegelte. Trennte die Maske zwei voneinander unabhängige Gesichtshälften?

Er hob den rechten Arm und zeigte, daß dieser zumindest zum Teil noch natürlich war. Die Haut seines Handrückens war gelblich und wirkte dünn wie Pergament. »Wie du wünschst.« Pershaw machte eine Pause und blickte hinüber zu Marthe Pryde. Die nickte.

»Als ich Ravill Pryde fortschickte, sagte ich ihm, er kenne unsere Mission. Genaugenommen war das gelogen. Ich habe festgestellt, daß ich jetzt, da ich als oberster Geheimdienstoffizier der Jadefalken fungiere, andere häufig über meine Motive und Absichten täuschen muß. Ich bedaure das, aber manchmal ist es unvermeidlich, um ein Ziel zu erreichen.«

Pershaws Aussage verwunderte Joanna. Seit sie Kael Pershaw kannte, hatte sie ihn trotz des allen Clannern angeborenen Widerwillens gegen Lügen und Täuschungsmanöver als zumindest ein wenig hinterhältig gesehen. Was für einen üblen Plan brütete er jetzt aus?

»Offiziell, Sterncommander Joanna, haben die Jadefalken entschieden, daß du für uns hier an der Front wertvoller bist, und daher zu einer Solahma-Einheit versetzt wirst. Immerhin fügt sich diese Versetzung nahtlos in deine, sagen wir, umfassenden Dienste für die Clans ein.«

Zunächst fehlten Joanna die Worte, aber dann brachen sie sich in einem Sturzbach Bahn. »Solahma? Du willst mich in einen dieser Senilenschwärme stecken? Mich zu Kanonenfutter degradieren? Und das betrachtest du auch noch als eine Art von Ehre? Ich würde mich lieber an eine Kurzstreckenrakete für Zielübungen fesseln. Das ist genau ...«

Pershaw hob die Hand, oder den Nachbau einer Hand, um sie zu unterbrechen. »Ich stimme dir zu, Joanna. Der Solahmadienst ist ein ehrenvolles Schicksal für die meisten alten Krieger, aber bei deinem Wert wäre es eine Verschwendung. In meinem Alter kann ich mich glücklich schätzen, der Solahma entgangen zu sein, und auch dein Schicksal sollte anders aussehen.«

»Was meinst du dann?«

»Wie gesagt, *offiziell* wirst du einer Solahma-Einheit zugeteilt, aber ich bin gekommen, um dir mitzuteilen, daß wir eine andere Mission für dich haben, eine geheime Mission, die dir Ehre, aber keinen Ruhm eintragen wird.« Er stockte, als warte er auf eine Antwort, aber Joanna war noch immer zu wütend, um etwas zu sagen. »Ich habe Hinweise darauf erhalten, daß feindliche Agenten unsere Reihen infiltriert haben. Als Chef der Jadefalken-Abteilung der Clanwache ist es meine Pflicht und meine Absicht, sie zu enttarnen. Bisher sind unsere Erkenntnisse begrenzt, aber wir haben Berichte über verdächtige Aktivitäten bei einer unserer Solahma-Einheiten, zumindest peripher. Ich brauche jemanden vor Ort, der ...«

»Eine Spionin? Ich soll zur *Spionin* werden?«

Pershaw sah wieder zu Marthe Pryde, die über Joannas heftige Reaktionen amüsiert schien. Er berührte seine Halbmaske mit dem Rücken der künstlichen Hand, eine Geste, die Joanna sinnlos erschien. Immerhin war es nur die Berührung von Metall mit Plastik.

Kael Pershaw studierte Joanna einen Augenblick, dann verzerrte er seinen Mund zu etwas, das wohl ein Lächeln sein sollte. »Das ist eine Art es auszudrücken. Sagen wir statt dessen, ich brauche deine Hilfe beim Sammeln von Informationen, die für Wohlergehen und Überleben des Clans Jadefalke unverzichtbar sind.«

Joanna wußte nicht, was sie darauf antworten sollte. Sie starrte Kael Pershaw wortlos an, versuchte, sein sichtbares Auge zu fixieren. Ob mit einem Auge oder zwei, er war noch nie leicht zu durchschauen gewesen. »Ich muß schon sagen. Als ich herausfand, daß ich keine andere Wahl hatte, als meine Einteilung zur Kanisteramme zu akzeptieren, dachte ich, tiefer könnte ich nicht mehr sinken. Dann tauchst du hier auf und eröffnest mir, daß ich zu einer Solahma-Einheit versetzt werde, und ich denke, damit habe ich wirklich den absoluten Tiefpunkt erreicht. Und jetzt erklärst du mir, ich muß eine *Spionin* werden. Ich muß andere Krieger bespitzeln. Alternde Krieger ausspionieren, die kaum noch ein Leben haben. Vorgeben, eine loyale Jadefalkin zu sein, und meine Kameraden bespitzeln? Ich habe mich geirrt. Zum Spitzel zu werden ist das Erbärmlichste, was einem Jadefalken-Krieger passieren kann. Es ist ehrlos für einen Krieger, sich zu Falschheit und Intrigen herabzulassen. Ich kann das nicht tun. Töte mich jetzt.«

Pershaw zuckte die Achseln. »Du hast recht, Sterncommander Joanna. Als Krieger halten wir Jadefalken nicht viel von verdeckter Kriegsführung. Wir ziehen den direkten Weg vor, die Art des Kriegers, Konflikte auszutragen. Aber die Gegebenheiten des Krieges hier in der Inneren Sphäre haben uns den Wert der Geheimdienste gelehrt, des Sammelns und der Analyse von Informationen. Sie können einen hohen strategischen Wert besitzen. Wir sind für diese Art der Täuschung nicht ausgebildet. Aber ich erwarte nicht von dir, daß du deinesgleichen ausspionierst. Wir sorgen uns nicht um loyale Jadefalken. Es sind die Agenten des Wolfsclans, die sich als Jadefalken ausgeben, auf die du angesetzt wirst. Genaugenommen handelt es sich hier nicht um eine Spionagemission. Es ist eine Notmaßnahme, mit dem Ziel, einen Virus zu vernichten, bevor er einen gesunden Organismus zerstören kann. Du wirkst noch immer mißtrauisch. Aber ich kann dich überzeugen, das versichere ich dir.«

Joanna sah hinüber zu Marthe Pryde, die zustimmend nickte, dann wieder zu Pershaw. »Clan Wolf hast du bis jetzt nicht erwähnt. Ich verachte die Wölfe.«

»Dann habe ich dich überzeugt?«

»Du bist möglicherweise der einzige, dem das gelingen konnte. Also gut, erzähl mir mehr davon.«

»Du leistest deinem Clan damit einen großen Dienst, Joanna.«

»Ich will nur einen guten Tod. Das ist mein einziges verbliebenes Ziel.«

»Und es ist ein nobles Ziel. Aber für diese Mission mußt du überleben.«

Joanna sah zur Seite. »Das habe ich befürchtet.«

17

Solahma-Lager 34B, Dogg Station
Dogg, Jadefalken-Besatzungszone

15. Oktober 3057

In ihrem ganzen Leben hatte Joanna noch keinen Jadefalken-Krieger gesehen, der so alt war wie MechKrieger Bailly. Oder einen, der so wenig auf sein persönliches Erscheinungsbild achtete. Oder einen, der so übellaunig war, daß Joanna inmitten eines ihrer Wutanfälle dagegen gelassen wirkte.

Baillys Gesicht war zu einer permanenten Fratze der Verachtung erstarrt. Seine Mundwinkel hingen herab, seine Wangen waren eingefallen, seine Stirn zerfurcht, und seine Augen schafften es, gleichzeitig wütend und müde zu blicken. Sein Körper war vom Alter gebeugt. Auch das war Joanna an einem Jadefalken-Krieger fremd. Obwohl er offensichtlich noch voller Energie steckte, wirkten seine Hände mit ihren leicht gebeugten Fingern gebrechlich.

Seit ihrer Ankunft auf Dogg Station schien er es sich zur Aufgabe gemacht zu haben, Sterncommander Joanna zu foltern.

»Wir kriegen hier nicht viele Sterncommander«, stichelte er. »Von Offizieren wird *erwartet*, daß sie in der Schlacht abnippeln und nicht zu Solahma werden. Nur einfache MechKrieger dürfen alt genug für die Solahma werden. Du mußt 'ne richtige Versagerin gewesen sein, um hier zu landen, Sterncommander Joanna.«

Kael Pershaw hatte Joanna befohlen, keinen Ärger zu machen, deshalb atmete sie tief durch, knirschte mit den Zähnen und unterdrückte ihr heftiges Verlangen, Bailly mit ihrer Faust das Maul zu stopfen. »Deine Sprache ist verschludert«, war alles, was sie sagte.

Seine Augen weiteten sich, aber ihre Beschwerde

schien ihn tatsächlich zu freuen. »Wir sind Solahma«, erwiderte er mit einem Schulterzucken. »Was scheren uns alte Rituale und Zeremonien?« Er drehte sich zu den anderen Mitgliedern der kleinen Einheit um, die sich in der Nähe des Lagerfeuers versammelt hatte. »Wir haben was übrig für schludrige Sprache, richtig?«

Mit Kopfnicken und knurrigem Grummeln stimmten die anderen zu. Die meisten von ihnen erschienen ihr alt, aber keiner wirkte so alt wie Bailly.

Seit sie auf Dogg eingetroffen war, wie der Clan diese kleine, unbewohnte Welt getauft hatte, die auf keiner offiziellen Sternkarte verzeichnet war, fragte sich Joanna, wie sie ihre Mission jemals würde durchführen können. Es war eine Sache für Kael Pershaw, ihr den Befehl zu geben, einen Wolf-Agenten aufzuspüren, aber was sollte ein Spion an einem dermaßen trostlosen Ort wollen? Wie Sudeten war auch Dogg eine eisige, lebensfeindliche Welt, von Stürmen gepeitscht, die hier möglicherweise noch schlimmer waren. *Warum,* fragte sie sich, *suchen sich die Jadefalken-Kommandeure für ihre Truppen immer so scheußliche Garnisonswelten aus? Vielleicht, um sie an Zuhause zu erinnern, an die Nestwelten, hunderte Lichtjahre von der Inneren Sphäre entfernt.* Diese Clan-Heimatwelten waren hart und gefährlich, aber Joanna war klar, daß gerade diese Bedingungen aus den Jadefalken den wildesten aller Clans gemacht hatten.

»Rede, wie es dir beliebt«, meinte sie zu Bailly. »Ich verachte einen nachlässigen Sprachgebrauch, aber ich versuche nicht, andere zu erziehen.«

»Oh? Wir hätten nicht erwartet, daß du so friedfertig bist. Dein Ruf hat uns etwas anderes erwarten lassen.«

»Ihr kennt mich?«

»Ja. Für einen Teil von uns bist du eine Berühmtheit. Sie halten eine Offizierin der Falkengarde für eine beeindruckende Verstärkung unserer kleinen Einheit. Jemand, den man wirklich hassen kann. Soweit wir wissen, warst du zum Beispiel bei diesen wertlosen Falkengardisten, durch deren Unfähigkeit wir die Schlacht um Twycross verloren haben.«

»Unfähigkeit! Jetzt hör mal gut zu…«

»Ja?«

Nein, es wäre ein Fehler, diesem Dummkopf zu antworten. Außerdem hatte er recht. An jenem Tag sieben Jahre zuvor hatte sich die Falkengarde nicht Ruhm sondern Schande eingehandelt. Während der gesamte Sternhaufen im Gebirgspaß Große Schneise auf Twycross eingeschlossen gewesen war, hatte ein Offizier der Inneren Sphäre namens Kai Allard in den Berghängen versteckte Sprengladungen ausgelöst und eine Felslawine ausgelöst, die praktisch alle Krieger der Einheit unter sich begraben hatte. Joanna hatte zu den wenigen Überlebenden gehört. Irgendwie war es ihr gelungen, sich einen Weg an die Oberfläche zu graben. »Nichts. Ich weigere mich, über Twycross zu reden.«

»Zu recht.«

»Was soll das heißen?«

»Wenn ich mit der Garde auf Twycross gewesen wäre, würde ich auch nicht darüber reden wollen. Ich hätte mich nicht einmal freiwillig für die Solahma gemeldet. Ich wär einfach zwanzig Schritte ins Meer und zehn zurück gegangen.«

»Selbstmord ist unehrenhaft.«

»Und was ist die Schande von Twycross?«

»Es war keine… vergiß es. Ich sehe, daß du…«

»Daß ich was?«

»Vergiß es, Bailly.« Ein Teil der in der Nähe sitzenden anderen Krieger hatte dem Wortwechsel zugehört, aber das war Joanna egal. Sie war jetzt seit einem Monat auf Dogg und hatte sie bereits allesamt satt. Und diesen Ort, an dem sie weder eine Pritsche noch eine Zeugkiste hatte, den hatte sie ganz besonders satt. Die Lagerhallen am Raumhafen waren praktisch die einzigen echten Gebäude von Dogg Station. Joanna und die übrigen Mitglieder der Solahma-Einheit schliefen im Freien.

Sie wickelte sich in ihre grobe Flickendecke ein und legte sich auf den harten Felsboden Doggs. Dort tat sie, was sie jede Nacht tat – sie versuchte, diesen Auftrag zu verstehen. Vor ihrer Abreise hatte sie mehrmals mit Kael Pershaw geredet. Anscheinend war aus abgefangenen Meldungen hervorgegangen, daß die Wölfe zumindest einen der Jadefalken in dieser Einheit gegen einen ihrer Krieger ausgetauscht hatten. Aber warum? Diese Einheit war nicht nur eine völlig wertlose Solahma, sie hatte zudem nur Garnisonsdienst auf einem Planeten, der nur einmal im Monat von Landungsschiffen angeflogen wurde, um aufzutanken und weniger wichtigen Nachschub zur Einlagerung in einer Gruppe riesiger, halbrunder Lagerhallen zu bringen, die ursprünglich von der Logistikabteilung des Vereinigten Commonwealth gebaut worden waren.

Auch Joanna war an Bord eines dieser Landungsschiffe angekommen, nach einem langen und eintönigen Flug von fast vier Wochen. Ihre Nerven waren zum Zerreißen gespannt gewesen, und ihr Kopf voller ungelöster Fragen. Dogg schien mehr als abgelegen und so ziemlich der letzte Ort, der einen Spion hätte anziehen können. Die absolut einzige Besonderheit dieser Welt war ihre strategische Lage an den für den militärischen Erfolg der Clans lebenswichtigen Nachschubrouten. Ohne das Netz der Nachschublinien, über die Krieger und Material von den weit entfernten Clan-Welten herangeschafft wurden, wäre die gesamte Clan-Invasion ebenso unmöglich gewesen wie das derzeitige Besatzungsregime auf den eroberten Welten.

Joanna wußte herzlich wenig über die Sprung- und Landungsschiffsoperationen der Clans in der Besatzungszone. Kael Pershaw zufolge waren sie so komplex, daß selbst einige der Offiziere in den obersten

Rängen der Befehlshierarchie sie nicht durchschauten. Die meisten ClanKrieger wußten nur, daß sie zusammen mit dem benötigten Nachschub von den Heimatwelten hierher verschifft worden waren, und daß die Möglichkeiten, die derartige Truppenbewegungen erlaubten, dem Feind noch unbekannt waren. Für die Innere Sphäre hätte es Sinn gemacht, einen Spion auf eine Welt wie Dogg zu schicken, damit er versuchte, die Route zurück zu den Clan-Heimatwelten zu entdecken. Aber die Wölfe brauchten die Jadefalken nicht auszuspionieren, um diese Information zu erhalten. Wenn sie einen Agenten in die Garnison auf Dogg einschleusten, dann nur, weil sie etwas Übles im Schilde führten.

Selbst das monatliche Landungsschiff hielt sich auf Dogg nicht lange auf. Nach dem Ent- und Beladen hob es sofort wieder ab. Die ganze Operation war so routinemäßig, daß sie komplett von der Technikerkaste abgewickelt wurde. Die einzigen Jadefalken-Krieger waren die Mitglieder dieser Solahma-Einheit, deren Aufgabe darin bestand, das Nachschublager gegen Angriffe zu schützen. Joanna hatte schnell erkannt, wie absurd dieser Auftrag war. Hätte das Depot irgend etwas beherbergt, das einen Schutz wert war, hätten die Jadefalken-Kommandeure niemals einen Haufen alter, ausgelaugter Krieger dazu abgestellt. Das brachte sie zurück zu ihrer eigentlichen Frage: Warum sollten die Wölfe ausgerechnet hier einen Spion plazieren? Einer Antwort auf diese Frage war sie noch um nichts näher als am Tag ihrer Ankunft.

Einen Augenblick fragte sie sich, ob diese ganze Mission vielleicht nur eine ausgetüftelte Lüge war, um sie in eine Solahma-Einheit abzuschieben, ohne daß sie sich sträubte. Vielleicht wollte Kael Pershaw sie einfach nur aus dem Weg haben, so wie Ravill Pryde.

Aber nein, sie hatte sich bereits damit abgefunden gehabt, ihren Befehlen zu gehorchen und als Kanisteramme auf die Heimatwelten zurückzukehren. Das hätte sie effektiv aus dem Weg geräumt.

Außerdem war Kael Pershaw nicht so bösartig. Oder doch?

Das Nachdenken verursachte ihr Kopfschmerzen. Seufzend wälzte Joanna sich herum, um einzuschlafen und schlug dabei mit dem Kopf an einen Steinbrocken.

18

Solahma-Lager 34B, Dogg Station
Dogg, Jadefalken-Besatzungszone

1. November 3057

»Bailly ist wirklich ein Kotzbrocken«, meinte Mech-Kriegerin Karlac eines Tages, nach einem besonders giftigen Wortwechsel zwischen Joanna und dem alten Krieger. Ihr Kommentar überraschte Joanna. Bis jetzt war ihr Karlac mit ihren hängenden Mundwinkeln und traurigen Augen durchweg unfreundlich gegenübergestanden. Alter und Frust schienen ihr ins Gesicht geätzt. Ihre rauhe, wettergegerbte Haut hatte eine dauerhafte dunkle Bräunung. Genaugenommen sah sie wie eine zweite Joanna aus.

Obwohl es für die echte Joanna selten war, daß sie sich mit anderen Kriegern abgab, hatte Joanna die Spionin auf Dogg fast zwei Monate mit dem Versuch verbracht, ein freundliches Gesicht aufzusetzen. Es war keine leichte Aufgabe gewesen, aber was hätte sie anderes tun können, um an Informationen zu kommen? Vielleicht trugen ihre Anstrengungen ja endlich Frucht.

»Irgendwann geht er jedem von uns auf die Nerven. Scheint immer genau zu wissen, wie er einen packen kann. Bei mir war's eine blöde Bemerkung über meinen Busen.«

»Deinen Busen?«

»Pos. Er hat gesagt, ich hätte einen ziemlich großen Busen für eine Jadefalken-Kriegerin, besonders, da unsere Kriegerinnen zur Schmalbrüstigkeit neigen. Er meinte, eine Kriegerin müßte sich schämen, große Brüste zu haben. Ich wußte nicht, was er damit meinte, und war blöde genug, ihn zu fragen. Er hatte ein böses Funkeln in den Augen, als er geantwortet hat, sie seien so groß, daß sie ihn an die Brüste einer Mutter erinnerten. An eine Freigeburtsmutter, hat er gesagt. Ich bin ihm augenblicklich an die Gurgel gegangen.«

»Wäre ich auch«, meinte Joanna mit einem Schaudern. Es war eine tödliche Beleidigung unter Wahrgeborenen anzudeuten, sie würden sich auf irgendeine Weise für die Rolle freigeborener Eltern eignen. »Dieser Stravag hat ein Talent dafür, schwache Stellen zu entdecken.«

»Deine hat er gefunden, frapos?«

»Pos. Ich fürchte, ja«, bestätigte Joanna traurig. »Aber ich werde es ihm heimzahlen.«

»Sag mir Bescheid, wenn es soweit ist, damit ich zusehen kann.«

Karlacs Bemerkung löste ein Lächeln auf Joannas Lippen aus, unter allen Umständen eine Seltenheit. Ebenso abrupt veränderte sich das Lächeln unter dem Einfluß einer eisigen Windbö in ein mürrisches Verziehen des Mundes und ein Zittern.

»Dogg ist ein gottverlassener Drecksklumpen, frapos?« meinte Karlac.

»Es scheint mein Schicksal zu sein, auf Eiswelten stationiert zu werden, abgesehen natürlich von den Zeiten, als ich auf glühend heißen Planeten Dienst getan habe. In beiden Fällen wird die Zeit im Mechcockpit zu einer denkwürdigen Erfahrung.«

»Ich weiß genau, was du meinst. Ich weiß nicht, was schlimmer ist, das Gefühl, in einem Backofen eingeschlossen zu sein oder in einem Gefrierschrank. Aber trotzdem würde ich alles dafür geben, wieder in einem Cockpit zu sitzen. Alles, wenn ich bloß nicht mehr in dieser Solahmagruppe Dienst schieben muß. Ich fühle mich überhaupt nicht alt. Du etwa, Joanna? Wenn wir nur Mechs hätten, oder wenigstens gute Waffen. Es gibt Nächte, in denen ich wachliege und hoffe, daß uns jemand angreift, damit ich in einem ruhmreichen Feuergefecht untergehe. Das würde mir gefallen. Ein bißchen Kampf noch zum Schluß, und dann ewige Dunkelheit.«

Diesmal schauderte Joanna wegen der Kälte in Karlacs Worten. Jadefalken-Krieger akzeptierten den Tod in der Regel als ein Ende jeder Existenz in der Hoffnung, daß ihre Gene ins Zuchtprogramm des Clans aufgenommen wurden, oder wenigstens ihre Asche für würdig erachtet wurde, in der Nährlösung einer Geschko-Zuchtanlage Verwendung zu finden. Darin lag eine Art Unsterblichkeit, daran glaubte Joanna fest. Sie würde von vielen Geschkinder absorbiert werden, die in der Clan-Kriegsführung Großes erreichen könnten, und die Asche mancher Krieger dieser Geschko würde eine weitere Geschko nähren und so weiter. Auf jeden Fall störte sie das Konzept einer ewigen Dunkelheit nicht weiter. Sie konnte sich nicht erinnern, jemals einen Krieger getroffen zu haben, der sich damit abgab – jedenfalls keinen wahrgeborenen Krieger. Es waren freigeborene Krieger, die in den Dörfern aufgewachsen waren, die zu solch seltsamen Vorstellungen neigten.

»Diese Welt muß eine Hölle für die Bergleute gewesen sein«, meinte Karlac.

»Bergleute?« Kael Pershaw hatte Joanna natürlich ausführlich über Dogg und seine Geschichte informiert, aber sie hatte eine Rolle zu spielen. Allmählich wurde sie sogar richtig gut darin.

»Ja. Wußtest du das nicht? Lange bevor wir nach Dogg kamen, waren seine einzigen Bewohner die Arbeiter in drei Bergwerkssiedlungen. Angeblich wurden die abgebauten Mineralien zur Herstellung von Schmuck verwendet.«

Joanna verzog das Gesicht. »Schmuck? Soll das heißen, sie haben rein zur Verzierung Steine aus dem Boden dieser trostlosen Welt ausgegraben und quer durchs All verschifft? Kein Wunder, daß diese Surats aus der Inneren Sphäre so minderwertig sind. Sie haben keinen Sinn für die Bedeutung des Wortes Verschwendung.«

»Na ja, jedenfalls ging entweder das Erz aus, oder die Popularität der Steine ließ nach. Soweit ich gehört habe, war Dogg beinahe ein Jahrhundert praktisch vergessen. Als unsere Kräfte nach Kampf dürstend hier ankamen, fanden sie nur eine schwache Garnisonseinheit, die sich ergab, ohne einen Schuß abzufeuern. Selbst die Vorräte, die sie bewachten, waren ohne Wert, abgesehen von ein paar Waffen, und – hab ich wenigstens gehört – vier, fünf Mechs in gutem Zustand, die wir umbauen und in die Schlacht schicken konnten.«

»Und bloß weil irgendein Händler aus der Inneren Sphäre entschieden hat, daß sich dieser Planet dafür eignet, nutzloses Gerümpel zu lagern, müssen wir es ihm nachmachen?«

Karlac sah sie mißtrauisch an. Joanna fragte sich, ob sie in ihrem Versuch, möglicherweise nützliche Informationen aus ihr herauszulocken, zu weit gegangen war. Sie hatte Kael Pershaw gesagt, daß sie für eine derartige Aufgabe nicht geeignet war, aber er hatte nur auf seine hinterhältige Weise gelächelt. Spionagearbeit erforderte Feingefühl, und wenn es eine Eigenschaft gab, von der Joanna sich nie eingebildet hatte, sie zu besitzen, dann war das Feingefühl.

»Diese Welt ist für den Clan ziemlich wertvoll«, meinte Karlac. »Es gibt nicht viele Zwischenstops auf dem Weg zurück zu den Heimatwelten, die der Feind nicht leicht besetzen könnte. Aber wir können diese weitläufige Route bewachen und dabei gleichzeitig eine geheime ...«

Plötzlich verstummte Karlac. Sie schien von ihren eigenen Worten beunruhigt. Und peinlich berührt.

»Eine geheime was?« fragte Joanna.

»Tut mir leid. Das hätte ich nicht erwähnen sollen. Ich habe vergessen, daß du neu hier bist. Es ist nicht meine Aufgabe, Gerüchte zu verbreiten. Vergiß, was ich gesagt habe.«

Joanna wollte nachfragen, aber ihr Gegenüber wurde plötzlich schweigsam. Innerhalb weniger Sekunden hatte Karlac wieder ihre gewohnte feindselige Haltung eingenommen.

19

Solahma-Lager 34B, Dogg Station
Dogg, Jadefalken-Besatzungszone

2. November 3057

Joanna hatte auch früher schon bei seltenen Gelegenheiten Freizeit gehabt, aber noch nie war sie gezwungen gewesen, tagelang ohne echte Aufgabe, fest geplante Aktivitäten oder einen echten Sinn zu überstehen. Die Solahma-Einheit auf Dogg hatte eine *offizielle* Aufgabe – sie sollte für den Fall eines Angriffs auf Dogg Station bereitstehen –, aber die ergab für Joanna keinerlei Sinn. Alles was sie auf dem Weg in die Lagerhallen, die praktisch die einzigen Bauwerke des Planeten darstellten, und auf dem Weg wieder hinaus gesehen hatte, waren Kisten und Kartons mit gänzlich trivialen Artikeln. Wozu sollte es gut sein, Krieger, auch wenn es nur Solahma waren, für Küchen- und Badezimmerbedarf zu riskieren? Die wenigen Waffen, die sie bei ihren beiden Vorstößen ins Innere der Hallen entdeckt hatte, waren veraltet und ohne Ladung. Sie hätten für eine echte, kampfbereite Einheit mehr Arbeit als Nutzen bedeutet.

»Wir rosten hier ein«, beschwerte sie sich bei Karlac. »Warum bewachen wir nicht wenigstens die Gebäude?«

»Wozu sollte das gut sein? Es kommt niemand her, der die Lagerhallen bedrohen könnte, und sie enthalten nichts von Wert. Wir Solahma warten hier auf Dogg doch nur auf eine Gelegenheit zu sterben.«

»Kann schon sein, aber wunderst du dich nicht darüber, wie die Techs sich benehmen? Sie behandeln das wie ihr eigenes kleines Reich.«

»Es stimmt schon, daß sie sehr nervös wirken, wenn einer von uns da reingeht.«

»Genau«, meinte Joanna. »Sie beobachten jeden unserer Schritte, als wären wir Diebe oder Einbrecher.«

Karlac hob die Brauen und zuckte die Achseln, wie um auszudrücken, daß ihr das Benehmen von Techs gleichgültig war.

In dieser Nacht konnte Joanna nicht einschlafen. Obwohl die Nacht unglaublich eisig war, trieb es sie aus der relativen Wärme ihrer groben Decke zu einem Spaziergang. Sie mußte einfach irgend etwas anderes tun als daliegen und hilflos zu fremden Sternen hochstarren.

Der Schlafplatz der Solahma lag auf der den Lagerhallen abgewandten Seite des Hügels. Als sie jetzt in diese Richtung ging, bemerkte Joanna einen seltsamen Lichtschein entlang der Hügelkuppe. Irgend etwas mußte bei den Lagerhallen vor sich gehen, entschied sie, und beschleunigte ihre Schritte.

Oben angekommen betrachtete sie überrascht das hektische Treiben rund um die großen halbrunden Gebäude. Auf dem Platz neben den Hallen stand ein Landungsschiff. Es mußte während der Nacht eingetroffen sein, denn am Tag zuvor hatte sie es nicht gesehen. Das Schiff trug keinerlei Hoheitszeichen und war vollkommen schwarz, als ob etwaige Kennzeichen zu überdecken wären. Aus den Toren des Laderaums führten Rampen zum Boden, wo die Techs mit niegekannter Eile daran arbeiteten, riesige rechteckige Metallteile auf offene Lastkarren zu verladen. Es waren einige Techs nötig, diese Karren anschließend über den Platz und durch die weit geöffneten Tore der mittleren Lagerhalle zu schieben.

Am Landungsschiff und entlang des Weges standen wuchtige Elementare Wache, die auf Riesenwuchs gezüchteten Eliteinfanteristen der Clans. Obwohl sie ihre typischen Gefechtspanzer nicht angelegt hatten, waren sie für den Kampf gerüstet und sahen sich wachsam in alle Richtungen um. Einige von ihnen griffen immer wieder nach den Holstern, als erwarteten sie, ihre Waffen jede Sekunde zu benötigen. Alle trugen Jadefalken-Uniformen, aber sie waren zu weit entfernt, als daß Joanna die Einheitsabzeichen erkennen konnte. Da sie augenscheinlich von Bord des Landungsschiffes kamen, waren sie möglicherweise für diesen anscheinend geheimen Auftrag von ihren normalen Einheiten abgestellt worden.

Weiter weg standen weitere Elementare auf Posten. Auch sie suchten ständig die Umgebung ab. Mit ihrer enormen Größe und der langsamen, bedrohlichen Art, sich zu bewegen, ähnelten sie den Monstern, die manchmal die Träume von Geschkindern heimsuchten.

Joanna wurde klar, daß ein Versuch näher heranzukommen sinnlos war. Daher entschied sie, sich seitlich den Hügel hinabzubewegen, um aus einem anderen Winkel einen besseren Einblick zu bekommen. Sie schlich in geduckter Haltung, mit lautlosen, vorsichtigen Schritten, weiter. Plötzlich fühlte sie sich wie eine Spionin – schlimmer noch, sie bespitzelte ihre eigenen Leute.

Beinahe wäre sie über Karlac gestolpert.

»Joanna!« zischte die MechKriegerin zu ihr hoch. »Was machst du hier?«

Joanna ließ sich neben ihr nieder und flüsterte ihr ins Ohr. »Ein Spaziergang. Konnte nicht schlafen. Hab das hier entdeckt. Was geht da vor?«

Karlac legte den Finger auf die Lippen und deutete mit dem Kopf nach rechts. Ein Elementar ging ganz in ihrer Nähe vorbei. Seine massige Figur und der große Kopf ließen seine dunkle Gestalt wie einen in Bewegung geratenen Baum erscheinen. Karlac blieb stumm, bis er außer Sicht war. »Das passiert etwa zweimal im Monat. Das schwarze Landungsschiff kommt hier an, und diese Tanks werden ausgeladen und in das Gebäude geschafft.«

»Tanks?«

»Es scheinen Lagertanks zu sein. Sie erinnern mich an Kryogentanks, aber in Wahrheit habe ich keinen Schimmer, wozu sie dienen. Auf jeden Fall sind sie schwer. In den Nächten, in denen das schwarze Landungsschiff kommt, schwitzen die Techs mehr als sonst.«

»Wo kommen die Tanks hin?«

»Das habe ich nie herausfinden können. Ich habe die Gebäude durchsucht, ohne auch nur eine Spur der Tanks in ihnen zu finden. Sie verschwinden spurlos.«

»Vielleicht sollten wir der Sache nachgehen.«

»Wir?«

»Was gibt es denn auf Dogg sonst zu tun? Zur Abwechslung können wir uns mal vergnügen.«

»Ich weiß nicht ...«

»Worüber machst du dir Sorgen? Wir sind Jadefalken, wir haben ein Recht zu erfahren, was hier vor uns verborgen wird. Täten wir das nicht, würden wir praktisch zugeben, daß wir es verdient hätten, Solahma zu sein, und nicht hierher befohlen werden mußten, frapos?«

»Stimmt schon, ich bin neugierig ...«

»So mag ich es hören. Morgen nacht sehen wir nach.«

»Nachts? Warum gehen wir nicht tagsüber rein? Sie dürfen uns nicht aufhalten.«

»Ah, aber sie sind vorsichtig, frapos? Einen Besuch um Mitternacht werden sie nicht erwarten.«

»Du hast recht. Einverstanden. Morgen nacht.«

Karlac verschwand bald darauf, aber Joanna beobachtete weiter die Techs, die unter großen Anstrengungen die zahlreichen Lieferungen ausluden.

Schließlich endete die Operation. Am Landungsschiff wurden die Rampen eingezogen und die Schotten laut knallend geschlossen. Die grellen Scheinwerfer gingen aus, und die Elementare verschwanden im Innern des schwarzen Landungsschiffs. Auf orangeroten Stichflammen hob das Schiff ab, ohne den geleerten Laderaum mit anderer Fracht wieder aufgefüllt zu haben. Das war ausgesprochen ungewöhnlich. Jede Art von Verschwendung war dem Wesen der Clans fremd, und ein Landungsschiffstart mit leerem Laderaum war eindeutig Verschwendung.

Joanna wollte sich gerade zu dem kalten harten Fleck Erde zurückbegeben, der ihr als Bett diente, als sie einen Mann aus einer der Seitentüren der Hauptlagerhalle kommen sah. Zunächst hielt sie ihn für einen Tech, weil er einen Standardoverall trug und ein Klemmbrett hielt. Er blieb im Schatten stehen und schien sich wachsam umzusehen, dann verschwand er wieder im Innern der Halle. Joanna wartete, ob er wieder herauskam, und das tat er, ohne Klemmbrett diesmal. Sie war völlig überrascht, als er geradewegs auf sie zukam, den Hang herauf.

Seine Schritte waren gemessen, aber selbstbewußt, mit einem jugendlichen Rhythmus im Schwung seiner Arme. Als er näher kam, erkannte sie, daß der Mann jetzt eine Kriegermontur trug. Das schwache, vom entfernten Mond Doggs reflektierte Licht zeichnete sein Profil nach, als er an ihr vorbeikam. Seines hocherhobenen Hauptes und geraden Rückens wegen konnte Joanna ihn zunächst nicht identifizieren.

Dann erkannte sie Bailly. MechKrieger Bailly mit jüngerem Gesicht und aufrechter Haltung. Wie war das möglich?

Joanna drehte sich, um ihm nachzusehen, während er den Hügel hinaufging. Die Bewegung verursachte ein leises Rascheln im Gras. Der Mann drehte sich um und sah zurück.

Sein haßerfüllter Blick vertrieb Joannas letzten Zweifel an seiner Identität. Das war ganz eindeutig Mech-

Krieger Bailly, nicht so jung, wie sie zunächst gedacht hatte, aber auch nicht so alt, wie er sonst vorgab. Da er nichts Verdächtiges entdeckte, setzte er den Weg ins Solahma-Lager fort.

Joanna folgte ihm vorsichtig und schaffte es dank ihres Trainings in Flucht- und Ausweichtechniken, einer Entdeckung zu entgehen. Als Bailly die Hügelkuppe erreichte, schien sich sein Rücken auf geradezu magische Weise zu verkrümmen, und sein Gang wurde schlurfend und arthritisch. Bei den letzten Schritten ins Lager wirkte er wie ein Greis, dessen Alter nicht in Jahrzehnten, sondern in Jahrhunderten gemessen werden mußte. Jetzt wußte sie, daß er Theater spielte.

Den Rest der Nacht verbrachte Joanna an ihrem Schlafplatz, größtenteils wach und grübelnd. Wer war dieser Bailly? War er der Wolf-Agent, den sie für Kael Pershaw aufspüren sollte? Und welche Verbindung hatte er zu dem schwarzen Landungsschiff und dessen mysteriöser Ladung?

Sie mußte Antworten auf diese Fragen finden und auch, worum es bei diesen geheimen Lieferungen ging.

Nun, schien Kael Pershaws Stimme in ihrem Kopf aufzuklingen, das ist dein Job, frapos?

20

Solahma-Lager 34B, Dogg Station
Dogg, Jadefalken-Besatzungszone

3. November 3057

Am nächsten Tag war Bailly so greisenhaft alt von Aussehen und unangenehm von Charakter wie eh und je. Aber zum ersten Mal bemerkte Joanna, wie übertrieben seine Reaktionen schienen. Die Stimme war zu krächzend, die Bewegungen zu dramatisch, und er schien seine beißenden Kommentare zu sehr zu genießen.

Vielleicht würde Kael Pershaw sich freuen, daß sie den Spion nach zwei Monaten auf Dogg endlich gefunden hatte. Aber ihr war klar, daß es Pershaw weniger darum ging, wer hier spionierte, als um das Warum und Wozu.

Nachdem sie die geheimnisvollen Vorgänge rund um das schwarze Landungsschiff in der vergangenen Nacht mitbekommen hatte, war sie sicher, daß alle Intrigen und Spionagektivitäten, die hier stattfanden, mit den Lieferungen aus diesem schwarzen Schiff zu tun hatten. Und Baillys Anwesenheit dabei bedeutete, daß er ebenfalls beteiligt war.

Sie erwägte die Möglichkeit, daß es sich bei dem schwarzen Landungsschiff um ein Raumschiff des Wolfsclans handelte. Das hätte erklären können, warum es übermalt war und keinerlei Insignien trug. Aber wenn dem so war, wieso wurde seine Fracht von Elementaren bewacht, die ganz eindeutig Jadefalken-Uniform trugen? Waren die Wölfe so falsch, daß sie ihre Krieger allen Ernstes in die Farben eines anderen Clans kleideten? Das konnte sie einfach nicht beantworten. Grundsätzlich konnten ClanKrieger es nicht ertragen, die Kleidung eines anderen Clans – oder, schlimmer noch, einer anderen Kaste – auf dem Körper zu spüren. Andererseits war es denkbar, daß ein Clan, der falsch genug war, überhaupt Spione einzusetzen, auch ehrlos genug war, seine Truppen zu verkleiden. Vielleicht waren die Träger der Jadefalken-Uniformen auch gar keine echten Krieger gewesen. Sie konnten Ausgestoßene, Banditen, gewesen sein, die zu diesem Zweck shanghait worden waren. Denen würde es nichts ausmachen, in die Uniformen der Kriegerkaste zu schlüpfen.

Die ganze Problematik der Verkleidung irritierte Joanna. Sie war immerhin eine Jadefalkin, und Jadefalken haßten jede Art der Täuschung, aber wer konnte sagen, wozu die Wölfe imstande waren? Wie sie auch Pershaw gesagt hatte, erschien ihr der Gedanke, sich als etwas anderes auszugeben, als unnatürlich, auch wenn sie den Auftrag angenommen hatte. Die Wahrheit über Ravill Prydes ungewöhnliches Generbe geheimzuhalten, war ihr ebenso schwergefallen, aber das hatte zumindest einen Sinn ergeben.

Diese Mission ließ ihr den Kopf schwirren. Joanna war vielleicht eine verbitterte Kriegerin, die dazu neigte, die Überzeugungen anderer zu verspotten, aber sie war ganz und gar dem Wesen der Clans verpflichtet, dem Wesen der Jadefalken-Kriegerin, und selbst wenn sie es gelegentlich haßte, so hatte dieses Leben doch einen Sinn für sie. Jetzt aber ergab nichts mehr einen Sinn. Alte Männer, die in Wirklichkeit jung waren, Spione des Wolfsclans, Geheimmissionen, schwarze Landungsschiffe, die plötzlich aus dem Nachthimmel auftauchten. Joanna wußte nicht mehr, was sie damit anfangen sollte. Sie wußte nur, daß sie in dieses Tohuwabohu irgendeine Art von Ordnung bringen mußte – und vor allem mußte sie einen Weg aus dieser überalterten Ansammlung nutzloser Krieger zurück finden – ja, wohin eigentlich? Zurück nach Sudeten und Ravill Pryde und zum nächsten Landungsschiff mit Kurs auf die Nestwelten, um Kanisteramme zu werden?

Bei dem Gedanken lief es ihr eiskalt über den Rücken. Das kam immer häufiger vor. Ihr bot sich nicht eine vernünftige Option. Die einzige Möglichkeit eine zu finden bestand darin, sie selbst zu erschaffen. Vielleicht konnte sie das schwarze Landungsschiff entführen, wenn es zum nächstenmal kam, seine Kontrollen übernehmen und in eine andere Galaxis fliegen, eine, in der man eine überalterte Kriegerin noch zu schätzen wußte. Natürlich hatte sie nicht die leiseste Ahnung davon, wie man ein Landungsschiff steuerte, aber in Anbetracht ihrer übrigen Probleme schien das ein unbedeutendes Detail.

Die kalten Abende Doggs verbrachten die Solahma-Krieger mit Aktivitäten von schockierender Trostlosigkeit. Manche saßen um das Feuer und erzählten murmelnd von vergangenen Zeiten – von uralten Schlachten und Überfällen, von Manövern vor der Invasion der Inneren Sphäre, von alten BattleMechs, die wahrscheinlich schon vor Jahren endgültig auf dem Schrottplatz gelandet waren. Andere hüllten sich in ihre löchrigen Decken oder räudigen Pelze und legten sich auf den Boden, als wollten sie früh schlafengehen. Aber Joanna bemerkte, daß bei vielen von ihnen die Augen offen blieben. Ihr Blick jedoch war leer. Einige wenige beschäftigten sich mit rudimentären Fitnessübungen, aber ihre nachlassende Kondition beleidigte das Auge des Betrachters.

Ein alter Krieger war darunter, der einfach nur dasaß und in die Flammen starrte, während das Licht über das metallisch glänzende Neuralimplantat spielte, das wie eine Tätowierung sein Gesicht bedeckte. Er war einer jener Jadefalken-Krieger, die sich für eine Abkürzung auf dem Weg zum Ruhm entschieden hatten, mit dem Ergebnis, daß er innerhalb weniger Jahre seine

Hirnwindungen gargekocht hatte. Joanna hatte den Mann nie auch nur ein Wort reden hören. Sie hatte ihn auch nie etwas anderes tun sehen als dasitzen und vor sich hin starren, ohne etwas zu sehen, möglicherweise ohne etwas zu fühlen. Die anderen lachten über ihn und erzählten, die einzige Möglichkeit, Pytor zu einer Bewegung zu veranlassen, sei, ihm eine Waffe in die Hand zu drücken.

Obwohl es sich hier um eine Solahma-Einheit handelte, weigerte Joanna sich zu glauben, daß diese Gruppe typisch war. Abende in einer Jadefalken-Einheit waren normalerweise recht lebendig. Zumindest wetteiferten die Krieger in beiläufiger Art miteinander. Wortwechsel über Kriegsführung und Strategie dauerten häufig bis in die frühen Morgenstunden. Streitigkeiten brachen aus, gelegentlich auch Prügeleien, und insgesamt herrschte ein Lärm, der es jedem, der tatsächlich schlafen wollte, recht schwer machte. Aber in jedem Fall war es erregend. Selbst in den schlimmsten Nächten war es nicht so nervtötend gewesen wie die Schlafmützigkeit dieses klapprigen Haufens. Sie schienen jede Hoffnung, jedes Verlangen verloren zu haben. Sie sangen nicht einmal die *Erinnerung*.

Im Augenblick war es Joanna unmöglich, diese bedrückende Atmosphäre zu ertragen. Ihre Gedanken rasten wie wild um die Rätsel der vergangenen Nacht. Ihre Schultern und Arme waren so verspannt, als wollten sie explodieren.

Karlac stand allein am Rand des Lagers und wirkte in Gedanken versunken, während sie die Energieladung ihrer Laserpistole kontrollierte. Was, in Kerenskys Namen, konnte sie daran so lange beschäftigen? Vielleicht täuschte sie es auch nur vor, während sie in Gedanken mit ihren eigenen Rätseln rang.

Joanna wanderte zu ihr hinüber. Sie versuchte es beiläufig erscheinen zu lassen, wie eine abgeschlaffte Solahma-Kriegerin auszusehen, die irgendeine Abwechslung von der endlosen Langeweile suchte. Sie blieb stehen, wie um ein paar Worte mit Karlac zu wechseln – und tatsächlich blieb es bei ein paar Worten. »Es ist Zeit. Wir treffen uns an derselben Stelle wie letzte Nacht. In etwa einer Stunde, wenn der Rest der wandelnden Leichen hier endlich schläft.«

»Worum geht es hier eigentlich?«

»Um die Wahrheit.«

Karlac sah sie mißtrauisch an, nickte aber. Joanna ging weiter. Sie stellte fest, daß ihr Atem schneller ging. Auch die Anspannung in ihren Armen war eine andere geworden – erregt, nicht nervös, freudig, nicht verkrampft.

Bevor sie aus dem Lager schlich, sah sie sich noch einmal sorgfältig in der erbarmungswürdigen Szenerie um. Dabei fiel ihr nur eine Tatsache ins Auge: Von Bailly war keine Spur zu entdecken.

21

Jadefalken-Lagerhalle 893, Dogg Station
Dogg, Jadefalken-Besatzungszone

3. November 3057

Es waren keine Techs zu sehen, als Joanna und Karlac sich der mittleren Lagerhalle näherten, aber trotzdem hielt Karlac Wache, während Joanna den Haupteingang überprüfte. Er war verschlossen. An einem der Fenster auf der Rückseite des Gebäudes hatten sie mehr Glück. Karlac schlängelte sich als erste hindurch, und Joanna stellte fest, daß die alte Kriegerin noch recht beweglich war. *Ich frage mich, wie viele andere in dieser Solahma noch agiler sind, als es den Anschein hat.*

Joanna packte das Fensterbrett, zog sich hoch und schwang sich durch die Öffnung auf die andere Seite, in einen mit kleinen Kartons vollgestellten Lagerraum. Der Beschriftung auf den Kartons nach enthielten diese Trockennahrung, die Art von Überlebensrationen, die nur hungrige Krieger nach langer Zeit im Feld freiwillig hinunterwürgten.

»Hier entlang«, meinte Joanna und deutete auf eine Tür in der gegenüberliegenden Wand. Sie war verschlossen, aber Karlac hatte keine Schwierigkeiten, sie aufzubrechen.

»Du zeigst ein erstaunliches Einbruchstalent«, flüsterte Joanna ihr zu, als sie vorsichtig in den leeren Korridor traten.

Die Bemerkung schien Karlac zu irritieren. »In meiner Geschko mußten wir uns die Lebensmittel häufig zusammenstehlen. Unser Falkner schien uns aushungern zu wollen.«

»Wirklich? Ich war auch einmal Falknerin. Aber unseren Kadetten die ihnen zustehenden Mahlzeiten vorzuenthalten, wäre uns nie in den Sinn gekommen.«

»Nun ja, vermutlich unterscheiden sich die Methoden von einem Falkner zum nächsten.«

»Übel.«

»Ja, fanden wir auch.«

»Geh vor. Du warst schon öfter in diesem Gebäude als ich.«

»Ich habe nie etwas gefunden.«

»Du hattest auch mich nicht dabei.«

»Bist du immer so selbstsicher?«

»Selbstsicher und gemeiner als eine Höhlenfledermaus. Beweg dich.«

Der dunkle Korridor war auf beiden Seiten von Bürotüren flankiert. Karlac probierte einige von ihnen. Alle waren verschlossen. *Zu schade,* dachte Joanna. *An Hand der Computerdateien könnten wir wahrscheinlich mehr herausfinden als dadurch, hier in der Dunkelheit herumzustolpern.*

Dann erreichten sie eine Doppeltür, die sich in eine riesige Halle mit vielen Lagernischen öffnete. Auf ihrem Weg den schmalen Mittelgang hinab erinnerte der Raum Joanna an ein mit Leichen und zertrümmerten Maschinen übersätes Schlachtfeld. Sie kamen an unsicher gestapelten Haufen schimmeliger Kartons vorbei, auf denen die Sonnenfaust des Vereinigten Commonwealth prangte, an verrosteten Metallteilen, die scheinbar wahllos in nicht minder rostige Tonnen geworfen worden waren, an von Computerausdrucken überquellenden Kisten, an verrottenden Waffen aus der Inneren Sphäre, die – soweit man das auf den ersten Blick sagen konnte – auch nicht mehr zu gebrauchen waren, an einer seltsamen Nische, die mit stumpfen, abgewetzten ComStar-Stiefeln vollgepackt war, und an einer anderen, mit deren Inhalt Joanna überhaupt nichts anfangen konnte. Nach einer Weile versuchte sie gar nicht mehr, den Inhalt der einzelnen Lagernischen zu identifizieren. Sie sah nur noch abstrakte Muster, Formen und Farben mit ausgefransten Rändern.

Nichts in irgendeiner der Nischen bot auch nur einen Hinweis darauf, wo die Tanks hingekommen sein konnten, die in der vorherigen Nacht mit soviel Mühe hier hereingeschleppt worden waren.

Die allgemeine Unordnung unterschied diese Lagerhalle, die Joanna zum erstenmal betreten hatte, von allen anderen, deren Inneres sie kannte. Die übrigen Hallen waren gut durchorganisiert und mit dem für Jadefalken üblichen Ordnungssinn arrangiert. Diese Halle wirkte mehr wie eine aufs Gigantische erweiterte Version ihrer Unterkunft – zu den Zeiten, als sie noch eine Unterkunft gehabt hatte, statt eines Flecken harten Felsbodens.

Aber vielleicht war dieses Chaos beabsichtigt. Möglicherweise sollte es den typischen Jadefalken davon überzeugen, daß hier nichts von Wert zu finden war. Nur der Abfall und die Überbleibsel besiegter Armeen der Inneren Sphäre.

Aus einer Nische ein Stück voraus erklang plötzlich ein Geräusch. Joanna und Karlac reagierten sofort und duckten sich in die nächstgelegene Nische. Deren Inhalt war unidentifizierbar, aber alles andere als wohlriechend. Vom Gestank fast betäubt, stieß Joanna gegen etwas so Weiches, daß sie sich weigerte darüber nachzudenken, was es sein konnte.

Das Geräusch, das sie gehört hatten, war ein metallisches Knirschen gewesen. Das Ächzen von Maschinen folgte, dann das Geräusch einer sich erst öffnenden, dann wieder schließenden Tür. Danach erklangen Schritte, erst gedämpft, dann hallend, als jemand den Mittelgang betrat.

Die beiden Kriegerinnen duckten sich tiefer in den Schatten der Nische. Joanna lauschte auf die Schritte, um festzustellen, wie viele Personen sich näherten. Es war nur eine, jemand, der hastig an ihrem Versteck vorbeiging. Sie riskierte es, den Kopf aus der Nische zu stecken und ihm hinterher zu sehen.

»Bailly«, flüsterte sie, als sie den Kopf zurückzog.

»Was?« fragte Karlac. »Bailly was?«

»Das war Bailly. Ich habe ihn erkannt, als er vorbeiging.«

»Du mußt dich irren. Bailly könnte niemals so schnell gehen.«

»Da kennst du Bailly schlecht.« Noch während sie es aussprach, bereute Joanna ihre Worte. Jetzt wollte Karlac natürlich wissen, wovon sie redete, und sie war gezwungen, ihr davon zu erzählen, wie sie in der vergangenen Nacht die erheblich jüngere Version MechKrieger Baillys gesehen hatte.

»Aber warum sollte er uns eine falsche Identität vorspiegeln?«

»Ich weiß es nicht.«

Natürlich konnte Joanna Karlac nicht die ganze Geschichte erzählen. Niemand durfte wissen, daß sie in geheimer Mission für die Clanwache hier war.

»Vielleicht sollten wir sehen, daß wir hier wieder wegkommen«, schlug Karlac vor.

»Geh ruhig, wenn du willst. Ich will mir die Nische ansehen, aus der er gekommen ist.«

»Weißt du denn, welche das war?«

»Nein, aber wie viele Möglichkeiten gibt es da schon?« Die ersten Nischen, die sie untersuchten, lieferten nichts Bemerkenswertes, aber dann fanden sie eine, die mit hohen Papierstößen und Kisten voll gebrauchter Disketten altmodischer Computersysteme vollgestellt war.

»Müll der Inneren Sphäre«, stellte Karlac fest. »Das Zeug müssen sie zurückgelassen haben, als unsere Truppen angriffen. Ich begreife nicht, wozu wir es behalten.«

»Vielleicht ist das gerade der Punkt. Niemand hat

eine Verwendung für dieses Material, also wozu sollte irgend jemand hier herein kommen und herumschnüffeln?«

»Aber …«

»Genug geredet. Sehen wir uns mal ganz genau um.«

Joanna trat an eine Kiste mit Ausdrucken und zog einen davon heraus. Wie Karlac prophezeit hatte, war er nicht zu entziffern. Karlac hob einige Disketten hoch, arrangierte sie wie Spielkarten in ihrer Hand und wischte den Staub ab. »Die hier sind ohne Zweifel verschlüsselt, aber inzwischen nutzen die Informationen ohnehin niemand mehr.«

»Ich weiß, daß Jadefalken von Natur aus etwas gegen Verschwendung haben, aber dermaßen wertlosen Müll aufzuheben ist … worüber grinst du so, Karlac?«

»Über dich. Du hast dich nicht aufgegeben. Im Grunde deines Herzens kannst du keine Solahma-Kriegerin sein. Solahma sein heißt, sein Schicksal akzeptieren. Aber du stellst alles und jedes in Frage. Das ist mir gleich aufgefallen, als du hier ankamst.«

Joanna war sich nicht sicher, wie sie auf diese Aussage reagieren sollte. Einerseits bedeutete sie, daß sie gute Arbeit leistete. Sie hatte es geschafft, das Wie und Warum ihrer Anwesenheit auf Dogg zu verschleiern. Andererseits war sie zu sehr Clannerin, um von diesem Gedanken nicht angewidert zu sein.

»Ich bin genauso«, fuhr Karlac fort. »Ich sollte gelassen auf meinen Tod warten, so wie die anderen. Nichts für mich! Oder dich! Ich sehe Trotz in dir, eine Weigerung, unser Schicksal zu akzeptieren, die Abschiebung in den Solahma-Haufen hinzunehmen. Ich denke, wir sind uns sehr ähnlich.«

»Du kennst mich überhaupt nicht.«

Karlac wirkte von Joannas abrupter Zurechtweisung erschrocken, möglicherweise sogar etwas verletzt.

Selbst Joanna war über ihren plötzlichen Ärger erstaunt.

Wortlos arbeiteten sie weiter. Joanna wollte herausfinden, was sich hinter den Kisten verbarg. Als sie jedoch eine davon zu bewegen versuchte, gab diese keinen Millimeter nach. Sie versuchte es bei einer anderen, mit demselben Ergebnis. Offensichtlich hing sie an der Kiste unter ihr fest. Dann versuchte sie, die mittlere zu verschieben. Die Kiste war nicht nur zwischen den beiden anderen eingekeilt, sie war an ihnen befestigt. Ob diese Verbindung durch Klebstoff oder mechanisch hergestellt war, konnte sie allerdings nicht sagen.

Joanna legte die Arme um einen der oberen Kästen und zog mit aller Kraft. Ihr Grunzen hallte durch das Weit der Halle.

»Vorsichtig, Joanna«, flüsterte Karlac. »Wenn der Kistenstapel umfällt, macht das einen Lärm, der ...«

»Das ist es ja gerade. Er kann nicht umfallen.« Sie erklärte Karlac, was sie entdeckt hatte.

»Aber wozu soll das gut sein?«

»Genau das müssen wir herausfinden.«

»Ich finde, wir sollten hier verschwinden, bevor jemand kommt.«

»Ich dachte, du hättest gesagt, wir sind uns ähnlich. Trotzig, neugierig – Moment mal, sieh dir das an.« Joanna deutete auf eine schmale Lücke zwischen zwei Kistenstapeln. Sie war eng, zu eng, um einen Finger hineinzuschieben, aber man konnte sie erkennen. »Wie auch immer man da reinkommt, es geht hier durch«, murmelte sie.

»Wie auch immer man wo reinkommt?«

»Weiß ich nicht. Aber ich bin sicher, daß Bailly hier herausgekommen ist. Irgendwo hier dahinter ist etwas ...« Sie untersuchte die Oberfläche mehrerer Kisten auf beiden Seiten des Spalts. Nichts geschah. Sie drückte auf die Kästen. Wieder nichts. Sie versuchte, sie auseinanderzuziehen. Nichts.

»Vielleicht ist es eine Art Kombinationsschloß«, schlug Karlac vor. »Wenn man die Kisten in der richtigen Reihenfolge berührt …«

Joanna starrte die Stapel an. »Das wäre eine Möglichkeit. Mal sehen.«

Sie berührte einen Kasten nach dem anderen, mal in diesem Muster, dann in jenem. Sie wollte schon aufgeben, als plötzlich ein tiefes Rumoren ertönte und die Kistenstapel sich voneinander fort bewegten. Mit einem Zischen auf Bodenhöhe öffnete sich der Spalt mehrere Zentimeter, dann bewegte sich nichts mehr.

Keine der beiden Kriegerinnen war schlank genug, um sich durch die Öffnung zu zwängen. Joanna legte den Kopf an den Spalt und sah mit einem Auge hindurch.

»Was siehst du?« fragte Karlac.

»Nicht viel. Es ist ziemlich düster. Aber jedenfalls keine Kisten. Dort hinten ist alles leer. Wahrscheinlich eine Art Gang.«

»Es könnte einfach ein Versteck sein, ein Unterschlupf für den Fall eines Angriffs.«

»Das ist etwas für Feiglinge. Kein Krieger würde sich während eines Gefechts verstecken.«

»Ich habe nur gemeint, es könnte …«

»Es spielt keine Rolle, was du gemeint hast, es sei denn, wir kommen dort hinein und können nachsehen, was es *wirklich* ist. Und ich glaube nicht, daß wir das …« Frustriert trat Joanna nach einer der unteren Kisten. Das Ergebnis dieses Tritts war ein weiteres Rumoren von unterhalb des Stapels, gefolgt von einem leisen Fiepen. Der in die Dunkelheit führende Spalt glitt mit demselben Knirschen und Quietschen, das Joanna schon zuvor gehört hatte, ganz auf.

Vor ihnen lag eine schwach beleuchtete Liftkabine. Ihr Boden war etwas höher als der Hallenboden. An einer Seite war eine Tafel mit Druckknöpfen in die

Wand eingelassen. An der Rückseite befand sich eine schmale Sitzbank.

»Damit ist er hochgekommen«, meinte Joanna.

»Was, meinst du, ist da unten?«

»Das werden wir bald wissen...«

»Joanna...«

»Komm mit oder bleib hier, Karlac. Ich fahre runter.«

Karlac trat vor Joanna in den Aufzug. »Ich lasse dich nicht alleine fahren. Stimmt schon, ich bin vorsichtig, aber ich schrecke nicht vor einem ordentlichen Kampf zurück. Und ich vermute, daß uns genau das dort unten erwartet. Ein ordentlicher Kampf.«

»Ich will es hoffen.« Joanna stieg in die Kabine und drückte einen der Knöpfe. Der Aufzug setzte sich mit einem gedämpften Rumpeln in Bewegung. Als die Kabine nach unten glitt, sahen sie, wie die Kistentür sich wieder schloß.

Joanna und Karlac hatten die Waffen im Anschlag, als sie ausstiegen, aber das stellte sich als unnötig heraus. Vor ihnen erstreckte sich, nur von den Leuchtstoffröhren der Liftkabine erhellt, ein offensichtlich unbenutzter Tunnel. Joanna konnte gerade noch ein paar Steinhaufen an den Wänden ausmachen, sowie ein Paar ins Tunnelinnere verlaufende Schienen. Im Schummerlicht glaubte sie, eine Weggabelung in zwanzig, dreißig Metern Entfernung zu erkennen. »Ein Stollen«, murmelte sie.

»Was?« fragte Karlac.

»Dieser Tunnel, es ist ein Bergwerksstollen. Der Aufzug muß für die Bergleute angelegt worden sein.«

»Dann ist er versteckt worden, weil die Minen nicht mehr in Gebrauch sind. Wir können wieder hoch.«

»Nein.«

»Warum denn nicht?«

»Ich bin sicher, daß Bailly aus diesem Lift gestiegen ist. Auf einer der Ebenen hier unten muß es irgend etwas von Bedeutung geben. Und ich will alles auskundschaften. Bist du dabei, Karlac?«

»Wenn du meinst, Joanna.«

In der gespenstischen, halbdunklen Atmosphäre der Höhle hatte Karlacs Stimme einen seltsamen Nachhall. Sie klang hohl, als sei sie nicht wirklich überzeugt.

»Wir werden eine Ebene nach der anderen untersuchen«, sagte Joanna. »Mit der hier brauchen wir uns nicht weiter aufzuhalten, also ...«

Joanna wollte gerade zurück in den Aufzug steigen, als ein Scheppern ertönte, dessen Lautstärke ausreichte, das Echo mehrmals den Stollen hinab und wieder heraufrollen zu lassen. Auf das Scheppern folgte das inzwischen bekannte Knirschen als sich die Aufzugstüren schlossen.

Mit einem ängstlichen Keuchen sprang Karlac vor und quetschte sich durch die zugleitenden Türen.

»Karlac, nein, das ist ...«

Joanna kam zu spät. Die Aufzugstüren schlugen vor ihrer Nase zusammen. Sie hämmerte mit der Faust dagegen, aber das Geräusch der Maschinen hatte sich verändert, und die Kabine begann, sich nach oben zu entfernen.

Frustriert und wütend legte Joanna die Stirn gegen das kalte Metall der Türen. Sie fühlte das Vibrieren der Aufzugsmotoren auf ihrer Haut.

22

Jadefalken-Lagerhalle 893, Dogg Station
Dogg, Jadefalken-Besatzungszone

3. November 3057

Joanna hatte in ihrem Leben schon in vielen dunklen Ecken gesteckt, aber noch nie in einer wie dieser. Hier war die Finsternis absolut. Einen Augenblick hatte sie Angst davor, die Hand von der Sicherheit der kalten Metalltür zu lösen, durch die sie noch immer ein leises Vibrieren wahrnehmen konnte. Sie lehnte sich zur Orientierung mit dem Rücken an die Tür und schob die Pistole ins Holster. Es bereitete ihr Schwierigkeiten. Sie mußte das Holster mit der freien Hand festhalten und die Waffe an den Fingern entlangschieben.

Jede Sekunde konnte jemand auftauchen und nach ihr suchen. Joanna wußte, sie mußte so viele Orientierungspunkte wie möglich finden. Sie bewegte sich an den linken Rand der Tür und ließ die Fingerspitzen leicht nach oben und unten an der Kante des Metalls entlang gleiten. Nichts. Sorgfältig darauf achtend, daß sie ständig Kontakt mit der Tür behielt, bewegte sie sich auf die andere Seite. Auch dort fand sie nichts. Aber es mußte möglich sein, den Aufzug von dieser Ebene aus zu rufen. Es hätte einen Knopf oder einen Handsensor oder etwas ähnliches geben müssen. Wenn der Rufmechanismus sich nicht am Rand der Schachttür befand, wo war er dann?

Sie wiederholte die Suche neben den Türen. Diesmal ertastete Joanna ein dickes, an der Mauer befestigtes Kabel. Sie folgte ihm und erreichte eine Art Wandpaneel mit flachen, kreisrunden Vertiefungen. Das mußte es sein. Jetzt fühlte sie sich schon besser – wenigstens hatte sie jetzt eine Möglichkeit, hier wegzukommen, falls niemand auf diese Ebene herabkam. Sie konnte eine Weile warten und dann den Aufzug rufen.

Aber wenn man Karlac in der Liftkabine fand, mußte das keinen Verdacht erwecken – genug Verdacht, um alle Ebenen zu inspizieren? Vielleicht nicht, falls Karlac geistesgegenwärtig genug war. Allerdings konnte Joanna sich nicht sicher sein, was ihre Begleiterin tun würde. Schließlich war Karlac Solahma.

Sie tastete sich zurück zur Sicherheit der Aufzugstür, lehnte sich an und versuchte, ihre Gedanken zu ordnen. Karlacs plötzlicher Sprung in die Liftkabine hatte Joanna völlig überrascht. Karlac war eine Jadefalken-Kriegerin und hätte gegen plötzliche Panikattacken immun sein müssen. Joanna fragte sich, ob Angst vor der Dunkelheit ein so uncharakteristisches Verhalten erklären konnte. Aber auch diese pechschwarze Finsternis konnte Joanna nicht in Panik versetzen, daher fiel es ihr schwer zu verstehen, wie es eine abgehärtete, kampferprobte Kriegerin wie Karlac so ängstigen konnte.

Es sei denn, Karlac ist gar nicht abgehärtet und kampferprobt.

Es sei denn, Karlac ist überhaupt keine Jadefalken-Kriegerin.

Aber wenn sie keine Jadefalkin war, was war sie dann? War Karlac der Spion des Wolfsclans? Selbst wenn dem so war, war ihr Verhalten mysteriös. Die Wölfe waren ebensowenig für ihre Vorsicht bekannt wie die Jadefalken. Wolfskrieger mochten verschlagen sein, aber ihre Tapferkeit stand außer Frage. Das schlimmste an diesem Clan war in Joannas Augen ihre Toleranz Freigeburten gegenüber. Nicht nur, daß einer ihrer momentanen Khane ein Freigeborener war, er war ursprünglich ein Leibeigener aus der Inneren Sphäre gewesen. Und obwohl das eine gefährliche Schwäche bezeugte, die den gesamten Clan unterminierte, war es kein Hinweis auf Feigheit. Dummheit vielleicht, aber nicht Feigheit.

Wenn Karlac nicht die Spionin war, konnte es natürlich sein, daß die Einteilung zum Abfallhaufen der Solahma sie fatal geschwächt hatte. Vielleicht hatte sie ihre innere Stärke eingebüßt, ihren Lebensinhalt verloren und die angeborene Wildheit der Jadefalken-Kriegerin. Auch wenn Karlacs Übellaunigkeit der Joannas glich, fehlte ihr dabei eine gewisse... eine gewisse Härte.

Ob es mir genauso gehen würde? Joanna dachte an Karlacs ständige Warnungen, während sie die Lagerhalle untersucht hatten. Sie dachte an die Lustlosigkeit der anderen Solahma-Krieger abends am Lagerfeuer, wo nicht einmal die *Erinnerung* erklang. *Würde ich auch so weich werden, so* tot, *selbst nach all den Jahren als Kriegerin?*

Sie schüttelte die trübsinnigen Gedanken ab. Sie machten ihr mehr Angst, als es diese stygische Finsternis vermochte. Eigentlich wußte sie nur, daß sie sich auf Karlac nicht verlassen konnte, ob diese nun eine Jadefalken-Kriegerin war oder nicht.

Sie konnte sich auf niemanden verlassen. Joanna war allein. Die übrigen Krieger in der Solahma-Garnison schienen unangepaßte Versager, die sich benahmen wie geprügelte Hunde. Keiner von ihnen konnte ihr helfen. Der unerträgliche Bailly war irgendwie in die Geheimoperation um die Lagerhalle und das schwarze Landungsschiff verwickelt. Und Karlac war die fleischgewordene Konfusion in einer Jadefalken-Uniform.

Wenn sie den Rätseln dieser Mission auf den Grund gehen wollte, dann mußte sie diesem Bergwerksstollen bis auf den Grund folgen, bis sie die Lagertanks fand – die irgendwo in diesem Tunnellabyrinth stecken mußten – und bis sie deren Sinn und Zweck entdeckte.

Ein Rumoren wurde laut, das Joanna inzwischen als das Arbeitsgeräusch des Aufzugs vertraut war, und die Kabine senkte sich wieder in die Tiefe.

Joanna wollte ihre Position an der Tür nicht aufgeben, aber sie erkannte, daß sie keine andere Wahl hatte. Sie mußte sich in die Dunkelheit zurückziehen, wenn auch erst, nachdem sie ihre Laserpistole wieder gezogen hatte.

Nach nur vier, fünf Schritten hatte sie jede Orientierung verloren. Erst lief sie seitwärts gegen eine Wand, dann wirbelte der Aufprall sie herum, bis sie plötzlich irgendwo in der Gangmitte stand. Joanna hatte keine Ahnung, in welche Richtung sie blickte. Der Aufzug konnte ebensogut vor wie hinter ihr sein. Dann erkannte sie das Rumpeln der Maschinen rechts von sich und drehte sich in Richtung des Geräuschs.

Sie hielt die Pistole vor sich, zielte auf den Punkt, an dem sie die Aufzugstüren vermutete. Das Rumoren wurde lauter, und als es seinen Höhepunkt erreichte, glaubte sie den Boden unter ihren Füßen vibrieren zu spüren. Dann war es vorbei. Der Aufzug war unterwegs zu einer tieferen Ebene.

Joanna blinzelte mehrmals, so sinnlos das auch war. Mehrere Sekunden blieb sie reglos stehen und versuchte sich an Hand des leiser werdenden Rumpelns zu orientieren. Dann brach das Geräusch plötzlich ab. Die Kabine war so lange unterwegs gewesen, sie mußte auf die unterste Ebene gefahren sein. Das Echo ihrer Ankunft schien den Schacht entlang zu ihr aufzusteigen.

Der Aufzug war an dieser Ebene vorbeigefahren. Warum? Wenn sie gefangen worden war, lag es nicht in Karlacs Interesse, Joannas Aufenthaltsort zu verraten, also mußte die Mission der Aufzugspassagiere sie an einen anderen Ort geführt haben. Diese Ebene war offenbar längst aufgegeben und schien keinerlei Bedeutung für die Operation zu haben, die hier ablief. Das erklärte, warum der Aufzug weitergefahren war. Sie konnte hier sterben, und in diesem Jahrtausend würde niemand ihren Leichnam finden. Aber sie konnte hier weg. Ein Druck auf den Rufknopf, und der

Aufzug würde zurückkehren, um sie abzuholen. Wenn der Knopf funktionierte. Wenn er überhaupt für den Aufzug gedacht war, und nicht für irgendein Überbleibsel aus den Tagen der Bergwerksarbeiten. Einen Augenblick fühlte Joanna so etwas wie Panik und verstand, was Karlac möglicherweise so zugesetzt hatte.

Aus der Richtung des Aufzugsschachtes kam eine ganze Weile kein Geräusch. Was die letzten Passagiere der Kabine auch taten, offenbar taten sie es zwei Ebenen tiefer.

Sie konnte hier stehenbleiben und darauf warten, daß etwas geschah.

Oder sie konnte den Aufzug rufen und es herauszufinden versuchen.

Joanna verschwendete keine Zeit mit Nachdenken. Sie wußte, was sie zu tun hatte.

Vorsichtig ging sie zu dem Punkt an der Wand, an dem sie den Rufmechanismus vermutete. Dann tastete sie sich weiter, bis sie ihn gefunden hatte. Auf dem Paneel waren zwei Knöpfe. Sie drückte beide.

Einen Moment hörte sie gar nichts. Dann erklang weit unter ihr ein vertrautes Rumoren. Und es kam schnell näher.

Sie hielt die Pistole schußbereit, als das Rumpeln stoppte und die Aufzugtüren rasselnd aufglitten.

Hätte sich jemand in der Kabine befunden, hätte Joanna ihn nicht gesehen. Das Licht traf ihre Augen wie ein Messerstich. Sie war geblendet. Ihre Sicht kam erst allmählich wieder zurück, als sich die Türen wieder schlossen.

Noch tollkühner als Karlac vor ihr hechtete Joanna in die Kabine. Sie rutschte über den Boden und schlug mit dem Kopf gegen die Rückwand. Das Bewußtsein verlor sie nicht, aber vor ihren Augen tanzten bizarre Lichtmuster, als der Aufzug sich wieder abwärts in Bewegung setzte.

Als ihre Sicht zurückgekehrt war, blickte sie auf die

Tafel an der Seite der Kabine. Neben dem untersten Druckknopf leuchtete ein Lämpchen.

Aber sie hatte keinen der Knöpfe gedrückt. Jemand auf der untersten Ebene mußte den Aufzug gerufen haben. Blinzelnd stand Joanna auf und versuchte, ihre Pistole ruhig zu halten. Noch tanzten einzelne Punkte vor ihren Augen.

Sie hatte eben die Beine in Gefechtshaltung gebracht, als der Aufzug zum Stillstand kam und die Türen sich vor ihr öffneten.

23

Jadefalken-Lagerhalle 893, Dogg Station
Dogg, Jadefalken-Besatzungszone

3. November 3057

Vor ihr standen drei Techs und hielten Waffen auf sie gerichtet. Sie waren offensichtlich im Vorteil. Aber es waren nur Techs. Also eröffnete sie das Feuer.

Joanna traf den rechten Tech mitten in die Brust. Der Energiestoß aus ihrer Laserpistole warf den Mann mehrere Meter nach hinten, bevor er zu Boden ging. Seine Waffe schlidderte funkensprühend an der Wand entlang.

Sie nahm die Funken nur aus dem Augenwinkel wahr, denn sie war vollauf damit beschäftigt, sich die mittlere der Techs vom Halse zu schaffen, die einen harmlosen Schuß auf den Kabinenboden abfeuerte, nachdem Joannas Schuß ihr die Beine unterm Leib weggerissen hatte. Joanna duckte sich nach rechts, um dem Angriff des dritten Techs auszuweichen, dessen Laserstrahl knapp an ihrer Schulter vorbeizischte. Joannas nächster Schuß warf ihn vornüber in die Minenschlacke.

Sie starrte auf das Trio hinab. Alle drei Techs waren tot.

Beim Geräusch von Schritten hinter sich wirbelte Joanna herum, die Waffe schußbereit.

»Ich bin es nur, Joanna«, sagte Karlac und trat in das schummrige Licht. Sie setzte ein seltsames Lächeln auf, als sie zu einem der gefallenen Techs trat, sich bückte, und ihm die Laserpistole aus der Hand nahm. Sie hielt sie hoch. »Meine. Sie haben sie mir abgenommen.«

Diese Ebene war kälter als die vorige, und die Feuchtigkeit schien durch die Kleider zu dringen.

Joanna schauderte. »Du hast dich von ihnen gefangennehmen lassen? Von Techs?«

»Gefangennehmen lassen? Ist das nicht ziemlich hart ausgedrückt, Joanna? Ich bin nicht so ... so reaktionsschnell wie du. Ich habe nicht erwartet, bewaffneten Techs zu begegnen! Ich hatte die hier kaum aus dem Holster, als sich die Tür an der Oberfläche öffnete, und diese drei auf mich einstürmten. Sie haben mich auf der Stelle entwaffnet, aber ich war noch in Panik, und mein Geist hat nicht so funktioniert, wie er es bei einer Kriegerin sollte.«

Tut er das jemals? Joanna verschluckte die Frage.

»Du bist so geschickt, Joanna. Beinahe zu geschickt für eine ...«

»Eine was?«

»Ich wollte sagen Solahma. Die meisten von uns warten auf den Tod, aber wenn die Zeit kommt, zögern wir, sind uns der Konsequenzen unseres Handeln nicht sicher. Bei dir ist das anders.«

»Davon weiß ich nichts. Ich brauche einen Kampf, das ist alles, was ich weiß.«

»Wir sollten uns in Bewegung setzen. Es könnten noch andere kommen. Die hier könnten wieder aufwachen ...«

»Das würde mich sehr überraschen. Sie sind tot.«

»Vielleicht sollten wir hier verschwinden, bevor ...«

»Wir haben Zeit«, erklärte Joanna, und wunderte sich über Karlacs Dummheit. Verloren Solahma-Krieger neben allem anderen auch noch ihren Verstand? Hier liefen bewaffnete Techs herum! Irgend etwas ging hier vor, und Joanna mußte herausbekommen, was. »Ich will wissen, was hier unten los ist. Hast du irgend etwas entdeckt?«

»Neg.«

»Dann laß uns auf die Suche gehen.«

Karlac wirkte nicht sonderlich begeistert. Aber es

war deutlich, daß keine weiteren Einwände zu erwarten waren. Joanna hatte sich durchgesetzt.

Sie tastete den nächsten Tech ab. An seinem Gürtel fand sie eine dünne Taschenlampe. Sie richtete sie in den Tunnel und stellte fest, daß der Lichtstrahl überraschend stark war. Sie holte sich zwei andere von den Leichen der übrigen Techniker. »Eine für dich, eine für mich, und eine in Reserve. Komm, Karlac, schaffen wir diese Freigeburten außer Sicht.«

Die leblosen Techs waren totes Gewicht, und bis sie die drei weit genug ins Dunkel gezerrt hatten, so daß sie vom Aufzug aus nicht mehr entdeckt werden konnten, waren die beiden Kriegerinnen verschwitzt und außer Atem.

Joanna wischte sich mit dem Handrücken den Schweiß aus der Stirn. »Ich würde annehmen, daß – was auch immer hier unten vorgeht – das hier die Hauptebene der Aktivität ist. Ich gehe vor. Bleib dicht hinter mir, frapos?«

»Pos.«

Der Tunnel erstreckte sich weit voraus, weiter, als die Lichtkegel der Taschenlampen reichten. »Das sieht nach einem langen Marsch aus, Karlac.«

»Nach dir, Joanna.«

In Karlacs Stimme lag Zuversicht und sogar Kameraderie. Gegen die Zuversicht hatte Joanna nichts einzuwenden, aber die Kameraderie irritierte sie.

Sie gab ein schnelles Tempo vor und hielt ihre Taschenlampe ständig in Bewegung, um die Wände und sogar die Decke nach Informationen abzusuchen. Aber der Gang war ein ganz gewöhnlicher Bergwerksstollen. Im Boden waren Rillen, wo früher Schienen gelegen hatten, aber die waren wohl schon vor langer Zeit entfernt worden. Sie sah eine Menge Fußabdrücke im Dreck, und Spuren von Rädern.

Irgend etwas ging hier vor, aber plötzlich war sich Joanna nicht mehr sicher, ob sie wirklich herausfinden wollte, was. *Moment mal,* schalt sie sich selbst. In ihrem ganzen Leben war Joanna nie vorsichtig gewesen. Diese Stravag Karlac mußte sie angesteckt haben.

Zunächst hatte Karlac ein wenig gekeucht, als bereitete es ihr Mühe, Schritt zu halten. Aber ausnahmsweise beschwerte sie sich diesmal nicht.

Dann blieb Joanna stehen und schaltete die Lampe aus. Das einzige Licht kam jetzt von Karlacs Taschenlampe, und der Kegel war momentan auf den Boden gerichtet.

»Schalt das ab.«

»Aber ...«

»Schalt es ab.«

Karlac gehorchte, und Dunkelheit hüllte sie ein, wenn auch keine so absolute wie auf der vorherigen Ebene. Vor ihnen schien der Gang eine Biegung zu machen, und von irgendwo dahinter drang ein schwacher Lichtschein zu ihnen her.

»Was machen wir jetzt?« fragte Karlac mit leicht unsicherer Stimme.

»Wenn hinter der Kurve da etwas auf uns wartet, will ich nicht mit den Taschenlampen aufkreuzen und unsere Ankunft telegraphieren.«

»Guter Gedanke.«

»Du bleibst hier.«

»In Ordnung.« Karlac schien damit zufrieden.

Joanna tastete sich langsam an der Tunnelwand entlang auf den Lichtschein zu. Die Wand war feucht und fühlte sich unter ihren Fingern ölig an.

Sie schlich sich um die Kurve und sah, daß die Lichtquelle noch weit entfernt lag. Sie war ausgesprochen hell und erleuchtete den gesamten langen Korridor.

Sie kehrte zu Karlac zurück und berichtete ihr, was sie gesehen hatte.

»Wir gehen hin, frapos?«

»Pos.«

»Nach dir, Joanna.«

Hintereinander marschierten die beiden Kriegerinnen auf das Licht zu. Kies knirschte unter ihren Stiefeln, und Karlac keuchte vor Anstrengung, als Joanna die Geschwindigkeit bewußt weiter erhöhte. Was immer sie sonst sein mochte, dachte Joanna, Karlac war eindeutig außer Form.

24

**Jadefalken-Lagerhalle 893, Dogg Station
Dogg, Jadefalken-Besatzungszone**

3. November 3057

Joanna und Karlac hielten sich an die Tunnelwand, während sie sich der Lichtquelle näherten. In den letzten Minuten hatte Joanna ein leises Geräusch gehört, das allmählich zu einem rhythmischen Stampfen wurde. Zunächst war sie sich nicht sicher, woran sie dieser Klang erinnerte, dann erkannte sie, daß er nahezu identisch mit dem konstanten Klopfen in einer Kanister-Brutanstalt war. Konnte sich hier tief unter der Oberfläche Doggs eine Genstation verbergen? Nein, das ergab keinen Sinn. Dogg lag in der Inneren Sphäre, zu weit entfernt von den Nestwelten. Die Wissenschaftlerkaste würde den bloßen Gedanken, hierher zu kommen, weit von sich weisen. Wissenschaftler waren sehr bedacht auf ihre Bequemlichkeit. Nein, es mußte etwas anderes sein.

Joanna bedeutete Karlac, stehenzubleiben, als sie einen Eingang erreichten. Den Rücken gegen die Wand gepreßt, schob sie den Kopf an die Türkante und sah hinein.

Hinter dem Portal lag eine riesige Höhle. Sie war über hundert Meter hoch, und ihr entferntes Ende – soweit es durch die langen Gänge sichtbar war – schien wenigstens einen Kilometer entfernt, wenn nicht zwei. Die Gänge, sieben insgesamt, führten zwischen Reihen metallener Strukturen entlang, deren Zweck Joanna nicht klar war. Das Licht, das aus der Dunkelheit des Tunnels so grell gewirkt hatte, stammte von gleichmäßig über den Gängen angebrachten Lampen und einzelnen Leuchtstreifen an den Enden der Metallstrukturen. Diese metallenen Gebilde reichten fast bis zur Höhlendecke. Entlang der Gänge bewegten sich seltsame vierrädrige Kranfahrzeuge.

Ein Surren ließ Joanna nach rechts blicken. Im zweiten Gang war gerade eine Tech auf einen der Kräne gestiegen und fuhr ihn an einen Punkt knapp außerhalb von Joannas Blickfeld. Die Tech war bald wieder zurück, und diesmal war das Flachbett hinter ihrer Kabine beladen. Ihre Ladung sah exakt so aus wie die Lagertanks, die in der vorherigen Nacht aus dem schwarzen Landungsschiff geholt worden waren. Die Tech verschwand wieder in einem der Gänge.

Joanna hörte ein Geräusch links von sich, dann näherkommende Schritte. Sie zog sich ins Dunkel zurück, wo sie auf Karlac prallte, die unbeholfen zurückwich. Die beiden Techs gingen vorbei, ohne einen Blick in ihre Richtung zu werfen.

Joanna winkte Karlac ein paar Schritte weiter nach hinten. »Wir müssen dort hinein, um zu sehen, was da vor sich geht«, flüsterte sie.

»Aber wie?« Karlac klang unsicherer denn je. »In diesen Kriegeruniformen wird man uns sofort entdecken.«

»Wir werden uns zwei Techuniformen besorgen. Das heißt, falls du nichts ...«

»Was immer du meinst, Joanna.«

Die beiden Kriegerinnen gingen zurück zur Tür und warteten. Es dauerte nur Sekunden, bis die beiden Techs zurückkamen. Joanna und Karlac stürzten sich auf sie. Sie hielten den beiden Männern den Mund zu und zerrten sie in den Tunnel. Joanna brach ihrem Gefangenen mit einer Bewegung den Hals, dann half sie Karlac, den ihren auszuschalten. Schnell, aber effizient, zogen sie den Techs die Overalls aus und streiften sie über. Karlacs Overall lag eng an, aber der größeren Joanna waren Ärmel und Beine etwas zu kurz. Sie würde es darauf ankommen lassen müssen. Es stand zu hoffen, daß niemand es bemerkte oder ungewöhnlich fand, wenn eine Tech in einer Uniform der falschen Größe herumlief.

»Was jetzt? fragte Karlac und zupfte ihre Ärmel glatt.

»Nimm das.« Joanna reichte ihr den Compblock, den einer der Techs gehalten hatte.

»Wozu?«

»Trag ihn mit dir herum, als ob er wichtig wäre. Techs laufen gerne durch die Gegend und notieren irgend etwas auf diesen Dingern.«

»Woher weißt du soviel über Techs?«

»Ich hatte mal einen Tech namens Nomad – ich hoffe, er ist inzwischen tot –, der mir alles mögliche über Techs erzählt hat, obwohl mich kaum etwas davon interessierte. Eine stupide, sarkastische Freigeburt, aber er hat mir einmal das Leben gerettet. Dafür bin ich ihm wohl dankbar.«

»Wenn du damals gestorben wärst ...«

»Sprich es nicht aus, Karlac. Und jetzt leg diese Kriegersteifheit ab. Techs bewegen sich anders als wir. Sie spazieren, während wir marschieren. Sie haben es nicht eilig, ihr Ziel zu erreichen. Schau immer wieder auf den Compblock und sieh dir alles an, als wäre es von Bedeutung. Wenn dich jemand anspricht, rede schludrig. Und mit einem sehr von dir eingenommenen Tonfall, gleichgültig, ob du Ahnung von dem Thema hast, über das du redest, oder nicht – so, als müßte jeder, der auch nur ein paar funktionierende Gehirnzellen hat, dich augenblicklich verstehen.«

»Ich weiß nicht, ob ich auch nur etwas davon fertigbringe.«

»Dann halt den Mund, grunze und überlaß das Reden mir.«

Joanna stieß Karlac nach vorne, als sie durch das Portal traten. Aus ihrem Innern gesehen wirkte die Höhle noch gewaltiger. Die Luft hier war kühler und sauberer. Joanna bemerkte eine große Klimaanlage in einer Ecke, was den Unterschied in der Atmosphäre erklärte.

Sie steuerte Karlac auf einen langen Tisch ein paar Meter weiter vorne zu. Joanna ahmte den Gang einer Tech auf dem Weg dorthin gut nach, aber Karlacs Vorstellung von Zwanglosigkeit hatte einen zu ungelenken und schlaksigen Gang zur Folge. Auf der Tischplatte lagen mehrere von Papieren strotzende Klemmbretter. Daneben standen zwei Stühle. Joanna zog einen davon heran und gab Karlac stumm zu verstehen, es ihr nachzumachen. Sie flüsterte ihr zu *»Zwanglos«*, als sie sich setzten.

»Was soll das alles?« fragte Karlac.

»Das ist Papier. Für Techoperationen braucht man Papier – Computerausdrucke, Meßkurven, Rechnungen, Blaupausen, alle Arten von Papier, die Daten aufnehmen können. Was hier herumliegt, könnte uns helfen herauszufinden, worauf wir später achten müssen.«

Karlac sah sich mißtrauisch um. Sie schien nervöser denn je. »Hmm, na schön. Niemand scheint uns zu beachten.«

»Warum auch? Wir erledigen eine Arbeit. Techs erledigen Arbeiten. Alles wirkt normal. Techs sehen gerne beschäftigt aus, ob sie tatsächlich etwas zu tun haben oder nicht.«

»Du bist so selbstsicher, Joanna. Was, wenn sie uns entdecken?«

Joanna verlor allmählich die Geduld mit Karlac, aber jetzt war nicht der Zeitpunkt, ihr eine Szene zu machen. »Na und. Wir sind Kriegerinnen, oder etwa nicht? Kein freigeborener Tech kann einem wahrgeborenen Krieger in punkto Arroganz das Wasser reichen, frapos? Wenn sie uns entdecken, gehen wir ganz einfach. Was können sie uns denn schon anhaben? Was kann uns irgendwer anhaben? Wir sind nicht nur Kriegerinnen, wir sind Solahma-Kriegerinnen. Wir sind ohnehin für einen baldigen Tod in der Schlacht vorgesehen. Das gibt uns einen gewissen Vorteil, frapos?«

Karlac schien unsicher, aber sie erwiderte: »Pos.«

Joanna wandte ihre Aufmerksamkeit den Papieren auf dem Tisch zu, die zunächst nichts als ein Labyrinth von Zahlen und Namen zu enthalten schienen. Nachdem sie sich die Kopfzeile der Spalten angesehen hatte, wußte sie zumindest, daß die Zahlen Identifikation und Ort bedeuteten. Aber was hatten die Namen für einen Sinn? Sie las sich die Liste durch. Manche der Namen waren Blutnamen, die meisten waren es nicht. Ein anderer Code neben den Namen zog ihre Aufmerksamkeit auf sich. Eine der Eintragungen lautete TWY10SEP3050-JFGARDE-CSCHNABEL.

Joanna biß sich auf die Unterlippe, um eine sichtbare Reaktion zu unterdrücken. Ein anderer hätte die Eintragung vielleicht nicht so schnell entziffert, aber die Schande von Twycross und das Datum jenes schicksalhaften Tages hatten sich unauslöschlich in Joannas Gedächtnis eingegraben. Die Eintragung stand neben dem Namen MechKriegerin Fredasa.

Der Name bedeutete ihr nichts, aber ohne Zweifel gehörte er einer Kriegerin, die in der Großen Schneise auf Twycross ums Leben gekommen war. Sie hatte keinen der Falkengarde-Krieger persönlich gekannt, die an jenem Dezgratag ins Feld gezogen waren. Sie war damals gerade erst zu der Einheit gestoßen. Wären die Ersatztruppen mit einem etwas langsameren Landungsschiff an die Front geschafft worden, hätte sie die Schlacht – und die Schande – verpaßt. Joanna konnte sich nicht einmal mehr sonderlich gut an die Schlacht erinnern. Sie wußte noch, daß sie wenigstens einen Krieger der 10. Lyranischen Garde getötet hatte. Möglicherweise hatte sie den Mech eines anderen kampfunfähig geschossen. Aber die Hektik des Gefechts und der Schock, plötzlich unter einer Felslawine verschüttet zu werden, hatte die Anfangsphasen des Kampfes weitgehend aus ihrem Gedächtnis verdrängt. Im Gegensatz dazu erinnerte sie sich nur zu genau an jede erstickende Einzelheit ihrer Flucht aus dem Mech durch einen Ozean von Stein.

Sie dachte nicht gerne an Twycross. Und sie hatte seit damals jeden Tag daran gedacht. Die Falkengarde war auf Twycross praktisch aufgerieben worden. Die Einheit war überhaupt nur wiederaufgebaut und unter den Befehl Aidan Prydes gestellt worden, weil die Jadefalken für die Entscheidungsschlacht gegen ComStar auf Tukayyid alles an Truppen gebraucht hatten, was sie irgendwie hatten auf die Beine stellen können.

Während sie selbstbewußt durch die Papiere blätterte, als sei sie auf der Suche nach einer bestimmten Information, stellte Joanna fest, daß sämtliche Einträge von ein und derselben Art waren – der Name eines Kriegers oder einer Kriegerin, eine Codierung Ort/Datum/Einheit und ein weiterer Zahlencode, der einen Gang und einen Regalplatz angab. Aber all das waren bloße Daten. Was hatten sie zu bedeuten?

Sie sah sich um und bemerkte eine Reihe von Regalen, die offensichtlich mit überdimensionierten Dübeln an der Felswand befestigt schienen. Sie waren mit großen, bunten Büchern bestückt, aus denen größtenteils Lesezeichen ragten. Sie entschied sich, das näher in Augenschein zu nehmen.

»Mach weiter«, ermahnte sie Karlac. »Ich bin gleich zurück.«

Karlac sah sie ängstlich an.

»Ich gehe nur dort hinüber«, meinte Joanna und sagte sich, daß das Schicksal einer Solahma wirklich erbarmungswürdig war. Ein solches ängstlich kauerndes Nervenbündel zu werden … Sie hob einen Stoß Papiere vom Tisch und wanderte in ihrer besten Techmanier hinüber zum Regal. Sie wählte aufs Geratewohl einen Band aus und öffnete ihn betont gleichgültig, als wolle sie nur etwas nachprüfen. Es handelte sich um einen Ringordner, der zahlreiche Bögen beinahe derselben Art enthielt, wie sie auf dem Tisch lagen. Sie enthielten auch dieselbe Art von Daten. Die meisten Namen waren mit dem Vermerk *abgeschickt* versehen. Weitere Verwirrung, weitere Fragen.

Sie blätterte ein wenig und wollte den Ordner schon wieder zurückstellen, als sie eine ganze Seite bemerkte, deren Codierungen mit den Buchstaben TUK anfingen. Daran schloß sich das Datum der Schlacht von Tukayyid an. Sie blätterte weiter und fand noch vier weitere Bögen mit Namen, die allesamt die Kodierung TUK trugen.

Diesmal bemerkte Joanna auch Namen der JF-GARDE. Sie betrachtete die Liste näher und stieß plötzlich auf einen vertrauten Namen, den von Sterncommander Jula Huddock. Joanna hatte sie sehr gut gekannt.

Jula Huddock war eine ältere Kriegerin kurz vor der Abschiebung in eine Solahma-Einheit gewesen, als sie plötzlich in die neu aufgebaute Falkengarde unter dem Befehl Aidan Prydes versetzt worden war, eine Einheit, die hauptsächlich aus alten Kriegern, Unruhestiftern und Querköpfen wie Joanna, Hengst und Aidan selbst bestand. Wenn Jula Huddock etwas gesagt hatte, was selten vorkam, hatte sie eine Stimme von erstaunlicher Schönheit offenbart. Ansonsten konnte man sich darauf verlassen, daß sie in der Schlacht die Waffen für sich sprechen ließ. Ihr Können hatte an der Attrappenstadt Olalla, einer Ansammlung hastig aufgebauter Schuppen, die den Clannern als die echte Stadt verkauft werden sollte, ein Desaster verhindert. Sie hatte sich tapfer geschlagen, als die ComStar-Einheiten aus dem Hinterhalt des potemkinschen Dorfes aufgetaucht waren.

Und Jula Huddock war im Kampf gefallen. Ihr *Henker* war von den Raketen eines ComStar-Mechs zerrissen worden, unmittelbar nachdem ihr Feuer die Maschine, welche die Salve abgefeuert hatte, zur Explosion gebracht hatte.

Joanna suchte nach einem weiteren bekannten Namen und fand ihn. MechKrieger Obdoff von Trinärstern Charly Kralle. Er war bei Aidan Prydes wagemutiger Überquerung des Flusses Prezno, bei der mehrere BattleMechs als Trittsteine für die übrigen Maschinen auf dem Weg über das tosende Wasser dienten, ertrunken.

Sie überprüfte einen dritten Namen, einen vierten, einen fünften. Es dauerte nicht lange, dann war Joanna klar, daß alle TUK-Namen Kriegern gehörten, die bei der Schlacht um Tukayyid gefallen waren.

Die Erkenntnis traf sie mit solcher Härte, daß sie sich am Rand des Regals abstützen mußte. Das hier waren Listen toter Jadefalken-Krieger.

Sie sah sich vorsichtig um, ob sie jemand beobachtete, dann holte sie die Blätter mit den Namen der auf Tukayyid gefallenen Falkengardisten aus dem Ordner und befestigte sie an ihrem Klemmbrett.

An den Tisch zurückgekehrt, teilte sie Karlac mit, was sie entdeckt hatte. Ihre Begleiterin wirkte angesichts dieser Information verwirrter als je zuvor. »Wozu sollten sie die Namen toter Krieger auflisten?«

»Das müssen wir herausfinden. Es hat irgend etwas mit dieser Lagerhalle zu tun, und möglicherweise noch anderen derselben Art. Und es hat etwas mit den großen Tanks zu tun, die aus dem schwarzen Landungsschiff entladen wurden. Weißt du noch, wie du gesagt hast, sie erinnern dich an Kryogentanks?«

»Ja, schon, aber das habe ich nicht wörtlich gemeint …«

»Möglicherweise hast du gar nicht so falsch gelegen. Und wenn es Lagertanks für Krieger oder die Giftakes von Kriegern sind?«

»Oh. Joanna, ich glaube nicht …«

»Die Techs. Erinnerst du dich, wieviel Mühe sie mit

den Tanks hatten. Das paßt zu meiner Theorie, frapos?«

»Na ja, pos, schätze ich. Aber es könnte auch zu anderen Theorien passen. Die Tanks könnten leicht brennbare Verbindungen enthalten haben oder ...«

»Laß die Spekulationen. Ich weiß selbst, daß es noch andere Möglichkeiten gibt. Der einzige Weg, die Wahrheit herauszufinden, ist *nachzuforschen*, was sich wirklich in den Tanks befindet.«

»Du meinst, wir sollen hineinsehen?«

»Nein, ich meine, wir gehen zum nächsten Tech und fragen ihn, was in dieser geheimen subplanetaren Anlage vor sich geht, in der wir gerade drei seiner Kollegen an einem Aufzug und zwei weitere draußen im Gang umgebracht haben. Natürlich meine ich Hineinsehen. Wozu sind wir sonst hier?« Joanna konnte sich nicht erinnern, selbst als Falknerin mit der Aufgabe, aus dummen kleinen Geschkinder Krieger zu machen, einen Jadefalken getroffen zu haben, der so unkriegerisch war wie Karlac.

»Ich wünschte, ich wäre mir sicher, was ...«

»Was ist los mit dir, Karlac? Du bist vielleicht eine Solahma, aber du warst einmal eine Kriegerin – und selbst die geringsten unserer Krieger kennen keine Furcht. Was ist passiert, das dich in eine mutlose ...«

»Sei mir nicht böse, Joanna. Ich komme mit. Ich will nur sichergehen, daß wir uns über die Konse ...«

»Ja, Karlac, ja, und je länger wir darüber diskutieren, desto mehr Zeit haben die echten Techs zu bemerken, daß wir nicht in diese widerlichen, dreckigen Uniformen gehören. Komm schon.«

In ihren grünen Overalls, Joanna mit Klemmbrett, Karlac mit dem Compblock, paßten die beiden Kriegerinnen in die allgemeine Szenerie, als sie langsam zum ihnen am nächsten liegenden Gang wanderten, dem dritten von rechts. Joanna blickte zu Karlac, deren Augen starr geradeaus schauten. Von all den seltsamen

Aussagen und Aktionen ihrer Begleiterin störte Joanna vor allem, was sie *nicht* getan hatte. Als sie Karlac mutlos geschimpft hatte, wollte diese nicht einmal protestieren. Jeder andere Jadefalken-Krieger hätte beinahe reflexartig zugeschlagen. Wenn ein Jadefalke etwas war, dann wild. Konnte das Leben als Solahma einen dermaßen umkrempeln?

Joanna hatte sich noch nie so einsam gefühlt.

25

Jadefalken-Lagerhalle 893, Dogg Station
Dogg, Jadefalken-Besatzungszone

3. November 3057

Mit den letzten Schritten vor Erreichen des dritten Gangs mußten sie an einem dort auftauchenden Tech vorüber. Die Montur des Mannes war zerknittert, und er hatte sich offensichtlich seit Tagen nicht rasiert. Joanna hatte nichts gegen Bartwuchs, aber Stoppeln stießen sie ab. Und der dunkle, fleckige Stoppelbart dieses Mannes war besonders widerlich. Trotzdem nahm sie sich vor, keine Reaktion zu zeigen. »Lässig«, murmelte sie Karlac zu.

»Bin ich, bin ich.«

Der Tech warf ihnen einen kurzen Blick zu, als sie ihn passierten, und nickte. Joanna erwiderte die Geste.

Noch zwei Schritte, und sie waren im Innern des Gangs. Er war länger und die Gerüste zu beiden Seiten waren höher als sie gedacht hatte.

Weiter hinten arbeiteten einige Techs. Einer von ihnen steuerte einen hohen Kranwagen, mit dem er einen der Lagertanks in eine Position nahe der obersten Regalreihe manövrierte.

»Wir müssen herausfinden, was in diesen Tanks ist«, flüsterte Joanna Karlac zu.

»Wenn du meinst, Joanna.«

Karlacs lakonische Reaktion ärgerte Joanna, aber sie unterdrückte eine Antwort und führte ihre Gefährtin nur zum nächsten in Bodenhöhe lagernden Tank.

Auf einer Metallplatte an dessen Seitenwand standen Nummern, die denen auf den Papieren ähnelten, die sie eben durchgesehen hatte. *Möglicherweise Registriernummern.* An der Oberseite des zylinderförmigen

Tanks befand sich ein kreisrundes Plexiglas-Sichtfenster.

Sie reckte sich über den Tank und schaute hinein.

Dann grunzte sie.

»Was ist?« fragte Karlac.

»Es schwimmt eine Leiche darin, in einer Art farbloser Lösung. Neun-Sechs-Sieben-Drei …«

Karlac begriff zunächst nicht, was Joanna mit den Ziffern wollte, und sah sie verständnislos an, aber dann fing sie sich und täuschte schnell vor, sie in den Compblock einzugeben, als zwei Techs vorbeikamen, ohne den Eindringlingen Beachtung zu schenken.

Joanna drehte sich um. »Na schön«, sagte sie. »Sehen wir uns an, was wir bisher wissen. Diese Tanks enthalten die Leichen von Kriegern, allem Anschein nach die Gefallenen unserer Schlachten. Sie sind in Konservierungsflüssigkeit gelagert, werden an Bord des schwarzen Landungsschiffes hierher befördert, registriert, numeriert und in diesen Regalen abgelegt. Aber zu welchem Zweck?«

»Könnten sie für gentechnische Zwecke aufbewahrt werden?«

»Vielleicht. Ich dachte zuerst, es könnte den Zweck haben, sie zurück zu den Heimatwelten zu schicken, um dort ihre Asche unter die Nährlösungen zu mischen. Aber seit wann konservieren wir dafür die Leichen? Soweit ich das Verfahren kenne, werden die dafür ausgewählten Körper nach allen erforderlichen Zeremonien in der Nähe des Schlachtfelds verbrannt und nur die Asche wird in einer Urne eingeschifft. Was sich von den Leichen sonst noch verwenden läßt – Organe für Transplantationen, Knochen für den Einbau in Prothesen, Blut für Wiederaufbaubehandlungen – wird gesammelt, und der Rest entsorgt. Hältst du es nicht auch für Verschwendung und dazu noch leichenschänderisch, ganze Körper zu konservieren?«

»Natürlich. Ich hätte Angst davor, in so einem Tank

liegen zu müssen. Was ist, wenn sie noch bei Bewußtsein sind, auch tot?«

»Was? Was redest du da für einen Unsinn? Tot ist tot. Dann gibt es kein Bewußtsein mehr. Unsere einzige Zukunft liegt in Genfundus oder Nährlösung. Wie kommst du überhaupt darauf, dir ein Bewußtsein nach dem Tod vorzustellen?«

»Ich habe einmal was über ein Leben nach dem Tod gehört. Seit ich hierher geschickt worden bin, ist mein Kopf voll mit solchen Überlegungen. Vielleicht macht das die Untätigkeit.«

Joanna traute ihren Ohren nicht. »Und jetzt fängst du, eine Jadefalken-Kriegerin, an, dich vor dem Tod zu fürchten?«

»Wie könnte ich das? Als Solahma-Kriegerin ist die einzige Ehre, die mir bleibt, zu sterben, damit jüngere Krieger weiterleben können.«

»Ich sehe Furcht in deinen Augen, wenn du von Stravag-Schwachsinn wie Bewußtsein nach dem Tod redest.«

»Ich bin nicht mehr dieselbe, seit ich auf Dogg Station bin«, bestätigte Karlac traurig.

Joanna starrte sie einige Sekunden an. »Vielleicht sollten wir diese Diskussion auf ein anderes Datum verschieben. Wir sind hier, um etwas herauszufinden, frapos?«

»Pos, Joanna.«

»Komm mit.« In Techmanier und mit regelmäßigen Eintragungen auf ihrem Klemmbrett wanderte Joanna die Regale entlang und studierte die Zahlen auf den Metallplatten der Lagertanks. Bald erkannte sie ein Schema. Die Opfer bestimmter Schlachten lagerten beieinander, und anscheinend waren auch die Opfer einzelner Scharmützel innerhalb einer Schlacht zusammen gruppiert. Die Zahlen halfen den Techs, bestimmte Tanks zu lokalisieren.

Joanna betrachtete die Liste der Tukayyid-Codes. Sie

rechnete kurz im Kopf nach, und kam zu dem Schluß, daß sie sich in einem anderen Gang befinden mußten, wahrscheinlich zwei Gänge weiter. Nachdem sie in aller Ruhe einen der unteren Tanks überprüft hatte, ging sie mit Karlac zurück.

Sie wollte gerade aus dem Gang ins Freie treten, als sie einen Blick in Richtung Eingang warf und Bailly kommen sah. Sie blieb abrupt stehen. Bailly war wieder als Tech gekleidet und täuschte weder in Haltung noch Bewegungen den alten Krieger vor. Er sah sich um, bemerkte aber dank der Techverkleidung weder Joanna noch Karlac.

Joanna beschleunigte ihre Schritte etwas, zog Karlac am nächsten Gang vorbei und bog in den ein, den sie als Aufbewahrungsort für die Tukayyid-Leichen vermutete. Als sie sich umblickte, sah sie Bailly vorbeigehen. Er schien in einen anderen Teil der Anlage unterwegs zu sein und genau zu wissen, wohin er wollte.

»Das war Bailly«, teilte sie Karlac mit, die zusammenschreckte.

»Wie ...«

»Später«, schnitt Joanna ihr das Wort ab. »Wir haben Arbeit.«

Karlac nickte stumm. Sie schien abgelenkt, besorgt. *Dafür habe ich jetzt keine Zeit,* dachte Joanna. Jetzt galt es, die Lagertanks der Tukayyid-Krieger zu finden.

Sie mußten fast zwei Drittel des Gangs durchqueren, bis sie schließlich die Tukayyid-Sektion dieses seltsamen Komplexes erreichten. Unterwegs kamen sie an ein paar arbeitenden Techs vorbei. Einer stellte ein Ventil nach, das ohne Zweifel Einfluß auf einen Aspekt der Konservierungsflüssigkeit hatte. Ein anderer polierte einige der Tanks. Andere Techs kletterten wie die Affen an den Gerüsten umher, wobei sie an die Träger geschweißte Sprossen als Leitern benutzen. Andere steigeisenähnliche Griffe waren an den Querstreben angebracht, und sie sahen einen Tech sich daran entlanghangeln.

»Nicht schlecht«, murmelte Joanna.

»Wie? Was?«

Joanna machte sich nicht die Mühe, ihr zu antworten. Sie hatte kaum noch Verwendung für Karlac und behielt sie nur in ihrer Nähe, damit sie nicht in Schwierigkeiten geriet.

Sie untersuchte die Zahlen an den Seiten der Tanks und stellte fest, daß sie nach Einheiten gruppiert waren. Sie schaute in einen der Tanks und sah einen MechKrieger, dessen Gesicht auch im Tod noch wildverwegen war – wie es sich für einen Jadefalken-Krieger gehörte. Aber dieser Teil des Gerüsts war einem Jäger-Sternhaufen vorbehalten. »Wo ist die Falkengarde?« fragte sie sich laut.

»Warum?« fragte Karlac.

»Sterncommander Jula Huddock«, erklärte Joanna. »Ich habe Seite an Seite mit ihr gekämpft.«

Es dauerte nicht lange, bis Joanna anhand der Zahlensequenzen die Falkengarde-Sektion gefunden hatte. Unglücklicherweise waren alle Tanks in den oberen Etagen untergebracht. Als sie unten im Gang stand und nach oben blickte, schienen ihr die Regale höher als je zuvor. »Na gut. Was sein muß, muß sein.«

»Du willst da rauf?«

»Pos.«

»Bist du sicher?«

»Warum? Hältst du mich für zu alt, um so hoch zu klettern?«

»Nein, ich schätze nicht. Aber mir wird schwindlig bei solchen Höhen.«

»Wieso überrascht mich das nicht? Hier, halte mein Klemmbrett. Ich kenne Jula Huddocks Kennziffer auswendig. Warte hier und denke daran beschäftigt auszusehen. Vergiß nicht, daß du eine Tech bist.«

Ohne auf Karlacs traurige Antwort zu warten,

packte Joanna die nächste Sprosse und zog sich hoch. Augenblicklich schoß ein stechender Schmerz durch ihre Schulter. *Ich werde zu alt für solche Spielchen,* stöhnte sie innerlich, unterdrückte den Gedanken aber sofort wieder. *Nein, ich war nur zu lange mit dieser Stravag Karlac zusammen.*

Joanna ignorierte den Schmerz und kletterte weiter, eine Sprosse um die andere, mit einer gewissen spröden Effizienz – genauso, wie sie es bei den anderen Techs beobachtet hatte. Als sie für einen Moment anhielt um sich zu orientieren, bemerkte sie einen Tech auf gleicher Höhe, ein paar Abteilungen weiter, der erstaunt zu ihr herübersah. Sie winkte ihm zu und kletterte weiter.

Schließlich hatte sie die Falkengarde-Sektion erreicht. Sie konnte der Versuchung nicht widerstehen, in den ersten der Tanks hineinzusehen, aber er enthielt keinen Falkengardisten, an den sie sich erinnern konnte. Sie war nicht einmal sicher, ob sie das Gesicht jemals gesehen hatte. Vielleicht hatte der Tod sein Aussehen verändert.

Etwas Kopfrechnen ergab, daß Jula Huddocks Tank drei Etagen höher und eine Abteilung weiter den Gang hinab liegen mußte. Mühsam, zu erschöpft, um noch Eleganz und Können eines typischen Techs vorzutäuschen, arbeitete Joanna sich weiter hoch. Dann hangelte sie sich müde seufzend an der Strebe entlang. Sie dachte zurück an den Tag ihres Duells mit den Prydelingen, an dem sie sich vom Fabrikdach geschwungen hatte, und fragte sich, wie oft sie derartige akrobatische Übungen wohl noch würde vollführen müssen.

Sie zog sich auf die Höhe des Lagertanks und überprüfte die Kennzahl an dessen Seite. Es war dieselbe, die sie sich für Jula Huddock eingeprägt hatte.

Sie schluckte, beugte sich über die Vorderseite des Tanks und blickte durch das Plexiglasfenster. Was sie sah, raubte ihr fast den Atem. Sie überprüfte noch einmal die Nummer auf der metallenen Kennplatte. Sie war korrekt. Laut der Liste, die Joanna durchgesehen hatte, war das Jula Huddocks Nummer. Sie blickte noch einmal durch das Sichtfenster.

Die Leiche in diesem Tank war eindeutig als Sterncommander Jula Huddock gekennzeichnet, Heldin des Olalla-Scharmützels.

Dabei gab es nur ein Problem: Das war *nicht* Jula Huddock.

26

Jadefalken-Lagerhalle 893, Dogg Station
Dogg, Jadefalken-Besatzungszone

3. November 3057

Nachdem sie noch einmal die Kennung überprüft und das beinahe charakterlose, glatte Gesicht der Leiche betrachtet hatte, die anstelle Jula Huddocks hier eingelagert war, bereitete sie sich darauf vor, wieder hinabzuklettern. Sie blickte nach unten und sah Karlac, die vorgab, die Lagertanks zu inspizieren und Daten einzutragen.

Dann ließ sie den Blick über den Rest des Gangs schweifen, der inzwischen beinahe verlassen war. Ein mit einem Abzeichen gekennzeichneter Tech, wahrscheinlich ein Aufseher, kam schnell den Gang entlang. Er blieb bei einem anderen Tech stehen, der nach ein paar Worten seine Arbeit beendete und ging.

Joanna beobachtete, wie der Aufseher immer näher kam, bis er Karlac fast erreicht hatte. Was würde er zu ihr sagen? Und würde Karlac richtig reagieren? Die Kriegerin war so in ihr Täuschungsmanöver vertieft, daß sie ihn überhaupt nicht kommen sah. Aber das war ganz gut so. Die Närrin hätte sonst mit einem hastigen, ängstlichen Blick nach oben Joannas Anwesenheit verraten können. Joanna wartete angespannt, was passieren würde, aber der Aufseher ging ohne einen Blick an Karlac vorüber, marschierte weiter den Gang hinab und verschwand um die Ecke.

Sie kletterte weiter hinauf, bis sie nur noch ein, zwei Etagen von der Oberkante des Gerüsts entfernt war. Von hier aus konnte sie die gesamte Anlage überblicken. Joanna wollte wissen, ob man die umgebrachten Techs entdeckt und einen Alarm ausgelöst hatte.

Aber in der gewaltigen Leichenhöhle schien alles seinen gewohnten Gang zu gehen, und das einzige, was sie hörte, war das rhythmische Klopfen, das ihr inzwischen furchtbar erschien. Wie zuvor waren einige Techs mit allem Anschein nach routinemäßigen Arbeiten zwischen den eingelagerten Körpern beschäftigt. Jenseits der Reihen mit den Regalgerüsten bemerkte Joanna einen weiteren Höhlenabschnitt. Sie sah einige verschlossene Türen, wahrscheinlich Büroräume. Eine Bewegung erregte ihre Aufmerksamkeit, und sie erkannte Bailly, der in Richtung der Büros ging.

Joanna kletterte die Sprossen hinab. Sie kam langsamer voran, als ihr lieb war, weil sie die Sprossen mit den Füßen ertasten mußte. Sie wollte unbedingt herausfinden, was Bailly hier machte.

»Karlac«, zischte sie, unten angekommen. Die Mech-Kriegerin zuckte zusammen und ließ beinahe das Klemmbrett fallen. Joanna winkte sie mit, auch wenn sie Karlac inzwischen als ziemlich nutzlos einschätzte.

Sie ging bis zum Ende des Ganges und sah sich nach beiden Seiten um, ob irgendwelche Techs in der Nähe waren. Als sie niemanden sah, winkte sie Karlac schweigend weiter. Joanna wollte Bailly nicht verlieren, aber sie konnten es sich nicht leisten, durch unnötige Eile oder Aufgeregtheit Aufmerksamkeit auf sich zu ziehen. Sie kamen an einer Regalreihe nach der anderen vorbei, und plötzlich sandte das gespenstische Gefühl der Gegenwart so vieler toter Krieger einen Schauer durch Joanna. Die sterblichen Überreste eines Kriegers gehörten feuerbestattet, nicht wie Essiggurken eingelegt. Das war mehr als nur würdelos, es war beleidigend. Außerdem fand Joanna diese Erfahrung ingesamt höchst ominös. Wieder fragte sie sich, ob Karlacs Ängste und Fantasien etwa ansteckend waren.

Sie zog die Pistole und bedeutete Karlac, es ihr

gleichzutun. Es ging ihr nicht darum, sich gegen die Geister von Jadefalken-Kriegern verteidigen zu können, die möglicherweise hier herumspukten. Sie wollte einen Spion dingfest machen, einen Eindringling aus dem Wolfsclan, der hier so unerwünscht war wie ein streunender Hund. Dort vorn, nur wenige Schritte vor ihnen, war das Stück Dreck, das sich Bailly nannte.

Er war in Richtung der Büros unterwegs und kehrte ihnen den Rücken zu. Joanna duckte sich in den nächsten Gang und winkte Karlac zu sich. »Das ist Bailly«, stellte sie leise fest.

»Aber er ist wie ein Tech gekleidet.«

»Ich weiß, ich weiß. Ich habe dir doch erzählt, daß ich ihn letzte Nacht hier gesehen habe, nachdem du gegangen warst. Er ging in der Halle ein und aus, und dabei war er auch als Tech gekleidet. Er ist in diese Sache verwickelt, und wir müssen herausfinden, wie. Kann ich auf dich zählen?«

Karlac starrte Joanna an. Ihr Gesicht war eine Maske absoluter Verwirrung. Dann veränderte sich ihr Ausdruck, als würde sie sich an etwas erinnern. »Pos«, sagte sie und salutierte.

Sie hatten keine Zeit für weitere Erklärungen, keine Zeit, auf der anderen Seite um die Gerüste herumzulaufen und Bailly von vorne zu überraschen. Sie mußten schnell, direkt und brutal zuschlagen, gerade so, wie Joanna es bevorzugte. Bailly hatte die Büros fast erreicht. Joanna zögerte gerade lange genug, um zu sehen, was er tun würde. Er schien die Klinke der ersten Tür auszuprobieren, und als er sie unverschlossen fand, ging er hindurch.

Das war ihre Chance. Schnell und lautlos hasteten Joanna und Karlac ihm nach. Joanna packte die Klinke vorsichtig und senkte sie mit äußerster Vorsicht, um kein Geräusch zu machen. Sie öffnete die Tür einen winzigen Spalt, dann ganz langsam immer weiter, bis sie beide ohne einen Laut in das Büro schleichen konnten.

Bailly wandte ihnen das Profil zu. Er saß hinter einem großen, L-förmigen Schreibtisch und starrte gebannt auf einen Monitor, dessen Leuchten das abgedunkelte Büro in ein gespenstisches Licht tauchte. Joanna steckte die Pistole weg, stieß Karlac in Richtung Schreibtisch und sprang um den Tisch herum hinter Baillys Stuhl. Erschreckt sah er zu Karlac hoch. Seine Augen weiteten sich, aber er sagte kein Wort. Falkenschnell legte Joanna ihm von hinten den Arm um den Hals.

»Karlac! Wenn er sich befreit, erschieß ihn!« bellte sie. Sie preßte den Arm gegen Baillys Kehle und riß ihn ruckartig nach oben, so daß ihr Opfer keine Luft mehr bekam. »Ich werde den Griff jetzt lockern, aber versuch keine Dummheiten. Wenn du auch nur die geringsten Schwierigkeiten machst, breche ich dir das Genick.«

Joanna ließ langsam locker. Baillys Körper sackte zusammen, als sie losließ. Sofort griff er sich an die Kehle. Er atmete noch, aber nur unter Schwierigkeiten. Joanna trat einen Schritt zurück und zog die Pistole. Dann packte sie die Rücklehne des Drehstuhls und schwang ihn herum. »Hallo, Bailly!«

Er grunzte nur, noch unfähig zu sprechen. Als die ersten Worte kamen, geschah dies zögernd und krächzend. »Was machst du hier?« Seine Stimme war leise, fast besiegt. Aber Joanna ging kein Risiko ein. Dazu war der Stravag zu gefährlich.

»Genau das möchte ich von dir wissen – was machst du hier? Was ist das für eine Anlage?«

»Du hast die Tanks gesehen, Joanna.«

»Pos, und ich weiß, sie enthalten die Leichen im Kampf gefallener Krieger. Aber zu welchem Zweck?«

Bailly zuckte die Schultern.

»Ich habe keine Zeit für Spielchen, Bailly. Ich muß wissen, was hier vorgeht.«

Bailly grinste. »Natürlich mußt du das. Du bist eine dreckige Spionin, Sterncommander Joanna. Das habe ich von Anfang an vermutet. Du bist eine zu fähige Kriegerin, um Solahma zu werden. Dein Ruf eilt dir weiter voraus als du vielleicht denkst. Nein, für dich hätte der Clan eine bessere Verwendung gefunden ...«

Pos, eine sehr viel bessere. Kanisteramme. »Wenn ich eine Spionin bin, was bist dann du, Bailly?«

Bailly richtete sich auf, nahm beinahe Haltung an und erklärte: »MechKrieger Alvar, Bravo Auge Eins, 2. Falkenjäger-Sternhaufen, abgestellt für Sonderaufgaben. Von der Jadefalken-Clanwache nach Dogg beordert.«

Joanna kniff die Augen zusammen. *Kael Pershaw ist berüchtigt für seine Heimtücke, aber würde er zwei von uns hierher abkommandieren? Nicht anzunehmen. Offensichtlich hat Bailly keine Ahnung, daß ich auf Pershaws Befehl hier bin. Am besten lasse ich ihn reden.* »Na schön, MechKrieger Alvar, wir haben ausgezeichnete Methoden, Erbmasse einzulagern, während die Krieger noch leben, und wir pflegen Asche für Nährlösungen zu sammeln. Wozu ist es notwendig, diese Körper vom Schlachtfeld zu holen, sie in Kryogentanks einzulagern und mit schwarzen Landungsschiffen hierher zu schaffen?«

Bailly/Alvar zuckte wieder die Achseln.

»Ich habe dir schon einmal erklärt, daß ich keine Zeit für Spielchen habe, Abschaum. Ich habe dich letzte Nacht hier gesehen, als das Schiff da war. Du wirst mir jetzt erzählen, was du weißt. Behalte ihn im Auge, Karlac.«

Joanna ging zur Tür, öffnete sie vorsichtig und sah hinaus. Bis auf das infernalische Brummen der Tanks war alles ruhig.

Sie drehte sich wieder zu Alvar um. »Nimm die

Hände hinter den Kopf und dreh dich um.« Sie stieß ihm den Pistolenlauf in die Taille und drängte ihn um den Schreibtisch. Jetzt war er hilflos. »Zuerst werde ich dir erzählen, was ich schon weiß«, meinte sie, während sie vor ihn trat und ihm die Waffe auf die Brust setzte. »Und dann erzählst du mir den Rest.«

27

Jadefalken-Lagerhalle 893, Dogg Station
Dogg, Jadefalken-Besatzungszone

3. November 3057

»Wir haben diese Anlage untersucht und die Papiere durchgesehen, die von den Techs für alle ankommenden und abgehenden Lieferungen angelegt wurden.«

»Und?« fragte Bailly.

Joanna ließ sich nicht aus dem Konzept bringen. »Sie identifizieren mit Namen und ID-Kodierung Jadefalken-Krieger, die während der Invasion der Inneren Sphäre im Kampf gefallen sind. Zuerst dachte ich, dabei handele es sich um die Körper in den Tanks, aber einige dieser Krieger wurden schon vor sechs, sieben Jahren getötet, in Schlachten wie der um Twycross. Und bei vielen war vermerkt, sie wären bereits abgeschickt worden. Ein anderes Problem war, daß ihr genetischer Wert inzwischen vergangen sein müßte. Die einzige Verwendung, die ich mir für die Konservierung all dieser Krieger vorstellen konnte, war als Reservequelle für Genmaterial, sollte den ursprünglichen Genproben etwas zustoßen – vielleicht durch einen Unfall in einem Aufbewahrungszentrum oder weil die Wissenschaftler DNS-Proben für andere Zwecke benötigten. Andererseits, wäre die Beschaffung solcher Reservequellen den Einsatz von Schiffen und Personal und die zusätzlichen Unkosten wert, die nötig sind, um Transportschiffe bereitzustellen und Lagerzentren wie dieses zu unterhalten? Dann, nachdem ich in einen der Tanks dort oben hineingeschaut hatte, erinnerte ich mich an etwas, was ich eigentlich gar nicht wissen dürfte, und das brachte mich auf einen anderen Gedanken, und plötzlich war mir klar, worum es hier geht. Wie mache ich mich bis jetzt, Alvar?«

Alvar sah hinüber zu Karlac, dann blickte er wieder Joanna an. »Du hast die Lieferung letzte Nacht beobachtet, du hast den Weg hier hinab gefunden, du hast die Anlage ausgekundschaftet. Jetzt wissen wir alle, daß es ein geheimes Lagerzentrum ist. Aber sag mir, Sterncommander Joanna, warum hast du all diese Nachforschungen angestellt?«

»Die Tatsache, daß du diese Frage stellen mußt, verrät dich.«

»Deine Rätsel sind so unansehnlich wie dein Gesicht. Wenn du keine Jadefalken-Kriegerin bist, muß ich zugeben, daß du deine Rolle gut spielst. Du klingst wie eine Jadefalkin. Du hast den Stolz, das Mürrische ...«

»Ich bin Jadefalke. Das weißt du genau, Alvar – oder wer du auch sein magst.«

»Er hat recht, Joanna«, warf Karlac ein. »Du sprichst in Rätseln. Irgend etwas verbirgst du.«

»Was ich verberge, tut im Augenblick nichts zur Sache. Es geht darum, was MechKrieger Bailly-Alvar-wer-auch-immer verbirgt – das gilt es herauszufinden. Er ist es, der sich verstellt, eine Rolle spielt, wie er es nennt ...«

Bailly/Alvar wirkte einen Moment entgeistert, dann nahm sein Gesicht einen bösartigeren und mißmutigeren Ausdruck an als je zuvor. »Was redest du nur für einen Mist! Ich könnte genau dasselbe über dich sagen. Du könntest diejenige sein, die ...«

»Genug Stravag-Geschwätz«, bellte Joanna. »Wenn er eine falsche Bewegung macht, erschieße ihn, Karlac.«

»Mit Freuden.«

»Also dann, Alvar, wenn du so genannt werden willst: Möchtest du uns deinen wirklichen Namen verraten?«

»Ich heiße MechKrieger Alvar, wie ich gesagt habe.«

»Nein. Ich bin sicher, es gibt keinen MechKrieger

Alvar mehr – wenn es je einen gegeben hat. Vielleicht ist er in irgendeinem Gefecht ums Leben gekommen. Er könnte sogar dort draußen in einem der Tanks liegen. Und wer hätte es je erfahren, wenn ich nicht hergeschickt worden wäre, um dreckige Spione wie dich aufzuspüren?«

»Von wem geschickt?«

»Von Kael Pershaw, ganz genau. Zu behaupten, daß du von der Jadefalken-Clanwache hergeschickt wurdest, war dein größter Fehler, wenn auch nicht der einzige. Ich bin bei der Wache, die *einzige* Agentin der Wache.«

»Pershaw sagte mir ...«

»Versuch es gar nicht erst. Du bist kein Jadefalken-Agent. Wie auch immer du heißt. Clan Wolf hat dich hergeschickt, damit du diese Anlage sabotierst.«

»Sabotage ...« Karlacs Augen glänzten. »Aber ich verstehe immer noch nicht den Zweck dieser Anlage.«

Joanna erinnerte sich an Dianas Entdeckungen in Ravill Prydes Personaldatei. »Unsere Wissenschaftlerkaste ist mit unautorisierten genetischen Experimenten beschäftigt. Es gibt wenigstens ein genetisches Labor auf Ironhold, in dem Genstränge vermischt werden, mit dem Ziel, bessere Krieger zu erschaffen. Dazu wurden Falken-Blutlinien mit denen anderer Clans vermengt, um gewisse Fähigkeiten und Eigenschaften zu fördern, die in Jadefalken-Kriegern in der Regel nicht geschätzt werden. Ich habe gehört, daß sie zumindest in der Vergangenheit neue Erbmassen für einen eigenen, privaten Genfundus zu besorgen wußte.«

Karlac keuchte, ließ die Waffe aber nicht sinken.

»Das Projekt begann lange vor der Invasion, aber ich bin sicher, es wird noch immer weiterverfolgt. Das erklärt auch, wieso sich so viele junge Jadefalken so deutlich von wahren Jadefalken-Kriegern unterscheiden. Ich würde sagen, sie wurden aus genetisch veränderter Erbmasse produziert und dann in Geschkos untergebracht, die auch reine Jadefalken-Gene enthalten. Anscheinend ist selbst die Wissenschaftlerkaste nicht so wahnsinnig, mit einer kompletten Geschko zu experimentieren. Es kann ihnen nicht schwerfallen, sich Genmaterial von Jadefalken-Kriegern zu beschaffen. Wahrscheinlich gibt es eigene Aufbewahrungsstätten für experimentelles Genmaterial auf den Heimatwelten. Und jetzt existiert zusätzlich diese neue Anlage zum Sammeln der Leichen von Jadefalken-Kriegern.«

»Aber warum lagern sie ganze Leichen ein, statt sich mit Proben des Genmaterials zu begnügen?« fragte Karlac.

»Ich nehme an, Genproben sind instabil und könnten beim Transport beschädigt werden, wenn keine besondere Ausrüstung zur Verfügung steht. Erinnerst du dich, wie spezialisiert die Maschinen bei der Giftake-Zeremonie sind? Wenn man diese Maschinen nicht einsetzen kann oder will, ist es einfacher, die Körper für die jederzeit mögliche Entnahme zu konservieren.«

»Ich verstehe immer noch nicht, warum die Wölfe Grund haben sollten, sich einzumischen.«

»Das ist kompliziert. Anscheinend bewundern viele unserer Wissenschaftler die Wölfe bestimmter Eigenschaften wegen – einer gewissen Findigkeit und einer Neigung zu komplexen Strategien – Eigenschaften, die von unserer Kriegerkaste nicht sonderlich hoch eingeschätzt werden. Jedenfalls konzentrieren sich die Experimente bislang darauf, Wolf-Gene mit Jadefalken-Genen zu mischen. Die Resultate sind beachtlich. Abstoßend, aber beachtlich.«

»Das ist ekelhaft ...« Karlac verstummte. Ihr Gesichtsausdruck zeigte, daß sie tief geschockt war.

Joanna stimmte ihr von ganzer Seele zu. Die Idee widerte sie ebenfalls an, aber sie freute sich, daß Karlac noch nicht allen Stolz einer Falkenkriegerin verloren hatte. »Ich vermute, die Wölfe haben durch Unterwanderung oder das Abfangen von Dokumenten dieses

Geheimprojekt entdeckt, waren möglicherweise selbst schockiert, aber dann sahen sie einen Weg, es für ihre Zwecke auszunutzen. Das ist so typisch hinterhältig. So typisch Wolfsclan. Wenn ich nur daran denke, macht es mich krank, so krank wie dieses Stück Dreck hier.« Sie beugte sich zu Alvar hinab. »Was meinst du? Habe ich recht? Hast du Stück Wolfsclandreck zusammen mit anderen deines Schlages das geheime Genprojekt unterwandert, um es zu sabotieren?«

»Du bist der Abschaum hier, Joanna.«

Joanna unterdrückte den Impuls, Alvars Beleidigung mit Prügeln zu vergelten. Statt dessen ging sie noch einmal zur Tür, die jetzt einen Spalt aufstand, und sah hinaus in die Höhle.

»Da draußen alles in Ordnung?« fragte Karlac.

»Alles bestens, wenn man von einer Menge Techs absieht, die wie aufgescheucht durch den Mittelgang hetzen, als hätten sie etwas Wertvolles verloren. Vielleicht sind sie nur auf der Suche nach einem bestimmten Lagertank.« Sie drehte sich wieder zu Alvar um und spekulierte weiter: »Nachdem sie herausbekommen hatten, was unsere Jadefalken-Wissenschaftler taten, entschieden die Wölfe, das Projekt durch Sabotage zu zerstören. Sie haben ihre eigenen Toten gesammelt und einen Weg gefunden, sie in Lagertanks wie diese zu stecken, in denen ursprünglich Jadefalken-Krieger lagen. Die Wissenschaftler glauben, sie würden mit Jadefalken-Genmaterial arbeiten, bringen aber unwissentlich Wolfsgene in ihre kostbaren Mixturen ein.«

»Ich bringe diesen räudigen Köter um«, knurrte Karlac, die ihre Wut kaum noch unter Kontrolle halten konnte.

»Noch nicht, Karlac, auch wenn ich die Rückkehr deines Zorns begrüße. Wir müssen diesem Verrat noch weiter auf den Grund gehen.« Joanna wandte ihre Aufmerksamkeit erneut Alvar zu. »Während wir durch die Gänge wanderten, habe ich in mehrere Lagertanks gesehen und die darin liegenden Leichen betrachtet. Schon bevor ich zu Jula Huddocks Tank hinaufkletterte, hatte ich meine Zweifel. Nur wenige der Körper sahen wie die von Kriegern aus, ganz besonders nicht wie die von Jadefalken-Kriegern.« Sie beugte sich zu Bailly/Alvar hinab, dessen Gesicht vor Wut aufgedunsen schien. »Warum so wütend, Abschaum?«

Er setzte zu einer Antwort an, aber dann schloß er den Mund. Man konnte sehen, daß es ihn alle Anstrengung kostete, stumm zu bleiben.

»Was ist los?« fragte Karlac.

»Dieser Stravag ärgert sich, weil ich die Wölfe beleidigt habe, indem ich andeutete, daß Wolfskrieger im Vergleich zu Jadefalken-Kriegern minderwertig sind, und das, obwohl er die Wahrheit über diese Leichen kennt.« Joanna machte eine Pause, in der sie von Alvar zu Karlac und wieder zurück blickte. »Aber das da draußen sind auch keine Wolfsclan-Krieger, nicht wahr, Wolfsdreck? Nein, ich denke, die Wölfe haben die bösartigste, ekelhafteste, *perfekteste* Art gefunden, dieses Projekt zu sabotieren. Die Verfälschung durch Kriegergene wäre gering. Sie würde noch immer zu effektiven, wenn auch schlechteren Kriegern führen.«

Alvar/Bailly senkte die Arme, aber Karlac stieß ihn grob mit der Waffe an. »Oben lassen, Köter.«

Joanna dachte an Ravill Pryde und die Abweichungen von den typischen Jadefalken-Zügen, die er aufwies, und sie wußte, daß sie recht hatte. Und sie wußte einen Weg, die Wahrheit aus diesem Wolfs-Abschaum herauszulocken. »Nein, sie haben ihre Schlachtfelder nicht nach Kriegern abgesucht«, stellte sie langsam, beinahe dramatisch, fest. »Die Tanks enthalten die Leichen von Freigeborenen ...«

Alvar stieß ein verwundetes Heulen aus und schlug Karlac die Faust ins Gesicht. Der Schlag warf sie zu Boden, und sie verlor die Waffe. Mit blitzartiger Geschwindigkeit hatte er die Pistole aufgehoben. »Wir sind alle drei ClanKrieger«, stellte er leise fest, offensichtlich bemüht, seine Wut zu beherrschen. »Das Ergebnis der modernsten Zuchtprogramme mit dem Ziel, die besten Kämpfer zu erzeugen.« Er warf die Pistole zu Boden. »Hör mich an, Joanna.«

Joanna hatte ihre Waffe auf ihn gerichtet, bedeutete Karlac aber mit einem leichten Kopfschütteln, daß sie noch nicht bereit war, Alvar zu töten.

»Du hast gut geraten, was hier auf Dogg Station vorgeht, aber ich fürchte, es ist nicht die ganze Geschichte. Die Wahrheit ist vielleicht noch schlimmer, als du ahnst.«

»Stopf es unter eine Falkenschwinge«, stieß Karlac aus. Wieder bedeutete ihr Joanna, zu warten und zuzuhören.

»Die Jadefalken und die Wölfe hassen einander seit langem, und du glaubst, das reiche aus, um Clan Wolf so tief sinken zu lassen, daß er das genetische Erbe eines anderen Clans verfälschen würde. Aber kein Wolfskrieger würde auch nur im *Traum* an so etwas denken. Es widerspricht dem Wesen der Clans. Es widerspricht *unserem* Wesen. Was mich betrifft, hast du recht, Joanna. Ich bin ein Wolf, und wurde von meinem Clan hierher geschickt, um herauszufinden, wieso ein Teil unserer Handelsschiffe und Techniker unautorisierte Flüge zu dieser unbewohnten, scheinbar wertlosen Welt im Jadefalken-Gebiet unternehmen. Kannst du ernsthaft glauben, die Anführer der Wölfe würden jemals aus bloßer Mißgunst zulassen, daß unser kostbares genetisches Erbe geopfert wird?« Er deutete nach draußen, in Richtung der Lagertanks. »Ein Teil davon könnte aus den Giftakes unserer auf Tukayyid gefallenen Krieger bestehen.«

»Es reicht«, unterbrach Joanna ihn mit schneidender Stimme. »Wie lange soll ich mir diese Rede über die Ehre von Wolf-Hunden noch anhören?«

»Lange genug, um zu verstehen. Ich versuche dir zu

erklären, was die Wölfe über diese Sache wissen. Ich wurde mit derselben Mission hierher entsandt wie du, Joanna – um herauszufinden, was in Dogg Station vor sich geht. Der Wolfs-Geheimdienst schöpfte vor mehreren Jahren einen ersten Verdacht, als wir Unregelmäßigkeiten in den Flugplänen entdeckten, beinahe, als würden Händler- und Techschiffe von ihren vorgesehenen Routen abweichen. Wir hielten diese Abweichungen fest, bis wir ein Muster ausmachten, das wir schließlich auf eine nicht verzeichnete Flugroute einengten – eine Route, die von den Schlachtfeldern unserer *beiden* Clans nach Dogg Station und zurück führte – und ebenso zu den Heimatwelten und zurück.«

»Und diesen Vogelleim sollen wir glauben?« spottete Karlac. »Das ist nur ein weiterer Trick, um deine Haut zu retten.«

»Glaubt es oder nicht. Ein Krieger hat es nicht nötig, zu lügen.«

»Du bist kein Krieger – du bist ein *Spion*«, zischte Joanna. »Lüge und Betrug sind dein Blutname. Nur durch Betrug kannst du überhaupt hierher gekommen sein – ein Wolfs-Krieger in einer Jadefalken-Solahma-Einheit, auf einer Welt tief im Innern der Jadefalken-Besatzungszone? Wie bist du sonst hierher gekommen, wenn nicht durch Betrug? Und wie hast du es geschafft, so lange unentdeckt zu bleiben, wenn nicht durch Lügen?«

»Stimmt. Ich habe eine Mission zu erfüllen. Ebenso wie du, Joanna. Alt oder nicht – du bist nicht Solahma. Du hast mit dem Rest dieser traurigen Exemplare in der Einheit nichts gemein.«

Joanna lachte heiser. »Soll ich mich dafür bedanken oder dir eine Ohrfeige verpassen?«

»Verpaß ihm eine«, grummelte Karlac.

»Sprich weiter, Abschaum. Das schwarze Landungsschiff – Wolf oder Jadefalke?«

»Deine Beleidigungen treffen mich nicht, Joanna. Ich weiß, wer ich bin. Aber um deine Frage zu beantworten: Manchmal das eine, manchmal das andere. Kannst du dir meine Reaktion vorstellen, als ich *das* herausfand? Ich wurde von den Wölfen hierher geschickt, um herauszufinden, was die Jadefalken treiben, und muß erfahren, daß Schiffe des Wolfsclan an dieser ganzen widerlichen Operation beteiligt sind! Schlimmer noch, daß Wolfs-Krieger in einem experimentellen Zuchtprogramm gegen Jadefalken ausgetauscht werden. Ein unkontrolliertes Programm, dessen Ziele die Wissenschaftler selbst festlegen, nicht die Kriegerkaste.« Alvar reichte die Pistole Karlac. »Das ist deine, glaube ich.« Dann fixierte er Joanna und blickte ihr sekundenlang geradewegs in die Augen, etwas, was ein ClanKrieger nur selten wagte. Plötzlich ertönte draußen in der Höhle ein Schrei, und Joanna nutzte die Gelegenheit, um Alvars entnervendem Blick zu entfliehen. Sie deutete zur Tür. »Karlac, sieh nach.«

»In Ordnung, Joanna.«

»Siehst du irgend etwas?«

»Ja. Die Techs hetzen durch die Gänge. Ich würde es panisch nennen.«

»Sie haben es entdeckt.«

»Was entdeckt?« fragte Alvar.

»Wir haben auf dem Weg etwas Abfall liegen lassen. *Menschlichen* Abfall.«

Alvar grunzte angewidert. »Könnt ihr Jadefalken denn überhaupt nichts richtig machen?«

Joanna trat auf ihn zu, und einen Augenblick wollte sie ihn ebenfalls umbringen. Aber dann machte sie sich klar, daß sein Schicksal im Augenblick ohne Bedeutung war. Sie steckte die Waffe weg. »Wir haben nicht mehr viel Zeit. Erklär mir noch eines, Wolfs-Spion. Wenn die Wölfe das alles wissen, wozu dann noch ein Spion in Dogg Station?«

»So wie ihr angenommen habt, daß es sich um

Wolfs-Verrat handeln mußte, sind wir davon ausgegangen, daß es sich nur um einen Jadefalken-Plan handeln konnte. Immerhin liegt Dogg Station auf einer eurer Welten, frapos?« Alvar schüttelte fast traurig den Kopf. »Nur der Geist eines Wissenschaftlers konnte sich einen solchen Plan ausdenken. Aber kein Wissenschaftler hätte das Große Konklave irgendeines Clans dazu bringen können, diese genetischen *Experimente* zu genehmigen.« Er spie das Wort aus, als könne er seinen Geschmack nicht ertragen. »Die Wissenschaftler unserer beiden Clans, und wer weiß wieviel anderer noch, scheinen sich über das Wesen der Clans hinweggesetzt zu haben. Sie haben entschieden, daß nur sie selbst wissen, was für unser aller Wohl am besten ist. Wir Krieger sind an alte Traditionen und Tabus gebunden, aber die Wissenschaftler sind bloße Freigeborene, sie besitzen keine Ehre. Wir sollten ihre Herren sein. Die Kriegerkaste ist die oberste Kaste der Clans, und in Wahrheit spielen diese Freigeburten ein monströses Spiel mit dem genetischen Erbe unserer beiden Clans. Es ist schändlich. Es ist Chalcas.« Er spuckte es beinahe aus.

Es war schwer zu verdauen, aber Joanna glaubte diesem Alvar/Bailly, diesem Wolfs-Spion, diesem Krieger von einem anderen Clan. Untereinander hatten Krieger keinen Bedarf an Lügen. Sie waren unnötig.

»Du erzählst mir, daß dies kein Konflikt zwischen Wölfen und Falken ist, sondern eine Initiative aus den Reihen der Wissenschaftlerkaste«, stellte Joanna langsam fest. »Wissenschaftler, die sich nicht an die ihnen gesetzten Grenzen halten, die ihre eigenen Pläne über das Wesen der Clans stellen. Sie haben die Aufgabe erhalten, die größten Krieger zu erschaffen, die das Universum je gekannt hat, und ihre Macht hat sie berauscht. Das Ziel heiligt die Mittel – so verräterisch und abstoßend sie auch sein mögen.«

Karlac schüttelte ungläubig den Kopf. »Dreckige Freigeburten.«

Das Stimmengewirr draußen in der Höhle wurde lauter. Wahrscheinlich durch die engen Gänge verzerrt, hatte es einen gespenstischen Klang.

»Karlac?«

»Sie sehen wütend aus. Sie haben ganz eindeutig die Leichen ihrer Kameraden entdeckt.«

»In diesem Büro sind wir perfekte Zielscheiben«, stellte Alvar fest und beeindruckte Joanna durch seine Gelassenheit.

»Pos. Ich bezweifle, daß irgendeiner von uns hier noch viel ausrichten kann.«

»Stimmt. Es wird Zeit, die Informationen unseren Clans zu überbringen.«

Joanna trat an die Tür und stieß Karlac grob zur Seite. Deren Augen funkelten in neu erwachter Wut. Sie war offensichtlich beleidigt. »Mach genau das, was ich dir sage«, herrschte Joanna sie in ihrem besten Falknerinnenton an. »Es ist wichtig, daß ...«

Sie vollendete den Satz nicht. Ein bewaffneter Tech schien plötzlich vor ihr zu materialisieren. Er prallte gegen den Türpfosten und stürmte in den Raum, die Waffe genau auf Joanna gerichtet. Da ihre Pistole noch im Holster steckte, war er im Vorteil.

Aber nicht Karlac gegenüber.

»Erwischt«, knurrte der Tech.

»Stimmt«, meinte Karlac und schoß ihn mit der Pistole, die Alvar ihr kurz vorher zurückgegeben hatte, nieder. »Wo kommt dieses Stück Dreck her?« fragte sie, und stieg über den Leichnam.

»Er muß an der Tür gekauert haben.«

»Er hat uns belauscht? Gut, daß er tot ist.«

»Ich bin beeindruckt von deiner Skrupellosigkeit, Karlac«, meinte Joanna. »Vielleicht habe ich dich doch falsch eingeschätzt.«

»Du hast mich für eine Spionin gehalten, frapos?«

»Pos.«

»Und als du das nicht mehr glaubtest, hast du mich als ausgebrannte Solahma-Kriegerin abgeschrieben, frapos?«

»Pos. Du warst zu vorsichtig, und du hast keinen Widerwillen beim Tragen von Techkleidung gezeigt, und ...«

»Genug. Du hast recht. Aber manchmal erinnere ich mich, daß ich einmal eine Kriegerin war.«

»Du bist es immer noch.«

»So leid es mir tut, euch bei eurer gegenseitigen Beweihräucherung zu unterbrechen«, mischte Alvar sich ein, »aber ich frage mich, wie wir hier herauskommen sollen? Da draußen wimmelt es von bewaffneten Techs, und es gibt nur einen Ausgang aus der Höhle. Sie werden uns nicht entkommen lassen.«

»Wir kommen hier raus«, meinte Joanna, und wandte sich zur Tür. »Keine Angst. Wir haben einen Vorteil, den die dort draußen nicht haben.« Joanna blickte hinaus und sah Techs in beide Richtungen durch das Hauptportal hasten. Die Entfernung bis zur Oberfläche Doggs schien unendlich. Der Weg bis zum Lift würde stockfinster sein, und der Aufzug selbst war ein monströses Gebilde. Ihre Chancen waren mikroskopisch klein.

»Was für einen Vorteil könntest du haben?« fragte Karlac.

»Mein Vorteil?« fragte Joanna, als sie die Tür öffnete und ins Freie trat.

»Ja.«

»Ich bin Jadefalke.«

28

**Befehlszentrale der Clanwache,
Zentrales Jadefalken-Hauptquartier
Wotan, Jadefalken-Besatzungszone**

15. November 3057

Kael Pershaw rückte mit dem natürlichen Arm seine um ein, zwei Zentimeter verrutschte Halbmaske zurecht. »Ich kann nicht offen sprechen, Joanna, aber soviel kann ich dir sagen: Was du entdeckt hast, geht möglicherweise weit über einzelne genetische Manipulationen durch unsere Jadefalken-Wissenschaftlerkaste hinaus. Ich habe schon seit einiger Zeit den Verdacht, daß ein verschwörerisches Netzwerk die Wissenschaftlerkasten zahlreicher Clans verbindet – möglicherweise die aller Clans.«

»Aber warum? Was haben sie vor?«

»Es steht mir nicht frei, das zu diskutieren, insbesondere nicht, solange noch so viel auf purer Spekulation beruht. Aber ich vermute, daß sich die Wissenschaftlerkasten irgendwie abgesondert haben, beinahe, als hätten sie einen eigenen, separaten Clan geformt. Um ehrlich zu sein, mir gefriert das Blut in den Adern, wenn ich nur daran denke.«

Soweit es Joanna betraf, waren für sie Kael Pershaws Adern schon immer vereist gewesen. Wenn die Flüssigkeit in seinem Innern jetzt noch kälter wurde, ließ sie das an Temperaturen denken, mit denen verglichen der von Eisschollen bedeckte Sudetensee tropisch anmutete.

»Aber zumindest haben deine Entdeckungen meine Vermutungen untermauert. Die Informationen, die du bei deiner Mission gesammelt hast, habe ich an den Khan weitergeleitet. Es wurden nur ausgewählte Mitglieder des Konklave davon in Kenntnis gesetzt.« Er legte die Fingerspitzen aufeinander und lehnte sich nachdenklich zurück. Das machte den Ausdruck auf den Trümmern seines Gesichts noch beunruhigender. »Die widerlichen Techfreigeburten auf Dogg, die es gewagt haben, unerlaubterweise Waffen zu tragen, wurden natürlich ausgelöscht.«

Joanna war noch immer wie benommen von den Implikationen dessen, was sie bei ihrer Mission als Kael Pershaws Agentin aufgedeckt hatte. Sie hatte keine Ader für komplexe Strategien, und der Gedanke einer Verschwörung in den niederen Kasten überstieg beinahe ihr Vorstellungsvermögen. Sie war froh, daß ihre Mission erfolgreich gewesen war, aber auch, daß sie vorüber war. Es wurde Zeit, zum Leben einer Jadefalken-Kriegerin zurückzukehren, ungeachtet des Schicksals, das ihr bevorstand. »Was hat sich in der kurzen Zeit meiner Abwesenheit ereignet?« fragte sie.

»Sehr viel. Unser Clan befindet sich in diesem Augenblick in einem Widerspruchstest mit den Wölfen. Die Arroganz der Wölfe und ihre Mißachtung des Wesens der Clans hat ihnen viele Feinde eingebracht, selbst in den eigenen Reihen. Ulric Kerenskys verräterisches Batchall, das zu unserer Niederlage auf Tukayyid und dem Waffenstillstand führte, unter dem wir heute leben, hat endlich dazu geführt, daß alle wahren ClanKrieger nach Wolfsblut dürsten. Ulric wurde vom Großen Konklave seines Amtes als ilKhan enthoben. Wie es sein Recht ist, hat er einen Widerspruchstest verlangt, und Clan Jadefalke ist die Aufgabe zugefallen, die Ehre des Konklave zu verteidigen. Ulric hat den größten Teil der Wolf-Truppen geboten und ist mit ihnen in unsere Besatzungszone eingefallen. Ein Teil stellt sich zum ehrenhaften Kampf, während andere versuchen, in die Innere Sphäre zu fliehen. Wir jagen die Wölfe, wo immer wir sie finden. Es stehen gewaltige Schlachten an, und alle Krieger werden ihre Chance auf Ehre oder Tod bekommen.«

»Und ich werde zurück in die Brutanlagen geschickt.«

»Nein, Joanna. Diesmal scheint das Schicksal auf deiner Seite zu stehen.«

»Du meinst, ich soll bei der Wache bleiben?« Ihre Stimme troff vor Verachtung.

»Nein, Joanna, du wirst zur Falkengarde zurückkehren.«

»Das ist mein Wunsch, Sterncolonel Kael Pershaw.«

»Das dachte ich mir. Du kannst sicher sein, daß dein Einsatz auf Dogg in deinem Kodax verzeichnet wird. Ich werde auch Sterncolonel Ravill Pryde informieren, wenn auch ohne ins Detail zu gehen, damit er dir das Wiedererscheinen in der Falkengarde nach der Versetzung zu einer Solahma-Einheit erleichtern kann. Darüber hinaus wird der Erfolg deiner Mission zunächst ein Geheimnis bleiben. Niemand sonst wird etwas davon wissen.«

»Soll mir recht sein«, stellte Joanna fest. »Ich bin nicht stolz darauf, eine Spionin zu sein.«

Pershaws sichtbares Auge schien sich zu weiten. »Aber du warst gut darin. Wenn die Falkengarde dich im Augenblick nicht dringender benötigte, würde ich dich auf Dauer der Wache zuteilen lassen.«

»Der Gedanke widert mich an. Spionage ist keine Tätigkeit für eine Kriegerin. Ich habe kein Verlangen, inmitten einer Scharade zu sterben.«

»Als Jadefalken-Krieger verstehe und verzeihe ich diese Beleidigung. Auch ich würde es vorziehen, auf dem Schlachtfeld zu sterben. Wie du deutlich sehen kannst, ist das Wrack, zu dem mein Körper geworden ist, der einzige Ausdruck meiner Kampfesleistungen, der mir verblieben ist. Aber ich muß auch dem Clan dienen, und das tue ich als Kommandeur der Wache, wenn du so willst, als Chefspion. Trotzdem sehnen sich meine Hände nach den Kontrollen eines BattleMechs. Manchmal wird diese Maske, die ich trage, um die Verbrennungen auf meinem Gesicht zu verbergen, wie eine der Lügen, die ich in meiner Arbeit von mir geben muß. Die Maske des Spions verdeckt das Gesicht des Kriegers, und ich hasse sie.«

»Sterncolonel, ich bin erstaunt, daß du mir diese Gedanken offenbarst.«

»Warum, Joanna? Wir sind uns sehr ähnlich, frapos?«

»Pos. Wir sind beide bösartig wie Höhlenfledermäuse und doppelt so wütend.«

»Ich hätte es wahrscheinlich anders formuliert, aber du hast recht. Bist du sicher, daß du nicht hierher zurückkehren möchtest, wenn deine nächste Versetzung ansteht?«

»Pos, ich bin sicher. Erwartest du Dankbarkeit von mir, Kael Pershaw?«

»Ganz bestimmt nicht. Das Universum würde aufhören zu existieren.«

»Führe mich nicht in Versuchung. Ich könnte dir doch noch danken, nur um das Ende miterleben zu können.«

»Bedanke dich nicht, weder bei mir noch beim Schicksal. Ich habe dir noch nicht gesagt, auf welcher Welt die Falkengarde in diesen Widerspruchstest eingreifen wird.«

»Was könnte das für einen Unterschied machen? Solange es zur Schlacht kommt, bin ich es zufrieden. Wo wird die Falkengarde kämpfen?«

Pershaw blickte kurz zur Seite. Es war ein seltsames Gefühl zu sehen, wie er sich sammelte, bevor er sprach. Normalerweise hatte er keine Schwierigkeiten, geradeheraus zu reden. »Auf Twycross.«

»Freigeburt!« stieß Joanna aus.

Kael Pershaw nickte, aber sein verzerrtes Gesicht war wie immer nicht zu deuten. »Fluchen scheint in der Tat eine logische Reaktion.«

29

Vorhangebene
Twycross, Stahlvipern-Besatzungszone

6. Dezember 3057

Joanna hätte Schwierigkeiten gehabt, irgend jemand, selbst Diana oder Hengst zu erklären, was sie fühlte, jetzt, wo sie wieder auf Twycross war. Obwohl sie nichts von übernatürlichen Erscheinungen hielt, glaubte sie beinahe, im seltsamen, unsteten Licht ringsum Geister zu erblicken. Weil der Sturmwind des Diabolis nie verstummte, schien der Sand von Twycross ständig in Bewegung. Der rote Sand und die ebenso roten Felsen färbten auch das wenige verfügbare Licht. Formen in der Ferne waren undefinierbar. Ein Felsblock konnte wie ein BattleMech erscheinen, beieinander stehende Mechs wie ein Wald. Das machte die Notwendigkeit zur Vorsicht offenkundig, ein Zustand, der jeden Jadefalken-Krieger verstören mußte, denn für einen Jadefalken war Vorsicht gleichbedeutend mit Feigheit.

Im Augenblick waren der Sturm zu heftig und die Sandwirbel zu dicht, als daß irgendein Kampf auf der Vorhangebene möglich gewesen wäre. Morgen würde es zur Schlacht kommen, aber heute drängten sich die Jadefalken in riesigen geodäsischen Zelten und beklagten ihr Schicksal, während sie versuchten, die durch das erzwungene Nichtstun erzeugte Anspannung unter Kontrolle zu halten. Die Falkengarde war besonders unruhig und mehr als nur ein wenig irritiert. Bei ihrer Ankunft auf Twycross hatten sie festgestellt, daß sie als einzige Frontklasse-Einheit für den Widerspruchstest auf diesem Stahlviper-Planeten eingeteilt worden war. Die drei übrigen Einheiten – die 5. Krallen, 6. Einstweilige Garnison und 18. Regulären –

waren Einheiten der Garnisonsklasse mit weit geringerer Kampferfahrung als die Garde.

Ravill Pryde war außer sich gewesen, als er erkannt hatte, wie man die Falkengarde behandelte, daß man sie zwang, Seite an Seite mit minderwertigen Einheiten auf einem offensichtlich unbedeutenden Nebenschauplatz des Widerspruchstests anzutreten.

»Etwas von der Schande, die der Falkengarde seit dem ersten Konflikt auf Twycross anhaftet, hängt uns offenbar immer noch nach«, hatte er in einem ungewöhnlich emotionalen Moment verkündet. »Man ist nicht bereit, andere kampfbereite Einheiten hier zu verschwenden und belastet uns mit unerprobten Verbündeten. Nicht nur das, seht euch an, wer die gegnerischen Einheiten führt. Die vergreiste Wolf-Khanin Natascha Kerensky. Die Wölfe beleidigen uns, indem sie eine alte Frau gegen uns in die Schlacht schicken. Wäre sie eine Jadefalkin, wäre Natascha Kerensky inzwischen tot, oder sie würde ...« Er blickte wütend in Joannas Richtung. »... Kanister betreuen.«

Joanna ignorierte die Beleidigung, fühlte sich aber genötigt, Natascha Kerensky zu verteidigen. »Natascha Kerensky hat als Kriegerin und Anführerin großes Können bewiesen.«

»Großes Können?« erwiderte Ravill Pryde. »Als Spionin?« Das war natürlich eine weitere gegen Joanna gemünzte Beleidigung, aber sie konnte nicht darauf reagieren, da niemand sonst von ihrer Geheimmission in Dogg Station wußte. Die anderen Krieger nahmen an, sie sei zurück in ihre Einheit versetzt worden, weil man ihre große Kampferfahrung nicht ungenutzt lassen wollte. »Sie hat Jahre in der Inneren Sphäre verbracht, wo sie vorgab, zu Wolfs Dragonern zu gehören. Wie alle Krieger des Wolfsclans hat sie *Fähigkeiten* auf dem Gebiet von Lüge und Betrug. Ich würde meine Hände nicht in einem ehrbaren Gefecht mit ihr schmutzig machen.«

»Natascha Kerensky ist eine würdige Gegnerin, Sterncolonel. Auch wenn sie eine Wölfin ist, ihre Leistungen lassen sich weder verleugnen noch herabwürdigen.«

»Joanna, du bist alt und erkennst nicht, was für eine Surat sie ist.« Nachdem er sie lange angesehen hatte, drehte Ravill Pryde sich fort und beschwerte sich weiter bei den übrigen Kriegern, die gebannt an seinen Lippen hingen. Nach ihrer Rückkehr hatte Joanna eine Veränderung an Ravill Pryde festgestellt. Er war weniger frohgemut, schärfer seinen Untergebenen gegenüber, und um seine Augen lag ein Hauch von Melancholie. Natürlich zog er noch immer seine grinsende Enthusiasmusroutine ab, aber weniger häufig und weniger herzlich. War er nervös wegen der bevorstehenden Schlacht? Fragte er sich, ob er in einem echten Krieg ebenso gut dastehen würde wie bei seinen Tests? Selbst er wußte, daß der Krieg brutaler und komplexer war als es Qualifizierungstests und Blutrechtskämpfe je sein konnten. Die Vorstellung eines nervösen und angespannten Ravill Pryde gefiel Joanna.

Der Gesellschaft ungeduldiger Krieger müde geworden, verließ Joanna das geodäsische Zelt. Besser, vom Wind gebeutelt, vom Sand gepeitscht zu werden, als sich von noch schlimmerer Ungeduld anstecken zu lassen, als sie ohnehin schon fühlte. Diana schloß sich ihr an. Sie standen unter einem Vordach, dessen Schutz gegen die tosenden Unwetter von Twycross höchst ungenügend war, und starrten in die ständig wechselnden Muster der wirbelnden Sandmassen.

»Siehst du etwas?« fragte Diana.

»Nichts.«

»Sieht es genauso aus wie beim letzten Mal?«

»Um die Wahrheit zu sagen, ich habe versucht, diesen verdammten Ort zu vergessen. Was gibt es hier schon, das es wert wäre, sich daran zu erinnern? Dieser rote Sand, die Felsen, der Sturm und eine verheerende Niederlage. Nein, ich sähe Twycross lieber als einen Ort, an dem ich nie gewesen bin.«

»Was meinst du, wie weit wir von der Großen Schneise entfernt sind?«

»Nicht weit.«

Es war bekannt, daß der 3. Gefechtssternhaufen, der 352. Sturmsternhaufen und der 341. Sturmsternhaufen der Wölfe zwischen der Vorhangebene und der Großen Schneise ihr Lager aufgeschlagen hatten. Die beiden Seiten hatten diese Positionen nicht abgesprochen; es ergab sich einfach so. Über die exakten Positionen der Wölfe war derzeit wenig bekannt, da die Umweltbedingungen eine genaue Ortung verhinderten.

»Was meinst du, müssen wir durch die Schneise?«

»Vielleicht. Aber laß uns erst einmal in die Schlacht ziehen, Diana. Dann werden wir sehen.«

»Ich will endlich kämpfen. Diese Warterei macht mich nervös.«

»Ja, ich bin auch ungeduldig. Sieh dir meine Hände an. Die Finger sind verkrampft, als lägen sie schon um die Kontrollen meines Mechs.«

»Wie gefällt er dir? Deine neue *Nemesis*, meine ich.«

»Also, bis jetzt würde ich sagen, es ist nur eine zweitklassige Maschine.« Joanna haßte den Gedanken, in einem ihr fremden OmniMech in die Schlacht zu ziehen. Sie hatte versucht, sich mit den Kontrollen der *Nemesis* vertraut zu machen, aber jedesmal, wenn sie träger reagierte als ihr früherer Mech fühlte sie sich so frustriert und wütend, daß sie mit den Fäusten auf die Konsolen hämmerte. Joanna hätte ihren rechten Arm dafür gegeben, ihren alten *Bluthund* zurückzubekommen. Aber der Mech war während ihres Aufenthalts auf Dogg Castilla zugeteilt worden, und Ravill Pryde weigerte sich, das rückgängig zu machen.

»Es wäre Verschwendung«, hatte er seine Haltung begründet. »Wir freuen uns, daß du für eine letzte glorreiche Schlacht zu uns zurückgekehrt bist, aber

MechKriegerin Castilla hat den Mech im Verlauf seiner Reparatur umgebaut und neu konfiguriert. Da er damit perfekt ihren Fähigkeiten angepaßt ist, wäre es unnütz, wenn du ihn jetzt für deine Anforderungen umkonfigurierst und Castilla die ganze Arbeit noch einmal machen müßte, wenn du hinterher zu den Heimatwelten abgeflogen bist. Zur Zeit sind drei Mechs als Reservemaschinen verfügbar, Überlebende der Schlacht von Tukayyid, wenn auch ohne ihre Piloten. Wähle einen davon aus, Joanna. Nein, versuche gar nicht erst, zu argumentieren. Es ist meine Entscheidung, frapos?«

Joanna hatte ihre Wut im Zaum gehalten und die *Nemesis* ohne weitere Beschwerde akzeptiert.

»Aidan Pryde hat während des größten Teils seiner Laufbahn eine *Nemesis* gesteuert, nicht wahr?« fragte Diana jetzt.

»Ja, und er ist in einem *Waldwolf* gestorben, der ihm Unglück brachte. Diese *Nemesis* ist noch viel unglückseliger.«

»Hör auf, Joanna. Du machst mir Angst. Du wirst nicht sterben. Dafür bist du zu bösartig.«

»Ja, ich bin bösartig, und soweit ich es mitbekommen habe, ist es das widerwärtige Schicksal bösartiger Kratzbürsten, im Bett zu sterben.«

»Darüber würde ich mir an deiner Stelle keine Sorgen machen. Wenn du nicht in der Schlacht fällst, wird dich während eines deiner Wutausbrüche der Schlag treffen.«

Joanna entschied sich, Diana nichts von ihren jüngsten Alpträumen zu erzählen, in denen sie aufgebahrt lag und alle Menschen, die sie je gekannt hatte, sich um ihren Leichnam versammelten, wobei diejenigen, die sie am meisten haßte, sich ganz nach vorne drängten, angeführt von Ravill Pryde. »Ich habe bei Ravill Pryde beantragt, daß unser Stern die Vorhut übernimmt. Ich will so weit vorne wie möglich stehen.«

»Das sollte deine Chance erhöhen, in der Schlacht zu fallen.«

»Werde nicht sarkastisch, Diana. Es ist das Wesen des Jadefalken-Kriegers, eine Position in vorderster Front anzustreben. Wenn du dich in einen anderen Stern versetzen lassen willst …«

»Keineswegs. Ich bin gerne hier, und erregt von der Chance, in der ersten Angriffswelle zu stehen. Ich habe nur einen kleinen Witz gemacht, einen sehr kleinen, zugegebenermaßen. Um die Wahrheit zu sagen, Joanna, ich bin so froh, aus Ravill Prydes Büro zu kommen und diese Coregn-Position los zu sein, daß ich mir wünschte, diese Schlacht würde nie zu Ende gehen.«

»Anschließend wirst du deine Pflichten als Coregn wiederaufnehmen müssen?«

»Das hat Ravill Pryde zumindest gesagt. Ich würde alles tun, um diese Stellung loszuwerden, aber wenn Ravill Pryde nicht einmal Geheimnisverrat für einen ausreichenden Grund hält, mich zu entlassen, was bleibt mir dann noch?«

»Wenigstens siehst du ihn so, wie er ist. Hengst verteidigt ihn noch.«

»Hengst mag seinen Kampfgeist. Und er behauptet, Ravill Pryde sei einer der besten Anführer, unter denen er je gedient habe. Mit Ausnahme Aidan Prydes natürlich.«

»Natürlich. Wer könnte Aidan Pryde übertreffen?«

»Jetzt klingst *du* sarkastisch.«

»Verzeihung, das war keine Absicht. Mich regt wohl jede Erwähnung Aidan Prydes auf. Aidan war ein tapferer Krieger und ein guter Kommandeur, aber er hatte auch seine Fehler.«

»Das freut mich zu hören.«

»Oh? Ich vergesse immer, daß du diese widerlichen Freigeburtsgefühle deinem Vater gegenüber hast. Das macht mich krank.«

»Das höre ich auch gerne.«

Sie verstummten und verloren sich in der Betrachtung der Spiralformen, die der vom Wind getriebene Sand annahm. Die verschiedenen Rottöne formten ständig neue bewegte Muster wie die glänzenden Federn eines stolzen Vogels.

»Das Bieten findet morgen statt?« fragte Diana.

»Morgen früh. Bei Sonnenaufgang.«

»Wie gut erinnerst du dich an das Gelände?«

»Das hat mich Ravill Pryde auch schon gefragt. Ich konnte ihm nicht viel erzählen. Es scheint mir, als wäre ich auf dem Planeten gelandet, augenblicklich ins Cockpit verfrachtet und in die Schlacht geschickt worden. Auf dieser Seite der Schneise war ich ohnehin nicht lange. Ein kurzes Gefecht auf der Ebene, dann waren wir plötzlich in der Schneise und genauso plötzlich unter Tonnen von Fels und Geröll begraben. Der größte Teil meiner Erinnerungen an Twycross besteht aus Atemnot und dem Versuch, mich ins Freie zu graben.«

»Und dafür mußtest du diese Schande ertragen?«

»Und zu recht. Wir haben verloren. Schlimmer noch, wir waren dumm. Ich hasse die Schande, aber ich akzeptiere sie. Ich hatte keine Wahl. Ich bin Jadefalke.«

»Dieser Satz deckt alles ab, frapos?«

»Pos.«

»Ich hoffe, ich bekomme die Schneise zu sehen. Ich wünschte, wir hätten mehr als nur topographische Karten.«

»Du möchtest sie sehen? Vielleicht würde es mir auch gut tun, noch einmal einen Blick darauf zu werfen. Sollen wir?«

Diana war entgeistert. »Du meinst jetzt gleich?«

»Ja. Jetzt.«

Joanna war bereits damit beschäftigt, den Umhang zu schließen und die Kapuze hochzuziehen.

»Durch die feindlichen Linien?«

»Eine schöne Herausforderung. Bist du ihr gewachsen?«

»Bist du es? Das ist eine weite Strecke.«

»Für jemand meines Alters. Diana, deinen Sarkasmus kannst ...«

»Schon gut, schon gut. Aber was ist mit unseren Befehlen? Würden wir sie nicht brechen, wenn wir ...«

»Natürlich würden wir das. Was macht das für einen Unterschied?«

»Ravill Pryde wird außer sich geraten.«

»Das will ich schwer hoffen. Aber was braucht uns das zu kümmern? Wir werden sowieso schon bestraft für unsere Aktionen. Ich, indem ich ausgeschifft werde, sobald die Schlacht vorbei ist. Und du, nun, du bist eine Freigeborene, und ...«

»Schon gut, es reicht, ich verstehe. Schön, ich komme mit. Aber sollten wir nicht ...«

Diana konnte ihren Satz nicht beenden, denn Joanna hatte die Deckung des Vordachs bereits verlassen und war in den Sandsturm hinausgetreten. Die junge Kriegerin schloß ihren Umhang, klappte die Kapuze hoch und setzte ihr hinterher, von ihrer Handlungsweise seltsam erregt.

30

Große Schneise
Twycross, Stahlvipern-Besatzungszone

6. Dezember 3057

Hätte Joanna nicht ein paar Monate zuvor schon in der stygischen Finsternis des Bergwerks von Dogg Station festgesessen, hätte sie die Große Schneise um Mitternacht wahrscheinlich für den dunkelsten Ort gehalten, an dem sie je gewesen war. Während sie den Sand aus dem Umhang schüttelte und von ihrer Kapuze bürstete, erinnerte sie sich daran, was es für ein Gefühl gewesen war, in ihrem *Höllenboten* hier verschüttet zu werden. Aber damals hatte sie zumindest den schwachen Lichtschein ihrer Cockpitinstrumente gehabt. Selbst der war stärker gewesen als das, was von den erbarmungswürdig wenigen Sternen, die am verhangenen Himmel von Twycross sichtbar waren, bis auf den Grund der Schneise drang. Es gab allerdings auch eine positive Seite: Die sie umgebenden Bergwände bildeten eine Barriere gegen den Diabolis und den Mahlstrom von Sand.

»Gespenstisch«, meinte Diana. Die Große Schneise, ein tiefer Einschnitt in den Windbruchbergen, hatte ihren Namen verdient.

»Hast du etwas anderes erwartet?«

»Na ja, die gute Nachricht ist, wir sind hier, die schlechte ist, wir müssen durch diesen Sturm wieder zurück. Das war ein furchtbarer Marsch, Joanna. Ohne dich hätte ich mich innerhalb von Sekunden verirrt. Wie hast du dich orientieren können?«

»Glück, vielleicht Instinkt. Auch alte Krieger haben ein paar spezielle Tricks in petto. Ich mußte herfinden, also habe ich hergefunden.«

»Sehr vertrauenerweckend.«

»Wir sind hier, frapos?«

»Pos. Und meine Haut fühlt sich an, als habe der Sand sie für alle Zeiten zerschürft. Es ist erstaunlich, wieviel Sand durch die winzigen Öffnungen in unseren Kleidern dringt. Aber eines war doch sehr verwunderlich.«

»Was denn?«

»Wo waren die Wölfe?«

»Du hast doch das Zelt gesehen, und beinahe wären wir über einen Mechfuß gestolpert.«

»Ja, aber wir waren nicht einmal in Gefahr.«

»Wir hatten die Kapuzen hochgeklappt und die Umhänge um den Leib geschlungen – es war schwer, Insignien oder irgend etwas anderes zu identifizieren. In einem Sandsturm sehen alle Krieger gleich aus.«

»Wenn du es sagst. Was nun?«

»Du wolltest die Schneise sehen. Also, das ist sie.«

»Sie ist so ganz anders, als ich erwartet hatte. Nicht so hoch oder so breit, wie ich es mir vorgestellt habe. Trotzdem, hoch und breit genug, um beeindruckend zu sein.«

»Der Platz, an dem die Schlacht stattgefunden hat, müßte ganz in der Nähe sein. Hast du Lust?«

»Pos.«

Die Stelle, an welcher der Krieger aus der Inneren Sphäre mit den Sprengladungen die Steinlawine ausgelöst und den größten Teil der damaligen Falkengarde in diesem hohen Gebirgspaß verschüttet hatte, war keinen halben Kilometer entfernt. Joanna war sich nicht sicher gewesen, ob sie die Stelle wiedererkennen würde. Sie hatte nur plötzlich gewußt, daß sie den Schauplatz ihrer Schande besuchen mußte.

»Ich sehe dich nicht mehr, Joanna.«

»Halte dich an meinem Umhang fest.«

»Warum benutzen wir nicht unsere Taschenlampen?«

»Zu gefährlich. Wenn Wachen aufgestellt wurden

oder Wölfe in der Schneise lagern, wären wir perfekte Zielscheiben.«

»Sieht verlassen aus. Vielleicht finden die Wölfe es hier genauso unheimlich wie ich.«

Sie kletterten weiter die Schneise hinauf. Als der Weg steiler wurde, war sich Joanna sicher, den Schauplatz des Twycross-Massakers erreicht zu haben. Sie ging noch ein paar Schritte weiter, dann blieb sie stehen.

»Joanna?«

»Ja?«

»Ich wollte nur sichergehen, wo du bist. Ich kann jetzt deinen Umriß sehen. Ein Schatten in einem Schatten. Ist das der Ort? An dem es passiert ist?«

»Ja. Mich schaudert.«

»Joanna, was für eine menschliche Reaktion. Was geht mit dir vor?«

»Wer weiß, wieviele Krieger mit ihren Mechs hier noch verschüttet sind, unter unseren Füßen? Ich glaube nicht, daß wir alle Toten ausgegraben haben.«

»Sie könnten als Geister durch die Schneise spuken. Vielleicht beobachten sie uns.«

»Manchmal redest du Schwachsinn, Diana. Ravill Pryde und du, ihr verdient einander.«

»Das ist gemein.«

»Das will ich hoffen.«

Joanna konnte an Dianas Stimme die Richtung erkennen, in der sie sich befinden mußte, aber sehen konnte sie nichts. Sie sah hoch. Zwischen den Klippen zu beiden Seiten der Schneise war das Band aus kaum wahrnehmbaren Sternen etwas breiter. Die Felswände neigten sich auswärts, statt lotrecht in den Himmel zu steigen wie in anderen Teilen der Schneise. Sie waren auch nicht so hoch, wenn auch immer noch hoch genug. Wahrscheinlich lag das an den Felsmassen, die durch die Verteidiger der Inneren Sphäre weggesprengt worden waren. *Freigeburten! Und jetzt müssen wir gegen noch eine Bande von ihnen kämpfen. Was ist schlimmer? Die Verkommenheit der Inneren Sphäre oder der Verrat des Wolfsclans? Wahrscheinlich die Innere Sphäre. Die Wölfe sind zumindest Clanner. Und im Augenblick würde ich lieber einen Wolfskrieger auseinandernehmen als einen aus der Inneren Sphäre. Aber beide wären mir recht.* Beide wären mir recht. Sie wollte den Blick wieder senken, als ihr etwas ins Auge stach. »Hast du das gesehen?«

»Was, Joanna?«

»Einen Lichtblitz. Nur ganz kurz, aber ich habe ihn deutlich gesehen. Möglicherweise eine Reflexion. Aber woher könnte das Licht gekommen sein?«

»Wahrscheinlich war es gar nichts. Eine optische Täuschung.«

»Wir sollten zurückkehren. Bevor es hell wird. Hier gibt es nichts zu sehen. Nichts zu ...« Sie verstummte.

»Bist du in Ordnung, Joanna?«

»Still.«

Das undefinierbare Geräusch wurde lauter, dann wurden sie und Diana plötzlich von einem Regen aus Kies und Schotter überschüttet. Ein Teil der Steinchen traf sie schmerzhaft am Kopf. Der Steinhagel hielt zwei, drei Sekunden an, dann versiegte er.

Joanna kämmte sich den Schmutz aus dem Haar, aber der größte Teil fiel geradewegs in ihren Mantel. Diana kam näher. »Was war das? Ich meine, abgesehen von einer Menge Steine und Dreck, die uns auf den Kopf gefallen ist.«

»Irgend jemand hat da oben etwas losgetreten.«

Sie faßte Dianas Arm und führte sie auf die andere Seite der Schneise, von wo sie beide nach oben starrten. Ein weiterer Steinschauer stürzte ins Tal. Selbst im Dunkeln konnte Joanna erkennen, daß er durch Aktivitäten nahe des Kamms der Felswand ausgelöst worden war. Dieser wurde von einer schwachen Lichtaura nachgezeichnet.

»Was könnte das sein, Joanna?«

»Wonach sieht es aus?«

»Da oben ist jemand.«

»Genau das denke ich auch. Aber wer?«

»Vielleicht haben die Geister einen Club oder …«

»Das waren genug Witze für heute, Diana. Ernsthaft.«

»Die Wölfe?«

»Niemand anderes. Sie treiben irgend etwas da oben, und ich bezweifle, daß es harmlos ist. Ich denke, wir werden mal nachsehen gehen. Schaffst du das?«

»Du meinst, an diesen Felsen hochklettern?«

»Was? Hast du dein Training als Jungfalkin vergessen?«

»Nein, habe ich nicht. Aber damals hatten wir Ausrüstung, und pechschwarz war es auch nicht. Diese Wände sind so steil.«

»Das schaffen wir schon. Es ist vielleicht steil, aber hier kommt man leichter nach oben als irgendwo sonst in der Schneise. Durch die Verschüttung wurde der Paßboden angehoben, und die Klippenwände haben eine sanftere Neigung.«

»Das hört sich alles sehr logisch an, aber ich könnte trotzdem noch etwas Überzeugung gebrauchen.«

Joanna band sich den Umhang fest um den Körper, dann rannte sie los und sprang hoch, um einen sicheren Halt zu packen. Diana sah ihr einen Augenblick hinterher und stieß einen leisen Fluch aus, den sie von freigeborenen Dörflern gelernt hatte. Dann band sie sich wie Joanna den Mantel um und folgte ihr.

Als sie sich dem Gipfel der Steilwand näherten, schmerzten beiden Kriegerinnen die Arme. Während der Kletterpartie waren sie überraschend selten ausgerutscht oder ins Leere getreten, aber trotzdem hatte sie mehr Kraft gefordert als je ein Überlebenstraining. Das Ertasten von Hand- und Fußhalten, die Suche nach allem, was irgendwie Halt bot – all das hatte ihr Fortkommen verlangsamt. Trotzdem wußte Joanna, daß sie ihren Erfolg ganz dem Kriegertraining verdankten. Immerhin kannte sie die gnadenlose Härte dieser Ausbildung aus beiden Blickwinkeln, aus der einer Kadettin und späteren Kriegerin, und ebenso aus der einer Falknerin.

Gedämpfte Maschinengeräusche und ein paar leise Stimmen drangen zu ihnen herab. Beide wurden lauter, je höher sie kamen, aber nicht deutlich genug für eine Identifikation.

Jetzt lag der Kamm unmittelbar über ihnen. Diana war neben Joanna, keinen Meter entfernt. Joanna fragte sich, ob sie dieselbe Erschöpfung gepaart mit dem widersinnigen Drang verspürte, weiterzuklettern.

»Was nun?« fragte Diana.

»Den Geräuschen nach zu urteilen, sind wir nicht mehr weit vom Hauptgeschehen entfernt.«

»Was meinst du, was es ist?«

»Irgendeine Wolfs-Gemeinheit, nehme ich an, aber wir werden es gleich wissen. Hast du dich genug ausgeruht?«

»Was für eine seltsame Frage. Ich stehe kurz vor dem Zusammenbruch, und nur die Angst vor dem Absturz hält mich in Gang. Ja, ich habe mich genug ausgeruht. Gehen wir.«

Der Kamm hing leicht über. Joanna zog sich hinauf, dann half sie Diana nach. Ihre Begleiterin bedankte sich im Flüsterton, dann untersuchten die beiden ihre Umgebung. Sie befanden sich auf einem Plateau, wie Joanna vermutet hatte. Das Gelände war einigermaßen eben, unterbrochen nur von einzelnen großen Felsbrocken und Baumgruppen.

Keinen halben Kilometer entfernt sahen sie eine traumhafte Szene – phantastische Gestalten, die im Licht mehrerer weit voneinander entfernter Feuer geschäftig umhereilten. Über dem Ganzen ragten wie wachsame Riesen zahlreiche BattleMechs empor. Hinzu kam das konstante Hin und Her von Hilfsfahrzeugen, die rasant zum Klippenrand und zurück fuhren.

»Wir müssen näher ran«, flüsterte Joanna.

»Pos.«

»Trennen wir uns, für den Fall, daß sie Wachen aufgestellt haben.«

»Das glaube ich kaum. Sie würden nie erwarten, daß jemand von uns durch ihre Linien schleicht und *dann* auch noch die Felswand der Schneise erklettert, um sich hier umzusehen.«

»Trotzdem, es ergibt keinen Sinn, wenn wir uns beide schnappen lassen. Beweg dich ein Stück in Richtung des großen Felsens dort links. Siehst du ihn?«

»Ist ja kaum zu übersehen.«

Im nächsten Moment hatte Joanna sie aus den Augen verloren. Sie schlich mit langsamen, vorsichtigen Schritten weiter. Der Boden unter ihren Füßen war locker, aber sie bezweifelte, daß bei dem Lärm der Arbeiten irgendwer das Knirschen ihrer Schritte hören konnte.

Als sie näher kam, erkannte sie, daß viele der sich bewegenden Gestalten Techs waren. Einige bedienten Fahrzeuge – Gabelstapler und Kranwagen. Andere fuhren Motorkarren. Wieder andere gingen zu Fuß. Alle waren sie damit beschäftigt, Material an den Klippenrand zu schaffen, wo offensichtlich Gefechtsstellungen gebaut wurden. Manche der Stellungen waren Gräben mit Eingängen, die BattleMechs ein freies Schußfeld in die Schneise gestatteten, ohne die Kolosse selbst dem Feindfeuer auszusetzen. Andere waren flach. In ihnen ragten Konstruktionen aus zerschmetterten Panzerplatten und anderem Schrott auf, die wie groteske Mechparodien aussahen.

Joanna ging noch näher heran und sah, daß einige dieser Objekte pures Altmetall waren, andere komplette Mecharme oder -köpfe. Durch das Umwerfen eines Schalters ließ sich eine gigantische Metallhand schließen, ein Ellbogen beugen oder ein Cockpit beleuchten. Nach der Funktionsüberprüfung verließ der jeweilige Tech mit zufriedenem Kopfnicken die Trümmermaschine und begann, einen weiteren Haufen aus Panzer- und Elektronikschrott zusammenzusetzen.

Die Wölfe mußten einen planetaren Schrottplatz wie den auf Sudeten geplündert haben, auf dem sie gegen Cholas, Castilla und die anderen gekämpft hatte.

Zahlreiche Wolfs-Krieger liefen auf dem Gelände herum und gaben Befehle. Ab und zu sah man sie auch Sprengstoff transportieren. Sie ähnelten einer Ameisenkolonie, die um die Wracks schwärmte und sie mit tödlichem Inhalt bestückte. Andere Krieger plazierten Minen und Sprengladungen zwischen den Stellungen.

Als sie den großen Felsen erreichte, wartete Diana bereits auf sie.

»Kannst du mir das alles erklären, Joanna?«

»Diese Stravags planen einen Hinterhalt. Auf diese Weise wollen sie die Schande von Twycross wiederholen. Natascha Kerensky hofft, uns in die Schneise zu locken und dann zu überfallen.«

»Verstehe ich nicht. Ein Hinterhalt? Mit Altmetall und Mechbauteilen?«

»Ich nehme an, diese Schrotthaufen sind nur ein Teil des Plans. Wenn ich alles richtig gesehen habe, legen sie Sprengladungen in die Schrottkonstruktionen und Minen entlang der Stellungen. Zuerst werden echte Mechs aus versteckten Stellungen entlang des Klippenrandes das Feuer eröffnen. Unsere Truppen reagieren, indem sie auf die Klippe springen, um die Mechattrappen anzugreifen, die sie sehen können. Sobald die Wölfe uns angreifen sehen, ziehen sich die echten Mechs in die Deckung zurück. Unsere Truppen landen zwischen diesen Schrotthaufen und sitzen in einem Minenfeld fest, umgeben von explodierenden Mechs.

Dann gehen die echten Mechs zum Gegenangriff über und erledigen die Überlebenden.«

Diana schüttelte den Kopf, wie um ihn klar zu bekommen. »Sie gehen davon aus, daß wir die Schneise angreifen. Daß wir zum Nahkampf mit ihren Truppen auf die Klippe kommen. Daß wir angesichts des Minenfelds vor Schreck erstarren. Sie arbeiten mit einer Menge Annahmen über unsere Reaktionen.«

»Ja, aber siehst du denn nicht, daß Ravill Pryde ganz genau so handeln wird? Es ist fast, als wäre Natascha Kerensky eine Koschwester unseres Kommandeurs. Sie geht ein Risiko ein, aber eines, das sich lohnt.«

»Das erklärt auch, wieso wir so leicht durch die Wolfs-Linien gekommen sind. Sie haben eine Menge Menschen und Material hierher abgezweigt.«

»Sie muß das von Beginn an geplant haben. Sie hat ihre ganze Anstrengung darauf konzentriert, uns in die Schneise zu locken und unseren Durchbruch zu verhindern.«

»Ihn zu verhindern ist milde ausgedrückt.«

»Ich bin nun mal ein milder Charakter.«

»Stimmt. Das war schon immer dein Problem.«

»Dein Sarkasmus wird mit jedem Tag schlimmer. Wenn du nicht aufpaßt, endest du noch genauso ätzend wie ich.«

»Das habe ich vor.«

Diana hätte sich wahrscheinlich gewundert, wie sehr ihre Antwort Joanna beunruhigte, obwohl sie humorvoll gemeint war. Einen Augenblick lang sah die ältere Kriegerin Diana Jahre in der Zukunft, belastet mit denselben Haßgefühlen, die Joanna gekannt hatte. Sie wollte nicht, daß es so weit kam, aber – und das war noch schlimmer – sie verstand nicht, warum sie sich darüber Sorgen machte. Das Schicksal Dianas, die wahrscheinlich bei irgendeinem wagemutigen Unternehmen fallen würde, hatte kaum Bedeutung für Joanna.

»Was machen wir jetzt?« fragte Diana. »Sag nicht, wir gehen wieder runter, wie wir raufgekommen sind.«

»Ganz genau das. Aber erst will ich noch mehr sehen. Laß uns das Gelände umgehen und sehen, was sich auf der anderen Seite abspielt.«

»Deine Neugier überrascht mich.«

»Hat mit Neugier nichts zu tun.«

»Womit dann?«

»Mit Krieg.«

In sicherem Abstand von den Hauptaktivitäten bewegten sich die beiden um das Lager, vorbei an den Reihen der Hilfsfahrzeuge. Sie entdeckten weitere Battlemechs, die von den Techs kampfbereit gemacht wurden.«

»Joanna, muß nicht die bloße Größe eines derartigen Mechkontingents dafür sorgen, daß unsere Kräfte wenigstens einen Teil davon sehen, wenn der Tag anbricht?«

»Der Berg da drüben auf der anderen Seite würde es effektiv vor uns verstecken, bis die Schlacht begonnen hat. Sie zählen darauf, daß unsere Kundschafter nicht daran denken, hier oben nachzusehen. Ein weiteres Risiko, aber vermutlich haben sie mit ihrer Einschätzung recht.«

Ein Lagerfeuer von beeindruckenden Ausmaßen erleuchtete ein weites Gebiet. Eine einzige ausladende Geste eines Offiziers genügte, um augenblicklich eine Kette von Aktionen in Gang zu setzen. Krieger liefen umher, Fahrzeuge bewegten sich kreuz und quer, alles begleitet von der seltsamen, unterdrückten Geräuschkulisse vieler leise redender Menschen.

»Wir müssen näher ran«, stellte Joanna fest.

»Reichlich wagemutig.«

»Bist du etwa vorsichtig?«

»Keineswegs. Ich bin begierig darauf, mehr zu erfahren.«

»Gut. Extreme Vorsicht kann ich nicht ausstehen.«

Sie bewegten sich weiter. Joanna deutete auf ein paar Bäume links von ihnen, und die beiden gingen hinüber, ohne irgendeinen Versuch zu unternehmen, dem Lichtschein des lodernden Feuers zu entgehen. Joanna verließ sich darauf, daß die Offiziere zu beschäftigt waren, um sie als Unbefugte zu erkennen.

Aus dem kleinen Hain heraus konnten sie die Wölfe in relativer Sicherheit beobachten. In der Nähe des Lagerfeuers ging etwas vor. Einige Krieger standen in lockerer Kreisformation beisammen.

»Was tun sie?« flüsterte Diana.

»Scheint, daß sie jemandem zuhören.«

»Ich wünschte, wir könnten etwas hören, dann würde das ... Moment! Wer ist das?«

Auf der Felduniform der Kriegerin, die aus dem Kreis trat, prangte eine Spinne mit einem roten Sanduhrsymbol auf dem Rücken. Ihre Haltung war königlich, und das erste, was einem Betrachter an ihr auffiel, war ihr rotes Haar, das ihr bleiches Gesicht wie eine feurige Korona umrahmte. Dann stach ins Auge, daß sie weit älter als der durchschnittliche Krieger war. Sie mußte irgendwo zwischen sechzig und hundert Jahre alt sein, dachte Joanna, ein Alter, das Jadefalken-Krieger fast nie erreichten. Die anderen Krieger zeigten deutlichen Respekt.

»Ich wußte es«, murmelte Joanna. »Ich wußte, sie mußte hinter all dem stecken.«

»Dann ist das Khanin Natascha Kerensky?«

»Natürlich. Rothaarig, hochmütig und alt, es kann niemand sonst sein.«

»Sie muß uralt sein, noch älter als ...«

»Älter als ich? Das ist sie, und selbst in ihrem hohen Alter gehört sie zu den besten Kriegern des Wolfsclans.«

»Selbst in dem Dorf, in dem ich aufgewachsen bin,

hatten wir von Natascha Kerensky gehört. Aber viel weiß ich nicht über sie.«

»Ich muß zugeben, selbst jetzt, wo ich sie vor mir sehe, und ihr das Alter vom Gesicht ablesen kann, beeindruckt sie mich. Ich kenne die ganze Geschichte auch nicht, aber ich weiß, sie hat viele Jahre mit Wolfs Dragonern in der Inneren Sphäre zugebracht und wurde dort als ›Die Schwarze Witwe‹ bekannt. Vielleicht hat sie dort diese heimtückischen Techniken gelernt, aber vielleicht sind sie Mitgliedern des Wolfsclans auch von Natur aus eigen. Möglicherweise mixen sie etwas Spezielles in ihre Nährlösungen. Das widerlichste, was ich über die Wölfe weiß, ist, daß sie selbst Verräter in höchste Positionen berufen. Ihr anderer Khan ist eine Freigeburt aus der Inneren Sphäre.«

Diana Kinnlade sackte herunter. »Ich hatte schon davon gehört, aber ich kann es immer noch nicht glauben. Eine Freigeburt als Khan? Wie ist das möglich? Wir Falken gestatten Freigeborenen nicht einmal …«

»Vielleicht werden wir später einmal darüber reden«, winkte Joanna ab. »Jetzt müssen wir erst einmal herausfinden, was Natascha Kerensky hier macht.«

»Wenn wir zurück in die Schneise klettern und wieder ins Lager kommen wollen, bevor es hell wird, sollten wir jetzt gehen.«

»Hell? Auf Twycross? Optimistin.«

»Trotzdem sollten wir nicht riskieren, hinter den feindlichen Linien festzusitzen.«

»Wir haben sie mit Leichtigkeit überwunden. Wir schaffen es auch ein zweitesmal. Ich muß mehr erfahren.«

»Du mußt? Du hast dich verändert, Joanna.«

»Still, Diana. Sag mir, was du siehst, wenn du Natascha Kerensky betrachtest.«

Diana zuckte die Achseln. Ihre Stimme war leise, ihr Tonfall nüchtern. »Für jemand ihres Alters ist ihre körperliche Verfassung bewundernswert. Sie bewegt sich jugendlich und mit festem Schritt.«

»Verwechsele Hochmut nicht mit Jugend. Sie würde ebensowenig wie ich wagen, wie eine alte Frau zu gehen.«

»Sie muß einmal schön gewesen sein.«

In diesem Augenblick drehte sich Natascha Kerensky um, und der Feuerschein warf ein gespenstisches Licht auf ihr Gesicht. Ihr Alter war noch deutlicher, aber dasselbe galt für ihre Schönheit. Augen, in denen der Tod funkelte, schienen Joanna und Diana zu fixieren, und beide zuckten zurück, obwohl sie wußten, daß die Wölfin sie auf keinen Fall gesehen haben konnte.

»Joanna, wir müssen zurück ins Lager oder ...«

»Warte. Geduld. Laß uns sehen, was wir herausbekommen können.«

Was sie herausbekamen, war allerdings ganz und gar nicht, was sie erwartet hatten, und es ekelte Joanna dermaßen an, daß sie beinahe aus der Deckung gebrochen und geradewegs in das Wolfslager gestürzt wäre.

Während sie das Geschehen weiterverfolgten, trat ein Offizier zu Natascha Kerensky und flüsterte ihr etwas ins Ohr. Sie nickte und trat zum Feuer. Von der anderen Seite näherten sich zwei Gestalten.

»Joanna! Sie tragen Jadefalken-Uniformen!«

»Vielleicht sind es Spione. Die Wölfe könnten versuchen, unsere Einheiten zu unterwandern. Es wäre nicht un ...«

Diana erkannte die beiden eine Sekunde später als Joanna und keuchte auf. »Castilla! Cholas! Was machen die hier?«

Einen Moment versagte Joanna die Stimme. Sie preßte die Hände gegen zwei Baumstämme und hielt sich fest, so fest, daß ihr Blut an den Baumrinden hinabtropfte.

»Joanna! Was ist?«

Joanna kämpfte um ihre Beherrschung. Als sie ihre Stimme wiedergefunden hatte, war sie angespannt, aber gefaßt. »Die beiden sind die Spione, Infiltratoren.«

Natascha Kerensky unterhielt sich mit Cholas und Castilla, nickte häufig in Reaktion auf deren Worte. Schließlich legte sie beiden die Hand auf die Schulter und drückte sie, wie als Lob für eine gute Arbeit.

»Warum habe ich es nicht gesehen?« murmelte Joanna.

»Wie hättest du es je …«

»Kael Pershaw hat mir gesagt, daß die Wölfe ihre Leute an die Stelle neuer Jadefalken-Krieger setzen.«

»An ihre Stelle setzen? Wie?«

»Sie entführen junge Krieger, bevor sie bei ihren Einheiten eintreffen. Sie verändern die Kodaxe, so daß die physische Beschreibung auf die Agenten zutrifft.«

»Was machen sie mit den Entführten?«

»Was werden sie mit ihnen machen? Sie töten sie.«

Diana verschwand abrupt zwischen den Bäumen. Kurze Zeit später war ihr Würgen zu hören. Als sie zurückkehrte, war ihre Miene grimmig. »Freigeburtsbastarde!«

»Von dir hört sich das seltsam an, aber du hast recht. Ich hätte es wissen müssen. Ich habe von Anfang an gespürt, daß mit den beiden etwas nicht stimmt. Sie standen sich zu nahe, waren beinahe intim, redeten sogar über die Paarung miteinander auf eine fremdartige Weise, beinahe ›romantisch‹. So nennen sie es wohl. Und sie redeten über Liebe, als ob ein derartiges Gefühl unter Kriegern nicht lächerlich und abstoßend wäre.«

»Ich weiß, ich weiß. Aber ich dachte, es wären nur verkorkste Jadefalken, die zur Vernunft kommen würden, wenn sie erst echte Krieger sind. Aber selbst Wolf-Krieger aus derselben Geschko benehmen sich doch nicht so, oder?«

»Nicht, wenn sie *tatsächlich* aus einer Geschko stammen. Vielleicht sind sie Freigeborene, wenn nicht sogar Leibeigene aus der Inneren Sphäre, die gezwungen wurden, die schmutzige Arbeit für die Wölfe zu erledigen. Es spielt keine Rolle, was sie sind.«

»Natürlich tut es das! Das ist ... widerlich.«

»Vergiß das jetzt. Wir müssen sachlich bleiben, objektiv. Die Frage ist nicht, was sie sind. Das wissen wir schon. Die Frage ist, was haben sie vor? Auf gewisse Weise scheint das auch deutlich. Sie liefern Natascha Kerensky Informationen über die Falkengarde. Möglicherweise ist das schon alles.«

»Ich bringe sie um.«

Joanna starrte Diana an. Als sie den Zorn in deren Augen sah, erkannte sie sich selbst in ihrer Begleiterin. »Vielleicht wirst du das. Aber nicht jetzt. Wenn wir sie zum Beispiel umbringen, sobald sie dieses Lager verlassen, könnte man ihre Leichen finden.«

»Leichen lassen sich verstecken.«

»Trotzdem, wenn sie zu Beginn der Schlacht nicht in ihren Mechs sitzen, könnte Natascha Kerensky mißtrauisch werden. Nein, wir lassen sie am Leben. Vorerst.«

Diana schauderte. Joannas gelassener Tonfall machte ihr Angst. »Irgend etwas ist mit dir geschehen, seit du uns verlassen hast, Joanna. Wo immer du gewesen bist, du bist mit einer sehr viel verschlageneren Einstellung zurückgekehrt. Du warst keiner anderen Einheit zugeteilt, wie Ravill Pryde behauptet hat. Du warst selbst eine Spionin, Joanna, frapos? Nein, sag nichts. Es muß eine widerwärtige Erfahrung gewesen sein. Ich werde tun, was immer du sagst, und auch eine Spionin werden. Deine Spionin.«

»Gut. Und da Cholas und Castilla sich zu verabschieden scheinen, können wir ihnen folgen, um zu sehen, welchen Weg sie in unser Lager nehmen. Ich möchte nicht auf dem Weg zurückkehren, den wir gekommen sind. Aber folge ihnen nicht zu dicht. Ich möchte sie nicht zu früh tot sehen.«

Cholas und Castilla sahen einander an, als sie an den Bäumen vorbeikamen. Selbst für unempfängliche Beobachter wie Joanna und Diana war die tiefe Zuneigung, die in ihren Blicken lag, nicht zu übersehen.

»Ja«, murmelte Diana. »Ich muß sie töten.«

»Du könntest es tun. Du könntest sie töten. Und ihr Tod wäre schändlich. Aber wieviel besser wäre es, sie bloßzustellen.«

Diana starrte in Joannas beinahe amüsiert blickende Augen. »Du hast dich verändert, Joanna. Du scheinst weniger Jadefalkin, mehr ...«

Joanna geriet augenblicklich in Wut. »Ich bin Jadefalke. Zweifle niemals daran, Diana. Ich bin Jadefalke bis ins Mark. Wie du will ich die beiden zerfetzen. Aber ich will, daß sie den Schmerz fühlen. Gehen wir, wir können dieses Gespräch später fortsetzen. Diese Verräter dürfen uns nicht entkommen. Komm.«

Diana war verunsichert, als sie das Versteck verließen. Obwohl sie Cholas und Castilla auch vorher schon verachtet hatte, war die Vorstellung, daß die beiden Spione waren, beinahe mehr, als sie verkraften konnte. Es war zu böse, und das Böse war ein Konzept, mit dem Diana schon immer Probleme gehabt hatte. Sie konnte schlechtes Benehmen, Grausamkeit, Grobheit, sogar die Beleidigungen ihrer freien Geburt wegen ertragen – all das war verachtenswert, aber es war nicht böse. Es war Teil des Jadefalken-Lebens. Das Böse war sehr viel abstrakter. Und was, wenn Cholas und Castilla, da sie aus einem anderen Clan stammten, ihr Verhalten nicht als böse ansahen?

Diana schüttelte den Kopf, um diese Gedanken zu vertreiben. Sie waren einer Jadefalken-Kriegerin unwürdig. Sie hatte einen zu großen Teil ihres Lebens als Freigeborene verbracht, und alle ihre Versuche, eine perfekte Jadefalken-Kriegerin zu werden, wurden von Ideen untergraben, die von außerhalb der Jadefalken-Tradition, von außerhalb des Kriegerdaseins, eindrangen. Sie wünschte sich, wie Joanna entschieden feststellen zu können: »Ich bin Jadefalke«, ohne die Aussage qualifizieren zu müssen. *Ich bin eine Freigeborene, aber ich trage die Gene Aidan Prydes in mir, und ich verdiene, von wahrgeborenen Kriegern als vollwertig anerkannt zu werden.* So fest konnte sie ihren Kopf gar nicht schütteln, um diese Gedanken zu vertreiben.

Sie blickte kurz zurück zum Wolfs-Lager. Es war eine gespenstische Szenerie – der flackernde Feuerschein, die tiefen Schatten, die intensive Geschäftigkeit und die gewaltigen BattleMechs, die wie urzeitliche Kolosse über allem aufragten.

31

Vorhangebene
Twycross, Stahlvipern-Besatzungszone

7. Dezember 3057

Es gibt keinen echten Morgen auf Twycross. Nur eine leichte Farbverschiebung in den dunkleren Rottönen von Sand und Felsen. Irgendwann eine Verschiebung der Wahrnehmung, die ein Gefühl von Tageslicht aufkommen läßt, auch wenn es damit kaum Ähnlichkeit hat. Es schmeckt mehr nach Tag als nach Nacht, soweit man es überhaupt identifizieren kann. Gelegentlich erhascht man einen Blick auf den Himmel. Die Muster im Sand sind schärfer definiert. Der Sand brennt.

Joanna bot Ravill Pryde wenig Gelegenheit, sie und Diana zurechtzuweisen. Er setzte an, ihnen eine Gardinenpredigt darüber zu halten, daß sie kein Recht zu unautorisierten nächtlichen Erkundungsgängen hätten, aber sie unterbrach ihn und berichtete, was sie entdeckt hatten. Den Teil über Cholas und Castilla ließ sie aus. Glücklicherweise fragte er nicht danach, wie sie das Plateau verlassen hatten, also brauchte sie nicht zu lügen. Sie waren den beiden Spionen einen langsam auf die Vorhangebene hinabführenden Pfad entlang gefolgt, und hatten beobachtet, wie Cholas und Castilla von Wolf-Wachen zurück zum Jadefalken-Lager gelotst worden waren.

»Offensichtlich wußten die Wölfe, daß wir im Innern der Schneise nach Sprengladungen Ausschau halten würden«, stellte Ravill Pryde verbittert fest. »Diese Freigeburten wollen die Falkengarde also am selben Ort, an dem unsere Toten begraben liegen, noch einmal mit Schande überschütten. Ich wußte, daß sie verschlagen sind, aber ich glaube, kein anderer Clan würde so tief sinken, sich eine Strategie der Inneren Sphäre zu eigen zu machen. Warum stellen sie sich uns nicht im ehrlichen Kampf, wie es dem Wesen der Clans entspricht?«

»Ich denke, Natascha Kerensky ist verzweifelt«, meinte Joanna.

»Warum sollte sie das sein? Die Wölfe sind verwegene Kämpfer, ihre Mechs – soweit wir sie gesehen haben – sind in guter Verfassung, ihre Nachschubsituation...«

»Ich glaube nicht, daß sie ausreichend starke Verbände auf Twycross haben. Selbst wenn man berücksichtigt, daß wir nachts und bei miserablen Sichtbedingungen unterwegs waren, wirkte das Wolfslager verstreut und ihre Mannschaftsstärke gering. Natascha Kerensky würde keine Zuflucht im Hinterhalt suchen, wenn sie nicht...«

»Was kann man von dieser widerwärtigen alten Hexe anderes erwarten?«

Seine Kommentare über Kerensky wirkten grundsätzlich gezwungen. Ihr drängte sich der Gedanke auf, daß auch Ravill Pryde ein Spion sein könnte; daß auch er in die Falkengarde eingeschleust worden war, um ihre Stärke zu untergraben, daß er – aber nein, das war unmöglich. Seit seinem beachtlichen Positionstest und seinem frühen Blutrechtssieg war Ravill Pryde für einen Austausch zu bekannt. Kael Pershaw hatte erwähnt, daß er Ravill Pryde schon einige Male getroffen hatte, bevor er nach Sudeten versetzt worden war. Pershaw hatte sogar angedeutet, daß die Führung der Jadefalken von Ravill Pryde erwartete, daß er irgendwann auf den Posten eines Khans aufstieg, ohne Zweifel als einer der jüngsten Khane in der Geschichte der Clans.

Nein, Ravill Pryde mußte ein echter Jadefalken-Krieger sein. Ein Austausch wäre unmöglich gewesen. Die einzige Infiltration, die er verkörperte, bestand aus einer bizarren genetischen Manipulation, die zwar eine neue Art Krieger hervorgebracht hatte, aber jeden abstoßen mußte, der, wie Joanna, nur an die Jadefalken und die Größe ihrer Krieger glaubte. Bis mehr über diese Genexperimente bekannt war, erschien es ihr nur vernünftig, Ravill Prydes Effektivität als Jadefalken-Offizier seiner Wolfs-Gene wegen anzuzweifeln. Für sie würde sein Verhalten immer verdächtig bleiben.

»Ich respektiere Natascha Kerensky«, gestand Joanna.

»Ich schätze, sie ist wie du.«

Die Bemerkung überraschte und verärgerte Joanna, aber sie hielt ihre Gefühle zurück und fragte nur: »Warum meinst du das?«

»Sie ist eine effektive alte Kriegerin, und du hast ebenfalls gezeigt, daß eine Kriegerin trotz hohen Alters stark sein kann. Ihrer Jahre zum Trotz, sollte ich sagen.«

»Heißt das, du widerrufst meine Versetzung auf die Heimatwelten?«

»Ich habe nicht gesagt, daß ich meine Ansichten über alternde Krieger geändert habe. Die meisten sind eine Belastung für Gefechtseinheiten, aber es gibt seltene Ausnahmen, die Augenblicke der Effektivität zeigen. So wie du es sicher in der bevorstehenden Schlacht tun wirst.«

»Erspare mir deine Komplimente, die in Wahrheit einen Tritt in den Hintern darstellen. Sag mir lieber, wo wir auf die Wölfe treffen werden.«

»Ein paar Kilometer von hier, auf der Vorhangebene.«

»Ich möchte den Angriff anführen.«

»Du wirst in der Reserve wertvoller sein. Die Garnisonssternhaufen werden die Wolfs-Flanken angreifen, während die Garde geradewegs durch ihre Linien bricht. Sterncaptain Evlan wird mit Echo Nova die Hauptstreitmacht anführen und ihre Elementare vorausschicken, sowohl zur Erkundung als auch um die

Wölfe zu behindern. Der Befehlsstern wird an ihrer rechten Seite in den Kampf eingreifen, während ich Delta und den Rest von Echo in einer großen Zangenbewegung nach links führe. Der Kampf dürfte hier entbrennen.« Er zeigte auf eine Stelle auf der Geländekarte.

»Das ist zu nahe an der Schneise. Genau dorthin will sie uns locken.«

»Das weiß ich. Aber wir können genug Schaden anrichten, bevor sie irgendwelche Truppen durch die Schneise abziehen kann, und das wird sie. Außerdem dürfen wir ihr noch keinen Hinweis liefern, daß wir ihren Hinterhalt durchschaut haben.«

»Was wirst du deswegen unternehmen.«

»Das hängt von Natascha Kerensky ab. Ich will sie in Sicherheit wiegen, damit wir unseren eigenen Hinterhalt vorbereiten können.«

»Unseren eigenen Hinterhalt?«

»Pos. Wenn nötig, einen psychologischen Hinterhalt.«

»Einen psychologischen Hinterhalt? Was soll das sein?«

»Du wirst es sehen.«

»Ich habe kein Verlangen danach. Ich ziehe Stärke der Psychologie vor.«

»Ich auch.«

»Warum ziehst du so etwas dann überhaupt in Erwägung?«

»Weil es funktionieren könnte. Du wirst dich anpassen müssen, Joanna. Wir Clans haben bei dieser Invasion der Inneren Sphäre viel gelernt. Wenn wir Erfolg haben wollen, müssen wir etwas von diesem Wissen auf unsere Methoden anwenden, besonders, da Natascha Kerensky Taktiken der Inneren Sphäre anzuwenden scheint.«

»Ich bin anderer Ansicht. Das Wesen der Clans muß uns genügen.«

»Dann verdienst du es möglicherweise, versetzt zu werden.«

»Ravill Pryde ...«

»Nein, nicht jetzt. Das können wir später klären. Und vergiß draußen im Feld nicht, mich korrekt anzureden, mit meinem Rang.«

»Sterncolonel Ravill Pryde, ich erbitte die Erlaubnis, meine *Nemesis* für den bevorstehenden Kampf vorzubereiten.«

»Erlaubnis erteilt, Sterncommander Joanna.«

Ein Gefühl von dichtem Sand in der Luft des Cockpits, obwohl auf keiner Oberfläche eine Ablagerung zu erkennen und die Luft gefiltert ist. Ein Gefühl, daß die Nemesis Schwierigkeiten hat, Tritt zu fassen, als sie sich in Richtung des Kampfgeschehens bewegt. Ein Gefühl, als beeinträchtige irgend etwas das Gleichgewicht und werde das hinter den Augen der Pilotin lauernde Schwindelgefühl jeden Augenblick losbrechen.

Joanna schaltete die Funkverbindung aus, um auf die ersten, durch die dicke Außenhaut der *Nemesis* und das leise Ächzen im Innern des Neurohelms gedämpften Kampfgeräusche lauschen zu können. Als sie auf den Knopf drückte und den Kanal wieder öffnete, hörte sie Krieger kreischen und schreien, prahlen und Gegner herausfordern, stöhnen und schmerzhaft keuchen. Aber die Klangkulisse des Sieges war lauter als die der Verzweiflung. Offensichtlich verlief die Schlacht gut für die Jadefalken. Ravill Pryde dirigierte den Kampf mit kühler, fester Stimme. Selbst auf Joanna, die den Mann verabscheute, wirkten seine Stimme ermutigend und seine Worte inspirierend. Sie fühlte den Drang, selbst in den Kampf einzugreifen.

Eigentlich hätte sie über ihre Abstellung zur Reserve, beleidigt sein müssen, aber ihr war klar, daß diese Entscheidung für Ravill Pryde vernünftig schien. Sie war eine alte Kriegerin und in seinen Augen kein

Frontmaterial. Außerdem besaß sie zuviel Erfahrung, um als Kanonenfutter verheizt zu werden. Was Joanna anging, wollte sie nur eine Gelegenheit, so viele der verhaßten Wölfe umzubringen wie möglich.

Sie hatte eine gute Chance, sich in dieser Schlacht Ruhm zu erwerben. Das Schicksal stand auf ihrer Seite, und auch wenn Jadefalken-Krieger sich durch die Launen des Schicksals nicht gebunden fühlten, ignorierten sie es doch nicht völlig. Joanna hatte Twycross schon einmal überlebt, sie hatte Tukayyid und Glory Station überlebt; sie hatte in ihrem Leben zahllose Schlachten überlebt. Sie konnte auch diese überleben. Aber würde ihr die einzige Art des Überlebens gelingen, die für sie von Bedeutung war? Würde es ihr gelingen, sich aus den Trümmern zu erheben und ihr Leben als Kriegerin fortzusetzen? Manchmal glaubte sie selbst schlimmere Schande als Twycross ertragen zu können, wenn ihr dadurch das Privileg gegönnt wäre, ihr Leben als Jadefalken-Kriegerin zu beenden.

Für einen Augenblick verzerrten die turbulenten Wetterbedingungen auf der Vorhangebene ihr Funksignal. Zuerst hörte sie nur Rauschen, dann, gedämpft, aber verständlich, eine seltsame neue Stimme: »Hall, zieh die Dreihunderteinundvierzig nach hinten. Die Dreizehn soll sich auf dieser Seite der Schneise formieren. Und gib der Elf Bescheid. Sie soll sich bereithalten.«

Dann antwortete eine andere, leisere Stimme. »Verstanden, Nat...« Sie verklang und war verschwunden. Nach erneutem statischen Rauschen drang wieder das vertraute Geplapper der Jadefalken aus den Lautsprechern.

Joanna lauschte angestrengt, doch außer der vertrauten Geräuschkulisse war nichts zu hören. Aber sie wußte, was sie empfangen hatte. Es war nur die erste Silbe des Namens gewesen, und natürlich konnte es ein anderer Name gewesen sein, wenn es überhaupt ein Name gewesen war, aber Joanna war sicher, daß sie die Stimme Natascha Kerenskys gehört hatte. Fest, stark und jünger als erwartet.

Joanna war erregt. Sie hatte die Frau gesehen, sie hatte ihre Stimme gehört, es schien, als habe sie Natascha Kerensky ihr ganzes Leben gekannt. Wenn sie jetzt nur noch gegen sie kämpfen könnte... Dann wurde ihr klar, daß es auch dazu kommen würde. Sie wußte nicht, woher sie dieses Wissen bezog, aber sie hatte es.

Die Schlacht, ein bizarres Schauspiel. BattleMech-Rümpfe über dem wirbelnden Sand. Körperlose Gestalten, die gefährlich treiben.

Eine *Sturmkrähe* stürzte auf Joannas *Nemesis* zu. Eine Kette von Lichtimpulsen zuckte aus den mittelschweren Lasern ihres rechten Arms. Aber der Pilot mußte durch die Wetterbedingungen orientierungslos sein, denn alle Schüsse gingen vorbei. Joanna ließ den Wolfs-Piloten ein zweitesmal feuern, bevor sie mit der LB-X Autokanone reagierte und eine Salve Bündelmunition auf die leichte Maschine abfeuerte. Die Geschosse zerfielen langsamer als gewohnt, anscheinend eine weitere Folge der ungewöhnlichen Umweltbedingungen, aber es reichte für einige entscheidende Treffer am Rumpf der *Sturmkrähe*. Der Mech machte seinem Namen keine Ehre. Er wirkte alles andere als sturmtauglich und kippte statt dessen schwerfällig nach hinten. Joanna wollte nachsetzen, aber ein anderer Mech, ein *Henker* mit den Insignien des Trinärsterns Delta der Falkengarde, nahm die *Sturmkrähe* von der anderen Seite her unter Beschuß. Bevor Joanna Gelegenheit hatte, sich zu beschweren, flog der Wolf-Mech auseinander. Rasend vor Wut hielt sie Ausschau nach einem neuen Ziel.

Die Schlacht war inzwischen in vollem Gange. Mechs standen einander gegenüber, grüne Lanzen aus gebündeltem Licht, Feuerzungen aus den Abschußrohren der Raketenlafetten und das scharfe Krachen der Autokanonen vermischten sich zu einem Chaos von Licht und Lärm. Panzerbrocken flogen durch die Sandschwaden, wurden teilweise hoch über das Gefecht getragen und stürzten von dort wieder hinab auf andere BattleMechs. Manchmal sprengten sie mit ihrem Aufprall weitere Panzerung ab und wurden so Teil des gegnerischen Angriffs. Joanna, die einen *Kriegsfalken* als neues Ziel anvisiert hatte, wollte gerade eine Raketensalve abfeuern, als sie Ravill Prydes Stimme über die Funkverbindung hörte.

»Sterncommander Joanna!«

»Ich höre, Sterncolonel.«

»Ich habe dich bewußt noch nicht in den Kampf beordert. Zieh dich zurück.«

»Zurückziehen? Ich ziehe mich nie zurück.«

»Jetzt tust du es, frapos?«

Statt zu antworten, schleuderte sie ihm eine Gegenfrage ins Gesicht. »Du wagst es, mich mitten im Gefecht zu beleidigen? Mich erneut zu erniedrigen? Das ist selbst für dich zuviel. Ich werde ...«

»Joanna, deine Insubordination *mitten im Gefecht* ist närrisch. Befolge den Befehl. Ich habe nicht nur meinen Rang, sondern auch die Strategie auf meiner Seite.«

»Aber ich ...«

»Keine weiteren Proteste. Ich will dich in Reserve halten.«

»Was ist mit meinem Stern?«

»Nur dich. Führe sie ins Gefecht, und zieh dich anschließend zurück, oder ich werde deinen Mech persönlich zerstören!«

In ihrem Zorn fühlte sie sich wie ein Mech, dessen Innentemperatur bedrohlich schnell anstieg. Hatte dieses Stravag Wolfsgezücht sie in diese Lage gebracht, um ihre Schande noch zu vergrößern, so daß er sie leichter auf die Heimatwelten zurückschicken konnte?

Oder vielleicht hatte er gar kein Motiv; er haßte sie einfach so sehr, daß er sie automatisch erniedrigte. Dabei hatte sie ihm entscheidende Informationen geliefert. Das allein hätte ausreichen müssen, ihr das Privileg einer Position im Zentrum des Gefechts zu verdienen.

War der Mann doch ein Verräter, der Spion, wie sie es ursprünglich angenommen hatte? Versuchte er, den Hinterhalt gelingen zu lassen? Vielleicht hatte Kael Pershaw sich geirrt. War Ravill Pryde irgendwie schon vor seinem Positionstest bei den Jadefalken eingeschleust worden, war sein Sieg arrangiert, sein Blutname gekauft, war er zur Falkengarde überstellt worden – alles nur, um sicherzustellen, daß die Wölfe in einem Widerspruchstest, den niemand hätte vorhersehen können, einen Sieg errangen?

Ihr Verstand stellte fest, daß ein solcher Plan selbst für Clan Wolf zu weit hergeholt und hellsichtig wäre. Kein Clanführer, nicht einmal die Wissenschaftlerkaste konnte sich auf eine derart präzise Abfolge von Ereignissen verlassen. Ravill Pryde mußte ein Jadefalken-Krieger sein. Sie hatte eine Festigkeit in seiner Stimme bemerkt, die darauf hinwies, daß er tatsächlich einen Plan hatte und sie Teil dieses Planes war. Für den Augenblick mußte sie ihm das glauben. Sie *würde* es ihm glauben. Es war die einzige vernünftige Erklärung für seine Aktionen.

Wie ein Feigling bellte sie Befehle für ihren Stern und bewegte ihre *Nemesis* anschließend vom Kampfgeschehen fort.

Sofort klang Dianas Stimme über Funk. »Joanna! Was machst du?«

»Fehlfunktion. Ich bin gleich wieder da.«

»Von hier sieht alles in Ordnung aus.«

»Keine Insubordination.« *Ich klinge wie Ravill Pryde. Schlimmer noch, ich lüge schon wieder. Dieses Zwischenspiel als Spionin scheint mich gründlich verdorben zu haben.* »In der Zwischenzeit, MechKriegerin Diana, erwarte ich, daß du dich tapfer schlägst. Und vergiß nicht, ein Auge auf die Zwillingsanzeige zu haben, frapos?«

»Pos«, erwiderte Diana mißmutig. »Zwillingsanzeige« war der Deckname, auf den sie sich für den Fall geeinigt hatten, über eine offene Funkverbindung von Cholas und Castilla reden zu müssen. Es würde für die anderen Krieger seltsam klingen, aber es bestand wenig Gefahr, daß die beiden Wolfs-Agenten es auf sich bezogen.

Die Schlacht verschwand von ihrem Sichtschirm. An die Stelle der Feuerschläge traten wirbelnde, tanzende rote Sandschleier, und die Arbeit der Kampfkolosse wurde zu einem unsicher ruckelnden Muster von Lichtpunkten auf den Ortungsschirmen.

In der Hitze der Ebene fühlt sich die Pilotenkanzel an, als liefe der ganze Mech Gefahr zu überhitzen. Aber die Wärmeskala zeigt normale Werte an. Es ist ein seltsames leises Knirschen zu hören, wenn der Sand über die Mechoberfläche scheuert. Gelegentlich wirken die durch die Sandwirbel auftauchenden Mechs in der Ferne wie die Kampfszenen eines Alptraums, rotstichig und mit zuviel Schatten. Beschädigte Mechs stolpern vorbei, auf dem Weg zu den wartenden Techs für provisorische Reparaturen.

Noch frustrierender als das Zusehen war das Lauschen über Funk. Kühle Pilotenstimmen reagierten auf Angriffe, meldeten Beschädigungen, spornten einander mit Lob und Warnungen an. Ravill Pryde hatte die Lage fest im Griff, schnarrte Befehle und meldete seine Erfolge, ohne die Leistungen anderer zu unterschlagen. Joanna wurde mit jeder Sekunde wütender, rachsüchtiger. Was würde sie sagen können, wenn die Schlacht vorbei war? Daß sie bewiesen hatte, wie gut sie in tiefster Reserve stehen konnte? Ravill Pryde hatte ihr nicht einmal die Nachhutaufgabe zugewiesen, die Reparaturen zu leiten oder Reservekräfte zu organisieren. Sie wollte nicht glauben, daß Ravill Pryde sie hinters Licht geführt hatte, aber der Gedanke kam mit beunruhigender Regelmäßigkeit wieder in ihr hoch.

Da sie nichts anderes zu tun hatte, verfolgte sie das Kampfgeschehen. Es schien, daß die Jadefalken bereits früh die Oberhand gewonnen hatten und sie auch behielten. Auf beiden Seiten waren die Verluste bis jetzt gering, aber es gab erhebliche Schäden.

Dann hörte sie Sterncaptain Evlan. »Die Wölfe scheinen auf dem Rückzug, Sterncolonel. Einige von ihnen sind bereits in der Schneise verschwunden. Und, Sterncolonel? Unserer Zählung zufolge haben die Wölfe nicht alle gebotenen BattleMechs eingesetzt.«

»Ich bin mir dessen bewußt, Sterncaptain Evlan.«

»Erbitte Erlaubnis zur Verfolgung.«

»Neg, Evlan. Ihr werdet die Wölfe nicht, ich wiederhole, nicht in die Schneise verfolgen.«

»Sterncolonel ...«

»Alle Einheiten. Die Schneise nicht betreten. Vernichtet alle Nachzügler auf dieser Seite, aber rückt nicht weiter vor. Gestattet den Wölfen, sich in die Schneise zurückzuziehen, wenn sie dies versuchen.«

Auf der offenen Verbindung klang ein lautes Stimmengewirr auf, als die Jadefalken-Krieger gegen Ravill Prydes Befehl protestierten. Der Hauptpunkt ihres Protests bestand in der Tatsache, daß der Befehl der Jadefalken-Tradition widersprach.

»Es freut mich zu sehen, wie lebhaft unsere Krieger protestieren«, stellte Ravill Pryde fest. »Unser Kampfgeist ist ungebrochen!«

»Warum hältst du uns dann zurück?« fragte ein Offizier, dessen Stimme Joanna nicht erkannte.

»Erinnert euch an die Schande von Twycross. Das dürfen wir nicht wiederholen. Die damalige Falkengarde ist zu unbedacht in die Schneise gestürmt. Aber wir sind die neue Garde, die Helden von Tukayyid. Diese niederen Wölfen sollen uns nicht unterschätzen.

Wir werden den Fehler von Twycross nicht wiederholen, Krieger!«

Wenn es möglich war, einen Chor über die Gefechtsfunkverbindung zu übertragen, dann klang er so wie der jetzt losbrechende Jubel. Es war ein gebündelter Ausdruck von Kampfgeist und Zustimmung für Ravill Prydes Worte. Was darauf folgte, war jedoch eine lange Periode relativen Schweigens, in der Joannas Cockpit ihr hohl und leer erschien. Dann drang über eine offene Frequenz jene Stimme an ihr Ohr, die sie zuvor schon gehört hatte. Sie schien wie Donner von allen Seiten widerzuhallen.

»Hier spricht Khanin Natascha Kerensky von den Wölfen. Ich habe meine Truppen fortgeschickt. Ich warte in der Großen Schneise von Twycross und werde mich jedem Jadefalken stellen, der sich überschätzt und Mut vor Klugheit stellt, um gegen ihn zu kämpfen und ihn zu töten. Kommt. Eure Zeit ist gekommen.«

Ravill Prydes Stimme folgte über den geschützten Kanal. »Natascha Kerensky von den Wölfen hat uns herausgefordert, in der Schneise gegen sie anzutreten. Was meint ihr, Krieger?«

»Ablehnen«, erklang eine Stimme. »Natascha Kerensky ist eine alte Frau, eines Zweikampfes gegen einen Jadefalken unwürdig. Hinzu kommt, sie ist eine Verräterin an den Clans, die sich mit Abschaum aus der Inneren Sphäre eingelassen hat. Die Schande eines Duells mit ihr würde jeden möglichen Ruhm aus dem Kampf überwiegen. Sie will uns damit auf ihre Stufe hinabziehen. Wir können eine anständige Herausforderung durch ihren besten Krieger annehmen, aber nicht durch sie.«

Andere Krieger stimmten zu. Ravill Pryde sprach mehrere Offiziere direkt an, und alle lehnten sie es ab, sich im Duell gegen eine unglaublich alte Wolfskriegerin die Hände schmutzig zu machen, ungeachtet ihrer Berühmtheit und ihres Rufes.

»Sterncolonel Ravill Pryde«, schrie Joanna in ihr Mikro und verdrehte den flexiblen Bügel in ihrer Hand, als sie es dichter an den Mund führte. »Ich bitte um eine Unterredung über private Verbindung.«

»Einverstanden, Sterncommander Joanna.« In seiner Stimme schien eine seltsame Befriedigung zu liegen. »Sprich, Joanna. Die Zeit ist knapp. Die Wölfe könnten neue Fallen vorbereiten.«

»Ich sollte gegen Natascha Kerensky antreten.«

»Und warum du?«

»Du weißt, warum. Ich bin die älteste Kriegerin unter deinem Befehl. Für mich ist es keine Schande, gegen sie zu kämpfen. Außerdem bin ich die einzige Überlebende der ersten Schlacht um Twycross. Meine enorme Schande wird auf sie abfärben.«

»So sei es. Du hast mich überzeugt, Sterncommander.« Seine Stimme hatte einen seltsamen Unterton, den Joanna nicht genau definieren konnte. Er schien ihr nicht überrascht genug. Außerdem vermißte sie den Widerspruch, den sie erwartet hatte. Dann wurde ihr plötzlich alles klar. Er *wollte,* daß sie gegen Natascha Kerensky kämpfte. Diese dreckige Freigeburt hatte es vom Augenblick an, in dem er Nataschas Herausforderung gehört hatte, so geplant. Deswegen hatte er die Abneigung der anderen Krieger so gelassen akzeptiert. Er hatte sie beinahe darin *bestärkt*. Das also machten Wolfsgene aus einem Jadefalken-Krieger. Zumindest in Ravill Prydes Fall führten sie zu Falschheit. Der Clan hätte ihn für eine Verwendung bei der Clanwache zu Kael Pershaw schicken sollen, statt ihn in einer Kommandeursposition zu belassen.

Ravill Pryde erlaubte ihr, seinen Funkspruch an Natascha Kerensky mitzuhören. Die notorische Wolfskriegerin war über die Wahl Joannas erkennbar verärgert. Sie fragte Pryde, ob er Angst habe, sich ihr selbst zu stellen. Nein, erwiderte er, Sterncommander Joanna habe eine *lange* und ruhmreiche Karriere hinter sich.

Sie sei kampfstark genug, eine überaltertes Relikt des Wolfsclans aus dem Weg zu räumen. Wenn es möglich war, über Funk ein inneres Kochen zu übertragen, mußte das die Ursache des Krachens in der Leitung sein, das auf Ravill Prydes Bemerkung folgte. Schließlich erklärte Natascha Kerensky mit gut versteckter Wut, daß sie die Wahl der Falken akzeptierte.

»Ach, noch etwas, Khanin Natascha«, meinte Ravill Pryde, mit herrischer Stimme und abfälligem Tonfall. »Der kleine Hinterhalt, den du auf dem Plateau vorbereitet hast? Zieh sämtliche Truppen von dort ab. Ich werde Sterncommander Joanna nicht gestatten, die Schneise zu betreten, bis der Abzug vollständig erfolgt ist. Die Truppen dort nützen dir ohnehin nichts. Ich bin nicht so dumm wie Alder Malthus. Ich werde keine Kräfte in die Schneise bewegen, bevor ich weiß, daß sie sicher ist. Wenn dies ein Duell zwischen zwei Kriegerinnen sein soll, dann bitte ohne Hilfe von oben. Ein Einzelkampf, fair ausgehandelt und fair ausgekämpft. So entspricht es dem Wesen der Clans, frapos?«

Joanna war sich nicht sicher, aber das Quietschen in der Leitung mochte Ausdruck von Natascha Kerenskys Überraschung und Verärgerung über den Fehlschlag ihres Hinterhalts sein. Andererseits konnte es auch einfach nur ein Statikeinbruch gewesen sein, wie ihn die ungestümen atmosphärischen Bedingungen auf Twycross immer wieder produzierten. Jedenfalls stimmte Natascha Kerensky Ravill Prydes Forderung zu und versprach, alle Wolfs-Einheiten vom Plateau abzuziehen.

»Wir sind wieder auf einem abgeschirmten Kanal, Joanna«, stellte Ravill Pryde fest. »Wie du weißt, verlassen wir, ich und unser beider Kameraden, uns darauf, daß du an diesem Tag der Falkengarde Ehre machst.«

»Erspar mir die blumige Ansprache, Ravill Pryde.

Wir haben einander von Beginn an gehaßt und tun es noch immer, frapos?«

Der Sterncolonel antwortete erst nach einer langen Pause. »Ich kenne die Einzelheiten deiner Mission für Kael Pershaw nicht, aber was es auch war, es hat dich deutlich verändert, Joanna. Du bist mißtrauischer, siehst Komplexität, wo du früher nur Einfachheit gesehen hättest.«

Da Diana ihr dasselbe gesagt hatte, fragte sich Joanna, wieviel Wahrheit daran war. In ihrem Innern fühlte sie die widerwärtige Notwendigkeit, den Dingen auf den Grund zu gehen, obwohl sie es vorgezogen hätte, nichts von den verschieden Möglichkeiten zu wissen. Aber früher oder später würde sie sich dieser Tendenz zu hinterfragen schon entledigen. Sie gefiel ihr nicht. »Wo wir gerade über Komplexität reden. Warum die Notwendigkeit, diesen Weg zu wählen? Du hättest die Herausforderung selbst annehmen können, Ravill Pryde, frapos?«

»Pos. Du bist sehr … aufmerksam. Du hast ein analytisches Talent, das ich dir nie zugetraut hätte. Ich werde es erklären, und danach kannst du meine Entscheidung kommentieren. Ich würde es sogar begrüßen. Ich könnte nicht gegen sie kämpfen. Ich bin jung, sie ist alt – gleichgültig, wer gewinnen würde, es würde mir keinen Ruhm eintragen. Eine Greisin zu besiegen bringt keine Ehre. Und gegen sie zu verlieren, so unwahrscheinlich das sein mag, wäre noch schlimmer. Du siehst, du bist die logische Wahl. Wenn du siegst, erwirbst du dir Ruhm. Wenn du verlierst, nun, es wäre nicht die erste Erniedrigung für dich.«

»Und falls ich verliere, kannst du dir möglicherweise doch noch Ruhm erwerben, indem du mich rächst.«

»Vielleicht.«

»Du hättest ein Wolf werden sollen, Ravill Pryde. Deine Mehrdeutigkeiten passen nicht in den Mund eines Jadefalken. Du bist eine neue Zucht, Ravill

Pryde, und es ist kein Wunder, daß ich dich so abgrundtief hasse.«

»Die meisten Menschen würden sagen, du haßt jeden.«

»Was dir einen besonderen Ehrenplatz einräumt, Ravill Pryde, denn dich hasse ich mehr als jeden anderen.«

»So sei es. Ich weiß deine Worte zu schätzen, Sterncommander Joanna. Und jetzt mach dich bereit für den Kampf. Geh in die Schneise.«

»Was ist mit dem Hinterhalt?«

»Natascha Kerensky hat gerade durchgegeben, daß die Evakuierung des Plateaus begonnen hat und jeden Augenblick abgeschlossen sein wird.«

»Kannst du ihr trauen?«

»Wir reden von Natascha Kerensky – deinen eigenen Worten zufolge einer großen Kriegerin, ungeachtet ihrer Herkunft.«

»Und genau diese Herkunft ist das Problem. Den Wölfen ist zuzutrauen, daß sie uns weitere Fallen stellen. Wir sollten sie daran hindern.«

»Was schlägst du vor?«

»Schick zur Sicherheit ein paar Krieger auf das Plateau. Zu Fuß, damit die Wölfe sehen, daß wir nicht versuchen, ihren Hinterhalt für uns auszunutzen.«

»Krieger? Sie sollen mitten im Gefecht ihre Mechs verlassen?«

»Das Gefecht findet nur noch zwischen mir und Natascha Kerensky statt. Du könntest die Mechs mit Zement füllen und als Standbilder aufstellen, und sie würden den gleichen Zweck erfüllen. Ich brauche zwanzig Minuten, bis ich in Position bin. Wir haben mehr als genug Zeit, um ein paar Krieger auf das Plateau steigen zu lassen.«

»Na gut, ich werde ein paar Krieger dafür abstellen. Und ich muß zugeben, dein neuentwickelter Sinn für Vorsichtsmaßnahmen imponiert mir, Sterncommander.

Da du diese Mission vorgeschlagen hast, überlasse ich dir die Planung. Es wird dir etwas zu tun geben, während du auf deine Begegnung mit Natascha Kerensky wartest.«

»Schön. Da MechKriegerin Diana mich gestern nacht bei unserer unautorisierten Mission begleitet hat, kann sie den anderen den Weg zeigen. Ich wähle die MechKrieger Cholas und Castilla zu ihrer Begleitung.«

»Hast du einen besonderen Grund, diese beiden zu wählen?«

Joanna hoffte, daß Ravill Pryde ihr kurzes Zögern vor der Antwort nicht aufgefallen war. »Was sollte ich für einen besonderen Grund haben? Bezweifelst du, daß sie dieser Aufgabe gewachsen sind?«

»Keineswegs. Sie beweisen ein ausgezeichnetes Potential für angehende Jadefalken-Krieger. Aber du hast bereits einmal gegen sie gekämpft, und auch Diana hatte eine Auseinandersetzung mit ihnen.«

»Jetzt bist du es, der mißtrauisch ist. Schick jemand anderen.«

»Nein. Wie ich bereits sagte, ich überlasse dir die Wahl. Ich werde die MechKrieger Diana, Cholas und Castilla für diese Aufgabe abstellen.«

Joanna bedauerte, so hinterhältig sein zu müssen, aber zusammen mit all den anderen Veränderungen, die Ravill Pryde und Diana bemerkt hatten, entwickelte sich auch die Fähigkeit zur Lüge zu einem Teil ihres Charakters. Irgendwann würde sie sich von all diesen unerwünschten Eigenschaften befreien. Aber nicht heute. »Noch etwas, Ravill Pryde, frapos?«

»Pos. Ich weiß, dies ist eine abgeschirmte Leitung, aber bitte gewöhne dir an, mich mit meinem Rang anzureden, wie ich dir befohlen habe.«

»Ich werde es mir überlegen, Ravill Pryde. Du hast mich nach hinten beordert, lange bevor Natascha Kerensky ihre Herausforderung ausgesprochen hat, aber du scheinst mich die ganze Zeit für dieses Gefecht in der Hinterhand gehalten zu haben, frapos?«

»Pos. Ich war mir sicher, daß sich irgendwie eine geeignete Verwendung für dich ergeben würde.«

»Nein, nicht *irgendwie*. Du wußtest es die ganze Zeit. Ich glaube, du hast diese Konfrontation bewußt herbeigeführt, in irgendeinem privaten Gespräch mit Natascha Kerensky.«

»Das kannst du gerne glauben, aber sie hat die Herausforderung selbst ausgesprochen.«

»Doch du hast dafür gesorgt, daß sie es tut, frapos?«

»Nun, in ihrer Wut mag Natascha Kerensky ein oder zwei taktische Schachzüge übersehen haben, aber wie ich bereits sagte, sie hat die Herausforderung ausgesprochen.«

»Mehr willst du mir nicht sagen?«

»Gibt es mehr zu sagen?«

»Dessen bin ich mir sicher.«

»Wie ich schon sagte, Joanna, seit deiner Rückkehr bist du extrem mißtrauisch.«

»Und aufmerksam. Das hast du auch gesagt.«

»Ja, das habe ich.«

»Du bist widerwärtig, Ravill Pryde. Sterncolonel Ravill Pryde.«

Sie löste die Verbindung. Nach einem Augenblick, um ihre Wut zu unterdrücken, setzte sie sich über ihre private Frequenz mit Diana in Verbindung. »Ich freue mich schon darauf, mit den beiden allein zu sein«, meinte Diana, als sie von ihren Befehlen hörte.

»Diana, das ist keine Gelegenheit zum Attentat. Außer natürlich, die Verräter geben sich zu erkennen.«

»Genau das erwartest du doch, oder etwa nicht?«

»Das hast du mich nicht sagen hören.« Sie stockte einen Moment, weil ihr klar wurde, daß Ravill Pryde erst Sekunden zuvor dieselbe Ausweichtaktik angewandt hatte. Sie fragte sich, wozu das nötig gewesen war. »Ich will die beiden nur unter Aufsicht haben, während ich kämpfe, frapos?«

»Pos.«

Als sie abschaltete und ihre *Nemesis* in Richtung auf die Schneise in Bewegung setzte, dachte Joanna über ihre Lügen nach. Eigentlich waren es größtenteils gar keine Lügen gewesen. Sie hatte mehr die Wahrheit unterschlagen – eine Frage mit einer Gegenfrage beantwortet, durch einen Widerspruch die Antwort vermieden. Wie zuvor bedauerte sie es. Aber angesichts ihrer Leistungen auf Dogg Station und ihrer improvisierten Täuschungen hier auf Twycross begann sie sich zu fragen, warum sie solche Befriedigung aus Lügen und Betrug zog.

32

Große Schneise
Twycross, Stahlvipern-Besatzungszone

7. Dezember 3057

Es war, als sähe Joanna die Große Schneise durch die Augen ihres Mechs. Sie erschien ihr kleiner, enger. Von ihrem Platz hoch oben in der Pilotenkanzel der *Nemesis* wirkten die Klippen nicht annähernd so hoch. Möglicherweise waren die Unterschiede aber auch mehr technischer als planetologischer Natur. Man konnte die Ansicht vertreten, daß gewisse Verzerrungen ganz nützlich waren, weil sie dem Mechpilot eine bessere Beweglichkeit, ein besseres Ortsgefühl und eine Konzentration auf die wichtigen Probleme ohne Ablenkung durch periphere Phänomene ermöglichten. In diesem Sinne konnte die Technologie den Eindruck der Schneise reduzieren.

Aber es gab noch andere, seltsamere Unterschiede. Nach dem Donnern der Vorhangebene brach der Lärm abrupt ab. Außer dem fernen, hohlen Rauschen des Diabolis herrschte im Innern der Schneise Stille. Im Krieg war Stille bedrohlicher als Lärm. Dann ertönte eine Reihe lauter Schläge. Joannas Ortung identifizierte sie als die Schritte des gegnerischen Mechs. Natascha Kerensky näherte sich in ihrem *Höhlenwolf*, einem der schwersten OmniMechs. Sie betrat die Schneise wie verabredet am anderen Ende. Jeder Schritt von Joannas *Nemesis* würde als ein ähnliches, aber leiseres Krachen an ihr Ohr dringen.

Joanna schätzte an den langsam lauter werdenden Schritten die verbleibende Entfernung ab und wurde langsamer. Sie wollte an der Stelle auf ihre Gegnerin treffen, an der die Felslawine sie damals verschüttet hatte, etwa ein Drittel des Weges in der Schneise, von der Jadefalken-Seite des Passes aus gerechnet. Dieser Teil der Schneise war etwas breiter, und die unregelmäßige Bodenbeschaffenheit lieferte mehr Spiel für Joannas unorthodoxe Taktiken. Außerdem empfand sie es als angemessen, wenn sie ihre Schande an eben dem Ort auslöschte, an dem sie sie erworben hatte. Und das Wissen darum, daß Diana dort oben auf dem Plateau war, zusammen mit den beiden Spionen Cholas und Castilla, machte ihre Ortswahl noch passender.

Sie sah auf die Uhr und stellte fest, daß die Dämmerung kurz bevorstand, auch wenn Dämmerung auf Twycross beinahe ein Widerspruch in sich war. Die Schlacht zwischen Jadefalken und Wölfen hatte gerade zwei Stunden nach Sonnenaufgang begonnen, und doch war der Tag fast vorbei. Obwohl die Tage auf Twycross grundsätzlich kurz waren, schien es Joanna, daß es noch nicht annähernd so spät hätte sein dürfen. Sollte ihr Duell mit Natascha Kerensky länger dauern, würde es späte Nacht werden. Aber was machte das schon. Nachtgefecht oder Taggefecht, auf ebener Erde oder zerklüftetem Terrain, im Vorteil oder im Nachteil – all das war für Joanna ohne größere Bedeutung. Sie brauchte einfach einen Kampf. Sie brauchte es, einen BattleMech zu steuern und eine gegnerische Maschine in einen Feuerball aus zerschmolzener Panzerung und wogendem Plasma zu verwandeln. Schließlich war sie Jadefalke.

Das Donnern des sich nähernden *Höhlenwolf* wurde immer lauter. Joanna hatte den Friedhof der alten Falkengarde und ihrer Mechs fast erreicht.

Der Weg hinauf zum Plateau erschien Diana länger als in der vergangenen Nacht. Natürlich war sie ihm damals bergab gefolgt, und außerdem war ihre Aufmerksamkeit, ebenso wie die Joannas, ganz darauf gerichtet gewesen, die beiden Spione nicht zu verlieren. Aber es war nicht die körperliche Anstrengung des Bergaufmarschierens, die dafür sorgte, daß die Zeit zu kriechen schien. Sie war so mit Adrenalin vollgepumpt, daß sie den relativ steilen Weg im Laufschritt bewältigt hätte. Es war die Notwendigkeit, langsam genug zu gehen, um Cholas und Castilla nicht mißtrauisch werden zu lassen, die an ihren Nerven zehrte.

Das, und die auf ihre Ankunft gerichtete Erwartung. Diana wollte endlich das Plateau erreichen, um zu sehen, wie Cholas und Castilla sich verhalten würden. In ihren Augen war Joannas Befehl, die beiden auf die Hochebene zu führen, ein implizites Todesurteil für die Wolfs-Spione. Nichtsdestotrotz hatte Joanna ihr zusätzliche explizite Anweisungen gegeben. Eine simple Hinrichtung der beiden hätte ihnen widersprochen.

Sie warf einen Blick über die Schulter zurück auf Cholas und Castilla, die etwa vier Schritte hinter ihr blieben. Der Weg war breit genug, und sie hätten ohne weiteres dichter herankommen können. Offensichtlich hielten sie bewußt Distanz.

Als sie ihre Erfahrungen mit dem Pärchen Revue passieren ließ, wurde Diana plötzlich klar, daß die beiden nur *zusammen* sein konnten. Selbst in einer Gruppe von Prydelingen schienen sie sich abzusondern. Im Ehrenduell mit Joanna hatten sie als Gespann deutlich bessere Leistungen gezeigt als allein.

Hätte Diana nicht gewußt, daß die beiden Spione waren, hätte ihre Intimität sie vielleicht nicht so gestört. Sie hätte die beiden immer noch verachtet, aber ihr Benehmen wäre ihr nur ungewöhnlich erschienen, nicht ganz und gar pervers. Immerhin formte sich zwischen Jadefalken häufig eine Kameradschaft, aber die beinhaltete nur eine milde Form der Nähe. Meistens ähnelten solche Beziehungen der lockeren Allianz zwischen ihr, Joanna und Hengst, die charakterisiert war durch gegenseitiges Frotzeln, ein Gefühl für die Zusammenarbeit bei den gestellten Pflichten und Aufgaben und – das war das Wichtigste – die Fähigkeit, mit

Können und Erfolg Seite an Seite in den Kampf zu ziehen. Schon häufig hatte einer der drei einen, wenn nicht sogar seine beiden anderen Kameraden gerettet.

Aber tief in ihrem Innern existierten zu viele Barrieren für eine echte Nähe, und sie alle hatten auf irgendeine Weise mit der Falkengarde zu tun. Joanna konnte ihre Abneigung gegen Freigeborene nicht weit genug überwinden, um Diana oder Hengst in die Arme zu schließen oder auch nur zu berühren. Hengst, der Aidan Pryde nähergestanden hatte als jeder andere Krieger, war ein echter Einzelgänger, zu unabhängig, um für irgend jemand mehr zu sein als ein zuverlässiger Verbündeter, wenn es hart auf hart ging. Für Jadefalken, und insbesondere für die Falkengarde, war das wahrscheinlich die beste Definition von Freundschaft. Diana verehrte die beiden anderen dermaßen, daß sie sich beinahe als ihre Sklavin fühlte, eine Verbündete, ein Anhängsel, das *froh* war, ein Anhängsel der beiden Jadefalken-Krieger sein zu dürfen, die sie am meisten respektierte.

Aber Cholas und Castilla – diese Beziehung ging weit über eine lockere Freundschaft hinaus. Zwischen diesen beiden gab es eine greifbare Qualität, die Diana nicht näher definieren konnte. Das Ganze erinnerte sie an die alten Bücher, die Hengst ihr aufgedrängt hatte, besonders an die Passagen, die sie nicht wirklich verstehen konnte – die Geschichten von einem Mann und einer Frau, die anscheinend irgendeine Art Schicksalsverbundenheit spürten und ihre Gefühle für einander in exzessiv gefühlsbetonten Begriffen zum Ausdruck brachten, deren Bedeutungen und Nuancen Diana in der Regel unbegreiflich blieben. Sie erlebten außergewöhnliche Ereignisse oder nahmen die schwersten Aufgaben auf sich, alles nur wegen ihrer tiefen und gelegentlich chaotischen Gefühle füreinander. Die Geschichten drehten sich häufig um schwer zu verstehende Konzepte wie Liebe, Romantik, Leidenschaft, persönliche Hingabe – alles Ideen, die Diana zwar in einfache Jadefalken-Konzepte übersetzen, aber nicht in dem komplexen Sinngeflecht verstehen konnte, das diese Erzählungen andeuteten.

Na ja, zumindest erwartete diese Liebenden häufig ein tragisches Schicksal, und Diana hoffte, daß die Romanze zwischen Cholas und Castilla dieser Tradition folgen würde. Auch wenn sie keine Spione gewesen wären, hätte Diana sie als ungesunden Einfluß auf die Falkengarde betrachtet. Von Beginn an waren Cholas und Castilla Außenseiter gewesen, und Außenseiter störten in einer guten Kampfeinheit nur. Wie lange hätten die Jadefalken sie ertragen können? Früher oder später wäre einer der beiden mit Sicherheit umgebracht worden.

Unter ihrer Verwirrung über das Paar fühlte Diana jedoch auch eine tiefe Erleichterung. Cholas und Castilla waren doch keine Jadefalken-Krieger, so daß ihre Aktionen keinen Bezug zum Clan besaßen. Ihr Leben war Lüge, Betrug, sie stellten die Prinzipien des Clans nicht in Frage, wie sie es getan hätten, wären sie Jadefalken gewesen.

Wie Joanna es ihr gegenüber einmal ausgedrückt hatte: »Diana, manchmal glaube ich, in dir steckt mehr von einem Jadefalken-Krieger als in den meisten Wahrgeborenen. Vielleicht liegt es an den einzigartigen Umständen deiner Befruchtung … ich weiß es nicht. Aber du glaubst fester an unsere Prinzipien, befolgst die Gesetze gehorsamer, kämpfst entschlossener. Für jeden, der Augen hat, es zu sehen, verkörperst du die Tugenden, denen sich alle Krieger verpflichtet fühlen.«

Als sie sich jetzt daran erinnerte, kamen Diana auch Joannas Worte aus der vorherigen Nacht in den Sinn, über den freigeborenen Leibeigenen aus der Inneren Sphäre, der im Wolfsclan einen Blutnamen errungen und zum Khan aufgestiegen war. Einen Augenblick stellte sie sich vor, den Blutnamen Pryde zu erringen, aber das war ein unmöglicher Traum, ein Hirngespinst ohne jede Aussicht, einmal Realität zu werden. Oder nicht?

Sie näherten sich dem Ende des Weges. Diana verdrängte alle störenden Gedanken. Wenn ihr Denken von Träumereien vernebelt war, hatten Cholas und Castilla die Chance, sie zu überwältigen. Sie sah sich um. Sie waren noch immer da, noch immer dicht zusammen. Castilla, so schien es Diana, lehnte sich etwas zu dicht an Cholas, als wolle sie Diana mit ihrer Liebe trotzen.

Die Schneise machte einen leichten Bogen, so daß Joanna Natascha Kerenskys *Höhlenwolf* erst sah, als er bereits sehr dicht heran war, obwohl ihre Ortung, die im Innern der Schneise einwandfrei funktionierte, ihr gestattete, den Weg des Feindmechs konstant zu verfolgen. Zuerst erschien leicht schwingend der linke Arm, und Joanna stellte fest, daß ihre Gegnerin statt des üblichen schweren Lasers ein Gaussgeschütz montiert hatte. Als der Rumpf ins Blickfeld kam, erkannte Joanna Kurzstreckenlafetten und ein Raketenabwehrsystem. Sie war froh, ihre Langstreckenraketen ebenfalls durch KSR ersetzt zu haben, die in der Enge der Schneise nützlicher waren.

Die enorme Maschine, der schwerste der Clan-Kampfkolosse, stampfte um die Kurve und blieb gegenüber ihrer *Nemesis* stehen. Joanna hatte nie etwas für den *Höhlenwolf* übriggehabt. Er war zu groß, zu breit. Seine Beine mit den wuchtigen, abgerundeten Kniegelenken waren zu umfangreich und wirkten fett. Der übrige Rumpf schien wie ein Besucher auf diesen Beinen zu sitzen, ein habichtartiger Vogel, der jeden Augenblick abheben und davonfliegen konnte, die Beine nutzlos zurücklassend – auch wenn der Gesamteffekt der Maschine, wie Joanna jetzt feststellte, weniger an einen Vogel erinnerte als an ein Insekt, ein

Raubinsekt, ein Insekt von der Sorte, die anderen nach dem Kampf oder der Paarung den Kopf abbiß. *Eine Beschreibung, die auch auf Natascha Kerensky passen könnte. Immerhin nennt sie sich die Schwarze Witwe.*

Joanna hielt nichts davon, einen BattleMech zu personifizieren. Es ließ einen allzuleicht die Gefahr durch den Piloten im Innern der Maschine vergessen. Aber sie mußte sich eingestehen, daß der *Höhlenwolf* in diesem Augenblick eine Art persönlicher Energie ausstrahlte, eine Kampfbereitschaft, eine selbstsichere Haltung, die der eines Kriegers vor dem Gefecht ähnelte.

Plötzlich fühlte Joanna ein ihr kaum vertrautes Gefühl. Einen kurzen Anfall von Angst. Keine Angst um ihr Leben, oder auch nur vor einer Niederlage, nein, Angst zu versagen. Dieser *Höhlenwolf* war eine gewaltige Herausforderung, insbesondere gesteuert von einer so legendären Kriegerin. Glücklicherweise fand sie ihr inneres Gleichgewicht schnell wieder. Sie wußte, sie war der Herausforderung, war *jeder* Herausforderung gewachsen.

Immerhin war die *Nemesis* ein schnellerer Mech, auch wenn Geschwindigkeit hier in der Schneise keine besondere Hilfe sein würde, außer vielleicht zur Flucht. Zudem war sie eine effizientere Maschine, trotz ihrer relativen Leichtigkeit – immerhin brachte sie dreißig Tonnen weniger auf die Waage als der 100 t schwere *Höhlenwolf. Freigeburt,* dachte Joanna. *Meine* Nemesis *ist sogar der größere Mech. Aus meiner Kanzel kann ich auf die große Natascha Kerensky hinabsehen. Wo liegt das Problem?*

Im schwachen Licht der Abenddämmerung wirkte das verlassene Lager auf der Hochebene noch gespenstischer. Von den nachglühenden Scheiten der Lagerfeuer stiegen dünne, geistergleiche Rauchfäden zum Himmel. Diana, die sich an ihre Witze über Gespenster in der vergangenen Nacht erinnerte, fühlte einen kalten

Schauer ihren Rücken hinabrieseln. Fahrzeuge standen verlassen herum, und tiefe Löcher im Boden zeugten von den Bewegungen der gewaltigen BattleMechs. Ein Teil der Steine war von den Feuerzungen der Sprungdüsen rußgeschwärzt, und als letztes Souvenir der davongesprungenen Mechs hing ein öliger Brennstoffgeruch in der Luft.

»Was für Freigeburten!« stieß Cholas aus, als sähe er das Lager zum erstenmal. »Haben sie wirklich gedacht, sie könnten den Jadefalken den Sieg *stehlen?* Abschaum!«

»Was erwartest du von Wölfen?« meinte Castilla. »Sie fürchten uns wie der Tag die Nacht.«

»Was?« stieß Diana unabsichtlich aus. »Wie der Tag die Nacht fürchtet?«

Castilla zog die Brauen hoch. Die Geste ließ sich als Verachtung Dianas Unwissenheit gegenüber auslegen. »Das war ein Spruch, den eine unserer Falknerinnen gerne benutzte. Sie pflegte zu sagen: Ihr werdet mich fürchten wie der Tag die Nacht, und ich werde die Nacht für euch sein, meine dummen Fälkchen.«

Einen Moment glaubte Diana ihr beinahe, besonders, als Castilla ihre Erklärung beendete, indem sie ihren schiefen Mund auf eine Weise verzog, die beinahe einem Lächeln glich. Castillas Erklärung war durchaus glaubhaft. Aus ihrer eigenen Ausbildungszeit wußte Diana, daß Falkner gelegentlich zu bombastischen Sprüchen neigten, wenn sie vor ihren Kadetten standen. Aber das bewies nur, daß Cholas und Castilla, deren Reaktion auf das verlassene Lager Diana leicht überzogen schien, irgendeine Art militärische Ausbildung genossen hatten. Das machte sie aber noch nicht zu Jadefalken, und würde sie auch nicht dazu machen, weder zu Falken der neuen Art noch irgendeiner anderen.

Die drei wanderten durch das Lager auf den Rand des Plateaus zu, die Waffen im Anschlag für den Fall, daß die Wölfe jemand im Hinterhalt zurückgelassen hatten. Aber das Lager war völlig leer. Wie erwartet. Trotz ihrer verschlagenen Art war Natascha Kerensky eine Kriegerin, auf deren Wort Verlaß war. Wenn sie erklärte, daß sie ihre Truppen angewiesen hätte, das Lager zu verlassen, dann waren sie auch wirklich fort.

Die Schrotthaufen waren zurückgeblieben, noch höher und breiter als in der vorherigen Nacht. Im schwachen Abendlicht wirkten sie auf Diana wie Heuhaufen, ein Vergleich, der den wenigsten Jadefalken in den Sinn gekommen wäre. Aber die hatten ja auch nicht wie Diana in einem Freigeborenendorf gelebt.

Cholas und Castilla, die jetzt vor Diana hergingen, wurden schneller, als sie sich dem Klippenrand näherten. Er flüsterte ihr etwas zu, und sie nickte. Diana zuckte zusammen und wurde langsamer. Sie hielt bewußt Distanz, ließ die beiden jedoch nicht aus den Augen. Gleichzeitig hielt sie Ausschau nach Deckungsmöglichkeiten, für den Fall, daß es nötig würde.

Alle drei konnten die Schritte der beiden OmniMechs im Innern der Schneise hören. Das Echo der Schlucht verlieh den Geräuschen einen ungewöhnlichen Hall. Diana achtete besonders auf den Klang der *Nemesis* und erkannte sofort, daß Joanna ihre Maschine auf der Felslawine zum Stillstand gebracht hatte. Jetzt, wo sich nur noch einer der Mechs bewegte, wurde der Klang aus der Schlucht noch hohler und gespenstischer. Bevor die drei den Rand erreicht hatten, hielt auch Natascha ihren *Höhlenwolf* an, und eine unheilvolle Stille senkte sich über die Szenerie.

Dann ein Schuß. Ein Lichtblitz zuckte über den Klippenrand und zeichnete die Schrotthaufen nach, bevor er verblaßte. Anschließend schien das Plateau dunkler, als sei plötzlich die Nacht hereingebrochen, angekündigt durch den ersten Feuerstoß des Duells. Aber Diana wußte, daß die Nacht auf Twycross schnell kam.

Eine Nacht so dunkel, daß sie die Wahrnehmung verzerrte. Die Dunkelheit machte sie besonders wachsam.

Zu ihrem Glück, denn in diesem Augenblick wirbelten Cholas und Castilla herum und eröffneten das Feuer.

Der *Höhlenwolf* bewegte sich nicht. Natascha Kerensky überließ Joanna den ersten Zug. *Tja, wir könnten natürlich so stehenbleiben und versuchen, einander niederzustarren. Sie will, daß ich aktiv werde, also werde ich aktiv.*

In langsamen Schritten bewegte Joanna die *Nemesis* vorwärts. Nach fünf Schritten feuerte sie die PPK ab. Die krachende Entladung purer Energie schlug in die rechte Rumpfhälfte des gegnerischen Mechs. Panzerung flog davon und prallte von den Wänden der Schlucht ab. Der *Höhlenwolf* wich einen Schritt zurück, eine Reaktion, die Joanna überraschte. Sie hatte gehofft, durch eine Konzentration des Beschusses auf die rechte Seite sein Raketenabwehrsystem zu beschädigen, und möglicherweise hatte sie sogar einen Glückstreffer landen können. Sie stellte das Feuer ein und blieb, wo sie war, forderte Natascha Kerensky zu einer Antwort heraus.

Aber der nächste Zug der Wolfskriegerin war eine Überraschung. Statt zu feuern rief sie Joanna über Funk an. »Sterncommander Joanna, ich geb dir Gelegenheit zum Rückzug. Die Bruchstücke unserer Panzerung werden von den Schluchtwänden abprallen und selbst zu Geschossen werden. Wir werden einander an der Kehle hängen und auf den einen Glückstreffer warten, der die Entscheidung bringt. Darin liegt kein Können, keine Gelegenheit für uns, unsere Fähigkeiten zu beweisen.«

Joanna war zu verwirrt für eine schnelle Entgegnung. »Sterncolonel Ravill Pryde hat diese Herausforderung bereits mit dir besprochen«, erwiderte sie.

»Wenn du aufgibst, gehört die Schneise Clan Jadefalke, und der Sieg in dieser Schlacht ist unser.«

»Du mißverstehst mich, Joanna. Ich geb nicht auf. Ich geb dir eine Chance, die Chance, deine alte Erniedrigung nicht noch mal zu wiederholen. Ich geb dir eine Chance, unsterbliche Schande in den Annalen deines Clans zu vermeiden.«

Joanna war derlei nicht gewohnt, aber sie wußte, daß sie ablehnen würde, selbst wenn sie die Motive hinter diesem Handeln verstanden hätte. »Du sprichst von Schande, Natascha Kerensky. Was ist mit der Schande des Rückzugs, den du mir vorschlägst? Das würde sich in den Annalen kaum gut machen.«

»Wenn er überhaupt verzeichnet würde. Oder dein Name erwähnt. Du bist bloß eine unbedeutende Kriegerin, Joanna, von der Art, deren Namen nur selten überliefert werden. Ich bin bereit, eine direkte Herausforderung gegen Ravill Pryde auszusprechen, neben der diese kleine Begegnung so unbedeutend wird, daß sich später kein Schwein daran erinnert.«

»Deine Feigheit ist ebenso offensichtlich wie die Verluderung deiner Sprache, Natascha Kerensky. Ich habe keine Angst vor dir.«

»Das hab ich auch keinen Moment angenommen. Ich wollte bloß dieses läppische Geballere abschließen, um ein …«

»Ich werde dich töten, Natascha Kerensky.«

Nataschas Gelächter war so laut, daß es Joanna selbst über die Funkleitung in den Ohren schmerzte. »Wenn ich dich näher kennen würde, wärst du wahrscheinlich ganz nach meinem Geschmack, Sterncommander Joanna. Es ist schade, daß wir kämpfen müssen. Du bist sicher nur dank der Hinterhältigkeit deines Kommandeurs hier. Ich weiß alles von ihm. Eine Ratte, die …«

»Halt den Mund, Natascha. Ich weiß von deinen Spionen. Ich weiß, daß sie dir erst letzte Nacht Bericht erstattet haben. Ich weiß ...« Sie unterbrach sich. Plötzlich war ihr klar, daß sie möglicherweise schon zuviel gesagt hatte. Das Gespräch zwischen ihr und Natascha Kerensky fand über eine offene Leitung statt. Ohne Zweifel hörte Ravill Pryde mit. Er würde alles über die Spione wissen wollen, und Joanna würde antworten müssen. Aber jetzt und hier, während dieses seltsamen Zwiegesprächs mit der Wolfs-Khanin, schien das alles ohne Bedeutung.

»Ich weiß nicht, woher du das weißt«, stellte Natascha leise fest, »aber ich bin beeindruckt. Du bist schlauer, als ich dachte. Ich mache dir einen Vorschlag. Auf der Vorhangebene können wir unter faireren Bedingungen kämpfen. Dieselben Bedingungen, aber der Kampf wird uns Kriegerinnen angemessener verlaufen, als wenn wir uns hier gegenseitig an die Wände der Schneise klatschen.«

»Und was wirst du tun, wenn ich zustimme? Mich von hinten angreifen, während ich die Schneise verlasse? Es ist offensichtlich, daß wir nicht nebeneinander hinaus können.«

»Ich werde hier warten, bis du auf der Ebene bist, und dir erst dann folgen.«

»Du bist eine Kriegerin des Wolfsclans. Du hast auf dem Plateau dort oben einen Hinterhalt vorbereitet, in der Hoffnung, die Falkengarde in die Schneise zu locken und ihre historische Schande zu wiederholen. Jetzt willst du hier nicht kämpfen, weil es ohne den Hinterhalt unbequem ist. Warum sollte ich dir vertrauen?«

»Ich bin Natascha Kerensky. Mein Wort ist ...«

»Um der Wahrheit die Ehre zu geben, Natascha Kerensky, wahrscheinlich ist deinem Wort tatsächlich zu trauen. Ich gehe davon aus. Aber etwas solltest du begreifen: Niemand macht mir Vorschriften. Ich tue nicht, was meine Gegnerin für richtig hält. Ich tue, was ich für richtig halte.«

»Ach, du bist unabhängig?«

»Ich bin Jadefalke!«

Ohne auf ein weiteres Wort von Natascha zu warten, feuerte Joanna eine KSR-Salve auf die Felsformation an der Klippenwand oberhalb des *Höhlenwolf* ab. Sie hatte die Raketen nicht direkt auf den Mech abgeschossen, weil sie sich noch nicht sicher war, ob ihr vorhergehender Angriff Kerenskys Raketenabwehrsystem hatte beschädigen oder vielleicht sogar zerstören können, und noch war Joanna nicht bereit, eine Salve zu verschwenden. Die Raketen sprengten eine kleine Felslawine ab. Natascha Kerensky reagierte augenblicklich, indem sie mit ihrem *Höhlenwolf* einen Schritt auf die *Nemesis* zu machte, so daß der größte Teil der Felsbrocken ihre Maschine verfehlte. Nur einzelne Randstücke schlugen etwas Panzerung von Schultern und Rücken des Mechs.

Sie rückte gegen die *Nemesis* vor. Gaussgeschütz und Laser feuerten. Joanna fühlte ihren Mech gefährlich nach hinten kippen, als er eine ganze Reihe schwerer Treffer einstecken mußte. Sie antwortete mit konstantem PPK-Feuer, das immer wieder im *Höhlenwolf* einschlug. Viele der Schüsse prallten von den Wänden der Schneise zurück. Felsen und Panzerfragmente schienen geradezu in einem Sturmgetose durch die Luft zu wirbeln.

Joanna, deren Mech höher aufragte, senkte ihre LB-X Autokanone/10 und zielte auf die KSR-Lafette des *Höhlenwolf*. Ein Schuß, der mörderisch, aber auch selbstmörderisch ausgehen konnte. Beinahe wurden ihre Befürchtungen war, als die Explosion der vollbestückten Lafette die Schneise erbeben ließ und ein Schrapnellhagel auf die *Nemesis* einprasselte. Joanna war gezwungen, ihren Kampfkoloß einige Schritte zurückweichen zu lassen, die leichte Steigung hinab, die den Beginn des Grabhügels der ursprünglichen Falkengarde kennzeichnete. Als der Qualm sich verzogen hatte und die Trümmer zu Boden gefallen waren, mußte sie feststellen, daß der Höhenvorteil sich ins Gegenteil verkehrt hatte. Von der Kuppe des Hügels blickte der *Höhlenwolf* auf sie herab, seine linke Schulterlafette ein Trümmerstück. Natascha Kerensky ließ nicht locker. Sie nutzte ihre verbliebene Bewaffnung rücksichtslos und effektiv. Joannas Mech steckte einen Treffer nach dem anderen ein.

Diana hockte eine ganze Weile hinter einem großen Felsen und versuchte herauszubekommen, wo Cholas und Castilla steckten. Ihr Rückzug war alles andere als angenehm gewesen, aber sie hatte keine andere Wahl gehabt. Statt zu versuchen, zwei auf sie gerichtete Waffen niederzustarren, hatte sie sich lieber zu Boden geworfen, zwei wirkungslose Feuerstöße abgegeben und sich beiseite gerollt, um dann aufzuspringen und loszulaufen. Sie hatte keinen Bedarf an einem Feuerwechsel gehabt. Nicht, wenn sie eine bessere Gelegenheit abwarten konnte.

Jetzt, in Deckung hinter dem Felsen, fragte sie sich, warum die beiden sie nicht verfolgt hatten. Sie waren offensichtlich aus irgendeinem Grund geblieben, wo sie waren. *Haben sie eine Art Plan ausgeheckt, als sie sich unterhalten haben, bevor sie das Feuer auf mich eröffneten? Einen Plan, bei dem es um mehr geht als um meine Beseitigung? Einen Plan, der möglicherweise Einfluß auf das unter uns ablaufende Gefecht haben könnte? Es muß etwas in dieser Art sein, warum hätten sie sonst versucht, mich umzubringen?*

Nach dem ersten Schuß und Lichtblitz war es in der Großen Schneise wieder still geworden. Das war ungewöhnlich, ungewöhnlich für jede Art von Gefecht, und ganz besonders für eines, an dem eine Jadefalken-Kriegerin beteiligt war. Sie fragte sich, was da unten vorging.

Zunächst schien die Dunkelheit total, aber dann gewöhnten sich Dianas Augen an die Sichtbedingungen, und sie glaubte, eine Bewegung in der Nähe der Klippe auszumachen, auf der anderen Seite der Wolfs-Transportfahrzeuge. Wie zur Bestätigung hörte sie einen Motor anspringen. Mehr Ansporn brauchte sie nicht, um die Deckung des Felsens zu verlassen und auf das Fahrzeug zuzurennen. Sie war sich nicht sicher, was Cholas und Castilla planten, aber sie wußte, daß sie die beiden aufhalten mußte.

Beinahe im selben Augenblick brach unten in der Schneise der Kampf wieder los. Das Mündungsfeuer zuckte wie Blitzschläge durch die Nacht. Das Krachen der Explosionen war ohrenbetäubend.

Joanna fühlte sich wie durch die Mangel gedreht. Ein Treffer nach dem anderen schüttelte ihre *Nemesis* durch. Der Metallkoloß stand mit dem Rücken an der Schneisenwand vor Natascha Kerenskys Mech, und Joanna mußte feststellen, daß sie Schwierigkeiten hatte, unter den beengten Umständen ihr Gegenfeuer abzuschätzen. Zwei Kurzstreckenraketen schossen über den Kopf des *Höhlenwolf* und richteten mehr Schaden an einer entfernten Felswand an als im eigentlichen Ziel. Auch das Feuer ihrer Partikel- und Autokanonen ging ins Leere, weil Natascha Kerensky mit tödlicher Präzision die Arme der *Nemesis* bestrich. Die alte Kriegerin schien in der Lage, durch ständige Variation ein konstantes Bombardement aufrechtzuerhalten. *Was für eine Konzentrationsfähigkeit muß diese Frau haben. Ich muß es ihr gleichtun.*

Ein Blinklicht an der Seite der Kontrollkonsole meldete ernste Schäden. Auf der Silhouette der *Nemesis,* die augenblicklich auf dem Hauptschirm erschien, wurde der rechte Unterarm des Mechs von einer roten Aura eingehüllt. Mehrere Schüsse der Wölfin, alle auf denselben Bereich des Arms gezielt, hatten die Extremreichweiten-PPK getroffen. Einen Augenblick geschah gar nichts, dann kam es zur Explosion, und der Unterarm schien sich in seine Einzelteile aufzulösen. Die Wucht der Detonation schleuderte die *Nemesis* seitwärts an der Felswand entlang. Als Joanna die Kontrolle zurückgewonnen hatte, sah sie, daß der Arm dort, wo bei einem Menschen das Handgelenk gewesen wäre, teilweise abgerissen war. Was von der PPK noch verblieben war, hing nutzlos herab, ein Gewirr aus losen Kabeln und rotglühendem Metall. Sie versuchte den Arm zu bewegen. Er ließ sich nur noch bis auf halbe Höhe anheben, und eine Seitwärtsbewegung war völlig unmöglich. Als Teil ihrer Bewaffnung war er nicht mehr zu gebrauchen. Er hätte ebensogut amputiert sein können.

Vor Wut brüllend konzentrierte Joanna sich auf den Rumpf des *Höhlenwolf*. Jetzt war es Zeit festzustellen, ob Kerenskys Raketenabwehrsystem noch funktionierte. Das Ungleichgewicht durch den beschädigten rechten Arm behinderte sie, und der größte Teil der Salve ging ins Leere, doch eine Rakete streifte die Flanke des *Höhlenwolf* und sprengte im Vorbeiflug eine dicke Panzerplatte ab. Irgend etwas war mit dem Raketenabwehrsystem des Wolfs-Mech nicht in Ordnung. Das war eine Information, die Joanna Mut machte.

Sie schwang den unbeschädigten linken Mecharm herum und drehte die *Nemesis* gleichzeitig von der Schneisenwand weg, um den *Höhlenwolf* zu stellen. Was die tiefere Position ihr an Vorteil bot, nutzte sie aus und feuerte eine Bündelmunitionssalve auf die Beine der feindlichen Maschine ab. Sie verlor keine Zeit damit, sich über ihre Treffer zu freuen, sondern zielte augenblicklich eine Raketensalve auf die bereits beschädigte Lafette über der linken Schulter des *Höhlenwolf*. Sie hatte weitere scharfe Raketen in den Trümmern entdeckt und hoffte, einige davon zur Explosion zu bringen.

Sie sprengte sie beinahe alle.

Der *Höhlenwolf* wurde von den Explosionen zur Seite geschleudert und rammte die Schneisenwand. Das behinderte Natascha Kerensky bei dem Versuch, das Gleichgewicht zurückzugewinnen. Joanna grinste. Die Kollision mit dem Fels mußte einen starken Nervenimpuls durch den Neurohelm in den alten Schädel der Khanin gejagt haben.

Aber der Metallkoloß löste sich mit sicherem Tritt von der Felswand und stürmte mit donnerndem Gaussgeschütz auf die *Nemesis* zu, so schnell es der schwerfällige OmniMech fertigbrachte. Der unbeschädigte Arm des Jadefalken-Mechs erlitt einen gefährlichen Treffer, und der Unterarm geriet in unkontrollierte Schwingungen. Er war nicht mehr zu steuern, erkannte Joanna, als sie wie besessen den Knüppel bearbeitete, ohne irgendeine Reaktion zu erzielen.

Der *Höhlenwolf* kam immer näher. In dem Versuch, ihn zu bremsen, feuerte Joanna eine KSR-Salve auf seinen Torso ab. Gleichzeitig erkannte sie, daß ein strategischer Rückzug angesagt war. Sie würde nach hinten davonspringen müssen.

Sie löste die Sprungdüsen aus und fühlte einen scharfen Ruck, als die *Nemesis* in Richtung Klippenrand in den Himmel stieg. Ein zweiter Ruck machte ihr klar, daß Natascha Kerensky vom Boden aus einen weiteren Treffer am linken Bein der *Nemesis* gelandet hatte.

Als Diana lossprintete, sah sie Cholas, der hinter einem der Schrotthaufen hervorgetreten war. Aber noch hatte er sie nicht bemerkt. Er wies den Bulldozer ein, der sich auf den Metallberg zubewegte, wobei unter seinen Rädern der Kies in hohem Bogen davongeschleudert wurde. Diana erkannte augenblicklich, was die beiden planten. Castilla, die am Steuer des Fahrzeugs saß, sollte eine der Mechattrappen in die Schneise stoßen, wahrscheinlich geradewegs auf die *Nemesis*. Wenn

Cholas sie geschickt genug einwies, konnte der mit Sprengstoff vollgestopfte Schrotthaufen Joannas Mech schwer beschädigen.

Cholas bewegte sich zu schnell, um Diana einen akkuraten Schuß zu gestatten. Außerdem war Castilla Kriegerin genug, um weiterzumachen, was immer ihrem Kameraden zustieß. Diana mußte auf jeden Fall zuerst die Baumaschine ausschalten.

Sie blieb stehen und zielte. Zwei schnelle Schüsse ließen den rechten Vorder- und linken Hinterreifen zerplatzen. Der Bulldozer brach heftig aus und kam quietschend zum Stehen. Auf der ihr abgewandten Seite hörte Diana Castilla zu Boden springen. Einen Moment lang war sie hinter dem Fahrzeug zu sehen, aber als Diana sie unter Beschuß nahm, duckte sie sich augenblicklich weg.

Castilla saß vorerst fest, aber Cholas stürmte bereits im Zickzack auf den Bulldozer zu und feuerte dabei ab und zu auf Diana, die sich in die Hocke fallen ließ und nach Deckung suchte. Die fand sie hinter einem Haufen Mechteile, die bei der Vorbereitung des Hinterhalts keine Verwendung gefunden hatten. Einen Augenblick kam ihr der Gedanke, daß ihre momentane Position ganz ähnlich der Joannas bei ihrem Ehrenduell gegen diese beiden sein mußte. Unter anderen Umständen hätte sie das zu einem Lächeln veranlaßt, aber jetzt mußte sie sich darum kümmern, das Feuer zu erwidern. Nach ein paar ungenauen Schüssen aus Richtung des beschädigten Fahrzeugs war zu hören, wie Castilla und Cholas davonrannten. Diana sprang auf und setzte ihnen nach.

An dem Bulldozer angekommen, schob sie den Kopf um dessen Rumpf und sah in mehreren Metern Entfernung die beiden schwarzen Schatten mit beachtlicher Geschwindigkeit in die Dunkelheit stürmen. Diana fühlte, daß es an der Zeit war, auf Vorsicht zu verzichten und die beiden zu verfolgen.

Die Kampfgeräusche aus der Schneise verlagerten sich. Es schien, als bewege sich das Gefecht in Richtung Vorhangebene. Hieß das etwa, daß Joanna unterlag? Konnte es sein, daß sie sich auf dem Rückzug befand?

Die beiden Wölfe erreichten einen Geländewagen, sprangen hinein und starteten den Motor. Anstatt auf einen der Schrotthaufen am Klippenrand zu zielen, fuhren sie diesmal geradewegs auf Diana zu. Sie erkannte, daß die Windschutzscheibe des Wagens nach vorne auf die Motorhaube geklappt war, blieb stehen und nahm das Fahrzeug unter Beschuß. Ihr Feuer war treffsicher genug, um Castilla, die wieder am Steuer saß, zu einer Richtungsänderung zu zwingen. Aus dem Plan der beiden, Diana zu überfahren, wurde nichts. Die Spione sprangen nach beiden Seiten aus dem Geländewagen, der führerlos weiterraste. Diana hechtete zur Seite, als er an ihr vorbeidonnerte, gegen einen der Felsbrocken prallte, die über das ganze Plateau verteilt waren, und umkippte.

Diana kümmerte nicht, was aus dem Wagen wurde. Ihre Aufmerksamkeit galt Castilla und Cholas, die offensichtlich die Suche nach weiteren Fahrzeugen aufgegeben hatten und jetzt in Richtung Klippenrand liefen. Diana rannte hinterher und verschwendete einige nutzlose Schüsse bei dem Versuch, die geschickt ausweichenden Wölfe zu treffen.

Alle drei blieben einen Augenblick abrupt stehen, als plötzlich die Raketenlafette und der obere Torso von Joannas *Nemesis* über der Schlucht auftauchten, um sofort wieder in die Tiefe zu verschwinden. Cholas feuerte seine Waffe auf den Mech ab, und die Strahlbahn stand eine Sekunde über der Schneise wie ein einfarbiger Regenbogen.

Während die *Nemesis* sich auf den Zielpunkt einige Meter hinter ihrer früheren Position senkte, stellte Joanna fest, daß sie nur den linken Unterarm ihres

Mechs in einem kurzen, aufwärts gerichteten Bogens bewegen konnte. Nataschas letzter Treffer hatte ihn ebenso beschädigt wie das Bein, aber wenigstens ließ sich das noch bewegen.

Offenbar hatte Natascha Kerensky den Landepunkt der *Nemesis* berechnet, denn ihr *Höhlenwolf* bewegte sich schwerfällig darauf zu. Joanna schätzte seine Geschwindigkeit ab und richtete den linken Arm vorsichtig aus, so gut es ging, bis er auf einen Punkt knapp vor dem *Höhlenwolf* gerichtet war, dann löste sie die Autokanone aus. Ihr Schuß ging knapp vorbei. Ein Teil der Sprengkörper bohrte sich in die Schulter des Mechs, aber der größte Teil schlug vor ihm in den Boden ein. Joanna glaubte, kaum Schaden angerichtet zu haben, bis sie bei der Landung sah, daß der *Höhlenwolf* nach rechts schwankte. Doch bevor sie sich um die Ausmaße der Schäden an der Maschine ihrer Gegnerin kümmern konnte, mußte Joanna erst einmal ihren eigenen Mech zu Boden bringen.

Die Landung war hart. Die *Nemesis* wankte heftig. Der Schaden, den Natascha Kerensky am linken Bein angerichtet hatte, brachte sie aus dem Gleichgewicht. Die Tatsache, daß ein Arm von Joannas Mech völlig nutzlos und der andere teilweise ausgefallen war, machte es noch schwieriger, die Maschine zu kontrollieren. Als sie den *Höhlenwolf* wieder im Visier hatte, versuchte sie erneut, den linken Arm zu bewegen. Er regte sich so gut wie überhaupt nicht. Die Waffe war praktisch nutzlos.

Im Augenblick schien der *Höhlenwolf* sich an der Schneisenwand aufrecht zu halten. Joanna konnte das große Loch sehen, das sie in das rechte Bein des Mechs gesprengt hatte. Es begann am Knie und zog sich in langen, unregelmäßigen Ausläufern beinahe bis zum riesenhaften Fuß der Maschine hinab. Im Innern des Lochs baumelten Drähte, und einige Myomerbündel schienen gequetscht.

»Du kannst bestenfalls noch humpeln«, stellte Joanna leise fest. »Unglücklicherweise ist die einzige effektive Bewaffnung, die mir geblieben ist, eine KSR-Lafette und kaum noch Munition. Es sei denn, du legst dich flach auf den Schneisenboden. Dann könnte ich dir möglicherweise mit der Autokanone die Zehen kitzeln. Nun gut, durch Vor-sich-hin-Murmeln hat noch keiner einen Kampf gewonnen.«

Sie marschierte langsam auf den *Höhlenwolf* zu und feuerte ihre Raketen ab. Mit jeder Salve wechselte sie den Zielpunkt. Eine Rakete traf den *Höhlenwolf,* als er gerade versuchte, sich wieder aufzurichten und in die Mitte der Schneise zurückzukehren. Sie traf den rechten Arm an der Schulter und sprengte ihn geradewegs vom Rumpf. Joanna war vom Erfolg dieses Schusses so überrascht, daß sie beinahe vergessen hätte, weiterzufeuern. Aber sie konnte sich den Gedanken nicht verkneifen: *Nun, damit hätten wir wieder Gleichstand – jedenfalls beinahe.*

Irgend etwas konnte mit den internen Systemen des *Höhlenwolf* nicht stimmen. Die Rakete hätte den Mech verfehlen und wirkungslos weit hinter ihm in der Schneise detonieren müssen. Kein Pilot hätte seinen Mech derart in feindliches Feuer hineinbewegt. Wenn es nicht an den Systemen des Mechs lag, mußte es an der Pilotin liegen. Vielleicht hatte der Schlag, als der *Höhlenwolf* gegen die Felswand geprallt war, Natascha Kerenskys Gleichgewichtssinn beeinträchtigt. Vielleicht war sie benommen oder sogar bewußtlos.

Nein, bewußtlos ist sie ganz offensichtlich nicht, dachte Joanna, als das Gaussgeschütz des *Höhlenwolf* ihre *Nemesis* unter wilden Beschuß nahm. Das Geschütz feuerte tief und traf ihr linkes Mechbein an mehreren Stellen. *Freigeburt! Sie will die* Nemesis *genauso verkrüppeln wie ihre eigene Maschine.* Joanna konzentrierte den Raketenbeschuß auf den linken Arm des *Höhlenwolf,* in der Hoffnung, ihn oder die darin montierte Kanone auszuschalten, bevor Natascha ihr den Garaus machen konnte. Gleichzeitig versuchte sie, die *Nemesis* aus dem Schußfeld der Gausswaffe zu bewegen. Aber dazu war die Schneise an dieser Stelle zu eng. Das Geschütz konnte jeder ihrer Bewegungen mit Leichtigkeit folgen.

Plötzlich gelang Natascha Kerensky ein entscheidender Treffer am rechten Hüftgelenk der *Nemesis*. Jetzt war es Joannas Mech, der gegen die Felswand geschleudert wurde. Ohne funktionstüchtige Arme konnte Joanna die Maschine nicht im Gleichgewicht halten. Die *Nemesis* prallte von der Wand ab, verdrehte sich auf groteske Weise und stürzte zu Boden.

Jetzt lag Joanna in ihrem Kampfkoloß rücklings auf dem Schluchtboden. Wie besessen schlug sie die Steuerknüppel von einer Seite zur anderen. Nur eines der Mechbeine zeigte überhaupt eine Reaktion. Das Steuersystem der Raketenlafette war durch den Sturz ausgefallen. Sie konnte die letzte verbliebene Salve noch manuell auslösen, aber die Raketen wären gerade in den Himmel gestiegen und dann zurück auf die *Nemesis* gestürzt. *Eine einzigartige Methode des Selbstmords, aber nicht mein Stil.*

Unregelmäßige Mechschritte kündeten davon, daß der *Höhlenwolf* langsam näher humpelte. Ohne Zweifel, um ihr den Gnadenstoß zu versetzen. Joanna blickte aus dem Kanzeldach. Außer der Felsklippe und etwas Himmel war nichts zu sehen. Plötzlich tauchte an der Oberkante der Klippe ein winziger Punkt auf. Was es auch war, es stürzte senkrecht hinab, geradewegs auf die *Nemesis* zu. Joanna erkannte schnell, daß es ein Mensch war. Seine Arme ruderten wild, und ein Schrei hallte durch die Schlucht. Das Echo war noch zu hören, lange nachdem der Körper vor den Füßen des Mechs aufgeschlagen war.

Als Diana sich von der Überraschung erholt hatte, den Kopf der *Nemesis* über dem Schluchtrand auftauchen zu sehen, sah sie vor sich nur noch Cholas, der noch immer zur Schlucht blickte. Als sie näher kam, die Pistole im Anschlag, wirbelte er abrupt herum. Doch Diana schoß zuerst. Sie traf seinen Arm und zwang ihn, die Waffe fallen zu lassen. Cholas ging hastig in die Hocke, um die Pistole mit der anderen Hand aufzuheben, aber Diana war sofort losgerannt. Sie legte ihm von hinten den Arm um den Hals und zog ihn beiseite, während sie nach der Waffe trat, die über den steinigen Boden davonschlidderte. Ein Hieb mit dem Pistolengriff auf die Schläfe sorgte dafür, daß Cholas sich nicht mehr wehren konnte.

Castilla mußte sich irgendwo in Richtung Schlucht befinden, dessen war sich Diana sicher. Sie kroch hastig über den Boden, um sicherzugehen, daß sich der schlaff in ihrem Arm hängende Cholas zwischen ihr und Castilla befand, und rief: »Castilla!« Ein Feuerstoß aus der Nähe der Klippe, der weit über ihren Kopf ins Leere ging, antwortete ihr. »Stell das Feuer ein, Castilla! Ich habe deinen – Cholas hier, und kann ihn jederzeit töten.«

»Was interessiert mich das. Bring ihn doch um.« Aber Castillas Stimme zitterte. Sie spielte noch immer die Jadefalken-Kriegerin, wenn auch nicht sonderlich überzeugend.

Diana kniff die Augen zusammen und suchte den Rand des Plateaus ab, konnte Castilla jedoch nicht entdecken. Selbst in dieser Höhe neigte die Atmosphäre von Twycross dazu, Entfernungen schrumpfen zu lassen und Formen zu verzerren. Ohne daß der Sprecher sich auch nur einen Zentimeter bewegte, war es möglich, daß eine Stimme innerhalb von Sekunden mal aus dieser, mal aus jener Richtung zu kommen schien. »Ich glaube nicht, daß du dir das wirklich wünschst. Oder mit eurer Liebe stimmt etwas nicht.«

»Liebe? Mach dich nicht lächerlich, Diana.«

»Ich habe die ekelhaften Blicke gesehen, die ihr euch

zuwerft. Und ich weiß, daß ihr keine Jadefalken seid. Ihr seid Spione, die von den Wölfen bei uns eingeschleust wurden.«

»Diana ...«

»Versuch gar nicht erst, es abzustreiten. Ich habe euch beide gestern nacht hier gesehen. Joanna hat euch ebenfalls gesehen. Wenn ihr keine Spione seid, warum habt ihr mich angegriffen?«

»Es war Cholas. Er sagte, du wärst die Spionin und wolltest uns umbringen.«

»Das ist schwach, Castilla. Genug palavert. Wirf deine Waffe weg, und du rettest Cholas das Leben. Mir bedeutet sein Leben nichts. Es macht mir nichts aus, ihn zu töten.«

»Dann töte ihn doch.« Castillas Stimme schien näher als zuvor. Diana suchte die Umgebung nach Bewegung ab, sah aber immer noch keine Regung, keine verdächtigen Schatten.

»Ich gebe dir noch eine Chance, ihn zu retten, Castilla.«

Castilla antwortete nicht.

»Wie du willst.«

Diana hatte nicht vor, Cholas umzubringen – noch nicht. Sie hob ihn in eine sitzende Position, feuerte die Pistole knapp an seinem Kopf vorbei und stieß ihn abrupt zu Boden, so daß es klang, als sei er zusammengebrochen.

Castillas Aufschrei ähnelte nichts, was Diana jemals zuvor gehört hatte. Er war eine Mischung aus Schmerz und ungezügelter Wut. Und er nahm kein Ende. Er schlug von Dianas Rücken her über ihr zusammen wie eine Flutwelle. Sie hatte keine Zeit, darüber nachzudenken, wie die Wolfs-Spionin in ihren Rücken gekommen war. Diana wirbelte herum, aber sie war zu langsam. Castilla sprang sie aus der Dunkelheit an.

Sie packte Dianas Hals mit beiden Händen und drückte zu. Die Pistole in Dianas Hand schien sie völlig vergessen zu haben. Nach Atem ringend versuchte Diana, die Pistole anzuheben, als plötzlich jemand ihr Handgelenk packte und auf den Boden schlug, so daß die Waffe davonflog. Sie konnte nichts sehen, aber sie wußte, daß das nur Cholas sein konnte, der aufgewacht war, die beiden Kriegerinnen gesehen und instinktiv nach Dianas Arm gegriffen hatte.

»Du – du Mörderin!« kreischte Castilla. Der Druck ihrer Hände um Dianas Hals nahm zu, vor deren Augen alles zu verschwimmen begann. Ihr Gehör war allerdings noch einwandfrei. Sie hörte Cholas rufen: »Castilla! Ich bin in Ordnung.«

»Cholas?«

Einen Augenblick ließ Castilla locker. Diana nutzte die Gelegenheit. Sie wälzte sich herum, brachte den freien Arm zwischen sich und Castilla und stieß die Wölfin von sich. Castillas Hände ließen Dianas Hals los.

Diana rutschte davon und tastete mit beiden Händen nach ihrer Pistole, nach irgendeiner Waffe, die sie gegen die beiden einsetzen konnte. Die ganze Zeit war sie gezwungen, die abstoßende Unterhaltung der beiden Spione mitanzuhören.

»Ich dachte, sie hätte dich umgebracht.«

»Das war nur eine ihrer Lügen. Ich werde dich nie verlassen.«

»Ich dich auch nicht.«

Diana vergaß die Suche nach einer Waffe. Mit einem Aufschrei, der nicht minder furchterregend als der Castillas war, sprang sie auf und stürzte sich auf das Pärchen. In diesem Moment haßte sie diese beiden mehr als jemals irgend jemand anderen. Welches Recht hatten sie, solche Gefühle zu zeigen, selbst wenn sie so fühlten? Welches Recht hatten sie, einander zu lieben?

Mit der ganzen Kraft ihres Kriegerinnenkörpers warf sie die beiden zu Boden. Sie wälzte sich auf Castilla und schlug ihr ins Gesicht. Mit wilder Energie konzentrierte sie ihre Hiebe auf den bösartigen, verzerrten Mund. Als Cholas versuchte, sie wegzuziehen, stieß sie ihn beiseite.

Castilla verlor das Bewußtsein, bevor Diana aufhörte, auf sie einzuschlagen. Noch immer wild vor Zorn, wirbelte sie herum und suchte nach Cholas. Der hatte ihre Pistole gefunden und hob sie gerade zum Schuß. Diana kümmerte die Waffe nicht. Sie hatte keine Angst. Sie war Jadefalke.

Sie hechtete nach seinen Beinen und stieß ihn zu Boden. In einem kurzen Augenblick der Geistesgegenwart konzentrierte sie sich auf seine Waffe. Wieder und wieder schlug sie seinen Pistolenarm mit beiden Händen auf den Boden. Blut strömte aus den Schnittwunden an Cholas' Hand, aber er ließ nicht los. Diana bohrte zwei Finger in eine der Wunden. Cholas schrie auf und ließ die Waffe fallen. Diana hob sie auf.

Plötzlich war ihre Wut verraucht. Sie war im Vorteil. Sie brauchte Cholas nicht zu töten. Sie brauchte keinen der beiden zu töten.

Sie stand langsam auf und winkte den Spion mit ihrer Waffe hoch. »Hilf Castilla«, befahl sie. »Du wirst sie zurück ins Lager tragen.«

»Damit du uns anklagen und hinrichten lassen kannst? Warum sollte ich?«

»Weil ein Feigling wie du sein Leben so hoch einschätzt, daß er jede Gelegenheit nutzt, es zu verlängern.«

»Ich bin kein Feigling. Aber ich sehe ein, daß ich kaum eine Wahl habe. Wir werden Sterncolonel Ravill Pryde die Entscheidung überlassen.« Er kniete nieder und hob Castilla auf sein Knie, bevor er sie auf die Arme nahm und aufstand. Für Diana wirkten die beiden wie Figuren aus einem der Bücher, für die Hengst soviel übrig hatte. Der Held, der seine Geliebte für irgendeinen angeblich romantischen Zweck auf Händen trug. Cholas trat einen Schritt auf Diana zu. Er wirkte entspannt. Dann schleuderte er Castilla plötzlich von sich. Völlig überrascht stürzte Diana nach hinten, von Castillas reglosem Gewicht begraben.

Als sie wieder hoch kam, sah sie Cholas zum Rand der Schlucht rennen. Er verschwand in der Dunkelheit. Sie setzte ihm nach, fand ihn jedoch zunächst nicht. Dann zuckte aus der Schneise ein Lichtblitz herauf, und sie sah Cholas' Silhouette deutlich sich abzeichnen. Er war auf einen der Schrotthaufen geklettert und versuchte dort etwas loszubrechen. Vielleicht eine provisorische Waffe. Ruhig und gelassen hob Diana die Waffe, zielte und schoß. Cholas schrie, stand auf und kippte nach hinten, in die Schlucht. Sie hörte seinen Aufschrei durch die Schneise hallen, als er in der Tiefe verschwand.

Beinahe bedauerte Diana ihre Treffsicherheit. Warum hatte er sich nicht festgehalten oder auf diese Seite der Felskante fallen lassen? Sie hatte ihn mit zurück nehmen wollen, um seine und Castillas Erniedrigung durch die Jadefalken zu genießen. Aber aus diesem Vergnügen wurde nun nichts mehr.

Unter ihr krachten die Explosionen, und plötzlich erinnerte sie sich an das Duell. Sie trat an den Rand, blickte hinab und fluchte, als sie sah, in welchen Schwierigkeiten Joanna steckte.

»Ruf Sterncolonel Ravill Pryde und teile ihm deine Niederlage mit. Ich will deinen Tod nicht, Sterncommander Joanna.«

Joanna hörte Natascha Kerenskys Stimme, und sie hatte gehört, wie der *Höhlenwolf* näher gekommen war, aber sie war sich nicht sicher, wo er stand. Ihre Sensoren zeigten eine Position knapp hinter den Füßen der *Nemesis* an. »Da ist jemand herabgestürzt, Natascha. Vom Plateau. Wer war es?«

»Ich habe es nicht erkennen können. Die Leiche trägt eine Jadefalken-Uniform. Was hat ein Jadefalke da oben verloren? Ist das irgendein Jadefalken-Komplott?«

Konnte die Leiche Diana sein? »Ist es eine Kriegerin?«

»An *der* Leiche ist nichts mehr zu identifizieren. Was kümmert es dich übrigens?«

Natascha hat recht. Was kümmert es mich? Wenn es Diana ist, ist es eben Diana. Aber ich fühle eine sonderbare Regung. Vielleicht eine Besorgnis. Dasselbe habe ich gefühlt, als Aidan Pryde starb. Es ist – aber ich bin selbst bald tot, also spielt es keine Rolle.

»Ich gebe dir noch einmal eine Chance, Joanna. Deine Waffen nützen dir nichts mehr. Du kannst nicht einmal mehr Arme und Beine bewegen.«

Ein Bein noch. Das linke Bein. Ich weiß, daß ich es heben kann. Aber ich muß Natascha Kerensky sehen können.

»Wenn ich gehe, ist deine Erniedrigung komplett, Joanna. Twycross scheint dir kein Glück zu bringen.«

Nein! Geh nicht weg. Komm näher, so daß ich dich sehen kann. Ich habe nur eine einzige Chance, dich zu erwischen, und zwar, indem ich dich dazu bringe, daß du versuchst, mich zu töten. »Genau das ist der Punkt, Natascha. Bring es zu Ende. Ich will diese Schande kein zweitesmal ertragen müssen.«

Stille. Dann: »Ja.« Natascha Kerensky sprach langsam. »Du hast recht. Du verdienst einen guten Tod.«

Der *Höhlenwolf* trat einen Schritt näher. Jetzt konnte Joanna ihn sehen. Sie verlor keine Zeit, denn es würde Natascha Kerensky nur einen Augenblick kosten, das Gaussgeschütz abzufeuern. Schon senkte sich der linke Arm des *Höhlenwolf,* als die Wölfin den Rumpf leicht vorbeugte, um Joannas Cockpit anzuvisieren.

Also dann. Das Bein muß frei liegen. Ja, ich kann es bewegen. Bemerkt sie überhaupt, daß ich es hebe?

»Du warst eine würdige Gegnerin, Jo...«

Der Satz blieb unbeendet. Joanna hatte das linke Bein der *Nemesis* bis zu einem Punkt links neben Natascha Kerenskys Cockpit gehoben. Sie zog es in einer schnellen Bewegung nach rechts, während sie mit leichtem Fingerdruck die Sprungdüse des Beines auslöste. Die Flammenzunge schoß in einem wilden, gelborangefarbenen Strahl aus der Düsenöffnung und verschlang die Pilotenkanzel des *Höhlenwolf* wie ein hungriges, loderndes Feuermaul.

Joanna stellte die Düse erst ab, lange nachdem das Cockpit des *Höhlenwolf* nur noch ein Schlackehaufen war. Die Pilotin in seinem Innern war verbrannt. Natascha Kerensky, legendäre Kriegerin und Khanin der Wölfe, Siegerin in mehr Schlachten als Sterne am Firmament standen, war tot.

Joanna nahm den Finger von den Kontrollen und entspannte sich.

»Und du warst ebenfalls eine würdige Gegnerin«, sagte sie matt und verlor das Bewußtsein. Über ihr, auch wenn sie es nicht mehr sah, schwankte der *Höhlenwolf* eine Weile, dann kippte er um. Einen Augenblick schien er ihr Cockpit unter sich begraben zu wollen, aber irgend etwas – vielleicht eine Diabolisböe, die durch die Schneise fegte, oder auch nur das Ungleichgewicht durch sein beschädigtes Bein – ließ den Mech zur Seite fallen und neben der *Nemesis* aufschlagen.

Weit über der Schlucht hatte Diana das Ende des Duells in einem Wechselbad der Gefühle verfolgt. Als es schien, daß der *Höhlenwolf* Joanna vernichten würde, hatte sie sich gewünscht, irgendwie in die Schneise springen und Joanna helfen zu können. Dann, als sie Joanna das Mechbein heben und Natascha Kerensky töten sah, konnte sie einen Moment nicht begreifen, was da vor ihren Augen geschehen war. Erst als der *Höhlenwolf* neben der *Nemesis* lag, wußte sie, daß der Kampf vorbei war.

Joanna ist in Ordnung. Sie muß in Ordnung sein. Joanna kann nicht sterben, niemals.

Als Diana an die Stelle zurückkehrte, an der sie Castilla liegengelassen hatte, war diese verschwunden. Niemand sah sie jemals auf Twycross wieder, und die Jadefalken gingen davon aus, daß sie von der Hochebene entkommen konnte und sich den übrigen Wölfen bei deren Flucht ins All angeschlossen hatte.

EPILOG

Jadefalken-Garnison, Pattersen
Sudeten, Jadefalken-Besatzungszone

31. Dezember 3057

Die Falkengarde war nach Sudeten zurückgekehrt.

»Eine Frage beschäftigt mich immer noch, Sterncolonel. Du hast von einem psychologischen Hinterhalt für Natascha Kerensky gesprochen. Was hast du damit gemeint?«

Joanna war entschlossen, Ravill Pryde bei seiner Antwort genau zu beobachten. Wenn er log, wollte sie sein Gesicht und seine Körperbewegungen verfolgen, um keinen Hinweis zu übersehen.

»Haben wir das nicht gemacht, Joanna? Ich hätte selbst gegen sie kämpfen können und war auch bereit, das Risiko und selbst die Schande eines Duells gegen Natascha Kerensky einzugehen. Aber, wie du so häufig festgestellt hast, ich war noch nicht kampferprobt, und es schien mir als Kommandeur, daß dieses Duell einen Gegner erforderte, der ebenso verschlagen und skrupellos sein konnte wie Natascha Kerensky. Also lehnte ich die Herausforderung ab, und angesichts der deutlichen Aussagen, die ich vor der Schlacht über meine Meinung zum Kampf gegen Natascha Kerensky gemacht hatte, wußte ich, daß keiner meiner Offiziere sich durch eine Annahme der Herausforderung entehren würde. Natürlich waren das alles Lügen. Der psychologische Hinterhalt war bereits im vollen Gange.«

»Laß mich dir eine Frage stellen: Du wußtest, daß diese Weigerungen die alte Kriegerin erschüttern würden?«

»Sehr aufmerksam, Joanna. Du überraschst mich immer wieder.«

Das Lächeln des Mannes war häßlich. Was das anging, entschied Joanna, so war Ravill Pryde selbst häßlich und falsch und zu klein. Aber er war clever, das mußte sie ihm zugestehen, und ein mutiger Führer, wie seine Beherrschung strategischer Schachzüge und seine kämpferischen Leistungen in der gesamten Schlacht um Twycross bewiesen hatten. In den letzten Phasen der Schlacht, als die Wölfe in ihren Landungsschiffen die Flucht ergriffen hatten, war er auf sie losgegangen, ohne auf seine Truppen zu warten. Aber was für eine neue Sorte Führer dachte sich psychologische Hinterhalte aus?

»Der Rest des psychologischen Hinterhalts dürfte dir klar sein, Joanna. Natascha Kerensky hatte eine würdige Herausforderung ausgesprochen, und in ihren Augen hatten wir unwürdig reagiert. Du, Joanna, warst die Krönung meines Hinterhalts – eigentlich die Schlüsselfigur.«

»Weil ich auch alt war. Nicht so alt wie ...«

»Dein Alter war der entscheidende Faktor. Das war die Psychologie. Aber ich wußte, daß du sie besiegen konntest. Das war der Hinterhalt. Der Kampf mußte nur richtig inszeniert werden, und das tat ich, frapos?«

Es kostete sie Überwindung, es zuzugeben. »Pos.« Besonders, da Ravill Pryde seiner Strategie wegen so offensichtlich stolz auf sich war. Trotz all des Ruhms, den er ihr eingebracht hatte, widerte Ravill Pryde Joanna an wie eh und je.

Jetzt standen Ravill Pryde und sie am Sudetensee. Es war ein selten schöner Tag für Sudeten. Ein geradezu unglaublicher Tag. Der Wind war warm, das Wetter äußerst angenehm.

»Was ist mit meiner Versetzung nach Ironhold?« fragte Joanna.

»Gestrichen. Aber rechne das ja nicht mir an. Marthe Pryde gab den Befehl dazu. Ich finde immer noch, du bist zu alt, und würdest an einem anderen Ort bessere Dienste leisten. Kael Pershaw hat um deine Rückkehr zur Clanwache gebeten. Wirst du gehen?«

»Nein. Ich habe kein Verlangen danach, Spionin zu werden. Ich hatte schon genug damit zu tun.«

»Marthe Pryde rät dir, deine Rolle zu akzeptieren. Der Clan braucht dich als Inspiration, während wir unsere Wunden auskurieren und auf das nächste Angriffssignal warten.«

»Du wirst schon wieder blumig, Ravill Pryde. Wenn Marthe Pryde es befiehlt, gehe ich, wohin sie will. Ich habe Respekt vor ihr. Aber wenn sie mir die Wahl läßt, verzichte ich darauf, eine Inspiration zu sein. Ich bin Joanna, Sterncommander Joanna, wenn du willst, und ich bin eine Jadefalken-Kriegerin, und mehr will ich nicht sein.«

»So sei es. Ich respektiere dich, Joanna. Ich mag dich nicht, aber ich kann dich in der Falkengarde gebrauchen.«

»Dort gehöre ich hin.«

Er nickte und drehte sich abrupt zum Gehen. »Sterncolonel«, rief sie ihm nach.

Er wandte sich um. »Ja, Sterncommander?«

»Du hast mich in unserem letzten Kampf unfair geschlagen. Ich will noch einmal gegen dich antreten, zur Revanche.«

»In BattleMechs?«

»Es ist mir egal, in welcher Art von Kampf. Unbewaffnet im Kreis der Gleichen, wenn du willst.«

»Vielleicht wird es dazu kommen. Irgendwann. Aber du mußt mich erst provozieren, Joanna.«

»Oh, das werde ich.«

»Du könntest es schaffen.«

»Könnte?«

Er zuckte die Schultern und ging weiter.

»Wie wäre es mit einem deiner Sportwettbewerbe?« rief sie ihm nach. »Zum Beispiel einem Wettschwimmen über den See?«

Seine Schultern zuckten leicht, als lache er, aber Ravill Pryde ging weiter. »Ich kann Kreise um dich schwimmen«, rief er zurück, ohne sich umzudrehen.

»Beweis es.«

Er blieb stehen und sah über die Schulter. »Nein, Sterncommander. Ich habe die Wettbewerbe, die Spiele, hinter mir gelassen. Sie haben ihren Nutzen für neue Krieger, die ihre Fähigkeiten ausprobieren wollen. Aber wir, die wir echten Kampf hinter uns haben, nun, wir haben unsere Fähigkeiten bereits bewiesen, frapos?«

Er wirkte seltsam, wie er da stand, klein und hager, beinahe zerbrechlich. Wie ein Kind in den Kleidern eines Erwachsenen. Aber zugleich stand er wie ein Jadefalken-Krieger, selbstbewußt und trotzig.

»Pos, Ravill Pryde.«

Er lächelte ihr zu und ging weiter.

Joanna wanderte ans Ufer des Sees. Jetzt war sie wütend, wütend auf Ravill Pryde, weil er ihre Herausforderung so leicht genommen hatte. Er mußte wissen, daß sein Sieg über sie die einzige verbliebene Erniedrigung war, die sie rächen mußte. Und es schien, daß sie einiges Geschick im Rächen von Erniedrigungen entwickelt hatte. Trotz der Milde des Tages war das Wasser des Sees wie üblich aufgewühlt und kalt. Noch immer trieben kleine Eisschollen auf der Oberfläche.

»Freigeburt!« fluchte sie, trat die Stiefel von den Füßen und zog sich die Jacke aus.

Als sie ins Wasser sprang, wurde sie von der Eiseskälte überrascht. Trotz der isolierenden Wirkung ihres Overalls fror sie augenblicklich. Sie verspürte den Impuls, umzudrehen und das Bad zu vergessen, aber – nachdem sie einmal eine Aufgabe begonnen hatte, mußte Joanna sie zu Ende bringen. Vielleicht war dies das Geheimnis ihres Überlebens.

Sie hörte ein Platschen hinter sich. Hatte dieser Bastard Ravill Pryde sich doch noch entschieden, den Wettstreit anzugehen?

Die Anwesenheit eines Gegners im Wasser trieb sie voran. Sie schwamm nicht krampfhaft schnell, sondern mit dem gleichmäßigen Rhythmus, den sie fast drei Jahrzehnte zuvor als Geschko-Kadettin gelernt hatte. Es war trotzdem schmerzhaft, im eisigen Wasser kräftig genug auszutreten, besonders, nachdem eine Eisscholle gegen ihre Beine trieb, aber sie schwamm weiter. Und es war schwer, die Konzentration zu behalten, wenn der Kopf sich anfühlte, als wolle auch er zu Eis erstarren.

Das Wasser leistete ihren Händen immer stärkeren Widerstand, als sie versuchte, sie sauber durch die Wellen zu stoßen und gleichmäßig zurück an die Hüften zu ziehen. Joanna wußte nicht, wie sie es schaffte, aber ihr Schlag wurde stärker, ihre Beine stießen fester aus.

Trotzdem konnte sie den anderen Schwimmer nicht abschütteln. Er blieb knapp hinter ihr. Sie wagte es nicht, sich umzudrehen und Ravill Pryde die Zähne zu zeigen, und wollte auch keine kostbare Energie auf eine Beleidigung oder eine Prahlerei verschwenden.

Vor ihr trieb eine große Eisscholle vorbei. Sie reagierte schnell, tauchte und schwamm unter der Scholle durch. Sie hatte keine Zeit, die Unterwasserszenerie ausgiebig zu betrachten, aber sie erhaschte einen Blick auf eine unglaubliche Schönheit aus Blumen und Fischen. Sie tauchte auf der anderen Seite des Eisblocks auf und atmete tief ein. Die warme Luft loderte in ihren kalten Lungen.

Jetzt konnte sie die andere Seite des Sees ausmachen, die aus dem Wasser ragenden Klippen. Ihr Schlag wurde wilder, ließ das Wasser aufspritzen. Knapp hinter sich hörte sie ein ähnliches Platschen.

Auf den letzten Metern setzte Joanna alles ein, bewegte ihre Arme mit aller Kraft, die sie aufzubringen imstande war. Sie konnte fühlen, wie sie schneller wurde – und spürte ihren Verfolger ebenfalls beschleunigen.

Sie war nur noch sechs Meter vom Ufer entfernt, als sie spürte, wie er zum Überholen ansetzte. Von irgendwo tief in ihrem Innern bezog Joanna neue Energie, genug Kraft, um in einem Endspurt als erste die Klippen zu erreichen.

In einem ungeheuren Hochgefühl zog sie sich auf den weiten, breiten Felssims, wo sich die meisten Schwimmer nach der Überquerung des Sees ausruhten, sofern sie nicht die steile Felswand emporkletterten. Sie ließ sich auf den Sims sinken, genoß die warme Luft und blickte hinab auf ihren Gegner, der sich ebenfalls aus dem Wasser stemmte. »Du bist es nur, Hengst.«

In einer einzigen, flüssigen Bewegung zog Hengst sich, für einen Mann seiner Masse elegant in eine sitzende Position auf dem Sims hoch. »Nur ich? Bist du enttäuscht? Wen hast du erwartet?«

»Ravill Pryde.«

Hengst lachte. »Der wäre schon hier gesessen und hätte auf deine Ankunft gewartet.«

Joanna konnte sich nicht einmal über Hengsts Stichelei ärgern. »Ich kann ihn besiegen, Hengst. Ich kann ihn besiegen.«

»Du scheinst verändert, Joanna.«

»Könntet ihr vielleicht endlich aufhören, mir zu erzählen, daß ich mich verändert habe? Ich bin immer noch dieselbe. Vielleicht mit etwas mehr Ruhm.«

Joanna hätte es nicht erklären können, aber in Hengsts Gesellschaft fühlte sie sich wohl. Er war freigeboren, ja. Sturer, sarkastischer Abschaum, ja. Aber angenehm. Sie war sich nicht einmal sicher, daß sie ihn noch haßte. Ihn und Diana. Dämliche Freigeburten.

»Das wirklich Seltsame, Joanna, ist, daß du gute Laune zu haben scheinst. Das ist eine Veränderung, und eine ausgesprochen beunruhigende dazu.«

Sie grinste. Er hatte recht. Die Schwimmpartie über den See hatte ihre Laune gebessert. Es würde natürlich nicht anhalten. Dazu war sie viel zu gerne wütend. Aber im Augenblick war es in Ordnung, sich gut zu fühlen. Sie saßen lange Zeit stumm auf dem Felssims. Dann sagte Joanna: »Ich habe nie einen Blutnamen erworben, Hengst, aber trotzdem. Ich habe mich bewiesen. Ich habe einen Platz in der Geschichte, eine Zeile in der *Erinnerung:* ›... denn auf Twycross an dem Tag, als die Wölfe eine Khanin eingebüßt, war es Joanna von hohem Alter, die aufflog und die Beute schlug.‹ Gar nicht mal schlecht. Meinst du, meine Asche wird unter die Nährlösung einer Geschko gemischt werden, Hengst?«

»Vielleicht. Aber dazu mußt du erst mal sterben. Ich bin sicher, es gibt ein paar Wolfwelpen, die dir diese Ehre gerne erweisen würden.«

»Gut. Ich hätte auch gerne eine Chance, das Universum von ein paar weiteren Wolfs-Freigeburten zu befreien.«

»Warum fliegst du nicht zu einem ihrer Lager, marschierst mitten rein und forderst sie heraus?«

»Eine ausgezeichnete Idee, Hengst. Ich werde es mir überlegen. Wer ist das da draußen, bei der großen Eisscholle?«

Ein weiterer Schwimmer näherte sich dem Sims. Es war Diana. Sie kletterte aus dem Wasser, rang nach Atem und sagte: »Ich habe es getan. Ihr hättet sein Gesicht sehen sollen. Er hat so hart auf den Schreibtisch geschlagen, der ihm so lieb und teuer ist, daß all seine Papiere durcheinander geflogen sind. Es sind sogar ein paar auf den Boden gefallen, ohne daß er sie auf der Stelle aufgehoben hat.«

»Langsam, Diana«, meinte Hengst. »Wovon redest du eigentlich?«

»Hast du eine Möglichkeit gefunden, den Coregnposten loszuwerden?« fragte Joanna.

Diana sammelte sich einen Augenblick, bevor sie weitersprach. »Nichts so Unwichtiges wie der Coregnjob. Joanna, erinnerst du dich an die Nacht im Lager, als du mir von dem freigeborenen Khan bei Clan Wolf erzählt hast?«

»Ja.«

»Nun, ich habe lange darüber nachgedacht. *Und* ich habe mich daran erinnert, was Ravill Pryde darüber gesagt hat, daß mein Generbe, da meine beiden Eltern Wahrgeborene waren, fast dem einer Wahrgeborenen entspricht.«

»Aber nur fast«, meinte Joanna. »Du kannst keine Wahrgeborene sein, wenn du von einer Frau ausgetragen worden bist.«

»Das stimmt. Zumindest theoretisch. Aber es ist möglich, darüber zu streiten, und genau das habe ich vor.«

»Streiten?«

Diana nickte und konnte sich ein Grinsen nicht verkneifen. »Ich habe Ravill Pryde in seinem Büro gestellt. Ich habe ihm erklärt, daß in Clan Wolf Freigeborene Blutnamenträger werden, und daß ich ebenso nahe am Status der Wahrgeborenen wie der Freigeborenen bin, daher weder das eine noch das andere, wie er selbst festgestellt hat, und daß beide meiner Eltern aus einer Geschko der Pryde-Linie stammten. Er hat mich gefragt, warum ich all das aufbrächte. Und ich habe es ihm gesagt. ›Sterncolonel Ravill Pryde‹, habe ich gesagt, ›aus all diesen Gründen verlange ich, beim nächsten Blutrecht der Linie Pryde um einen Blutnamen zu kämpfen, und darüber hinaus verlange ich, daß du als einer der derzeitigen Blutnamensträger der Pryde-Linie mich vorschlägst.‹«

Joanna und Hengst starrten einander an. »Diana«, meinte Joanna. »Du erstaunst mich. Aber das ist doch unmöglich, daß du dich um einen Blutnamen bewirbst?«

»Vielleicht nicht. Ich habe ihn noch daran erinnert, wie ich die Spione aus dem Wolfsclan entlarvt habe, und daß er mir auf Twycross eine Belohnung für meine Tapferkeit auf dem Plateau zugesagt hat. Er antwortete, daß ein Blutname als Belohnung dafür wohl ein bißchen viel verlangt sei.«

»Ich bewundere deine Hartnäckigkeit, Diana«, erklärte Joanna. »Aber ich bezweifle, daß selbst Ravill Pryde mit all seinen hochgepriesenen Fähigkeiten das fertigbringen kann.«

Dianas Miene verdüsterte sich etwas, aber sie lächelte noch immer. »Wer weiß, Joanna. Die Zeiten ändern sich. Hier bei den Jadefalken sehen wir neue Kriegerzuchten, selbst genetische Experimente von bizarren Ausmaßen. Wir können nicht vorhersagen, was aus der Invasion der Inneren Sphäre wird, wenn der Waffenstillstand ausläuft, oder auch nur, ob er bis dahin hält. Du, Joanna, hast nicht nur die Schande der Falkengarde auf Twycross ausgelöscht, sondern bist Teil der Clangeschichte geworden. In einem solchen Universum, das selbst in meinem kurzen Leben derartige Umwälzungen gestattet, wer kann da sagen, was aus irgendeinem von uns noch wird? Hengst, du könntest ein hochrangiger Einheitskommandeur werden.«

»Kaum anzunehmen.«

»Joanna, du könntest dich für eine Karriere als Kanisteramme entscheiden«, – Joanna grunzte abfällig – »oder von einem Wolfsclanwelpen getötet werden, der auch eine Zeile in der *Erinnerung* haben möchte. Und ich könnte um einen Blutnamen kämpfen. Die Zeiten ändern sich.«

Hengst lachte. »Andererseits könnten wir auch alle drei ersaufen, während wir versuchen, über den Sudetensee zurück zu schwimmen.«

»Was wir übrigens besser tun sollten«, stellte Joanna fest. »Es wird wieder kälter.«

Ohne einander noch einen Blick zu gönnen, sprangen die drei fast gleichzeitig vom Sims und machten sich auf den Rückweg.

GLOSSAR

In diesem Band werden durchgehend die militärischen Einheitsbezeichnungen der Clans benutzt. Die Struktur dieser Einheiten sieht wie folgt aus:

Strahl	1 Mech oder 5 Elementare
Stern	5 Mechs oder 25 Elementare
Binärstern	2 Sterne
Trinärstern	3 Sterne
Sternhaufen	4 Binärsterne
Galaxis	3 bis 5 Sternhaufen
Nova	1 Mechstern und 1 Elementarstern
Supernova	1 Mechbinärstern und 2 Elementarsterne

Abtacha: Ein Abtacha ist ein gefangener Krieger, der von seinem neuen Clan als Krieger adoptiert wird.

Autokanone: Eine automatische Schnellfeuerkanone, die in schneller Folge panzerbrechende Hochexplosivgranaten abfeuert.

Batchall: Batchall ist der Name für das Clanritual der Herausforderung zum Kampf. Der Verteidiger kann verlangen, daß der Angreifer etwas aufs Spiel setzt, dessen Wert vergleichbar mit dem ist, was der Verteidiger zu verlieren riskiert.

BattleMech: BattleMechs sind die gewaltigsten Kriegsmaschinen, die je von Menschen gebaut wurden. Diese riesigen humanoiden Panzerfahrzeuge ragen zehn bis zwölf Meter hoch auf und ihre Feuerkraft reicht aus, jeden Gegner mit Ausnahme eines anderen BattleMechs niederzumachen.

Besitztest: Dieser Test dient dazu, Konflikte zwischen zwei oder mehr Clans aufzulösen, die Anspruch auf dasselbe Objekt erheben, sei es ein Gebiet, das Genmaterial eines Kriegers oder den Sieg in einer Meinungsverschiedenheit. Der Test beinhaltet die formelle Herausforderung durch den Angreifer und die Reaktion des Verteidigers und favorisiert Kommandeure des angreifenden Clans, die geschickt genug sind, einen minimalen Kraftaufwand zu bieten.

Bluterbe: Die Geschichte der Blutnamensträger eines bestimmten Blutrechts wird Bluterbe genannt.

Blutname: Als Blutname wird einer der ursprünglich achthundert Familiennamen jener Krieger bezeichnet, die während des Exodus-Bürgerkrieges auf Seiten von Nicholas Kerensky standen. (Derzeit existieren nur noch 760 dieser Namen. Vierzig Namen wurden nach dem Hochverrat eines der ursprünglich zwanzig Clans getilgt.) Diese achthundert waren die Basis des ausgedehnten Zuchtprogramms der Clans. Das Recht, einen dieser Nachnamen zu tragen, ist seit Einführung dieses Systems der Wunschtraum jedes Kriegers. Nur jeweils fünfundzwanzig Krieger dürfen gleichzeitig einen bestimmten Blutnamen tragen. Stirbt einer von ihnen, wird ein Wettbewerb abgehalten, um einen neuen Träger zu bestimmen. Ein Anwärter muß zunächst anhand seiner Abstammung sein Anrecht auf den Blutnamen nachweisen und anschließend eine Abfolge von Duellen gegen seine Mitbewerber gewinnen. Nur Blutnamensträger haben das Recht, an einem Clankonklave teilzunehmen und zum Khan oder ilKhan gewählt zu werden. Die meisten Blutnamen wurden im Laufe der Zeit einer oder zwei Kriegerklassen vorbehalten. Es gibt jedoch einzelne, besonders angesehene Blutnamen, wie zum Beispiel Kerensky, die dadurch ihren genetischen Wert bewiesen haben, daß sie von herausragenden Kriegern aller drei Klassen (MechKrieger, Jägerpiloten und Elementare) getragen wurden.

Blutnamen werden matrilinear vererbt. Da ein Krieger nur über seine Mutter erben kann, besteht nie ein Anrecht auf mehr als einen Blutnamen.

Blutrecht: Ein spezieller Blutname und die Reihe seiner Träger werden als Blutrecht bezeichnet. Jeder Blutname besitzt fünfundzwanzig Blutrechte. Ein Blutrecht ist kein Stammbaum nach unseren Begriffen, da die Krieger, die ein Blutrecht tragen, möglicherweise nur durch die gemeinsame Abstammung von einem einzelnen Vorfahren verwandt sind. Wie bei den Blutnamen sind auch manche Blutrechte angesehener als andere, was hauptsächlich vom Bluterbe abhängt.

Im übertragenen Sinne wird der Begriff Blutrecht auch für den Kampf um einen Blutnamen gebraucht.

Blutrechtstest: Eine Abfolge von Ausscheidungseinzelkämpfen, mit deren Hilfe ein Krieger ermittelt wird, der das Recht hat, einen Blutnamen zu tragen. Jeder Blutnamensträger des betroffenen Blutlinienhauses nominiert einen Kandidaten. Das Oberhaupt des Hauses ernennt weitere Kandidaten und bringt deren Zahl damit auf Einunddreißig. Um die zweiunddreißigste Position kämpfen die Krieger, die für den Blutnamen qualifiziert sind, aber nicht nominiert wurden. Die Art des Kampfes wird durch ›Münzentscheid‹ bestimmt. Die persönliche Erkennungsmünze jedes Kandidaten, sein ›Dogid‹, wird in den ›Trichter der Entscheidung‹ gesteckt. Ein Eidmeister oder Lehrmeister gibt beide Münzen gleichzeitig frei, so daß der Zufall entscheidet, in welcher Reihenfolge sie auf dem Boden des Trichters ankommen. Der Krieger, dessen Münze oben liegt, entscheidet über die Art des Kampfes (Mech gegen Mech, persönlicher Zweikampf, Mech gegen Elementar usw.), während sein Gegner den Schauplatz des Kampfes bestimmt. Ein Blutnamensduell wird nicht notwendigerweise bis zum Tod ausgetragen, aber häufig sorgen die Heftigkeit des Gefechts und die Entschlossenheit der Kämpfer trotzdem dafür, daß der Verlierer seine Niederlage nicht überlebt.

Chalcas: Jede Person oder Sache, die das Kastensystem der Clans anzweifelt oder bedroht, wird als Chalcas bezeichnet.

Clans: Beim Zerfall des Sternenbundes führte General Aleksandr Kerensky, der Oberkommandierende der Regulären Armee des Sternenbundes, seine Truppen im sogenannten Exodus aus der Inneren Sphäre in die Tiefen des Alls. Weit jenseits der Peripherie, mehr als 1300 Lichtjahre von Terra entfernt, ließen Kerensky und seine Leute sich auf einer Reihe wenig lebensfreundlicher Welten nahe eines Kugelsternhaufens nieder, der sie vor der Entdeckung durch die Innere Sphäre schützte. Innerhalb von fünfzehn Jahren brach unter ihnen ein Bürgerkrieg aus, der drohte, alles zu vernichten, für dessen Aufbau sie so hart gearbeitet hatten.

In einem zweiten Exodus führte Nicholas Kerensky, der Sohn Aleksandrs, seine Gefolgsleute auf eine der Welten im Innern des Kugelsternhaufens, um dem Krieg zu entfliehen. Dort, auf Strana Metschty, entwarf und organisierte Nicholas Kerensky die Gesellschaftsstruktur, aus der sich die Clans entwickeln sollten.

Dezgra: Eine Kampfeinheit, die Schande auf sich lädt, wird als Dezgra-Einheit bezeichnet. Der Name wird auch für das Ritual verwendet, mit dem die betreffende Einheit bestraft und gekennzeichnet wird. Jede Einheit, die einen Befehl verweigert, unter Feindbeschuß in Panik gerät oder eine unehrenhafte Handlung begeht, gilt als dezgra.

Elementare: Die mit Kampfanzügen ausgerüstete Eliteinfanterie der Clans. Diese Männer und Frauen sind wahre Riesen, die speziell für den Einsatz der von den Clans entwickelten Rüstungen gezüchtet werden.

Die Erinnerung: Die *Erinnerung* ist ein noch nicht abgeschlossenes Heldenepos, das die Geschichte der

Clans von der Zeit des Exodus bis zur Gegenwart beschreibt. Die *Erinnerung* wird ständig erweitert, um neuere Ereignisse einzubeziehen. Jeder Clan verfügt über eine eigene Version dieses Epos, in der seine speziellen Meinungen und Erfahrungen verarbeitet sind. Alle Clankrieger können ganze Verse dieses riesigen Gedichtes aus dem Gedächtnis zitieren, und es ist durchaus nicht ungewöhnlich, darin Passagen auf OmniMechs, Luft/Raumjäger und sogar Rüstungen zu finden.

Eidmeister: Der Eidmeister ist der Ehrenwächter bei allen offiziellen Clanzeremonien. Die Position entspricht der eines Ordnungsbeamten in der Inneren Sphäre, erheischt jedoch mehr Respekt. Der Eidmeister nimmt alle Schwüre ab, während der Lehrmeister sie festhält. Die Position des Eidmeisters gebührt in der Regel dem ältesten Blutnamensträger eines Clans (sofern er diese Ehre annimmt) und ist eine der wenigen Positionen, deren Träger nicht durch einen Kampf ermittelt wird.

Freigeboren: Ein Mensch, der auf natürlichem Wege gezeugt und geboren wurde, ist freigeboren. Da die Clans so großen Wert auf ihr Zuchtprogramm legen, gelten Freigeborene von vornherein als minderwertig.

Freigeburt: Eine abwertende Bezeichnung für Freigeborene, die von Wahrgeborenen häufig verwendet wird. Bezeichnet ein Wahrgeborener einen anderen Wahrgeborenen als Freigeburt, ist das eine tödliche Beleidigung.

Geschko: Eine Gruppe von Kindern (Geschwisterkompanie) des Zuchtprogramms der Kriegerkaste, die wahrscheinlich von denselben Gen-Eltern abstammen und gemeinsam aufgezogen werden. Während sie aufwachsen, werden sie ständig getestet. Bei jedem Test scheiden Mitglieder der Geschko aus und werden in niedrigere Kasten abgeschoben. Eine

Geschko besteht zunächst aus etwa zwanzig Kindern, von denen beim abschließenden Test noch etwa vier oder fünf übrig bleiben. Diese Tests und andere Erlebnisse binden die überlebenden ›Geschkinder‹ so eng aneinander, daß sie häufig lebenslanges Vertrauen und Verständnis füreinander zeigen. Untereinander bezeichnen Geschkomitglieder sich auch als ›Kogeschwister‹.

Giftake: Das DNS-Muster eines glorreich im Kampf gefallenen Kriegers. Das Giftake wird dem Leichnam entnommen und gilt als das beste DNS-Muster des betreffenden Kriegers und als das Genmaterial mit der größten Chance, bessere Krieger zu produzieren.

Hegira: Gelegentlich gestatten siegreiche ClanKrieger dem besiegten Gegner Hegira. Dies erlaubt ihm, sich ehrenhaft vom Schlachtfeld zurückzuziehen, ohne weiterem Beschuß ausgesetzt oder anderweitig belastet zu werden.

Innere Sphäre: Innere Sphäre bezeichnet das Gebiet des ursprünglichen von Menschen besiedelten Weltraums, das sich im Sternenbund zusammenfand. Die Staaten und Piratenreiche knapp außerhalb der Inneren Sphäre werden die Peripherie genannt. Als Aleksandr Kerensky mit der Sternenbundarmee die Innere Sphäre verließ, führte er sie in noch unerforschte Bereiche jenseits der Peripherie.

Isorla: Die Beute eines Kampfes, die Krieger für sich beanspruchen können, einschließlich Leibeigener, wird Isorla genannt.

Kanister: Clanbezeichnung für das Eugenikprogramm der Kriegerkaste. Der Name kann sich auch speziell auf den dabei verwendeten Brutkasten beziehen.

Kaste: Die Clangesellschaft ist streng in fünf Kasten unterteilt: Krieger, Wissenschaftler, Händler, Techniker und Arbeiter. Jede dieser Kasten umfaßt zahlreiche Unterkasten, die auf Spezialisierungen innerhalb eines Berufsfeldes basieren. Die Kriegerkaste pflanzt sich unter strenger Kontrolle des genetischen Erbes durch ein systematisches Eugenikprogramm fort, bei dem Genmaterial angesehener und erfolgreicher lebender und toter Krieger verwendet wird (siehe *Geschko*). Andere Kasten sorgen durch strategische Heiraten innerhalb der Kaste für einen hochwertigen Genfundus.

Khan: Jeder Clan wählt zwei Khane. Einer der beiden fungiert als höchster militärischer Kommandeur und Verwaltungschef des Clans. Die Position des zweiten oder saKhans ist weniger klar umrissen. Er ist der Stellvertreter des ersten Khans und führt dessen Aufträge aus. In Zeiten großer innerer oder äußerer Bedrohung, oder wenn eine gemeinsame Anstrengung aller Clans notwendig wird, wird ein ilKhan als oberster Herrscher aller Clans gewählt.

Kodax: Der Kodax eines Kriegers ist seine persönliche Identifikation. Er enthält die Namen der Blutnamensträger, von denen ein Krieger abstammt, sowie seine Generationsnummer, seine Blutlinie und seinen ID-Kodax, eine alphanumerische Codesequenz, die einzigartige Aspekte seiner DNS festhält.

Komet: Der Begriff bezeichnet einen besonders begabten Krieger auf dem Weg zu hohen Ehren.

Kontrakt: Ein Kontrakt ist eine Übereinkunft zwischen den Kommandeuren zweier Einheiten, die dem Kommandeur der einen Einheit gestattet, beim Bieten um das Recht auf eine Schlacht oder einen Test auch die Einheiten des anderen einzusetzen. Während der Invasion der Inneren Sphäre haben Sternhaufenkommandeure innerhalb einer Galaxis häufig Kontrakte geschlossen, um größere und häufig extravagantere Gebote zu ermöglichen, ohne auf eine gute Mischung von BattleMech-, Elementar- und Luft/Raumjägereinheiten zu verzichten.

KSR: Abkürzung für ›Kurzstreckenrakete‹. Es handelt

sich um ungelenkte Raketen mit hochexplosiven oder panzerbrechenden Sprengköpfen.

Kurultai: Ein Kurultai ist ein Clan-Kriegsrat. Ein Großes Kurultai ist ein Kriegsrat der Khane aller Clans. Nur der ilKhan kann wann und wo ihm beliebt ein Großes Kurultai einberufen. Ein Großes Konklave hingegen kann nur auf Antrag von mindestens drei Clans einberufen werden und muß in der Halle der Khane auf Strana Metschty stattfinden.

Landungsschiffe: Da Sprungschiffe die inneren Bereiche eines Sonnensystems generell meiden müssen und sich dadurch in erheblicher Entfernung von den bewohnten Planeten einer Sonne aufhalten, werden für interplanetare Flüge Landungsschiffe eingesetzt. Diese werden während des Sprungs an die Antriebsspindel des Sprungschiffes angekoppelt. Landungsschiffe besitzen selbst keinen Überlichtantrieb, sind jedoch sehr beweglich, gut bewaffnet und aerodynamisch genug, um auf Planeten mit einer Atmosphäre aufzusetzen bzw. von dort aus zu starten. Die Reise vom Sprungpunkt zu den bewohnten Planeten eines Systems erfordert je nach Spektralklasse der Sonne eine Reise von mehreren Tagen oder Wochen.

Laser: Ein Akronym für ›Light Amplification through Stimulated Emission of Radiation‹ oder Lichtverstärkung durch stimulierte Strahlungsemission. Als Waffe funktioniert ein Laser, indem er extreme Hitze auf einen minimalen Bereich konzentriert. BattleMechlaser gibt es in drei Größenklassen: leicht, mittelschwer und schwer. Laser sind auch als tragbare Infanteriewaffen verfügbar, die über einen als Tornister getragenen Energiespeicher betrieben werden. Manche Entfernungsmeßgeräte und Zielerfassungssensoren bedienen sich ebenfalls schwacher Laserstrahlen.

Leibeigener: Ein gefangener Krieger wird als Leibeigener bezeichnet und als Mitglied der Arbeiterkaste angesehen, bis der Clan, von dem er gefangen wurde, ihn entläßt oder wieder in die Kriegerkaste erhebt. Ein Leibeigener wird nicht durch Fesseln gebunden, sondern durch seine Ehre. Die Tradition verlangt, daß selbst Blutnamensträger, die im Kampf gefangen werden, eine Weile als Leibeigene dienen müssen. Alle Leibeigenen tragen eine Leibeigenenkordel. Dabei handelt es sich um einen geflochtenen Armreif, dessen Grundfarbe die Clanzugehörigkeit und dessen Streifen die Einheit kennzeichnen, die ihn gefangen hat.

Lehrmeister: Der Lehrmeister ist der Wahrer der Clangesetze und -geschichte. Seine Position ist mit großer Ehre und politischer Macht verbunden. Der Lehrmeister spielt eine wichtige Rolle bei Untersuchungen und Prozessen, bei denen er häufig die Rolle des Verteidigers oder Fragenstellers übernimmt.

LSR: Abkürzung für ›Langstreckenrakete‹, zum indirekten Beschuß entwickelte Raketen mit hochexplosiven Gefechtsköpfen.

Lösegeld: Die Clan-Sitten verlangen, daß ein Krieger nach dem Erfolg bei seinem Positionstest vom Clan ein Geschenk erhält. Je nach dem Erfolg des Kriegers bei diesem Test kann dieses Lösegeld von dem Recht der Wahl, mit welcher Waffe er als Krieger kämpfen will, bis zum Recht, eine besondere Einheit zu befehligen, reichen. Nachdem Khanin Natascha Kerensky aus der Inneren Sphäre zurückgekehrt und ihren zweiten Positionstest abgelegt hatte, belohnte ilKhan Ulric Kerensky sie mit dem Recht, die Dreizehnte Wolfsgarde auszuheben.

Malos: Malos bezeichnet das verwundbare Gefühl eines Kriegers, insbesondere eines Elementars, wenn er gezwungen ist, ohne seine gewohnten Waffen zu kämpfen. Wahrscheinlich ist es von ›machtlos‹ abgeleitet.

Minimalgebot: Die Mindestkampfstärke, die zum Sieg

in einem Test notwendig ist, um den geboten wurde. Es gilt als Beweis für besondere Schlauheit, den Gegner zu einem Gebot unter dem Minimalgebot zu bewegen. Kommandeure, denen es gelingt, mit einer Kampfstärke unter dem Minimalgebot einen Sieg zu erringen, werden hochgeehrt.

Obkhan: Eine respektvolle Anrede für eine Person höheren Rangs bei den Clans.

Peripherie: Jenseits der Grenzen der Inneren Sphäre liegt die Peripherie, das weite Reich bekannter und unbekannter Systeme, das sich bis in die interstellare Nacht erstreckt. Die einstigen terranischen Kolonien in der Peripherie wurden durch den Zerfall des Sternenbundes technologisch, wirtschaftlich und politisch verwüstet. Derzeit ist die Peripherie größtenteils Zufluchtsort für Banditenkönige, Raumpiraten und Ausgestoßene.

Positionstest: Mit Hilfe des Positionstests wird festgestellt, ob ein Kandidat die Qualifikation zum Clan-Krieger hat. Um sich zu qualifizieren, muß er zumindest einen von drei aufeinanderfolgenden Gegnern besiegen. Besiegt er zwei oder gar alle drei, wird er automatisch als Offizier seines Clans eingesetzt. Gelingt es ihm nicht, wenigstens einen Gegner zu besiegen, wird er in eine niedrigere Kaste zurückgestuft.

PPK: Abkürzung für ›Partikelprojektorkanone‹, einen magnetischen Teilchenbeschleuniger in Waffenform, der hochenergiegeladene Protonen- oder Ionenblitze verschießt, die durch Aufschlagskraft und hohe Temperatur Schaden anrichten. PPKs gehören zu den effektivsten Waffen eines BattleMechs.

Satarra: Ein Clan-Konklave kann ein Veto oder Satarra aussprechen, um Kastenstreitigkeiten innerhalb seiner Jurisdiktion zu entscheiden oder zu vertagen. Ein Satarra wird nur ausgesprochen, wenn Verhandlungen ergebnislos bleiben und/oder die Arbeitsordnung des Clans bedroht ist. Es scheint sich mehr um ein Ritual als um einen gesetzgeberischen Akt zu handeln.

Savashri: Ein Clan-Fluch.

Schwur: Der Bruch eines Schwurs gilt bei den Clans als Verbrechen, für das die Todesstrafe angemessen ist.

Seyla: Dieses Wort ist ungefähr gleichbedeutend mit »Einheit«. Es handelt sich um eine rituelle Antwort, die bei bestimmten Zeremonien gefordert wird. Ursprung und exakte Bedeutung des Wortes sind unbekannt, aber es wird nur mit äußerstem Respekt und Ehrfurcht verwendet.

Sprungschiffe: Interstellare Reisen erfolgen mittels sogenannter Sprungschiffe, deren Antrieb im 22. Jahrhundert entwickelt wurde. Der Name dieser Schiffe rührt von ihrer Fähigkeit her, ohne Zeitverlust in ein weit entferntes Sonnensystem zu ›springen‹. Es handelt sich um ziemlich unbewegliche Raumfahrzeuge aus einer langen, schlanken Antriebsspindel und einem enormen Solarsegel, das an einen gigantischen Sonnenschirm erinnert. Das gewaltige Segel besteht aus einem Spezialmaterial, das gewaltige Mengen elektromagnetischer Energie aus dem Sonnenwind des jeweiligen Zentralgestirns zieht und langsam an den Antriebskern abgibt, der daraus ein Kraftfeld aufbaut, durch das ein Riß im Raum-Zeit-Gefüge entsteht. Nach einem Sprung kann das Schiff erst weiterreisen, wenn es durch Aufnahme von Sonnenenergie seinen Antrieb wieder aufgeladen hat.

Sprungschiffe reisen mit Hilfe ihres Kearny-Fuchida-Antriebs in Nullzeit über riesige interstellare Entfernungen. Das K-F-Triebwerk baut ein Raum-Zeit-Feld um das Sprungschiff auf und öffnet ein Loch in den Hyperraum. Einen Sekundenbruchteil später materialisiert das Schiff am Zielsprungpunkt, der bis zu 30 Lichtjahre weit entfernt sein kann.

Sprungschiffe landen niemals auf einem Planeten und reisen nur sehr selten in die inneren Bereiche eines Systems. Interplanetarische Flüge werden von Landungsschiffen ausgeführt, Raumschiffen, die bis zum Erreichen des Zielpunktes an das Sprungschiff gekoppelt bleiben.

Sternenbund: Im Jahre 2571 wurde der Sternenbund gegründet, um die wichtigsten nach dem Aufbruch ins All von Menschen besiedelten Systeme zu vereinen. Der Sternenbund existierte annähernd 200 Jahre, bis 2751 ein Bürgerkrieg ausbrach. Als das Regierungsgremium des Sternenbunds, der Hohe Rat, sich in einem Machtkampf auflöste, bedeutete dies das Ende des Bundes. Jeder der Hausfürsten rief sich zum neuen Ersten Lord des Sternenbunds aus, und innerhalb weniger Monate war die gesamte Innere Sphäre im Kriegszustand. Dieser Konflikt hält bis zum heutigen Tage, knapp drei Jahrhunderte später, an. Die Jahrhunderte nahtlos ineinander übergehender Kriege werden in toto als die ›Nachfolgekriege‹ bezeichnet.

Stravag: Ein Clan-Fluch, wahrscheinlich eine Kombination der Clan-Begriffe ›Stran‹, unabhängig, frei und ›Vagon‹, Geburt.

Surkai: Das Surkai ist das Clanritual der Vergebung. Die Clans legen vor allen anderen Grundsätzen ihrer Gesellschaft Wert auf Uniformität in Gedanken und Überzeugungen. Bei Meinungsverschiedenheiten zwischen Kriegern oder zwischen einem Clan und dem Konklave der Clans, oder der Beleidigung eines Clanners durch ein Mitglied einer anderen Kaste, wird Surkai erwartet. Es ist eine Frage der Ehre, daß die schuldige Partei ihre Verfehlung offen zugibt und um Bestrafung bittet.

Surkaischwur: Der Schwur der Verzeihung oder Surkaischwur ist ein ehrgebundener Friedensschluß zwischen der Mehrheit und etwaigen Andersdenkenden. Der Surkaischwur bestimmt, daß ein Andersdenkender, der seine Bestrafung für den Widerspruch zur Ansicht der Mehrheit annimmt, seine Funktion in der Gesellschaft wieder einnehmen kann, ohne daß er für seinen Widerspruch weitere Schande erleidet.

Touman: Die Gesamtheit der Kampfeinheiten eines Clans.

Wahrgeboren/Wahrgeburt: Ein wahrgeborener Krieger ist aus dem Zuchtprogramm der Clan-Kriegerkaste hervorgegangen.

Widerspruchstest: Die Konklaven der einzelnen Clans und der versammelten Clans stimmen über Fragen und Gesetze ab, die die Gemeinschaft betreffen. Im Gegensatz zur Gesetzgebung in der Inneren Sphäre kann jedoch jede dieser Entscheidungen angefochten und durch einen Widerspruchstest in ihr Gegenteil verkehrt werden. Dieser Test gestattet der Verliererseite den Versuch, ihre Position auf dem Schlachtfeld durchzusetzen.

Die bei einem Widerspruchstest eingesetzten Kräfte stehen im Verhältnis zur angefochtenen Entscheidung. Wurde diese also beispielsweise mit einem Stimmenverhältnis von Drei zu Eins angenommen, kann die diese Entscheidung verteidigende Seite eine dreimal stärkere Einheit in den Kampf schicken als der Herausforderer. Durch das Bieten wird dieses Übergewicht jedoch häufig reduziert.

Wortbruder: Formell bezeichnet dieser Begriff das Mitglied einer erweiterten Geschko. Weniger förmlich wird er auch benutzt, um jemanden zu bezeichnen, den ein ClanKrieger als seinesgleichen betrachtet.

Zellbrigen: Dieses Clan-Wort beschreibt die claneigenen Duellregeln und -rituale. Zellbrigen bedeutet, daß die Krieger sich in Einzelduellen gegenübertreten, selbst wenn beide Seiten mehrere Krieger ins Feld führen. Die nicht direkt herausgeforderten Teilnehmer sind verpflichtet, auf ein Eingreifen zu verzichten, bis ein Gegner frei ist (seinen Kontrahenten besiegt hat). Der Angriff auf einen Gegner, der sich bereits in einem Duell befindet, ist ein schwerer Bruch der Clangesetze und wird in der Regel mindestens mit der Degradierung um eine Rangstufe bestraft.

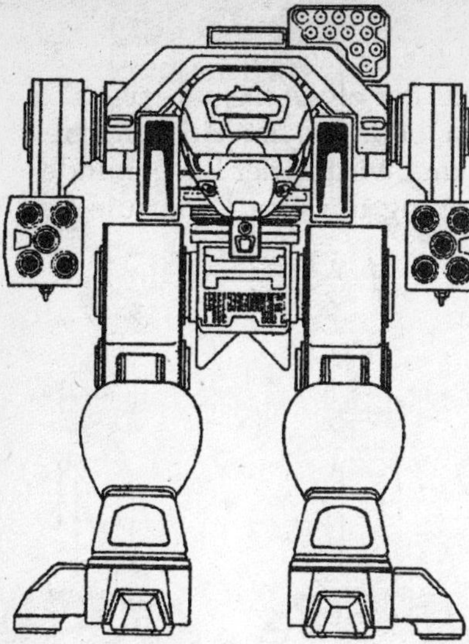

Höhlenwolf

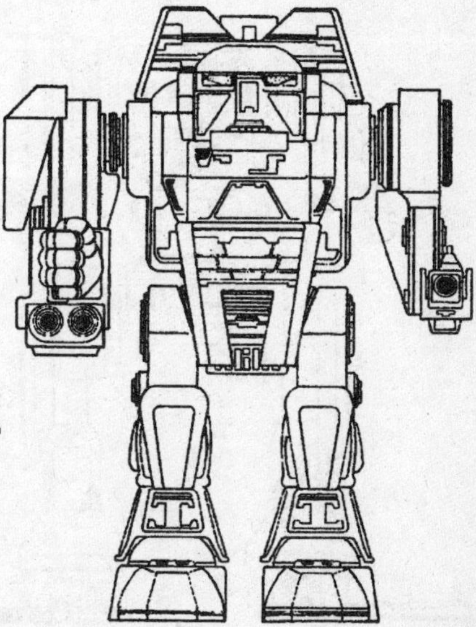

Henker

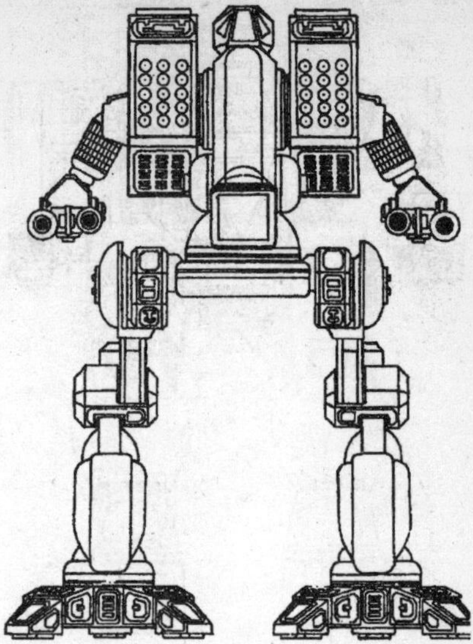

Bluthund

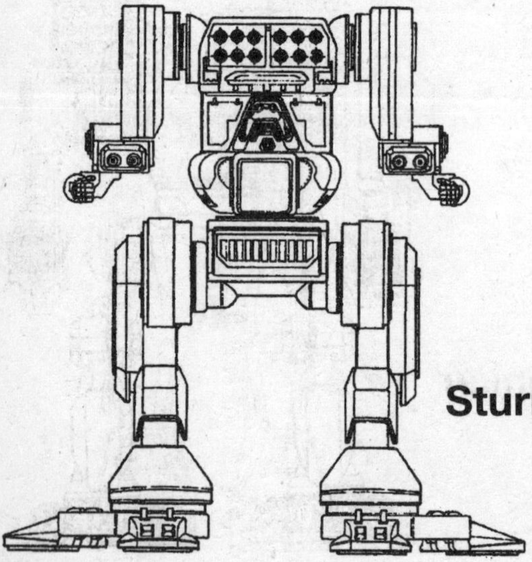

Sturmkrähe

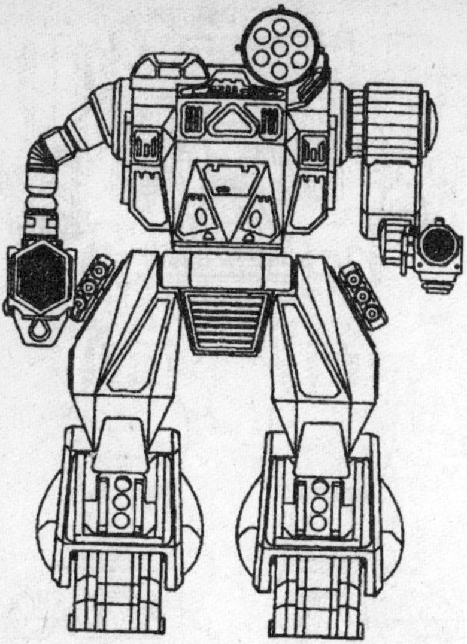

Nemesis

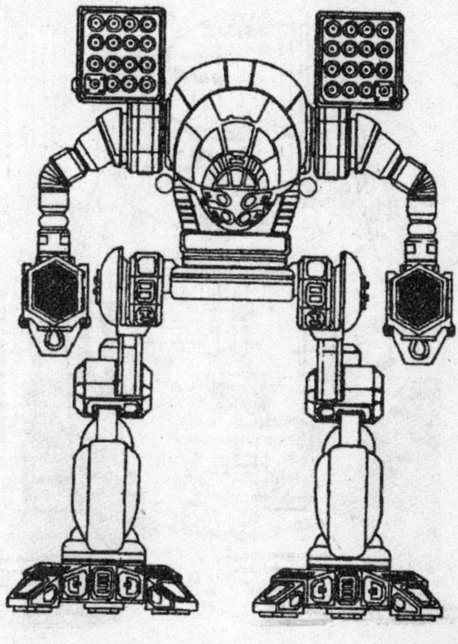

Waldwolf

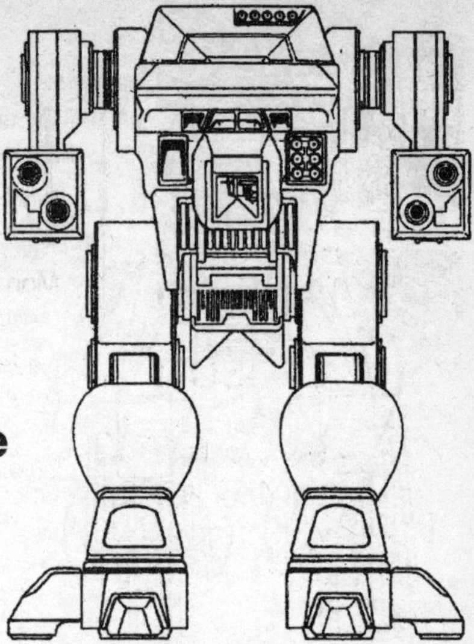

Kriegsfalke

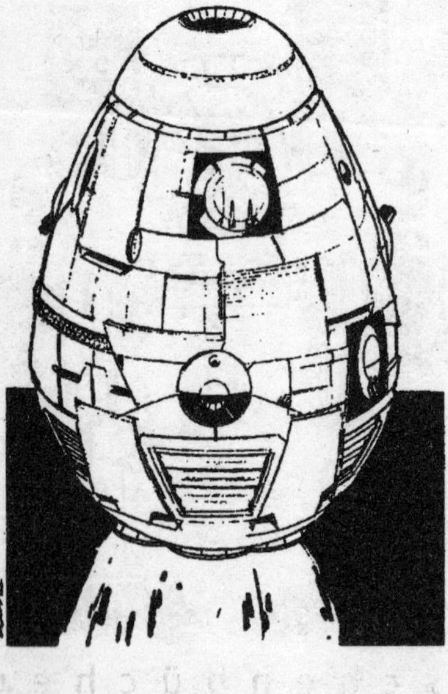

Overlord

HEYNE BÜCHER

William Gibson

Kultautor und Großmeister des »Cyberpunk«

01/9584

Cyberspace
06/4468

Biochips
06/4529 und 01/9584

Mona Lisa Overdrive
06/4681 und 01/9943

Neuromancer
01/8449

William Gibson
Bruce Sterling
Die Differenz-Maschine
06/4860

Heyne-Taschenbücher